목마른
여자들

LES ASSOIFFÉES
by Bernard Quiriny

이 도서의 국립중앙도서관 출판예정도서목록(CIP)은
서지정보유통지원시스템 홈페이지(http://seoji.nl.go.kr)와
국가자료공동목록시스템(http://www.nl.go.kr/kolisnet)에서 이용하실 수 있습니다.
(CIP제어번호: CIP2016013329)

LES ASSOIFFÉES

목마른 여자들

베르나르
키리니
장편소설

백선희
옮김

문학동네

일러두기

1. '원주'라고 밝히지 않은 주석은 모두 옮긴이주이다.
2. 본문 중 고딕체는 원서에서 이탤릭체로 강조한 부분이다.

차례

1970년, 혁명이 네덜란드의 지배 체제를 뒤엎는다.
이듬해, 혁명은 벨기에와 룩셈부르크로 번진다.
유럽 한가운데 자리한 옛 베네룩스 3국은
오늘날 세계에서 가장 폐쇄적인 나라가 되었다.

기차가 떠나려면 두 시간이나 남았지만 랑글루아는 굴드와 만나기로 한, 역 근처 카페에 벌써 와서 기다리고 있었다. 굴드가 되도록 짐을 적게 가져오라고 했기에 그는 여행 가방 하나와 어깨에 멜 작은 배낭 하나, 사진기와 수첩만 챙겼다. (잠시 후 그는 다른 일행들이 자기처럼 짐을 줄이지도 않고, 굴드 또한 트렁크처럼 커다란 여행 가방을 두 개나 끌고 온 걸 보고 짜증이 나게 된다.) 그는 들뜬 마음으로 생각했다. '벨기에로 가는 거야. 벨기에로!' 곧 출발할 예정이었지만 그는 아직도 믿기지 않았다. 한 달 전, 피에르장 굴드가 그를 집으로 초대했다. 굴드는 카퓌신 로트, 레오노르 알베르, 뤼시앵 보르도, 장미셸 골란스키 등 그가 잘 알지 못하는 네 명의 유명 인사도 같이 초대했는데, 모임의 이유에 대해서는 말해주지 않았다. 굴드는 잔뜩 들떠 있었다. 그가 응접실 탁자에 유럽 지도를 천천히 펼쳤다. 그러고는 사인펜 끝으로 도시 두 곳의 이름에 동그라미를 쳤다. 파리와 브뤼셀. 손님들이 영문을 모른 채 그를 쳐다보자, 그는 설명이랍시고 이렇게 말했다. "출발지와 도착지야. 나와 함께 벨기에로 가자는 거지. 여행할 생각들 있어?" 그러고 나서 소파에 털썩 주저앉아 자신이 던진 말의 효과를 음미했다. 몇 초 동안 침묵이 흘렀다. 그 자리에 모인 달변가들에게 그건 엄청난 일이었다. 보르도가 억지로 웃으며 침묵을 깼다.

"농담이지! 농담이야!"

그는 숨이 넘어갈 듯 껄떡이다가 기침을 하고는 다시 말했다.

"농담 맞지?"

그러나 굴드는 입가에 미소를 띤 채 고개를 저었다. 그러자 보르도는 새하얗게 질린 얼굴로 지도를 유심히 들여다보았다.

"네가 우리를 저기로 데려갈 수 있다고?"

"그래."

이렇게 해서 랑글루아는, 도무지 예측 불가능한 굴드가 이 년 전부터 계획해온 이 파격적인 모험에, 바로 벨기에 여행에 끼게 된 것이다.

굴드는 왜 그를 선택했을까? 그는 다섯 명의 원정대원 가운데 굴드를 가장 잘 알지 못했다. 두 사람은 강연회, 그리고 라디오방송에서인지 텔레비전 방송에서인지 몇 번 마주친 적이 있었을 뿐 자주 만나는 사이가 아니었다. 랑글루아는 굴드에 대해 복잡한 감정을 품고 있었다. 그를 언변 좋은 과대망상증 환자요, 피곤한 인간이라고 생각했다. 그러면서도 모두들 그러듯 조금은 그에게 감탄했고, 그의 개성을, 그리고 때로는 그의 위풍당당함을 인정했다. 그와 마음이 통하기도 했다(어찌나 변덕스러운지 굴드가 대부분의 사람들과 번갈아가며 마음이 통한다는 사실은 짚고 넘어가야겠다). 누가 굴드를 비방하면 랑글루아는 그저 웃어넘겼다. 그를 비판하는 것이 우습기도 했지만, 그렇게 가시 돋친 말을 한 사람도 저녁 모임에서 굴드가 건네는 인사를 받기 위해서라면, 카페에서 그와 함께 있는 모습을 사람들에게 보이기 위해서라면 남몰래 값비싼 대가라도 치르리라는 걸 알기 때문이었다. 4월부터 9월까지 바이외에 있는 굴드의 집에서 열리는 주말 사교 모임에 초대받는 것은 대단한 특권이었다. 굴드에 대해 빈정거리는 사람들을 변호하자면, 그의 험담을 하는 것보다 쉬운 일은 없고 그러지 않기가 오히려 어렵다는 걸 인정해야 할 것이다. 그에 대해 수군거리자면 할 얘기가 너무도 많았다. 무엇보다 지성인이라기보다는 영화배우처럼 보이는 차림새가 그랬다. 괴상망측한 색(노란 밀짚색과 자홍색이 그가 좋아하는 색이었다)의 재킷, 그가 수집하는 특이한 안경들, 정치 구호가 적힌 셔츠들, 불빛 아래 서면 반지르르 광이 나는 민머리. 더구나 영화계에는 그를 동료로 여기는 사람들이 많았다. 걸핏하면 이 시대의 양심 같은 표정을 짓고 복잡한 문장을 구사하며 젠체하다가, 대개 끝맺지 못하고 얼버무리는 태도에 대해서도 할말이 많았다. 모든 영역에서 자신이 천재인 양 으스대며 온갖 주제를 건드리고 싶어하는 강박증도 마찬가지였다. 그는 글을 쓰는 것으로 만족하지 못했다. 만능 예술가가 되어야만 했다. 그래서 에세이뿐 아니라 소설, 시, 극작품까지 출간했다. 대형 추상화도 왕성하게 그렸는데, 완성된 그림들은 친구들이 그의 평판을 높여주려고 눈을 질끈 감고 샀다. 심지어 조각까지 시도했지만 끝에 손을 다친 뒤로 포기했다. 몇 안 되는 그의 조각 작품 가운데 하나는 어느 변두리 지방 도시의 중심 광장을 장식하고 있다. 그 시절 한 친구가 시장으로 있던 도시의 시청에서 구매한 것이었다. 또한 그는 자신이 작곡한 교향곡을 연주하는 오케스트라를 지휘하기도 했다. 그 연주를 음반으로 만들었다가 평론가들로부터 혹평을 받았다. 그리고 라디오 좌담도 진행했는데, 십 년 동안 이어진 이 좌담에 프랑스의 주요 인사들이 모두 거쳐갔다. 텔레비전 출연도 시도했지만 방송이 두세 번 나가다가 중단되었다. 세계 곳곳을 여행하며 장황한 탐방기사를 쓰고, 사진을 곁들인 책들을 펴낸 것은 말할 것도 없다. 돌출 행동, 잦은 파티, 상대를 가리지 않는 논쟁, 세 번의 결혼. 그에 대한 말이 나오지 않고 보름을 넘기는 일이 드물었다.

굴드에 관한 책이 두 권 출간되어 있었는데, 랑글루아는 그에게 호감을 가져보려고 그 책들을 읽었다. 첫번째 책은 출세를 염두에 둔 여기자가 쓴 약간 밋밋한 전기였다. 그녀는 '인물의 어두운 부분'이라고 일컬은 측면에 대해서는 일부러 침묵했다. 다른 책은 두 명의 노련한 논쟁꾼이 쓴 작품으로, 바로 그 어두운 부분을 겨냥했다. 형성된 경로가 수상쩍은 굴드의 엄청난 재산, 마피아와의 관계, 그 관계에서 얻어낸 이득, 변절, 숱한 거짓말들. 그가 대놓고 학력을 위조하고, 유명 인사들과 친구 사이라고 속이고, 내세울 만한 행동들을 지어낸 걸 보면 장난인지 아니면 병인지 의문이 들 정도였다. 그에 대한 책을 읽다가 랑글루아는 생각에 잠겼다. 이렇게 변화무쌍하고 의심스럽고 못 미더운 사람을 따라 원정을 떠나는 것이 분별 있는 행동일까? 그렇지만 내심 자신이 거부하지 않으리라는 걸 알고 있었다. 벨기에는 유럽 한가운데 자리한 신비스러운 나라였고, 모든 기자들이 가기를 꿈꾸는 곳이었기 때문이다! 벨기에 당국에 방문 요청이 물밀듯이 쇄도했으나 이십여 년 전부터 아무도 그곳에 들어가지 못했다. 1990년대에 마지막으로 여성들이 그곳에 정착한 뒤로 그들의 소식을 전혀 알 수 없었다. 지금 벨기에는 미지의 나라로 온갖 추측의 대상이었다. 그러니 굴드에게 신뢰가 가지 않는다는 이유로, 랑글루아가 그 나라에 갈 한 번뿐인 기회를 마다하겠는가? 그럴 리가! 게다가 굴드는 결단코 모험을 즐기는 사람이 아니다. 어떤 일에 뛰어들 때에는 가능한 수단을 총동원해 확실하게 실현시키고 만다. 이 여행을 위해 이 년 동안 준비 작업을 했다고 그가 말하지 않았는가. 벨기에 당국과 끝없이 뒷거래를 하고 제국의 밀사들을 비밀리에 만났다지 않는가. 모든 것이 제대로 준비되었을 것이다. 그들은 환영받을 것이고, 무엇 하나 우연에 기대는 일 없이 계획대로 진행될 것이다. 랑글루아의 들뜬 머릿속에서 그 나라를 보고 싶다는 호기심과 그 땅을 밟고 싶다는 부푼 마음이, 굴드와 네 명의 패거리 사이에 자신이 낄 만한 이유가 없다는 생각을 눌러버렸다.

네 사람 중에서 랑글루아가 아는 사람은 장미셸 골란스키뿐이었다. 골란스키가 창간해 운영하고 있는 주간지 〈랭스탕〉에 그가 쓴 기사가 몇 번 실린 적이 있었다. 골란스키는 과묵하고 변덕스럽지 않은 외교 수완가이고, 주변 사람들을 졸게 만드는 단조로운 목소리를 지닌 살짝 지루한 오십대 남자였다. 그는 화내는 법 없이 언제나 예의바르며, 누구의 주장에도 반박하지 않는 사람이었다. 이런 기질이 그의 경력에 도움이 되었다. 그는 언제나 불똥을 피해다녔고, 적을 두지 않았으며, 갈등에서 합의를 이끌어내는 사람으로 인정받았다. 랑글루아 또한 중용을 지키는 그의 태도를 비현실적으로 여기면서도 높이 평가했다. 그렇게 한결같은 태도는 인간의 능력을 벗어나는 일이었기 때문이다. 랑글루아는 골란스키가 감정을 분출하는 통로를 따로 두고 남몰래 시커먼 분노를 터뜨리고 있을 거라고 의심했다. 그와 함께 며칠을 지내보면 이 가설을 확인할 수 있을 터였다. 어쨌든 그는 골란스키를 성실한 언론인이라고 여기며 좋아했다. 게다가 무척이나 수다스러운 세 사람 옆에 그렇게 차분한 사람이 있다는 것은 마음 놓이는 일이었다.

뤼시앵 보르도는 작가이자 기자인데, 랑글루아는 그의 글을 전혀 읽어보지 못했다. 그의 소설들은 평판이 좋았다. 무엇보다 랑글루아는 그를 언론인(보르도는 『뤼니베르셀』지를 운영하고 있었다)이자, 부인인 마리클로드 랑티에—P.F.F.* 당원으로 무시무시한 선전문을 작성하는 준엄한 지식인이었다—의 영향을 받아 신봉하게 된 페미니즘을 위해 싸우는 운동가로 알고 있었다. 파리에서 이 부부가 벌인 소동은 유명했다. 마리클로드가 생제르맹 대로에서 뤼시앵 보르도의 목에 개 줄을 묶어 산책시키는 모습을 보지 못한

* Parti Féministe Français. 프랑스 페미니스트당. (원주)

사람이 있을까? 그 연출을 통해 그들은 남녀의 관계를 전복하려는 욕망을 보여주고자 했다. 혹은 그들의 본거지인 인도 카페 '마하라자'에서 보르도가 네발로 걷고 짖으며 그녀가 던져주는 땅콩을 받아먹는 모습을 보지 못한 사람이 있을까? 그 기상천외한 행동은 그의 평판에 해가 되지 않았고, 그들 부부는 극단적 페미니즘의 대표 인물로 통했다. 페미니즘에 대한 이야기를 할 때면 사람들은 언제나 그들을 불렀고, 그들의 의견이 모범처럼 받아들여졌다.

랑글루아는 이십 년째 이어지는 보르도와 굴드 사이의 우정을 의외라고 생각했다. 그는 두 사람이 어울리지 않고, 각자 조명을 받으려고 서로 싸울 거라고 생각했던 것이다.

나머지 두 여자, 세속적인 알베르와 전투적인 로트에 대해서는 잘 알지 못했다.

레오노르 알베르는 노련한 기자로, 정치와 문화행정 쪽으로 방향을 틀어 국가 중책을 맡았다. 그녀는 1980년대에 페미니즘에 뛰어들어 저명인사가 되었다. 그러나 페미니스트당에 입당하지는 않았다. 그 태만으로 그녀는 독단적이라는 평판을 얻었는데, 조금 잘못된 평판이었다. 사실 그녀는 언제나 공식 노선을 따랐기 때문이다. 랑글루아는 그제껏 텔레비전에서만 보아왔던 그녀를 굴드의 집에서 만나고 나서 그녀의 피곤한 얼굴을 보고는 깜짝 놀랐다. 텔레비전에서는 화장발 덕분에 십 년은 더 젊어 보였던 것이다. 눈앞의 그녀는 나이가 예순쯤 되어 보였다.

카뤼신 로트는 눈부시게 아름다운 여자로, 그와 동갑인 서른다섯 살이었다. 짧게 자른 머리와 동그란 눈 덕분에 어려 보였다. 그러나 동안에 속아서는 안 된다. 그녀는 야심 많은 과격한 활동가로 어떤 여자들보다 목자를 숭배했다. 그녀가 P.F.F.의 수장이 되면 프랑스 남자들은 벌벌 떨게 될 거라는 말이 나돌았다. 랑글루아는 논쟁에서 맹렬히 활약하는 로트를 보았다. 그녀는 무시무시한 존재였다. 잠자고 있는 여성 비하 사상을, 모든 견해들 밑에 숨어 있는 편견을 들춰내는 데 챔피언이었다. 솔직히 말하면 살짝 두렵기까지 했다. 그는 생각했다. '로트하고 있을 땐 조심해야 해.' 스스로를 잘 통제해 혹독한 심문을 초래할 말은 하지 말아야 한다. 혹시라도 그렇게 되었다간 체면을 구길 게 뻔하다. 아주 피를 말릴 것이다.

저런! 하필 로트가 제일 먼저 카페에 도착했다. 그녀는 카페 안을 둘러보며 굴드를 찾았다. 그녀와 단둘이 있어야 한다는 생각에 끔찍해진 랑글루아는 굴드가 있어서 대화를 이끌어주었으면 하는 마음이 간절했다. 그러나 굴드는 없었다. 로트가 랑글루아를 발견하고 잠시 뚫어져라 바라보았다. 랑글루아가 살짝 미소를 지었지만 그녀는 머뭇거렸다. 그가 맞는지 확신이 안 서는 듯한 태도였다. 굴욕적이었다. 아무리 그래도 최근 몇 주 사이에 네 번이나 만났는데. 마침내 로트가 그에게 미소로 화답했다. 그녀는 거대한 여행 가방을 힘겹게 끌고 그가 있는 자리로 와서 친근하게 볼인사를 했다. 그녀가 하리라고는 생각지 못한 행동이었다. 그녀는 자리에 앉더니 종업원을 불러 커피를 주문했고, 타고 온 택시의 운전사가 불친절하더라는 얘기를 했다. 랑글루아는 예의바르게 그녀의 말을 들었고, 자신은 잠을 잘 못 잤고 뱃속도 더부룩하다며 이 중대한 날에 대한 불안을 털어놓았다.

"당신은 안 그래요?" 그가 물었다.

"아뇨."

실제로 그녀는 매우 편안해 보였다. 스키장으로 놀러가기라도 하는 모습이었다. 랑글루아는 혼자 생각했다. 어떻게 전혀 흥분하지 않는 거지? 어쩌면 당에 소속되어 있어서 벨기에가 낯선 땅이 아니라 자기 집 같은 느낌이 드는 건지도 몰라. 그렇지만 그녀 역시 그곳에 발을 들여놓은 적은 없었다. 제국은 모든 외국인에게 국경을 굳게 닫았다. 자매 조직의 지도자들도 예외는 아니었다. 다른 여자들과 마찬가지로 로트 역시 직접 보지 못한 제국을 노래하듯 찬양해왔다. 제국이 내놓는 정보와 묘사를 토대로 말이다.

"혹시 보고 실망하게 될까봐 걱정은 안 되세요?" 그가 물었다.

그러자 그녀는 이해할 수 없다는 표정으로 그를 쳐다보았다. 그는 자신이 첫번째 실수를 범하고 있다는 걸 깨닫고 우물쭈물 다시 말했다.

"그러니까 제 말은…… 어쩌면 현실은 다를지도 모르잖아요……"

그녀가 말을 잘랐다. "왜 제국이 거짓말을 할 거라고 생각하죠?"

이 대답에 랑글루아는 따귀를 얻어맞은 기분이었다. 그녀가 거듭 말했다.

"벨기에 당국이 하는 말을 믿지 말아야 하나요?"

"아뇨, 아뇨…… 그게 아니라……"

그는 뒷걸음을 쳐서 어떻게든 만회해보려고 여군주 유디트의 영광을 노래했다. 그러다가 이미 엎질러진 물이고, 자신은 이제 로트의 머릿속에 수상쩍은 인물로 인상이 박혀버렸다는 걸 깨닫고 화제를 바꾸었다. 정치는 제쳐두고, 두 사람이 공유하는 유일한 친분인 굴드 쪽으로 화제를 돌렸다. 그녀는 곧바로 굴드를 칭찬했다. 그가 여성의 입장을 지지하는 투사이고 자신이 그의 친구라는 사실이 기쁘다는 식의 이야기였다.

"내 꿈을 실현하게 해준 것에 대해 그에게 어떻게 감사해야 할지 모르겠어요."

"무슨 꿈 말입니까?"

"벨기에를 보는 것이죠."

그는 동의했고, 그것으로 대화는 끝나버렸다. 두 사람은 각자의 잔을 찻숟가락으로 저으며 서로 상냥한 미소를 띤 채 말없이 앉아 있었다. 다행히 굴드가 여느 때처럼 요란하게 도착했다. 그가 들어서면서 종업원과 부딪치는 바람에 종업원이 잔을 떨어뜨렸다. 사람들의 고개가 일제히 돌아갔고, 수군대는 소리도 들렸다. 사람들이 그를 알아본 것이다. 그는 모피 목도리가 달린 빨간색 가죽점퍼를 입고 있었다. 그 뒤를 따르는 그의 아내, 여배우 미슐린 브라슴은 희끗한 머리 위에 귀마개를 쓴 모습이었다. 두 사람은 이 년 전에 결혼했다. 그녀는 굴드보다 나이가 한참 많았지만 정확히 몇 살 차이인지는 아무도 알지 못했다. 어울리지 않는 이 부부는 사람들의 수군거림을 낳았다. 모두들 이혼을 예상했다. 야심 많은 젊은 여자들이 그 원인이 되려고 덤벼들었고, 굴드는 곧 뜻대로 되리라는 환상을 심어주며 여자들의 침대를 드나들었다. 하지만 그는 미슐린과 헤어질 생각이 추호도 없었고, 미슐린도 남편의 불륜을 부정적으로 여기지 않고 오히려 그들 부부에게 이롭다고 판단했다.

굴드는 한 손에 전화기를 들고 통화를 하고 있었고, 다른 한 손에는 가죽가방을 들고 있었다. 미슐린이 남편의 여행 가방 두 개를 끌었다. 두 사람은 의자를 요란하게 잡아당기며 로트와 랑글루아가 앉은 탁자 앞에 자리잡았다. 굴드가 두 사람에게 유쾌하게 인사를 하더니, 보드카 두 잔을 가져오라고 종업원에게 소리쳤다.

"날씨가 따뜻하지 않아서 말이야! 게다가 오늘 난 러시아 사람이 된 기분이거든."

그러더니 아내의 담비털 귀마개를 가리키며 말했다.

"미슐린도 그래."

보드카가 나왔다. 그는 단숨에 자기 잔을 비웠다.

"그래, 지난밤에 잠은 잘들 잤고?"

랑글루아가 아니라고 대답하려 했지만 굴드가 틈을 주지 않았다.

"난 한숨도 못 잤어! 어찌나 흥분되던지. 잊은 건 없는지, 모든 게 제대로 준비됐는지, 그런 생각이 내내 끊이질 않는 거야. 해결해야 할 자잘한 문제들도 있고, 여행 가방도 채워야 하고. 게다가 우리를 기다리는 게 벨기에잖아!"

그렇지만 랑글루아의 눈에는 그가 밤을 꼬박 새운 사람처럼 보이지 않았다. 그는 아주 원기 왕성해 보였고, 생기 넘치는 얼굴로 오만 가지를 한꺼번에 떠들어댔다.

"오늘 아침에도 기차 때문에 전화를 걸었는데, 모든 것이 제대로야. 기차는 제시간에 떠나."

그는 팔을 들어 보드카를 한 잔 더 주문했고, 기다리는 동안 아내의 잔에 입을 댔다.

"어떻게 진행되는지 내가 말했지?"

랑글루아가 고개를 끄덕였지만 그러거나 말거나 굴드는 다시 설명했다.

"우리는 오후 다섯시에 릴에 도착할 거야. 그리고 기차를 타고 코민까지 가야 해. 거기서 내가 빌려둔 미니버스를 타고 중립지대까지 갈 거고. 그런 다음……"

그는 확신이 없는 듯 입을 삐죽거렸다.

"그다음은 나도 몰라. 내 연락책들이 모호한 지시를 보내와서 그대로 미니버스 운전사에게 넘겼어. 이름도 없는 국경 분기점 같은 중립지대 한가운데에서 누군가 우리를 기다리고 있을 거라는군. 가보면 알게 되겠지."

두번째 잔이 나오자 그는 첫번째 잔처럼 비웠다.

"오늘 저녁에 우리가 어디서 자게 될지도 몰라. 브뤼셀에서 자게 될까? 그 고약한 벨기에 여자들이 나한테 아무것도 말해주지 않는 거야. 뭐 할 수 없지!"

보드카 때문에 몸이 더워진 모양이었다. 그가 손을 비비며 말했다.

"그런데 다른 사람들은? 어디쯤 오고 있지? 늦으면 안 되는데!"

때마침 다른 일행들이 택시를 함께 타고 도착했다. 흡족한 얼굴의 보르도, 미소 띤 알베르, 조심스러운 골란스키. 인사와 농담이 오갔다. 자리는 떠들썩하고 유쾌했다. 심각하고 장중한 출발을 상상했던 랑글루아는 그런 분위기에 무척 놀랐다. 그래도 굴드와 그의 패거리가 자신을 침울한 인간으로 생각할까봐 그들처럼 유쾌한 척하려 했고, 모두가 폭소를 터뜨리는 보르도의 문학계 험담에 웃으려고 애썼다. 랑글루아는 미슐린 브라슴 때문에 주눅이 들었다. 그녀가 유명인이었기 때문이다. 그러나 그녀가 아무것도 아닌 일에 웃는 것을 보고 어린아이 같은 여자라는 걸 깨달았다. 어린 척하길 좋아하는 알베르보다 더했다. 저렇게 잘난 척하는 남자와 저렇게 경박하게 아양 떠는 여자가 만나다니, 참으로 기이한 커플이었다!

굴드는 한참을 떠들고 나서 진지한 표정을 짓더니 랑글루아와 로트에게 한 말을 반복했다. 오후 다섯시에 릴 도착…… 골란스키가 파리에서 왜 이렇게 늦게 떠나는지 묻자 굴드는 모른다고 대답했다. 벨기에에 도착하는 시간을 벨기에 당국이 정했는데, 오후 일곱시 이전에는 안 된다고 고집했다는 것이다.

"꼭 우리가 밤에 도착해서 아무것도 보지 못하게 하려는 것 같군." 골란스키가 말했다.

로트가 어깨를 으쓱했지만 랑글루아는 그가 정곡을 찔렀다고 생각했다.

오후 네시가 되자 굴드가 움직일 때가 되었다고 선언했다. 승강장에는 기자들이 대기하고 있었다. 그들의 출발을 '영원히 남기려고' 그가 부른 것이다. 하지만 처음에 그는 자신의 팀(그는 "내 팀"이라고 말했다)에게 언론에 말하지 말라며 비밀을 지킬 것을 당부했다. 제국의 적들이 비난을 퍼부을 것이고, 그 자신의 적들도 기를 쓰고 일을 망치려 들 뿐만 아니라, 반反벨기에 성향의 신문들이 공세에 나설 거라는 등 온갖 이유를 댔다. 모두가 그의 말을 따랐다. 심지어 혀를 가만히 놓아둘 줄 모르는 보르도까지도. 그런데 정작 굴드 자신은 파리 구석구석에 여행에 대해 떠들어댔고, 그 결과 모두가 알게 되었다. 그리하여 신문기자들이 몰려오고, 마이크, 카메라까지 동원된 것이었다! 랑글루아는 생각했다. 굴드는 미디어에서 스타처럼 각광받고, 이 집단의 우두머리로 보이고 싶었던 걸까? 그라면 충분히 그럼직했다. 아니면 말하지 않고는 못 배기는 그의 습성 때문에 이런 언행불일치를 초래했다고 볼 수도 있었다.

굴드가 기자들의 질문에 답변을 하고 나자, 미슐린 브라슴이 기차가 출발할 때까지 기다릴 수 없다며 양해를 구했다. 그녀는 모두에게 작별 인사를 했고, 남편에게 신중을 기하라고, 그리고 너무 지치지 않도록 조심하라고 당부했다. "잘 감시해주세요." 그녀가 골란스키에게 말했다. 마치 천식 걸린 아들을 여름방학 캠프에 보내는 엄마 같은 모양새였다. 랑글루아는 그녀가 그들이 하려는 여행의 목적을 아는지, 이 여행이 매우 중요하다는 것을, 역사적 여행이라는 것을 아는지 궁금했다. 그래 보이지는 않았다. 그녀가 정치 문제를, 세상사를 조금이라도 알까? 지구상에서 일어나는 모든 심각한 문제에 끼어들려는 굴드와 피상적인 것에만 관심을 갖는 브라슴은 그야말로 대조적이었다! 두 사람의 역할 분담이 완벽하다는 생각이 들었다. 어쩌면 그래서 그들의 결혼이 성공적인지도 몰랐다. 랑글루아는 두 사람이 약간 뒤로 물러나서, 지나가는 행인들은 아랑곳하지 않고 청소년들처럼 오래도록 키스를 나누는 모습을 보았다. 그들은 행인들을 놀라게 하는 걸 오히려 즐기는 것 같았다. 보르도와 알베르는 미소 지었지만, 수줍음을 타는 랑글루아는 거북해서 고개를 돌렸다.

잠시 후 브라슴이 떠나자, 굴드는 로트의 엉덩이를 철썩 소리가 나게 한 대 치고는 불량한 찬사를 덧붙였다. 우두머리의 행실에 아연실색한 랑글루아는 정작 그 일을 당한 당사자가 싫은 소리도 하지 않고 가만히 있는 것을 보았다. 그렇게도 자기방어를 잘하던 여자가.

아스트리트 판 모르의 일기

2월 3일. 아침에 병원에 들어서자 여자들이 힘내라는 듯 내 어깨에 손을 얹고 측은한 미소를 지어 보였다. 나는 불안해서 작업일지에서 내 이름을 찾아보았다. 베텨가 나를 폐쇄 병동에 배치했다. 또! 몸이 아프다고 핑계를 대고 조퇴할 뻔했다. 지금은 그러지 않은 것이 후회가 된다.

베텨는 나를 좋아하지 않는다. 단 한 번도 좋아한 적이 없다. 그녀는 취임한 바로 다음날, 나에게 두 달 전 승진 발령을 받은 보안대 병실을 떠나 일반 병실로 돌아가라고 지시했다. 그곳에 일손이 달린다는 이유를 댔지만 거짓말이었다. 부당한 조치였지만 참으라는 동료들의 말에 난 아무 말도 하지 않았다. 동료들은 오늘은 베텨가 나를 미워하지만, 내일이 되면 다른 사람을 미워할 것이라고 했다. 그러면 나를 잊을 테고, 공무원과 군인을 간호하도록 보안대 병실로 돌려보내줄 거라고. 나는 그럴 자격이 있으니까.

그런데 웬걸! 보안대 병실로 돌아가기는커녕 매주 폐쇄 병동 근무다! 대체 내가 뭘 잘못했기에 이런 수모를 당하는 거지? 대개는 잘못을 저질러 처벌을 받아야 그곳에 보내지고, 그렇더라도 하루 이상을 넘기지 않는다. 한데 내 경우는 하루 이상 계속되고 있다. 때로는 사흘 내리 이어진다. 사람들은 페스트 환자라도 보듯 나를 바라보며 내가 온종일 벌거벗은 남자들 사이에서 지낸다며 등뒤에서 수군거린다.

이번만큼은 베터에게서 설명을 듣고 싶었다. 난 잃을 게 하나도 없으니까. 병원에서 최악의 부서가 폐쇄 병동인데, 그녀는 이미 나를 그리로 내몰고 있지 않은가. 화가 나서 그녀의 사무실로 찾아갔다. 그런데 그녀는 없었다. 조수들뿐이었다. 멍청한 여자 둘이 나를 보고 비웃었다. 분했지만 이 형벌을 받아들이기로 마음먹었다. 그리고 약국에 가서 세탁물과 붕대와 약을 수레에 실었다. 그곳에는 아무것도 없기 때문이다. 나는 내키지 않는 걸음으로 수레를 지옥으로 밀었다.

폐쇄 병동은 1987년 새로 제정된 혼성混性 법에 따라 병원의 옛 작업장들을 의료용으로 개조한 곳이다. 누구도 그곳에서 일하는 걸 원치 않았다. 그래서 제비뽑기로 의사를 뽑고 간호사를 지목해야만 했다. 날이 갈수록 병원은 그곳에 할애하는 예산을 줄였다. 현재 예산은 제로에 가까운 것 같다. 황폐한 상태가 한눈에 들어온다. 그 병동은 병원에서 1980년대 이후로 보수하지 않은 유일한 구역이다. 페인트칠이며 이음새며 니스칠이 모조리 썩어 바스러진다. 탈출을 막기 위해 밖에서만 열리게 되어 있는 문을 밀고 들어서면 고약한 냄새가 코를 찌르고, 각층에서 들려오는 쉰 고함소리가 귀를 때린다. 그것이 환자들과의 첫 만남이다.

나는 당직 간호사 유터에게 가서 내 소개를 한 뒤, 베터가 나를 오늘의 당번으로 정했다는 사실을 알렸다. 그녀는 나에게 안됐다고 말하더니 수레를 가져온 것에 고마워했다. 우리는 그녀의 사무실에서 커피를 마셨다. 왜 폐쇄 병동에 있느냐는 물음에 그녀는 지친 목소리로 자원한 일이라고 대답했다. 난 놀라서 입이 다물어지지 않았다. 그녀가 덧붙여 말했다. "이 불쌍한 사람들에게도 헌신해줄 사람이 필요하잖아요. 산 사람과 죽은 사람을 헤아리는 일밖에는 할 일이 없을지라도 말이에요."

함께 병실을 돌면서 나는 그것이 그냥 하는 소리가 아니라는 걸 확인했다. 폐쇄 병동의 상태는 끔찍하다. 불결한 매트리스가 빽빽이 들어차고 난방장치도 없는 쉰 개의 병실이 벨기에의 비참함을 고스란히 보여준다. 많은 환자들이 벌거벗었고, 이불조차 없는 환자들도 있다. 병원에서 이불을 주지 않았거나 다른 환자들이 훔쳐갔기 때문이다. 환자들은 제대로 먹지 못해 해골처럼 앙상하다. 식사는 불규칙한데다 고기는 나온 적이 없다. 많은 환자들이 욕실까지 갈 힘이 없어 자기 몸에서 나온 배설물 웅덩이 속에 처박혀 지낸다. 욕실에 가봤자 더운물은 나오지 않고, 배수관도 모두 막혀 있다. 유터는 마스크와 장화를 착용하지 않았다고 나를 나무랐다. 그곳에서 간호를 하려면 꼭 필요한 장비라는 것이다.

의사들은 절대로 오지 않는다. 유터처럼 영웅적인 간호사 몇 명이 나처럼 운 나쁜 인간의 보조를 받아 환자들을 씻기고 붕대를 감아주거나, 형편이 되는 대로 주사를 놓는다. 그조차 떨어지면 치료를 중단하고 그들이 죽어가는 모습을 지켜본다.

사실 폐쇄 병동에서 가장 끔찍한 것은 이곳에 한 번도 와보지 않은 간호사들이 기겁하듯 남자들을 간호하는 일이 아니라, 그 사내들이 처해 있는 상태다. 그곳에는 세상의 온갖 질병이 다 있다. 오늘만 해도 열병, 암, 괴저, 대상포진, 간질 환자들을 보았고, 미친 사람들도 수없이 보았다. 삼백 명의 환자 가운데 오십 명은 유디트에게 봉헌을 했다. 회개를 하면 병동에서 나가 여자들과 마찬가지로 치료를 받을 수 있으리라 믿은 것이다. 그런데 여전히 그곳에 남게 되자 자기 서류가 분실되어 봉헌을 한 사실이 기재되지 않았다고 넘겨짚고 자신들이 행정 착오에 희생되었다고 믿는다. 절망한 그들은 절단된 가랑이 사이를 간호사들에게 보여주며, 자기 일을 행정처에 알려 그곳에서 내보내달라고 애원한다. 그들의 불행한 사례가 다른 사람들에게 교훈이 될 수도 있었을 텐데 아무 소용이 없다. 그들은 여전히 봉헌을 하면 구원받으리라 믿고, 온갖 수단을 써서 거세를 한다. 그러다보니 대거 파상풍이 발생하고, 그들의 굳은 음경은 포르말린에 담긴 채 투명한 유리병 속에 수집된다. 유터는 말했다. "저 모든 걸 버려야 하는데 관례적으로 지하실에 보관해왔어. 수백 개나 돼. 엄청난 광경이지."

내일 나는 그곳에 다시 갈 용기를 낼 수 있을까?

2월 4일. 베터가 나를 폐쇄 병동에서 일반 병실로 도로 보내주었다. 한숨 돌렸다. 하지만 다시 돌려보내는 데 얼마나 걸릴까?

2월 7일. 내 시종이 또 바뀌었다! 어제저녁 집에 돌아와보니 클레먼스가 아닌 도뤼스가 나를 기다리고 있었다. 처음엔 화가 났다. 나는 클레먼스가 마음에 들었기 때문이다. 그는 딸아이들을 다정하게 대해주었고 나를 잘 도와줘서, 집을 맡겨도 전혀 걱정되지 않았다. 그에게는 좋은 점이 또 있었다. 그는 내게 숨길 만한 것이 전혀 없다는 걸 보안대에 증명해주었다(그는 아니라고 부인하지만, 시종들이 으레 그러듯 그 역시 보안대에 모든 것을 보고했다). 덕분에 나는 두 번이나 가택수색을 면제받았다.

내가 미적지근하게 대했는데도 도뤼스는 다정한 얼굴이었다. 그는 스물여섯 살이고, 올해에 자기 봉헌과 포기를 실행할 계획이다. 유디트와 비르지니가 그를 받아들였다. 그가 아이들을 즐겁게 해주었기 때문이다. 그가 아이들을 재운 뒤 나는 그와 함께 몇 분 동안 이야기를 나누었다. 그는 호감 가는 얼굴이고 똑똑해 보였다. 내가 사는 아담한 빌라가 그가 지금까지 일해온 자매 숙소와 달라서 기분 전환이 된다고 말했다. 나는 웃으며 유디트가 태어나기 전에는 나 역시 자매 숙소에서 살았다고 했다. 물론 원칙적으로 나는 그런 생활 방식을 지지하고 그 이점을 믿는다. 그런 생활 덕에 얼마나 자주 내가 무심코 하는 좋지 못한 행동을 피할 수 있었던가? 그리고 거기서만큼 다른 여자들, 그러니까 나의 자매들과 맺는 유대를 절실히 느낀 적이 없지 않은가? 그러나 실제 생활에 대한 진실을 말해야겠다. 방 다섯 칸짜리 아파트에 네 가족이 함께 살면서 끊임없이 부대끼느라 미칠 것만 같았다. 나와 함께 산 자매들의 이름은 베티, 우커, 야코바였다. 모두가 버릇없는 딸아이를 하나씩 두고 있었고, 저마다 성깔이 있고 좋아하는 것이 달라서 집단생활을 지옥으로 만들었다. 예를 들어 베티는 채식주의자여서 우리가 고기 먹는 걸 견디지 못했다. 기적 같은 일이 일어나 고기를 좀 얻어 아파트로 가져오면 벌컥 화를 냈고, 우리가 고기 요리 하는 걸 막으려고 했다. 우커는 결벽증이 있었다. 쉬지 않고 모든 걸 닦아대며, 우리가 게으르다고 비난했다. 야코바는 전혀 달랐다. 그녀는 성질이 괴팍했다. 차라리 난폭한 편이 나았을 것이다. 그랬더라면 남자 같다고 마음 편히 비난이라도 했을 텐데. 하지만 우커와 베티는 착한 여자들이어서, 야코바가 자기들에게 은근히 못된 짓을 하고 끊임없이 비난을 쏟아내며 등뒤에서 욕설을 중얼거려도 잠자코 참았다. 그저 자매 아파트에서 으레 일어나는 일이라고 했다.

야코바의 딸 마르티는 내내 아팠다. 그 아이는 세상의 온갖 바이러스를 집으로 가져와 내 어린 딸 비르지니에게 옮겼다. 비르지니는 병을 이겨낼 만큼 튼튼하지 못했다. 자기 딸이 고열에 시달릴 때마다 야코바는 내 딸도 곧 아플 거라는 생각에 즐거워했다. "자매애란 공유하는 거야, 세균까지도 말이야!" 내가 그녀의 의견에 반박이라도 할라치면 목자의 '책' 뒤로 숨었다. 그녀는 '책'을 달달 외우면서 자기 합리화를 하기 위해 필요한 구절을 암송하곤 했다. 매일 저녁 '책'을 두 쪽씩 읽었고, 자기처럼 '책'을 읽으라며 우리를 부추겼다. 나와 베티와 우커가 거부하자 우리에게 저급한 페미니스트들이라고, 자기가 꿈꿔온 자매 아파트는 이런 것이 아니라며 보안대에 우리를 고발하겠다고 협박했다.

그런 날들이 팔 년간 지속됐다. 유디트가 태어나자 엄마 친구분들이 나에게 단독 빌라를 얻어주었다. 그분들이 없었다면 구하지 못했을 것이다. 특혜를 받았다는 양심의 가책은 들었지만 감수할 만했다.

동네 이웃들도 나와 같은 시기에 비슷한 처지에서 둘째 딸이 태어나자 집을 갖게 된 사람들이다. 목자님이 통치 10주년 되는 해에 태어난 아기들에게 모두 자신의 이름을 붙이기를 바랐기 때문에 우리 동네엔 유디트라는 이름을 가진 아이들이 넘쳐났다.

2월 8일. 비르지니가 배지를 잃어버렸다. 그래서 블라우스에 배지를 달지 않고 학교에 갔던 모양이다. 아이는 울었다. 착한 녀석! 아이를 달래며 놀리는 아이가 있으면 이렇게 말하라고 했다. 할머니가 대목자님의 동료였으며, 그 사실이 어떤 배지보다 잉리트와 유디트에게 바치는 헌신을 입증해준다고.

4월 4일. 텔레비전이 다시 작동한다! 행운을 만끽하고 싶었는데, 안타깝게도 오늘 저녁에 방영된 다큐멘터리는 내가 이미 열 번이나 본 것이었다. 혁명에 관한 다큐멘터리. 체제를 뒤엎은 혁명 말이다. 쓰지 말아야 할 이야기지만, 우리가 달달 외우고 있는 10월의 사건, 대행진, 잉리트의 연설 영상 말고 다른 걸 보고 싶어하는 건 지나친 바람일까? 중립지대 가까이에서는 외국 방송도 볼 수 있다고들 한다. 물론 그걸 볼 권리는 없지만, 그래도 보는 사람들이 있다. 채널도 여러 개라고 한다. 수십 개나 되는 모양이다. 그다지 믿기지는 않는다. 외려 불가능해 보인다. 어쨌든 이곳에 컬러 방송을 볼 수 있는 채널이 두 개라도 있으면 좋겠다. 텔레비전 수상기를 꽤나 비싸게 주고 샀는데.

달리 선택의 여지가 없어서 결국 다큐멘터리를 보았다. 지난번에도 느꼈던 거지만 1970년의 사건에 대해 내가 알고 있는 것과 방송에서 다루는 방식이 너무 달라서 충격을 받았다. 해설을 듣다 보면 모든 것이 환희였던 것만 같다. 네덜란드, 벨기에, 룩셈부르크가 자연스럽게 억압에서 자유로 미끄러지듯 이행했고, 혁명은 고통 없는 출산이었던 것 같다. 충돌에 대해서도, 약탈에 대해서도, 프리슬란트에서 일어난 내전에 대해서도, 림뷔르흐에서 자행된 학살에 대해서도 아무 말이 없었다. 베아트릭스 이야기 역시 언급조차 없었다! 내부에서 아주 가깝게 모든 것을 목격한 내 어머니가 들려준 얘기와는 달랐다. 과거에 혁명가였던 어머니가 털어놓은 이야기는 이 모든 것에 전혀 다른 빛을 비추었다. 어머니가 자주 들려주던 이야기가 기억난다. 술 취한 민병대원들에 관한 이야기였다. 잉리트의 군인들이 헤이그에서 권력을 장악한 뒤 이어진 며칠 동안 네덜란드의 술집이란 술집은 죄다 돌아다니면서, 완전히 취해(모든 의미에서 취했다. 술에 취하고, 권력에 취하고, 앞으로 자신들이 통치할 테니 권한을 마음껏 누려야 한다는 생각에 취했다) 길거리에서 마구 총을 쏘고 사방에 소란을 일으키며 사냥감 쫓듯 남자들을 추격했다는 것이다. 그렇지만 그 이야기는 텔레비전에서도, 다른 어디에서도 들을 수가 없었다. 그런 이야기를 퍼뜨리는 사람이 어떤 대가를 치르게 될지는 감히 상상조차 하기 힘들다. 어쨌든 말해봤자 사람들은 믿지 않을 것이다. 여자들이 술을 마셨다고? 에이, 여자들은 술을 마시지 않아!

5월 11일. 이번 미사는 즐거웠다. 사제는 모두가 조는 강론 대신 우리에게 남자 초상화들을 붙여놓은 벽 앞을 지나가게 했다. 한 사람씩 남자를 골랐다. 그런 다음 신호가 떨어지자 "강간범! 강간범!" 하고 외치며 남자의 얼굴에 침을 뱉었다. 아가씨들은 신이 나서 열성을 다했다. 우리는 실컷 웃었다.

(내가 어렸을 때인 혁명 초기에는 그런 벽이 곳곳에 있었다. 우리는 구체제하에서 권력을 누렸던 남자들의 초상화를 벽에 그려놓고 마구 더럽혔다. 그 벽들이 왜 사라졌는지 궁금하다.)

그러고 나서 우리는 시그리트의 집으로 갔다. 그녀는 잔뜩 겁에 질려 있었다. 지난밤에 가택수색을 당했는데, 보안대가 그녀의 집에서 금서를 여섯 권이나 찾아낸 것이다. 그녀는 그 책들을 읽지 않았을 뿐만 아니라 있는지조차 몰랐다고 말했지만 아무 소용 없었다. 그녀가 울음을 터뜨리자, 측은한 마음이 든 한 보안대원이 그녀에게 이런 사소한 일로 법정에 서는 일은 거의 없으며 벌금과 자기비판으로 끝날 거라고 일러주었다. 그러나 항상 최악의 경우를 내다보는 시그리트는 자신이 잡혀가게 될 거라고 생각했다. 이야기를 듣고 나니 우리집에도 의심을 살 만한 것이 없는지 확인하는 게 좋겠다는 생각이 들었다. 옛날 시종보다 더 교활할지도 모르는 새 시종이 들어왔으니 더더욱 그랬다. (도뤼스는 포기를 준비하고 있는 상황이니 보안대에 잘 보일 필요가 있다. 그러자면 주인을 고발하는 것보다 더 좋은 일은 없다.)

시그리트에게 기운을 북돋워주려고, 나는 베터와 폐쇄 병동 때문에 내 쪽도 상황이 좋지는 않다고 말했다. 그녀는 그 병동이 아직까지 존재하는지 몰랐지만, 그곳이 있는 게 그다지 나쁜 것 같지 않다고 생각했다. "아플 때 병원에서 난폭한 여자와 마주치고 싶지 않을 거 아냐. 그러니 남자들을 우리와 격리하는 편이 낫지 않겠어? 그리고 대개 환자들은 반쯤 벗은 실내복 차림으로 돌아다니잖아. 그러니 남자들을 가까이 두는 건 위험할 거야." 그러나 바로 그 사람들을 간호하도록 나를 폐쇄 병동으로 보낸다고 하소연하자 그녀는 할말을 찾지 못했다.

대화는 목자님 즉위 20주년 기념일로 옮겨갔다. 시그리트는 그날에 관해 몇 가지 비밀을 알고 있었다. 예전에 리에주의 아파트에서 같이 살았던 한 자매와 계속 연락하고 지내는데, 그 자매가 승진해 요즘 정부 부처에서 일하고 있다는 것이다. 자매의 말에 따르면 전국에서 공연과 불꽃놀이를 곁들인 성대한 축제가 준비중이었다. 일주일 동안 공휴일이 선포될 거라는 소문도 있었다!

시그리트는 기뻐했다. 그러나 나는 축제에 탕진하게 될 수백만 크로네의 비용을 생각했다. 다른 곳에 쓰면 훨씬 좋을 텐데. 어째서 일주일 동안 광란의 축제를 벌이는 걸까? 차라리 그 돈으로 일 년 동안 좀더 편안하게 사는 쪽을 택할 수 있을 텐데. 시그리트는 내가 너무 암울한 생각만 한다고 반박했다. 그녀의 말이 옳다. 축제 이야기를 하는데 나는 벌써 그 이후를 생각하고 있다.

5월 13일. 다시 시그리트의 집에 들렀다. 차를 준비하는데 응접실에서 끔찍한 소리가 들려왔다. 낡아빠진 스피커(초기에 설치된 모델 중 하나였다)가 소름 끼치는 소음을 냈다. 소리를 낮추지 못하도록 볼륨이 최고 수준으로 맞춰져 있었다. 스피커에서는 유디트가 막 새로운 시를 지었으며, 나라 곳곳에서 그 시를 들을 수 있도록 낭송을 할 예정이라고 알렸다. 시그리트가 말했다. "목자님이 영감을 얻으셨나봐. 이달 들어 벌써 세번째야." 유디트가 좋아하는 여배우 티나 베르나울트가 시를 읊었고, 우리는 경건한 자세로 그녀의 낭송을 들었다. 유디트가 최근에 지은 작품들이 모두 그렇듯 꽤나 난해해서 나는 거의 이해하지 못했다. 어쨌든 아주 멋진 시였고, 언제나 열광적인 비르지니는 시 낭송이 끝나자 족히 일 분 동안 박수갈채를 보냈다.

기차는 릴을 향해 달렸고, 장미셸 골란스키는 기차 안에 있는 것이 기쁜지 자문했다. 무엇보다 그는 여행을 싫어했고, 일상에서 벗어나게 하는 모든 것을 싫어했다. 부득이하게 일상을 떠날 땐(8월과 크리스마스 때 아내 때문에 하는 수 없이 떠나야만 했다) 매일, 거의 매시간 할 일을 미리 체크하기 위해 모든 것을 계획해서 일정표를 짰다. 그런데 지금은 아는 것이 거의 없었다. 굴드는 벨기에 사람들이 짜둔 프로그램에 대해 일절 밝히지 않고 얼버무렸다. 따라서 이건 모험이라 할 수 있었는데, 그는 모험을 좋아하지 않았다.

또 한 가지, 여행 동료들을 자신이 선택한 것이 아니어서 그들과 함께 일주일을 견딜 수 있을지 확신이 서지 않았다. 물론 굴드 외 다른 사람들이 마음에 걸렸다. 이를테면 보르도는 오래전부터 알고 지냈다. 그를 좋아하긴 하지만 지루한 사람이라고 생각했기 때문에, 하루종일 그와 가까이 있게 된 것이 걱정스러웠다. 말이 많다는 점이 거슬리는 게 아니라(골란스키는 수다스러운 사람을 고맙게 여겼다. 그런 사람들이 자기들끼리 대화를 나누면 그는 입을 다물고 있어도 되었기 때문이다) 너무 많은 이야기를 동시에 횡설수설해서 머리가 어지러웠기 때문이다. 굴드도 끊임없이 거드름을 피우며 이야기하지만 좀 달랐다. 몇 안 되는 같은 주제를 반복해서 이야기하기 때문에 한 번만 들으면 충분했다. 그러고 나면 쉴 수 있었다.

역시나 오래전부터 알고 지내는 레오노르 알베르에 대해서는 그다지 많은 생각을 하지 않았다. 두 사람은 서로 거의 말을 나누지 않았다. 그녀는 그의 관심을 끌지 못했다. 반면에 젊은 랑글루아는 그의 마음에 들었다. 성실하고 기지가 번득이는 독립적인 청년이었다. 랑글루아는 〈랭스탕〉에 훌륭한 기사를 여러 차례 보내왔고, 그는 그 기사를 실었다. 랑글루아가 따분한 사람이라는 얘기도 있었지만, 골란스키는 그저 웃어넘길 뿐 그를 싫어하지 않았다. 마지막으로 카퓌신 로트가 남았다. 그녀는 톡톡 튀는 매혹적인 여자였다. 그는 그녀가 젊고 성가시며 떠들썩한 여자라고 생각했다. 그녀의 곁에 있으면 늙은이가 아이 앞에서 느낄 만한 거북함을 느꼈다. 게다가 남자를 좋아하지 않으며, 무엇 하나 조용히 넘어가는 법이 없다는 걸 그는 알고 있었다. 그녀는 성가시게 굴 것이다. 그녀와 함께 있으면 마음이 편치 않았고 저절로 방어태세를 취하게 되는 것 같았다. 차라리 그녀가 없었으면 싶었다.

그럼에도 그는 굴드에게 가겠다고 했다. 그가 기사를 쓰기 위해 여행을 가는 건 몇 년 만에 있는 일이었다. 이렇듯 벨기에는 칩거 생활을 하는 사람조차 집밖에 나서게 하는 곳이었다! 게다가 그들의 탐방기사가 실릴 〈랭스탕〉을 자극적으로 홍보할 수도 있을 것이다. (골란스키는 벌써부터 표지와 제목을 상상했다. 멋진 사진도 곁들이고 싶었는데, 사진작가를 자처하는 굴드가 전문가의 작업을 거부하고 직접 사진을 찍겠다고 나서 타협의 여지가 없었다. 결과를 속단하고 싶지는 않았지만 골란스키는 조금 불안했다.) 벌써부터 판매 부수에서 이번 여행의 효과가 느껴졌다. 대중은 〈랭스탕〉 최근 호들을 앞다투어 샀다. 역설적이게도 온통 여행 이야기만 떠들어대는 다른 언론보다 여행에 대해 덜 다루고 있는데도 말이다. 한마디로 말해 벨기에와 매출, 이 두 가지 이유 때문에 그는 이 기차에 타고 있었다. 보르도와 알베르와 로트가 뒤에서 떠들어댔지만 골란스키는 메모에 집중하려 애썼다.

성실한 그는 벨기에에 관한 온갖 자료를 준비했다. 서가에 꽂힌 책들을 색인 카드로 정리했고(페미니스트당의 안내문, 증언, 역사책, 선전 책자 모두), 서른 편의 영화를 보았으며, 전문가 스무 명과 그가 아는 활동가들을 전부 철저히 인터뷰했다. 이 모든 자료를 종합해본 결과, 서로 모순되는 관점들이 도출되었다. 그것들은 세 가지로 분류할 수 있었다. 벨기에는 어떤 이들에게 일종의 여성 천국이었다. 여자들이 자유롭고 행복하게 사는 경이로운 나라, 아무런 부족함 없이 사는 부유한 나라, 목자가 그 어머니의 대를 이어 훌륭하게 통치하는 나라였다. 이것이 벨기에가 하는 통상적인 선전이었다. 또 어떤 이들에게 제국은 지옥의 강인 스틱스의 복사판이었다. 여자들은 구속받고 남자들은 박해받는 경찰국가였다. 국민을 먹여 살리기 힘들 만큼 가난한 나라, 병든 관료 체제로 국가를 제멋대로 운영하고, 임의 체포와 테러리즘과 산업재해가 난무하고, 기대수명이 형편없는, 한마디로 말해 중세로 돌아간 나라였다. 여론의 90퍼센트가 이 두 범주에 속했다. 그 중간에 있는 10퍼센트의 분분한 의견은 골란스키가 의견을 정하는 데 도움이 되지 못했다. 신중한 기질의 소유자인 그는 눈으로 직접 보기 전까지는 아무것도 믿지 않기로 결심했다. 그는 쉽게 영향을 받는 사람이 아니었다. 이 점은 그의 직업에서 장점으로 작용했다. 따라서 지금으로선 그가 확실하게 믿는 것은 없었다. 기껏해야 제국에 대해 막연한 호감을 드러낼 뿐이었다. 그가 속한 사회에서는 그러는 것이 정치적 도리였기 때문이다. 그러나 보르도나 로트 같은 맹렬한 페미니스트들의 태도와는 전혀 상관없는 것이었다.

골란스키는 시험 날 아침처럼 수첩에 코를 박고 자신의 메모를 다시 읽었다. 젊은 기자 시절에 몸에 밴 반사적 행동이었다. 그 시절 그는 온갖 주제를 아우르는 백 가지 질문을 준비하지 않고는 아무도 인터뷰하지 않았다. 그는 찾아낸 정보—그다지 많지는 않지만 적어도 믿을 만한 정보—를 가지고 일종의 편람을 만들었다. 주요 통치자들의 이름이 적힌 권력 조직도, 지방 경계가 표시된 제국 지도, 그리고 문화 정보도 있었다. 가장 잘 알려진 예술가들, 가장 많이 읽히는 소설가들, 큰 국가 행사 등등. P.F.F.가 알리려고 노력했지만 프랑스인들은 벨기에 혁명 문학과 예술에 관해 그다지 많이 알지 못했다. (당은 전시회를 개최하고, 매년 '여성 출판'이라는 이름을 내세워 수천 권의 책을 출간했으며, 별도의 상을 수여했다. 요컨대 별도의 문화계를 만든 것이다. 그것으로 일군의 공식 작가와 예술가들을 먹여 살렸다. 그렇지만 그 세계 사람들은 자기들끼리만 어울렸고 대중은 그들에게 별로 관심이 없었다.) 마지막으로, 생각을 명료하게 정리하기 위해 골란스키는 빳빳한 종이에 벨기에 혁명의 중요한 날짜들과 사건들을 적어 주머니 속에 넣어 두었다.

"1922년. 잉리트 페르마르스, 벨기에 안트베르펜에서 출생.

1955년. 외동딸 유디트 출생. 부친은 신원 미상(광신도들은 그녀가 처녀생식으로 아버지 없이 태어났다고 주장한다).

1961년. P.F.E.(유럽 페미니스트당) 창설.

1962년. 베아트릭스 훈 입당. 잉리트와 공동대표.

1965년. 잉리트와 베아트릭스, 네덜란드에 정착.

1967년. 첫번째 쿠데타 시도 실패.

1970년 10월 2일: 헤이그 혁명. 율리아나 여왕과 페트뤼스 더 용 총리가 벨기에로 피신, 그후 스페인으로 도피. 10월 12일: 여성 제국 선포. 잉리트 즉위. 전 세계 여성들이 네덜란드로 운집.

1971년 7월 9일~14일: '대행진'. 삼십만 명의 여성이 헤이그에서 브뤼셀로 몰려가 벨기에 왕위를 전복함. 벨기에의 권력이 평화적으로 이양됨. 룩셈부르크 병합. 9월 30일: 베네룩스 3국 전체를 아우르는 여성 제국이 공식적으로 탄생함. 수도는 브뤼셀.

1972~1976년. 수만 명의 남녀 이민자들이 새 국가의 국경으로 몰려듦. 급여에 관한 성차별적 법률이 처음으로 제정됨. 브뤼셀에

서 감독하는 유럽 자매당들 탄생.

1973년. 영국과의 협정 위반. 두 나라 간의 긴장 고조. 헤이그 연해에서 영국 순양함 한 척이 침몰됨. 영국 정부의 보복 위협. 유럽이 떠들썩한 소란에 휩쓸림. 영국 정부의 사과문 발표.

1977년. 잉리트와 베아트릭스 결별. 베아트릭스는 지하조직에 들어가 테러를 지휘함. 이후 그녀의 생사 여부는 알려지지 않았음. 제국은 수많은 사보타주와 암살을 그녀의 소행으로 여김.

1978년. 성차별적 법률이 더욱 강화됨.

1980년. 이성 결혼 금지.

1983년. 제국 주변에 중립지대 설정.

1988년. 제국이 핵무기를 보유하고 있다고 주장.

1992년. 잉리트 사망. 유디트가 권력을 승계함.

1995년. 벨기에가 국제기구를 탈퇴하고 국경을 폐쇄한 뒤 모든 외교 관계를 단절함. 더이상 아무도 출입할 수 없게 됨."

5월 15일. 그레고르를 보고 온 뒤로 이 일기장을 열 때마다 마음이 불안하다. 오늘도 온갖 감정이 뒤섞여 마음이 괴롭고 뒤숭숭하다. 불법행위를 했다는 수치심과 후회, 아들을 가졌다는 혐오감, 보안대가 찾아내면 어쩌나 하는 두려움, 어렵게 아이를 만나는 괴로움. 때로는 유모에게서 아이를 되찾아와 다른 남자아이들과 같이 둬야겠다는 생각이 든다. 유모를 쓰는 비용이 비싼데다 위험부담도 너무 크다. 불법이라면 넌덜머리가 난다. 이러다가도 곧바로 생각을 바꾸고, 그런 생각을 한 걸 자책한다. 더구나 그레고르를 국가에 내놓으면 내게 해명을 요구할 것이다. 아이를 숨긴 것을 질책할 것이고, 난 재교육을 받아야 할 것이다. 그러면 앞으로는 아이를 보지 못하겠지. 가장 두려운 일이 그것이다. 아이를 영원히 빼앗기는 것. 지금도 아이를 잘 보지 못하지만 그래도 영영 못 보는 것보다는 낫다. 아이를 만지고 안을 수도 있고, 비록 우성의 성性은 아니지만 나한테 소중한 존재라는 걸 아이에게 느끼게 해줄 수 있으니.

의사가 딸이 아닐 거라고 말한 순간을 나는 종종 떠올린다. 몸이 산산조각나는 기분이었다. 어떻게? 그럴 리가 없었다. 규칙대로 수정受精했는데! 선별 과정에서 실수가 전혀 발생하지 않는 건 아니라고 의사는 설명했다. 피펫에서 백에 하나꼴로 착오가 생겨 수컷이 나오기도 한다는 것이다. 법은 나에게 선택권을 주었다. 출산해서 아이를 다른 사내아이들과 함께 공동 육아소로 보내거나, 아니면 당장 없애야 했다. 나는 아이가 태어나지 않게 하는 쪽을 선택했다. 그런데 이틀 뒤 다시 병원을 찾았을 때 다른 의사가 나를 맞이했다. 내가 괴로워하는 모습을 보고 의사는 다른 해결책을 제안했다. 물론 불법이었다. 출산해서 아이가 태어나면 딸을 사산했다고 신고한 다음, 그녀가 잘 아는 시골 유모 집에 아이를 숨기라는 것이었다. 나는 지하 세계로 이어지는 불법 경로들을 발견하고, 수천 명의 사내아이가 매년 그 길을 가고 있다는 사실을 알고 경악했다. 의사가 말했다. "위험할 건 없어요. 이미 여러 차례 해본 일이에요. (자신이 출생을 도운 다른 여자의 아이들을 말하는 걸까, 아니면 자기 자식들을 말하는 걸까?) 유모 집에서 매달 만나볼 수 있어요. 그렇지만 조심하셔야 할 겁니다."

결국 나는 출산했고, 아기는 숨겨서 헨트 지역의 렘베커에 있는 한 농가에 보냈다. 그후 나는 두 달에 한 번씩 그곳에 간다. 눈에 띌까봐 더 자주 가지는 못한다. 처음에는 발각될지 모른다는 생각이 들어 공포에 떨었다. 보안대가 내가 사는 지역을 순찰할 때마다 날 잡으러 오는 거라고 생각했다. 이제는 익숙해졌다. 그런데도 여전히 잠은 잘 자지 못한다. 요컨대 이런 이유가 아니더라도 어차피 다른 이유로 불안했을 것이다. 이 나라는 완벽한 여자들을 위한 곳이다. 완벽하길 바라지만 그렇지 못한 우리 같은 사람들은 늘 잘못을 저지를까 조마조마하고 법망을 벗어나게 될까 두렵다. (우리가 알기도 전에 법이 자주 바뀌어 법을 어길 위험이 더 크다. 그렇지만 훌륭한 시민이라면 본능적으로 바른 행동을 하기 때문에 꼭 법을 알아야만 지킬 수 있는 건 아니라고 비르지니는 말할 것이다……) 유모는 아들을 숨겨둔 사람이 결코 나 혼자가 아니라고 말했다. 상류층에도 있는 일이라고 했다. 군인, 보안대원, 각료들도 의뢰한다고. 그녀는 음모자 같은 얼굴을 하고 중얼거렸다. "어떤 인물들인지 내가 입을 열면……" 사실일까? 아니면 흥미를 끌려고 그냥 하는 말일까? 행정기관에는 그런 일이 득이 될 것이다. 남자아이에게 공동 교육을 시키자면 비용이 많이 든다. 그러나 자기 아들을 숨기는 여자는 제 주머니를 털어 유모에게 돈을 지불한다. 따라서 국가의 비용이 절감된다. 그래서 눈감아주는 것이다. 원칙대로 보안대가 이따금 유모들 집을 기습하지만 대개는 눈감아준다. 유모는 그 사실을 입증해 보였다. "십 년째 이 일로 먹고살고 있어요. 십 년요. 그런데 단 한 번도 조사를 받지 않았어요. 십 년 동안 나를 고발한 사람이 아무도 없었겠어요? 아니죠. 절대 아니에요! 틀림없이 누군가 나를 고발했을 거예요. 보안대도 틀림없이 알고 있어요. 난 이미 오래전에 수용소에 들어가야 했을걸요. 다시 말해 보안대가 신경을 안 쓰거나 가만히 내버려두라는 지시를 받은 거죠. 그러니까 아무 걱정 안 하셔도 돼요." 반박할 여지가 없어 보이는 말이었다. 나는 그 시스템을 이용하는 사람이 나 혼자가 아니라는 생각에 매달렸다. 궤변인지는 몰라도 그녀의 말에 안심이 되었다. 내게 짐이 되고 있는 그레고르 문제만 빼면, 내가 완전무결한 시민이 되려고 무진 애를 쓰고 있으며 엄격한 혁명 원칙에 따라 생활하고 있다는 생각 역시 나를 안심시켰다. 이 정도만 해도 스스로에게 꽤 엄격한 것 아닌가? 가능한 한 투철한 혁명주의자가 되려고 노력하고 있는데, 더 그러지 못한다고 자책할 필요가 있을까?

그래서 그레고르를 보러 갔다. 렘베커에는 늘 기차를 타고 간다. 자동차를 빌리는 건 비용이 너무 비싸다. 게다가 목적지며 이동 시간, 이유 등을 신고서에 기록해야 한다. 그건 내가 사내아이를 숨겨두고 있다는 걸 보안대에 직접 알리는 꼴이나 다름없다! 나는 새벽이 오기 전에 일어나서 헨트까지 기차를 탔고, 거기서 다시 에클로까지 버스를 탔다. 농가까지 남은 5킬로미터는 걸어서 갔다.

시골은 얼마나 가난한지! 풀밭이 텅 비어 있었고 가축이라고는 눈에 띄지 않았다. 드문드문 채소밭이 보였다. 내 아이를 키우는 유모는 으깬 채소 죽으로 연명했다. 유디트가 연설에서 말하는 현대적인 농가, 엄청난 가축떼, 황금빛 밀밭은 어디에 있는 걸까? 농업에 대해 이야기하려고 '여성의 집'을 찾은 강연자에게 질문을 한 적이 있다. 그랬더니 그녀는 벌컥 화를 내며 의심을 했다고 나를 비난했다. 내가 시골에 대해 좀 알고 있다는 사실을 간파한 그녀는 나에게 브뤼셀에서 벗어나도록 허락을 받았느냐고 물었고, 보안대에 알리겠다고 협박했다. 협박에만 그친 것이 아니었다. 그녀가 실제로 보안대에 알리는 바람에, 며칠 뒤 나는 수도를 벗어날 때마다 허가를 받아야 한다는 사실을 환기하는 공문을 받았다.

그레고르는 그다지 허약해 보이지는 않았다. 그러나 여전히 무척 말랐고 거의 자라지 않았다. 네 살인데도 잘 걷지 못해 계속 넘어진다. 영양 결핍 때문인지 아니면 종종 듣는 말처럼 수컷의 체질이 원래 허약하기 때문인지 모르겠다. 유모는 그렇다고 믿는다. 왜냐하면 그녀가 맡고 있는 아이들—지금은 세 명을 맡고 있다—대부분이 같은 상태이기 때문이다. (수컷의 신체 구조를 고려해볼 때 나이를 막론하고 수컷의 생존은 기적적인 일이라고 주장한 어느 저명한 의사의 논문이 기억난다.) 어쨌든 그레고르에게 수컷 기질이 없지는 않다. 한번은 정원에 함께 있는데 녀석이 바지를 내리더니 도발적인 표정으로 나를 쳐다보며 선 채로 잔디에 오줌을 눴다. 나는 아연실색해서 녀석을 앉히려고 했다. 아이는 처음엔 버티더니 곧 복종했다. 유모가 말했다. "늘 저래요. 무슨 생각을 하는지 모르겠어요. 문제는 다른 아이들도 따라 한다는 거예요."

돌아오는 길에 보안대가 기차를 세우더니 한 시간 동안이나 붙잡아두었다. 보안대원들은 기차에 올라 승객들을 조사하고 수색했다. 베아트릭스와 패거리가 또다시 제일란트에서 테러를 벌인 모양이었다. 그래서 분노한 유디트가 온 나라를 샅샅이 뒤져 범인들을 색출하라고 명령을 내린 것이었다. 대원 하나가 나를 오랫동안 심문했다. 나는 늘 하던 대로 거짓말을 했고, 그녀는 눈썹 하나 까

딱하지 않고 내 말을 받아 적었다. 내가 배지를 달고 있다는 것을 확인했고, 내 신분증도 검사했다.

베아트릭스와 반역자들은 왜 계속 나라에 혼란을 조장하는 걸까? 테러가 일어나면 보안대가 우리를 힘들게 한다는 걸 모르나? 자기들이야 쉽지! 폭탄을 설치하고 시골로 사라지면 그만이니까. 그렇지만 그 결과를 감수하는 건 우리 몫이다. 대부분의 사람들처럼 나도 그들이 좀 비겁하다고 생각한다. 목자님 말이 옳다. 검열과, 검열 때문에 종종 생기는 사고사의 책임은 저들에게 있다. 테러가 없으면 억압할 이유도 없을 테니까.

5월 29일. 도무지 예측이 불가능한 베터. 두 달 전만 해도 그녀는 나를 싫어해서 틈만 나면 폐쇄 병동으로 보내곤 했다. 그런데 이제는 보안대 병실로 다시 보내주겠다고 하고, 나를 자기 사무실에 불러 차까지 대접한다! 동료들 말로는 그녀가 나한테 끌리면서 그걸 인정하지 않으려 했기 때문이라고 한다. 그래서 처음엔 나를 미워하려고 했는데, 그게 뜻대로 안 되자 나를 유혹하기로 마음먹었다는 것이다. 난 웃으면서 아니라고, 무슨 정신 나간 소리냐고 항변했다. 어쨌든 베터는 프리다와 이미 결혼하지 않았는가?

이 일과는 별도로 20주년 행사 준비가 시작되었다. 공식 행사였다. 텔레비전에서 떠들어대고, 스피커에서도 쉴새없이 공지 사항이 흘러나왔다. (달달 외울 정도로 우리를 질리게 만들었다.) 비르지니는 잔뜩 들떴다. 자기 반이 선발되어 집단무용에 참여하게 되었기 때문이다. 아이는 익혀야 할 동작이 그려진 노트 한 권을 받아왔다. 수준 높은 동작들이었다. 비르지니가 운동을 잘하긴 하지만 그런 동작들을 따라할 수 있을까? 녀석은 할 수 있다고 장담하며 연습이 시작되기만을 발을 동동 구르며 기다린다. 6월부터 매일 네 시간씩 연습을 할 것이다. 그만큼 수업은 줄어들겠지만, 유디트에게 경의를 표하는 일인데 일 년쯤 허비한들 그게 뭐 그리 문제겠는가?

비르지니가 비용 문제는 걱정 말라며 나를 안심시켰다. 의상과 소품이 공짜로 제공되기 때문에 내가 지불할 것은 없단다.

얼마 후. 텔레비전 뉴스에서 유디트가 테르뷔런 궁에 막 개장한 실내 수영장에서 수영하는 모습을 보여주었다. 얼마나 즐거워 보이던지! 그녀는 물을 좋아한다. 그녀의 일생에 관한 영화를 보면, 혁명 몇 년 전 두 살이던 그녀가 잉리트의 손을 잡고 콕세이더의 파도 속으로 달려가는 장면이 나온다…… 수영장에 있는 그녀를 보니 마치 내가 수영을 하는 것 같았다.

또다른 소식. 몇 가지 단어가 수정되었다. 바뀐 걸 전부 써두지는 못했지만 이것만큼은 기억한다. '노력'은 앞으로 여성형 명사로 바뀌고, '몽매蒙昧'는 남성형 명사가 된다는 것. 앞으로 내가 자주 틀려서 딸들이 놀릴 거 같다. 아이들은 새로운 것을 빨리 익히니 내가 틀릴 때마다 고쳐주면서 재미있어할 것이다. 어떻게 하면 헷갈리지 않을까? 벌써 얼마나 많은 단어의 성이 바뀌었지? 어쨌거나 웃을 일이 아니다. 조심해야 한다. 작년에 바버르 지역 전체가 감찰을 받았는데, 단어의 성을 잘 알지 못하는 사람들은 재교육을 받으러 갔다. 재교육! 이 말은 여성형이지만 나를 두렵게 만든다.

6월 8일. 작은딸 유디트가 아파서 학교에 보낼 수가 없다. 마음이 모질지 못해 도뤼스에게 종일 휴가를 줬는데 공교롭게도 오늘 아침에 대신 부를 시종이 없었다. (나도 감정 따위는 무시하고 지시대로 따라야 할 것 같다. '시종에게는 휴식이 필요 없으니 휴가를 주지 말 것.') 베텨가 여전히 유혹과 거리 두기의 태도를 번갈아가며 보이고 있어서—요즘은 거리 두기 쪽이다—나는 출근하지 않을 수가 없다. 해결책이 하나 있긴 했다. 비르지니가 집에 남아 동생을 돌보는 것. 비르지니를 설득하기가 쉽지는 않았다. 무용 연습이 시작되었기 때문이다. 연습에 한 번이라도 빠지면 바로 심각하게 뒤처지게 된다. 침대 속에서 열에 시달리던 유디트가 비르지니의 망설이는 모습을 보고는 깜짝 놀랄 말을 했다. "비르지니 언니가 목자님을 위해 연습을 해야 한다면 나 혼자 있어도 돼요. 목자님은 모든 것에 우선하니까 나보다 우선이죠." 열 살짜리 아이가 그런 말을 하다니! 결국 비르지니는 연습을 포기하고 동생 곁에 남았다.

하루종일 아이 때문에 걱정했다. 유디트는 몸이 허약하다. 그 아이에게는 좀더 영양가 있고 규칙적인 식사가 필요하다. 유디트가 그레고르를 닮을까봐 겁이 난다. 앙상하게 드러난 갈비뼈, 야윈 얼굴. 그런데 음식을 구할 길이 없는데 어떻게 잘 먹인단 말인가? 온갖 곳을 가봤지만 그 어디에도 없다. 지난주에 도뤼스는 질 나쁜 쌀밖에 구해오지 못했다. 도시 곳곳을 돌아보며 푸성귀나 감자를 구해오게 했지만 소용없었다. 모두가 아는 사실이지만 고기는 보안대원들과 당원들에게만 제공된다. 그래도 이따금 상품 진열대에 느닷없이 고기가 나올 때가 있다. 그러면 값이 치솟아 폭동이 일어나기 전에 제일 먼저 달려들어야 한다.

저녁. 유디트의 열이 내려가지 않는다. 토를 세 번이나 했다. 내일은 도뤼스가 와서 비르지니와 교대할 테니, 비르지니가 무용 연습을 하러 갈 수 있을 것이다. 비르지니는 연습에 빠진 것 때문에 나를 원망한다. 이 일 때문에 집단무용에서 제외될지도 모른다고 걱정한다. 괜한 걱정이라는 걸 알지만 어쨌든 신경쓰이긴 한다.

내일은 유디트를 위해 의사를 불러야겠다. 올 거라는 희망은 없지만 그래도 혹시 모르는 일이니까. 그리고 병원에서 아이 약도 훔쳐야겠다. 약을 사고 싶지만 그랬다간 이번 달은 빈털터리가 될 것이다. 월급이 여섯 달이나 밀려 있다. 훔친 약을 유디트가 먹지 않으면 내다팔아야겠다.

6월 30일. 위트레흐트에 자유 지대를 다시 연다고 한 날이 어제 아니었던가? 지난 몇 주 동안 열 번도 더 떠들어대더니 오늘 저녁 텔레비전 뉴스에서는 아무 말이 없다. 유디트가 봉쇄 구역 철거 작업에 참석하고 경호대와 함께 그곳을 시찰한다고 하지 않았던가? 공식 방문이 있었는데 텔레비전에서 보여주지 않은 거라면 처음 있는 일일 것이다.

이번 주 내내 골치 아픈 행정 문제가 있었다. 엄마가 돌아가신 뒤 내게 약속된 보상 문제 때문에 몇 달째 연금국과 싸우고 있다.

국가가 과오를 인정한 것이 오 년 전인데(순화된 말을 쓰면 사태까지 순화되는 양 그들은 판단 오류라는 용어를 썼다), 여전히 아무 변화도 없고 아무 보상도 받지 못했다. 조사를 할 거라는 말만 들었다. 유디트는 낱낱이 밝혀서 자매들의 명예를 회복시키겠다고 말했다! 당연히 조사는 없었다. 엄마가 부당하게 사형당했는데 내게 그 이유를 말해주는 사람이 아무도 없다. 물론 엄마가 명예를 회복하고(엄마의 무죄가 밝혀진 날은 내 인생 최고의 날이었다) 엄마와, 잉리트의 다른 동료들에게 씌웠던 혐의들이 모두 벗겨진 것에는 만족한다. 그들은 대목자님을 배반하지 않았다. 유디트도 그 사실을 인정했다. 그녀는 연설에서 그들이 최고의 혁명가였으며, '여성 중에 최고의 여성들'이라고 말하기까지 했다. 그런데 아무리 기다려도 해명은 없다. 그들을 살해한 것은(엄밀히 말하자면 살해다) 베아트릭스가 꾸민 계략의 불행한 결과일 것이다. 나도 그렇게 믿고 싶지만 그것만으로는 설명이 부족했다. 시그리트는 다르게 이야기했다. 대목자가 미쳐서 온갖 곳에서 음모가 꾸며지고 있다고 생각해, 각료와 보안대원 그리고 내 어머니 같은 충복들을 마구 죽였다는 것이다.

시그리트는 이 말을 서슴없이 큰 소리로 했다! 그녀의 거침없는 태도에 나는 아연실색했다. 위험을 즐기는 게 아니고서야 어떻게 그럴 수가! 그녀는 거의 반혁명주의적인 말을, 당혹스러울 정도로 충격적이지만 고발하기에는 애매한 말을 공개적으로 한다. 그러는 것이 재미있다고 그녀는 말한다. 난 아니다. 저러다 이해심 없는 여자 앞에서 무심코 떠들어댈 날이 올 것이다. 그러면 그 여자가 곧장 보안대에 알릴 테고…… 보안대는 그녀의 이웃이자 친구인 나에게도 주의를 기울일 것이다! 그렇지만 나는 한편으로는 그녀의 자유로운 말투와 용기 있는 행동에 감탄한다. 페미니즘 교육이 그녀에게는 우리만큼 영향을 미치지 않은 것 같다. 그 교육을 받고도 그녀의 일부분은 살아남은 것 같다. 그러나 분명 그녀도 나만큼이나, 우리 모두만큼이나 목자들을 좋아한다. 그들을 좋아하면서도 비판한다. 심지어 무엇 하나 그냥 넘어가는 법이 없다. 때로는 나도 그녀처럼 하고 싶지만 잘 안 된다. 그녀가 한 말을 옮기는 것이 부끄러워 이 일기도 찢고 싶다.

7월 8일. 다시 그레고르를 찾아갔다. 계획한 일이 아니어서 유모에게 미리 알리지 않았다. 유모는 벌컥 화를 냈지만 그녀를 이해한다. 무책임한 행동이었으니까. 한순간 그녀는 그레고르를 나한테 돌려주겠다고, 더는 아이를 돌보고 싶지 않다고 말하기까지 했다. 자기 말을 믿게끔 내가 지불한 넉 달 치 돈을 돌려주는 시늉까지 했다. 나는 털썩 주저앉아 그녀의 치맛자락을 붙들고 눈물을 뚝뚝 흘리며 사과했다. 비장한 장면이었다.

아, 그레고르에게 아무런 감정도 느끼지 않으면 좋으련만! 내가 그 아이에게 감정을 쏟는 만큼 딸아이들은 부당하게 관심을 못 받는 셈이 된다. 그레고르는 사내아이다. 사랑해서는 안 된다. 그런데도 어쩔 도리가 없다. 아이를 보러 가지 않을 수가 없고, 얼마 안 되는 애정이라도 쏟지 않을 수가 없다. 내 힘으로는 어쩌지 못하는 감정이다. 위험해도 어쩔 수 없다.

어쨌든 오늘은 무척이나 뒤숭숭한 마음으로 돌아왔다. 도무지 아무것도 할 수가 없어서 도뤼스에게 딸애들을 맡기고 내 방으로 올라왔다. 아홉시경, 도뤼스가 나에게 약간의 빵과 물 한 잔을 갖다주었다. 그런 다음 내 상태가 좋지 않다는 걸 알아채고 기분을 풀어주기 위해 마사지를 해주었고, 자기를 좀 때리라고 했다. 별로 내키진 않았지만 그렇게 했다. 그는 상대의 기분을 맞춰주는 걸 좋아하기 때문이다. 그는 장난스러운 태도로, 자기 몸을 써먹으라고까지 조언했다. 자기가 봉헌을 하고 나면 더는 그렇게 해줄 수 없을 거라는 얘기였다! 나는 비아냥거리며 대답했다. 수치스러운 신체 부위를 아직 달고 있으니 나에게 성교도 해줄 수 있겠네. 이 가시 돋친 멍청한 말에 그는 굳어버렸고, 내가 웃음을 터뜨리고 나서야 얼굴빛이 돌아왔다. 나는 혹시나 싶어서 농담이라는 걸 확실히 이해시키려고 일부러 크게 웃었다.

7월 11일. 베터와 다시 사이가 나빠졌다. 그래서 다시 폐쇄 병동에서 일을 하게 되었다. 이제 상황에도 익숙해진다. 익숙해지다 보니 감옥에 가도 하는 일이 없다. 그곳에 더는 약도 없고 붕대도 없다. 여성 병동에서 물품을 가져가는 것은 금지되었다. 도저히 일을 할 수가 없다. 그래서 그냥 사무실에 앉아 수다를 떨고 카드놀이를 한다. 처음에는 양심의 가책을 느껴, 할 일이 없어도 병실을 돌지 않을 수 없었다. 그러다가 그마저도 포기했다. 그래봤자 무슨 소용이겠는가. 저 유령들을 치료하려고 내가 정신없이 날뛴들, 저들의 고통을 덜어주기 위해 하늘과 땅을 휘젓고 다녀본들

이곳의 사망률은 단 1퍼센트도 낮추지 못할 테고, 어김없이 하루에 세 명꼴로 죽어나갈 것이다. 내겐 아무 수단이 없고 의욕마저 점점 줄어든다. 나는 성녀가 아니다. 저들이 매트리스 위에서 죽어가도록 내버려두는 것이 결국엔 최선의 해결책이다. 가장 경제적이고, 내게도 가장 덜 위험한 해결책. (개중에는 공격적으로 때리는 환자도 있다. 그나마 제일 건강한 자들이다.) 그게 뭐 잘못인가. 언젠가는 저들 없이 살기 위해 혁명을 하지 않았던가? 나는 역사의 끝을 앞당기고 있는 것이다.

그러고 보면 병동에서 지내는 날들이 내 안의 투사 기질을 키워주고 있다.

7월 12일. 딸애들 방에서 20크로네, 50크로네, 100크로네짜리 동전으로 모두 팔천 크로네를 발견했다. 어디서 났느냐고 비르지니에게 물으니, 학교에 다른 아이들을 고발하면 일정한 금액을 상금으로 주는 제도가 있다고 한다. 고발당한 아이는 자기도 고발해야 처벌을 면할 수 있다. 매우 효과적인 선행 사슬이다. 비르지니는 전적으로 확신을 갖고 아주 자연스럽게 이 제도를 설명했다. 만약 비르지니가 나를 팔아도 대가조차 요구하지 않고, 어미의 목숨을 위태롭게 할지언정 목자에게 복종한다는 사실에 스스로 행복해할 거라는 생각이 들 정도였다. 나는 딸아이의 덕성이 무척 자랑스러우면서도 한편으로는 무서웠다. 아이는 마치 집에 있는 두번째 양심 같고, 나를 지켜보는 카메라의 렌즈 같다.

7월 14일. 믿기 힘든 일이 벌어졌다. 오늘 아침 보안대원들이 병원에 와서 베터를 체포한 것이다. 대원들은 그녀에게 자기비판을 하게 한 뒤 데려갔다! 아직도 믿기지 않는다. 내가 탈의실에 있을 때 비명소리가 들려왔다. 모두들 홀로 달려갔는데, 그곳에 베터가 흐트러진 옷차림으로 눈물을 머금은 채 다섯 명의 대원에 둘러싸여 있었다. 한 이웃이 그녀를 고발했고, 대원들이 그녀의 집에서 열 번 총살해도 마땅한 물건을 찾아냈다고 사람들이 속삭였다. 내 귀를 믿기 힘들었다. 그토록 빈틈없고 그토록 확신에 차 있던 베터가 그럴 리가!

우리는 그녀를 빙 둘러쌌다. 보안대 대장이 조용히 하라고 외치더니 베터의 죄를 낱낱이 열거했다. 꽤나 길었다. 먼저 그녀는 배우자를 배신했다. 이 점은 그다지 놀랍지 않았다. 그다음으로 금지된 문학작품들을 집에 보관하고 있었다. 수십 권의 금서들이었다(보안대원이 작가들의 이름을 말했는데, 안타깝게도 받아 적기에는 너무 빨랐다. 목록을 만들 수 있었을 텐데). 마지막으로 그녀는 의료용품을 빼돌려 암시장에 팔았다. (모두가 하는 일인데……) 거기에 가벼운 잘못들이 보태졌다. 목자들의 초상을 갖고 있지 않고 배지도 달지 않았다는. 그렇지만 보안대 대장이 제일 마지막에 나지막한 목소리로 밝힌 가장 심각한 죄는 그녀가 정을 통한 여자들과 변태적인 놀이로 추악한 행위에 몰두했다는 것인데, 이 일기에 쓰기도 주저될 만한 내용이었다. 우리는 소스라치게 놀랐고 겁에 질렸다. 대장은 그녀의 집에서 찾아낸 길쭉한 물건들을 증거로 흔들어 보였다. 용도를 짐작할 수 있을 만한 것들이었다. 베터는 수치스러운지 땅만 내려다보았다. 대장이 그녀의 팔을 끼고 강제로 무릎을 꿇리더니 즉시 자기비판을 하라고 명령했다.

그러자 베터는 자신의 범죄를 하나하나 고했고, 우리는 다시 몸을 떨었다. 그녀가 중얼거리자 내 뒤에 있던 여자들이 잘 안 들린다며 더 크게 말하라고 외쳤다. 베터가 좀더 큰 소리로 말을 이었지만, 잔인한 여자들이 다시 끼어들었다. "처음부터! 처음부터 다시 해!" 그래서 가련한 베터는 모든 걸 처음부터 다시 말해야만 했다…… 끔찍한 일이었다. 보안대원들은 그녀에게 온갖 질문을 퍼부으며 상처를 칼로 후볐다. 규칙을 지키지 않은 건 규칙들이 부당하다고 생각했기 때문인가? 아니면 가부장제가 지속되기를 바랐던 건 아닌가? 모든 것을 실토해라! 심문은 삼십 분 동안이나 계속되었다. 그러다 베터가 가장 심각한 죄를 자백하자, 보안대원들은 그것만으로는 충분하지 않다고 어떤 방식으로 그 짓을 했으며 어떤 부도덕한 쾌락을 얻으려 했는지 전부 다 밝히게 했다. 구역질이 났다.

그렇게 고문이 끝나고 보안대원들은 그녀를 일으켜 데리고 나갔다. 우리는 불안해진 마음으로 하던 일로 돌아갔다. 그토록 긴 자기비판은 정말 오랜만에 보았다. 여성의 집에서 일요일에 벌어지는 자기비판은 자발적인 자기비판이다. 그건 훨씬 덜 흥미롭다. 할 말을 준비할 시간이 있으므로 자기 잘못 중에서 보안대에 고백할 것과 감출 것을 선별할 수 있고, 따라서 위험할 일이 거의 없다. 가벼운 처벌은 있지만 상징적일 뿐이다. 어쨌든 심한 벌을 받지 않기 위해 고백할 내용을 미리 따져본다. 오늘 베터가 한 것처럼 끔찍한 죄를 털어놓을 사람은 없을 것이다. 그리고 자신의 파렴치한 행동을 털어놓고 칭찬을 받다니 정말 모순적이지 않은가. 그것이 최고를 지향하는 여성, 용기 있는 여성임을 드러내는 행동이라니. 나는 이치에 맞지 않는다는 생각에 그 겉치레 연극에 한 번도 가담하지 않았다. 그다지 혁명적인 행동이 아니어서 유디트가 좋아할 것 같지 않았다. 유디트는 가능한 한 자주 자기비판을 해서 경찰의 수고를 덜어주라고 하지만 과연 그런가! 내가 잘못을 인정하길 원한다면 경찰은 내 자백 없이도 잘못을 인정하게 할 것이다. 우리는 모두 잘못을 범한다. 완벽한 사람은 없다. 물론 유디트는 빼고.

그들은 릴에서 지방열차를 타고 코민으로 갔고, 굴드가 빌려둔 미니버스가 그곳에서 그들을 기다리고 있었다. 운전사는 벨기에 사람들과 만나기로 되어 있는 중립지대로 그들을 데려갔다.

약간 일찍 도착한데다 벨기에 당국이 시간을 엄수하라고 강조했기 때문에(오후 일곱시 이전에 도착하면 안 된다고 했다) 그들은 리샤르라는 이름의 과묵한 운전사와 함께 마레샬르클레르 대로에 있는 한 카페에 들어갔다. 주문을 하면서 굴드와 보르도는 카페의 투박한 집기에 관한 농담을 나지막이 주고받았다. 카페 풍경만으로도 이미 낯선 곳에 와 있는 느낌이었다.

이제 벨기에가 아주 가까웠다. 몇 킬로미터만 가면 국경이었다. 제국이 가까이 있다는 사실 때문에 카퓌신은 눈에 보이는 모든 것에서 거의 초자연적인 기묘한 색채를 느꼈다. 아직은 프랑스 북쪽 어느 이름 모를 카페에 있는 유일한 손님일 뿐이지만 벌써부터 비밀스러운 먼 나라에, 새 대륙의 문턱에 와 있는 듯했다. 피카르디 지방의 이 도시는 예전에 프랑스와 벨기에 간 국경 때문에 둘로 나뉜 곳으로(지금도 나뉘어 있지만, 중립지대를 만들면서 벨기에 쪽은 사람이 살지 않는 곳이 되었다), 마치 다른 세계로 넘어가는 감압문 같았다.

무엇이 그녀를 기다리고 있을까? 사실 카퓌신 자신도 전혀 알지 못했다. 페미니스트가 된 이후로 그녀는 벨기에를 영예롭고 이상적인 나라로 말해왔고 경이로운 곳으로 묘사해왔다. 그런데 실상 그들이 그곳에서 무엇을 발견하게 될지는 알지 못했다. 모든 것이 자기가 상상해온 것과 같지는 않으리라 짐작할 뿐이었다. 소설을 영화로 만들었을 때 머릿속에 그렸던 영상과 일치하지 않는 경우와 비슷할 것이다. 그렇긴 해도 믿음이 있기에 실망할까봐 겁나지는 않았다. 놀랄지는 몰라도 실망하지는 않을 것이다. 어떻게 제국이 그녀를 실망시킬 수 있겠는가?

그녀의 말에 페미니스트가 아닌 친구들은 확고하게 굳어버린 생각을 가지고 떠나는 그녀를 힐책했다. "그곳에서 일어나는 일에 대해서는 아무도 몰라. 십수 년 전부터 그곳에 들어간 사람이 아무도 없었어. 그런데 어떻게 실망하지 않을 거라 확신해? 그럴 가능성을 완전히 배제할 수는 없어." 그들의 지적을 듣고 그녀는 당황했다. 그러나 그녀의 확신은 매우 확고부동했고, 아침저녁으로 당 동료들로부터 여성들의 엘도라도를 방문하는 행운을 얻게 되어 좋겠다는 말을 듣다보니 지적은 금세 잊혔다. 그녀는 선전 활동을 통해 당이 묘사해온 낙원을 벨기에에서 찾을 생각이었고, 그곳에서 낙원을 찾지 못할 거라고는 전혀 생각지 못했다.

오후 여섯시경, 운전사 리샤르가 출발해야 한다고 알렸다. 굴드는 걱정했다. 약속 시간에 너무 일찍 가는 건 아닐까? 리샤르는 벨기에 사람들이 정한 시간에 정확히 도착하도록 속도를 조절하겠다고 했다. 그는 불안해 보였다.

그들은 카페를 떠나 미니버스가 세워져 있는 프티베르사유 대로를 향해 걸었다. 부슬비가 내리고 있었다. 카퓌신은 몸을 떨면서도 골란스키가 내미는 머플러를 사양했다.

미니버스에는 자리가 세 줄로 배치되어 있었다. 보르도와 알베르는 뒤쪽 줄에 자리잡았고, 카퓌신과 랑글루아와 골란스키가 가운뎃줄에 앉았다. 마지막으로 굴드가 손에 지도를 든 채 운전사 옆자리에 앉았다. 그는 눈살을 찌푸린 채 주의를 집중하고 앞을 뚫어져라 응시했다. 그의 심각한 표정을 본 카퓌신의 얼굴에 미소가 피어올랐다. 그가 우두머리 역할을 성심성의껏 다하는 것이 우스워 보인 것이다. 그러면서도 그녀는 그가 고마웠다. 스스로 신경쓸 일 없이 모든 것이 결정되고 누군가 리드해주는 것이 좋았기 때문이다.

운전사가 시동을 걸었다. 분위기가 달라졌다. 사실 지금까지는 저마다 농담과 수다로 불안을 용케 감춰왔다. 카페에서 그들은 벨기에만 빼고 온갖 것에 대해 이야기했다. 마치 여행의 시작을 늦추고 싶어하는 듯했다. 하지만 이제 더는 피할 수가 없었다. 곧 중립지대로 들어갈 테고, 그러고 나면 벨기에에 들어선다. 드디어! 파리에서 출발할 때부터 말장난을 하고 아무것도 아닌 일에 폭소를 터뜨리곤 하던 보르도조차(자기보다 더 흥분한 사람을 잘 참아내지 못하는 카퓌신이 그를 귀찮아할 정도였다) 조용해졌다. 그는 골똘히 차창 밖을 내다보며 뭐라고 중얼거렸고, 카퓌신은 그것이 노래 가사일 거라고 생각했다.

리샤르는 코민의 국경을 따라가다가 리스 가 끝에서 벨기에 쪽으로 건너갔다. 그가 말했다. "이제 중립지대에 들어왔습니다." 지대는 황량하고 암흑 속에 잠겨 있었다. 미니버스는 브뤼헤스트라트로 거슬러올라갔다가 다시 철도와 옛 고속도로를 가로지르더니 코민 북부로 나와 시골길로 접어들었다. 카퓌신은 제국으로 가고 있다는 생각에, 제국에 거의 다 왔다는 생각에 감격해서 지금까지 이렇게 아름다운 밤은 경험해보지 못했노라고 중얼거렸다. 응수하는 사람은 없었다.

"이곳에 자주 오십니까?" 굴드가 리샤르에게 물었다.

목멘 소리였다. 긴장한 모양이었다.

"아뇨." 운전사가 무뚝뚝하게 대답했다.

굴드는 침묵이 거북스러운지 더 얘기를 하고 싶은 기색이었다.

"그래도 중립지대에 대해 좀 아시겠지요?" 그가 물었다.

"조금 압니다. 어쨌든 코민 부근은 알아요. 그렇지만 웬만하면 이곳은 돌아다니지 않으려고 합니다. 겁이 나서요."

"겁이 나요? 왜죠?"

"모르겠어요. 바보 같은 태도이긴 하죠. 사실 중립지대는 그 이름대로 위험할 게 없는데 말입니다. 텅 비어 있으니까요. 엄밀히 말해 벨기에 국경 바깥에만 있으면 겁낼 것이 없습니다."

그는 잠시 입을 다물더니 덧붙여 말했다.

"그렇지만 국경이 어디로 이어지는지 잘 모르기 때문에 우연히 검문소에 걸리거나 정찰대에 걸려서 예기치 않게 말썽을 일으키고 총알 세례를 받을까봐 겁이 나지요."

카뤼신이 가만히 있지 못하고 끼어들었다.

"왜 벨기에 사람들이 총을 쏠 거라고 생각하죠?"

리샤르는 어깨를 으쓱했다.

"전 그저 사람들이 하는 말을 옮기는 것뿐입니다."

그는 말 상대가 강적이라는 걸 깨닫고 입을 다물었다.

중립지대는 20제곱킬로미터 폭으로 제국을 둘러싼 텅 빈 땅이었다. 그곳에서는 모든 것이 방치되어 있었다. 인적 없는 건물, 개간되지 않은 밭, 허물어진 공장. 권리라는 관점에서 보면 이 영토는 제국의 것이었다. 그러나 제국은 썰물 빠지듯 그곳에서 빠져나갔다. 중립지대는 베네룩스를 섬처럼 만드는 해협이었다. 중립지대를 만들기로 한 건 1983년 잉리트가 결정한 일이었다. 국경 지대 주민들을 인근 나라의 영향으로부터 보호하겠다는 생각에서였다. 게다가 그녀가 늘 표명했듯이 국민을 가까이에 두고 한눈에 모두를 볼 수 있도록 가능한 한 좁은 공간에 조밀하게 모으려는 욕망에 따른 결정이기도 했다. 이 결정은 그녀가 사람을 끌어모으는 걸 얼마나 좋아하는지 보여주었다. 엄청나게 밀집한 군중은 흩어져 있는 벨기에가 갑자기 그녀 앞에 한덩어리로 착 들러붙는 느낌을 주었다! 제국이 크지 않았음에도 잉리트는 국민들이 더욱 하나가 될 수 있도록 제국의 규모가 더 작기를 바랐다. 그녀에게 중립지대는 영토를 축소하고, 국민을 집결시키고, 여성들이 서로 더욱 가까워지도록, 특히 그녀와 더욱 가까워지도록 만들기 위한 하나의 수단이었다. 더욱이 제국을 확실히 섬나라처럼 만들기 위해 중립지대를 두 배로 늘리는 일에 대해 자주 말했다.

리샤르는 시속 60킬로미터를 넘기지 않고 느릿느릿 차를 몰았다. 카퓌신은 숨을 죽였다. 그들은 벨기에의 대기실에 들어와 있었다. 그녀의 심장이 가슴속에서 세차게 고동쳤다. 바깥은 온통 깜깜했다. 그럼에도 카퓌신은 첫 느낌을 간직하고, 그 모든 순간을 기억하려는 듯 창밖의 형체들을 분간해보려 했다. 모퉁이를 돌면서 전조등 불빛이 저멀리 버려진 건물을 비추었을 때, 그녀는 차를 세우고 잠시 들렀다 가자고 간청하고 싶은 마음을 간신히 참았다. 그 건물은 폐허였지만 벨기에의 폐허여서 그녀에겐 감동을 주었다. 국경 검문소에 얼마나 닿고 싶었는지, 마침내 제국이 환하게 모습을 드러낼 이튿날을 얼마나 기다렸는지 모른다!

미니버스 안에는 이제 말하는 사람이 아무도 없었다. 뒷자리의 보르도가 들썩이는 게 느껴졌다. 카퓌신은 그가 농담거리를 찾고 있다고 생각해 여차하면 중간에 말을 자를 태세였다. 한 번뿐인 이 순간을 그의 싸구려 유머로 망치고 싶지 않았기 때문이다(그녀는 보르도의 농담이 형편없다고 생각했다. 그녀가 이해할 수 없는 농담이었던 것이다). 그런데 보르도는 입을 다물고 있었다. 그녀가 잘못 느낀 것이었다. 침묵이 이어졌다. 그녀는 한숨을 내쉬며 의자에 깊숙이 몸을 묻었다.

길이 심하게 파헤쳐져 있어서 차가 끊임없이 덜컹거렸다. 한순간 랑글루아의 몸이 카퓌신 쪽으로 쏠렸다. 카퓌신이 비명을 내지르며 숨이라도 막히는 듯 양손으로 그를 밀쳤다. 그가 자세를 바로잡고 사과를 했다. 자기도 어쩔 수 없었다고 예의바르게 말했다. 운전사가 도로의 팬 부분을 보지 못했다며 미안하다고 했다. "됐어요, 괜찮아요." 그녀가 말했다.

몇 분을 더 가자 어둠 속에 불빛이 나타났다. "다 왔습니다." 리샤르가 악문 이 사이로 웅얼거렸다. 굴드가 깜짝 놀라며 몸을 일으켰다. 검문소였다! 카퓌신은 꿈꾸는 것 같은 얼굴로 흥분한 듯 기침을 해댔고, 자기도 모르게 골란스키의 손을 잡았다. 골란스키는 차마 손을 빼지 못했다. 그녀는 사람들을 향해 뒤돌아 웃어 보이려 했다. 알베르가 긴장한 얼굴로 보르도의 손을 쥐고 있는 것이 보였다. 그녀도 카퓌신처럼 감격한 걸까?

불쑥 바리케이드가 나타나고 사람들의 형체도 보였다. 굴드가 외쳤다.

"왔어! 저기 좀 봐!"

그는 멈칫거리며 웃었다. 여섯 달의 항해 끝에 망원경으로 낯선 땅을 바라보는 항해사의 웃음 같았다. 그 웃음이 모두에게 전염되었고, 다들 축하 인사를 나누며 낄낄거렸다. 큰 위업이라도 달성한 사람들 같았다. 오직 리샤르만 입을 다물고 있었다. 승객들을 얼른 내려놓고 코민으로 돌아가고 싶은 모양이었다. 그는 이렇게 중립지대 깊숙이까지 와본 적이 없다고 말했다. 그러나 카퓌신은 그가 벨기에에 들어와서 벨기에 사람들을 보는 것을 대단한 일로 여기지 않는 걸 이해하지 못했다. 그녀는 그가 친구들에게 이 원정에 대해 자랑스레 떠들 거라 상상했다. 북극에서 돌아온 탐험가처럼. 채 40킬로미터도 오지 않았지만 그녀는 마치 세계 일주라도 한 것 같았다.

바리케이드 앞에 이르러 미니버스는 속도를 늦추었다. 원뿔 모양의 설치물이 정차 지점을 표시하고 있었다. 그 너머에는 커다란 철책이 길을 가로막고 있었다. 군용 차량과 오토바이와 시커먼 군복을 입은 군인들이 사방에 깔려 있었다. 카뤼신의 심장이 죄어왔다. 벨기에인들이다! 평생 처음 보는 벨기에인이었다! 그들이 결코 친밀감을 불러일으키지 않는 기관총을 어깨에 메고 있지만 않았다면(그리고 자기가 먼저 말할 테니 아무 행동도 하지 말고 가만히 있으라고 굴드가 지시하지만 않았다면) 그녀는 미니버스의 문을 열고 내려가 감격의 말을 쏟아내며 그들의 품에 안겼을 것이다. 하는 수 없이 그녀는 감수성 예민한 소녀처럼 눈물만 흘리며 요란하게 코를 훌쩍였다. 보기가 거북스러웠던지 골란스키가 손수건을 내밀었다.

8월 1일. 오늘은 휴가여서 다시 렘베커를 찾았다. 신중하지 못한 행동이라는 걸 나도 안다. 너무 자주 가면 눈에 띄게 될지 모르니까. 하지만 도저히 어쩔 수가 없다. 아들을 꼭 봐야 살 것 같다.

당연히 유모는 불같이 화를 냈다. 내가 집안에 들어오지 못하게 막으려고 했다. 그렇지만 문 앞에 서 있는 내가 측은했는지, 그리고 내가 아들을 안아보기 전에는 떠나지 않으리라는 걸 알았는지 문을 열어주었다. 그러면서 이건 협박이라고, 내가 미쳤다고 툴툴거렸다. 내가 아들과 시간을 보내는 내내 그녀는 내 등뒤에서 갖은 욕설을 퍼부으며 내가 우리 둘 모두를 위험에 빠뜨리고 있다고 질책했다. 그레고르를 숲에 데려가 길을 잃게 만들겠다느니 육아소 앞에 갖다버리겠다느니 협박을 해댔다. 나는 가지고 있던 얼마 안 되는 돈으로 그녀를 진정시켰다. 나한테 돈이 무슨 소용이 있겠는가? 가게들은 텅 비어 있었고, 내 능력으로는 암시장을 이용할 수도 없다.

이른 오후 브뤼셀을 향해 다시 출발했다. 하늘은 우중충했다. 양심에 거리끼는 게 없는 척, 조심하는 척하려고 나는 여정을 바꿔, 다른 정거장으로 우회해서 버스를 탔다. 미리 예정한 일이 아니어서 내가 너무 늦게 도착하는 바람에 버스는 떠나고 없었다. 한 시간 동안 비를 맞으며 다음 버스를 기다렸다. 그 긴 시간 동안 자동차 한 대 지나가는 걸 보지 못했다. 시골에 가면 종종 그렇듯이 세상에 나 혼자뿐인 것 같은 느낌이 들었다. 마침내 버스가 와서 나를 역까지 실어다주었다.

기차를 타고 가는 동안 나는 검표원을 만날까봐 두려웠다. 이동한다고 신고하지 않았기 때문이다. 감시당하는 듯한 느낌이 들었다. 사방에 사복 대원들이 있는 것만 같았다. 브뤼셀에 도착한 뒤에야 두려운 마음이 사라졌다. 시골보다는 도시에서 체포당할 위험이 더 큰데, 한심하기 짝이 없다. 아마도 다른 곳보다는 내가 사는 도시에서 이방인이 된 기분이 덜 들기 때문일 것이다. 사실 이 도시에서도 완전히 편안한 적이, 완벽히 평온한 적이 결코 없었는데도 말이다.

지쳤다! 저녁 여덟시가 넘어 집에 도착하니 호송차 한 대가 집 앞에 서 있는 것이 보였다. 나는 생각했다. '그레고르에 대해 알고 나를 실어가려고 온 거야.' 나는 수갑과 감방을, 내 불복종이 가져올 갖가지 결과를 상상했다. 딸들은 어떻게 될까? 아마도 다른 여자가 맡겠지. 내가 풀려날 때까지 도뤼스가 돌보는 게 아니라면.

아니, 어쩌면 딸들에 대한 권리를 박탈할지도 몰라. 더이상 내게는 자격이 없다고…… 나를 벌하려고 아이들에게까지 벌을 내리면 어쩌지? 아이들을 육아소에 보내고 만나지 못하게 할지도 몰라! 그리고 비르지니에게는 목자를 위해 춤을 출 수 없다고 말하겠지! 유디트의 이름도 바꿀 거야. 엄마의 잘못 때문에 이젠 그 이름을 가질 자격이 없다고…… 나는 정신이 아찔해져 붙잡히지 않으려고 발걸음을 돌렸다. 터무니없는 행동이었다. 하지만 공포에 사로잡힌 나머지 이성을 잃었다. 걸음을 재촉하면서 달아날 궁리를 했다. 보안대원들에게서 달아날 경로를 계산했다.

나는 100미터도 못 가서 보안대원들에게 붙잡혔다. 세 명 모두 한 틀에서 나온 것처럼 거의 쌍둥이 같았다. 똑같은 키, 똑같은 얼굴, 빡빡 밀다시피 짧게 깎은 똑같은 머리.

"어디 가는 겁니까?"

거짓말을 지어낼 능력이 없어서 나는 아무 대답도 하지 못했다. 보안대원 중 한 사람이 주머니에서 꺼낸 서류를 들여다보았다.

"당신이……"

그녀가 내 이름을 댔다.

"제가 맞아요." 내가 웅얼거렸다.

"따라와요."

그들은 나를 집 앞으로 다시 데려갔다. 집 앞에 세운 호송차 옆에서 동료 두 명이 그들을 기다리고 있었다. 그들이 집안으로 들어가지 않은 것이 놀라웠다. 대개 보안대원들은 아무 거리낌 없이 대문을 부수고 들어앉으니까.

나는 창문 쪽을 바라보았다. 엄마가 체포되는 걸 보고 겁에 질린 딸아이들의 얼굴을 보게 되지 않을까 가슴이 철렁 내려앉았다.

보안대 대장은 온화한 얼굴을 한 강인한 여성으로, 군복 입은 모습이 그다지 편안해 보이지 않았다. 그녀 역시 짧은 머리를 하고 있었다. 그래서 목덜미 위로, 보안대원들 모두가 새긴 문신의 끄트머리가 살짝 보였다.

그녀는 내가 이름을 확인해주길 바랐다. 나는 거듭 내 이름을 말했고, 주소와 직업도 단숨에 말했다. 그녀가 웃으며 물었다.

"우리가 왜 왔는지 아나?"

그녀가 잔인하다는 생각이 들었다. 물론 알고말고! 나는 눈물이 솟구쳐서 아무 대답도 하지 못했다. 그녀의 동료들은 조소를 머금은 채 히죽거렸다. 어쩌면 내가 오늘 그들이 체포한 열번째 인물쯤은 되는지도 몰랐다.

"모르나?" 그녀가 거듭 물었다.

나는 말없이 눈을 내리깔았다.

"하긴 모르는 게 당연하지."

나는 깜짝 놀라 고개를 들었다. 무슨 얘기를 하려는 거지?

"당신이 알 턱이 없지. 우리도 오늘 알았으니까."

무슨 말이지? 어안이 벙벙했다.

"그래서 우리가 온 거고. 그런데 당신이 집에 없더군."

그녀는 냉소를 띤 채 나를 나무라듯 검지를 치켜들었다.

"당신이 어디에 있다 왔는지 궁금하군. 조사를 해봐야겠어, 아무래도 수상해. 일터에도 없었잖아. 우리가 다 확인해봤지. 당신이 일하는 병원에선 당신이 휴가중이라더군. 그래서 장 보러 갔나보다 생각하고 당신을 기다렸고. 그런데 안 오는 거야."

그녀는 말을 멈추더니 잔기침을 했다.

"세 시간 넘게 자리를 비울 경우 신고해야 한다는 거 알지? 모르는 건 아니겠지?"

나는 입술을 앙다문 채 고개를 끄덕였다.

"브뤼셀을 벗어났다면 신고를 했어야 해. 그런데 당신은 하지 않았어."

그녀가 한숨을 내쉬었다.

"좋아. 이 얘긴 이쯤에서 그만하지. 당신, 오늘 운좋았던 거야. 이 일로 좋은 소식을 망치지는 않겠어. 자, 받으라고."

보안대 대장은 코트 속으로 손을 집어넣더니 봉투 하나를 꺼내 나에게 내밀었다. 봉투에는 내 이름이 적혀 있었고, 한쪽 구석에 내 사진이 붙어 있었다.

"당신 거야. 어서 열어봐. 초대장이야."

"초대……"

나는 영문을 모른 채 봉투를 들여다보았다.

"곧 목자님의 취임 기념 행사가 있다는 거 알지?"

"아, 네. 제 딸이 집단무용에 참가해요." 내가 더듬거리며 말했다.

"맞아, 당신 큰딸 비르지니. 우린 모든 걸 알고 있어."

저 사람들이 비르지니를 알고 있다니. 그렇다면 그레고르에 대해 모를 리가 있을까?

"아이가 엄마를 자랑스러워하겠군." 보안대 대장이 말했다.

"저를 자랑스러워한다고요?"

"그래. 내가 설명하지. 축제 마지막날 목자님께서 선물을 하나 받으실 거야. 놀랄 일은 아니지. 그런데 올해 궁에서는 작은 연출을 하는 것이 좋겠다고 생각했어. 백성이 목자님께 선물을 바치는 연출을. 스히멜나우와 베르톨루치, 두 분이 그런 생각을 해냈지. 그토록 바쁜 분들이 말이야."

"스히멜나우! 베르톨루치!" 나는 넋이 나간 얼굴로 중얼거렸다.

목자님과 가장 가까운 협력자인 네 명의 대귀족 중 두 사람이다!

"그래서 제국 전체에서 여성들을 무작위로 뽑았지. 국민을 대표해서 목자님께 선물을 바칠 여성들을 말이야. 당신이 그중 한 사람이 될 거야."

나는 할말을 잃었다.

"자세한 건 그 봉투 안에 들어 있어." 그녀가 봉투를 가리키며 말했다. "며칠 뒤에 다시 당신을 데리러 올 거야. 선택받은 다른 여자들과 함께 의식을 준비할 수 있도록 말이야."

그녀가 윙크를 했다.

"이제부터 완벽한 시민답게 행동해야 한다는 건 말 안 해도 알겠지? 목자님을 만나게 될 텐데 나쁜 혁명가를 목자님께 소개할 수는 없는 일이잖아. 당신을 지켜보겠어."

지금 이 말을 옮기고 있자니 몸이 얼어붙는다. 하지만 막상 그 순간에는 주의를 기울이지 못했다.

"좋아. 몇 가지 절차만 처리하고 당신을 보내주지."

그들이 내민 열 장의 서류를 나는 읽지도 않고 서명했다. 그들이 떠나고 나는 얼이 빠진 채 집 앞에 덩그러니 서 있었다. 내 마음속에 이는 감정들 가운데 어떤 것이 가장 컸는지는 말할 수 없다. 끌려가지 않았다는 안도감? 아니면 선물 이야기가 불러일으킨 행복 섞인 미심쩍음? 나는 집으로 달려들어가 열쇠로 문을 잠그고 봉투를 열었다. 반쯤은 고약한 장난이거나 덫일 거라고 생각했다. 그런데 아니었다. 봉투 안에는 편지가 들어 있었다. 메마른 행정적인 어투로 쓰인 머리글(열 줄의 문구, '심심한 혁명 의식을 전한다'는 인사말, 도장)이 보안대원이 한 말을 확인시켜주었고, 한 묶음의 서류도 들어 있었다. 지시 사항, 준비 일정, 병원에 제출할 결근 허가서, 제출용 질의서(매우 내밀한 질문들까지 포함해 온갖 주제에 관한 이백 가지 질문). 도무지 믿기지 않는 그것들을 방에서 내려오는 딸들에게 보여주었다. 아이들은 기쁨의 탄성을 질렀고, 손뼉을 치고 펄쩍펄쩍 뛰면서 내가 주인공이 되었다고 말했다! 탁자 위에 서류를 펼치면서 비르지니는 경악했다! 흰 초대장에서 스히멜나우가 직접 손으로 쓴 글을 본 것이다!

"엄마! 이것 좀 봐요!" 아이가 외쳤다.

나는 그것을 낚아챘다. 스히멜나우는 이렇게 썼다. '당신을 믿습니다.' 나는 의자에서 떨어질 뻔했다. 스히멜나우의 친필이라니! 물론 목자님의 친필은 아니었지만 그래도 그게 어딘가! 유디트는 감격한 나머지 편지를 거머쥐고 울음을 터뜨렸다.

내일은 편지를 액자에 넣어야겠다.

미니버스가 멈춘 지 일 분이 지났다. 모두가 숨을 죽이고 있었다. 밖에서는 군인들이 분주히 움직였다. 보르도는 눈을 가늘게 뜬 채 인상을 찌푸리고 앞쪽 차창 너머를 내다보며, 벨기에 사람들이 왜 그들에게 내리라는 신호를 하지 않고 그들을 맞이하지 않는지 궁금해했다.

마침내 군인 세 명이 다가와 승객 쪽 유리창을 세차게 두드렸다. 필요 이상으로 세차게. 굴드가 문을 반쯤 열고 내렸다. 그들은 제국의 공식어인 네덜란드어로 몇 마디 했다. 보르도에게는 중국어나 마찬가지였다. 그러나 굴드는 떠나기 전에 네덜란드어 수업을 들어서 알아듣는 것 같았다. 그가 자동차 안으로 고개를 들이밀더니 그들에게 말했다.

"꼼짝하지 마."

보르도는 그의 말이 좀 거칠다고 생각했다. 자기가 우리 선생도 아니고 우리가 애들도 아닌데, 하고 보르도가 투덜거렸다. 그러나 동료들은 그 말을 듣지 못했다.

굴드가 군인들과 이야기를 주고받았다.

“무슨 얘기를 하는 거지?” 보르도가 말했다. 상황을 지켜보던 그는 예전에 모로코에서 휴가를 보낼 때 까다로운 세관 검사를 받은 일을 떠올렸다. “이야기가 꽤 길어지는군. 왜 우리는 자동차에서 내리면 안 되는 거지?”

“굴드가 내리지 말라고 했잖아. 더구나 비도 오니까 안에 있는 게 나아.” 골란스키가 지적했다.

“저 사람들은 확인하고 있는 거예요.” 카퓌신이 속삭였다.

보르도는 카퓌신이 뒤이어 저들이 무엇을 확인하려 한다는 건지 말해줄 거라고 생각했다. 그런데 아니었다.

“뭘 확인하는데?” 그가 물었다.

카퓌신은 대답하지 않았다. 짜증이 난 보르도는 한숨을 내쉬며 의자에 몸을 묻었다. 무슨 대접이 이래? 바리케이드에, 무장한 군인에, 끝도 없는 면담까지. 벨기에 사람들은 참 희한하게도 손님을 맞이하는군. 무희들이 와서 밤새도록 환영 노래를 부르며 춤추는 것까지는 기대하지 않았지만 그래도 이건 너무하잖아. 굴드는 우리의 방문이 예외적인 일이며, 벨기에에도 중대한 사건이 될 거라고 하지 않았던가? 저들이 이 방문에 성의를 보인다고 말할 순 없겠어. 저렇게 군대를 동원하고 일제사격이라도 할 듯한 분위기인 걸 보면!

십여 분 뒤에 굴드가 돌아왔다. 빗속에서 이야기가 오간 탓에 그의 몸에서 물이 뚝뚝 떨어졌다. 보르도는 굴드가 그의 아내에게서 그 흉측한 귀마개를 빌려왔어야 한다고 생각했다.

"내려." 그가 숨을 헐떡이며 말했다. (그리고 리샤르에게 덧붙였다.) "조금만 더 기다려주세요, 곧 끝날 테니. 몇 분 후면 떠나실 수 있습니다."

기다리던 신호가 떨어지자 카퓌신은 문을 열고 땅으로 뛰어내렸다. 드디어! 벨기에 땅에 발을 디뎠다! 보르도는 빈정거리는 표정으로 그녀를 쳐다보았다. 어찌나 행복해 보이는지, 무릎 꿇고 아스팔트에 입이라도 맞출 것 같았다. 골란스키, 랑글루아, 알베르가 차례차례 미니버스에서 내렸다. 보르도는 불만을 표시하려고 마지막에 내렸다.

이어진 광경도 그는 썩 내키지 않았다. 그들은 깐깐하고 대단히 모욕적인 몸수색을 받아야 했다. 비를 맞으며 줄지어 한 사람씩 군인 앞에 나아가면 군인이 몸을 더듬었다. 하지만 그들이 두툼한 겨울 코트를 입고 있었기 때문에 그녀는 아무것도 감지할 수 없을 터였다. 보르도는 화가 치밀었다. 손님을 뭐 이따위로 대접하는 거야? 이런 게 그들의 대접 방식이라면 십수 년 전부터 아무도 이 나라에 발을 들여놓지 않은 것이 그리 놀랍지 않았다. 대체 어떤 교육을 받았기에! 저들이 국경을 폐쇄한 건 순전히 이런 무례함을 감추기 위해서가 아닐까!

그는 동료들의 눈치를 살폈다. 그가 느끼는 것과 같은 분노를 읽을 수 있을까 싶어서였다. 그런데 아니었다. 그들은 시키는 대로 얌전하게 굴면서 마치 모든 일이 정상인 것처럼 굴욕을 감수했다. 카뮈신은 한술 더 떴다. 벨기에 군인이 몸을 더듬는데도 기뻐하며 치아를 몽땅 드러낸 채 웃고 있었다. 보르도는 자기 차례가 되자 노골적으로 투덜거렸다. 그러나 군인은 어떠한 동요 없이 그의 몸을 더듬었고, 그가 몸을 비틀자 가만히 있으라고 명령하기까지 했다. 그녀가 그렇게 격렬하게 반응하리라고 생각지 못했던 그는 당황해서 어쩔 줄 몰랐다. 체면을 잃지 않기 위해 그는 입술을 거의 움직이지 않고 욕설 몇 마디를 중얼거렸다. 그러자 그녀는 그것에 대한 보복인지 필요 이상으로 수색을 길게 끌었고, 그를 다른 사람들보다 더 거칠게 다루었다.

괴로운 사전 절차가 끝나자 자동차 한 대가 다가왔다. 군용 차량은 아니었다. 차에서 여러 명의 여자가 내렸는데, 그중 모피로 보이는 검은 코트를 걸친, 여왕 같은 풍모를 한 키 큰 여자가 두 팔을 벌리며 그들을 향해 다가왔다.

"오셨군요! 우리 프랑스 손님들이 오셨어요!"

그녀는 군인들보다 훨씬 우호적이었다. 이제야 제대로 대접하는 건가?

"환영합니다! 제가 늦게 온 걸 용서하세요!"

그녀는 굴드에게 손을 내밀었다.

"선생님이 굴드 씨죠, 그렇죠?"

그녀는 자기소개를 했다. 크리스틴 마데머스. 보안대 소장이자 혁명위원회 대서기장으로, 목자의 임명을 받아 그들이 벨기에에 체류하는 동안 그들을 안내하고 보살피는 임무를 맡았다.

"군대식 접견을 용서하세요." 그녀가 군인들을 손으로 가리키며 말했다. "테러 때문에 조심해야 하거든요. 베아트릭스 때문이죠."

그 이름을 듣고 카퓌신은 깜짝 놀랐다. 보르도 역시 묘한 기분이 들었다. 그렇다, 지금 그는 여성 제국 안에 들어와 있었다. 그것은 마치 이국의 도시에 도착해 갑자기 다른 언어로 말하는 걸 듣고 문득 낯설어진 느낌과 같았다. 그는 화가 났던 것마저 잊었다.

"얼른 조사를 끝내도록 하겠습니다. 그런 다음 호텔로 모셔다 드리지요."

억양이 살짝 어색하긴 했지만 크리스틴은 완벽한 프랑스어를 구사했다. 보르도는 그녀가 벨기에에서 단어의 성을 바꿔 만든 프랑스어, 프랑스에서도 일부 '멋쟁이 여성들'이 사용하려 애쓰는 프랑스어를 쓰고 있지 않다는 데 주목했다. 그는 살짝 실망했다. 변형된 그 언어가 매우 재미있다고 생각했기 때문이다.

"우리가 묵을 호텔은 브뤼셀에 있나요?" 알베르가 물었다.

"아닙니다. 브뤼셀에는 내일 갈 겁니다. 오늘밤은 바레험에서 묵게 될 겁니다." 크리스틴이 대답했다.

굴드가 걱정스레 말했다.

"원래 계획으로는 오늘 저녁에 브뤼셀에 가는 것으로 예정되어 있었는데요……"

"안전상의 이유 때문입니다." 크리스틴이 대답했다.

그녀가 미소를 지으며 다시 말했다.

"그렇지만 걱정하실 건 전혀 없습니다. 안심하세요. 모든 일이 최선의 방향으로 진행되도록 할 겁니다."

그녀가 군인들을 불러모았다.

"자, 서두르자!"

그녀는 프랑스인들을 군대 막사로 데려갔다. 보르도는 자기들을 이슬비 아래 마냥 세워두지 않고 막사 안에서 수색할 수도 있었겠다고 생각했다. 군인들은 크리스틴이 지켜보는 가운데 그들의 서류를 확인했다. 신분증, 건강진단서, P.F.F.가 그들에게 지급한 서류 한 무더기. 군인들은 모든 서류를 세심히 검토했다. 시간이 너무 지체된다고 생각했는지 크리스틴이 메마른 어조로 작업을 재촉하더니 여행객들을 향해 우정 어린 미소를 건넸다. 그녀 역시 그들만큼이나 지루하다는 것, 이런 행정절차를 좀스럽게 여긴다는 것을 보여주려는 듯했다.

모든 절차가 끝나자 모두 카메라를 탁자 위에 내려놓으라는 명령이 떨어졌다. 돌아갈 때 돌려줄 거라고 했다. 굴드가 항의했다.

"사진을 못 찍는단 말입니까?"

"미안하지만 안 됩니다." 크리스틴이 대답했다.

"아니, 왜죠?"

그녀는 대답하지 않았다. 그런데 더 놀라운 조치가 떨어졌다. 이번에는 시계였다. 제국 안에서는 손목에 시계를 차고 있을 권리가 없다는 것이었다. 시계는 카메라와 함께 돌려주겠다고 했다. 그 압수 조치에 너무 놀란 나머지 그들은 항의조차 하지 못했다. 마침내 그들은 막사에서 나와, 엄밀한 의미의 제국 안으로 들어설 준비를 했다. 군인들이 미니버스에 있던 그들의 짐을 엄청나게 큰 두 대의 리무진으로 옮겨 실었고, 그들은 리무진을 타고 여행을 계속할 예정이었다. 리무진에는 여섯 사람이 응접실에서처럼 마주보고 앉을 수 있었다. 그사이 쭉 운전석에 앉아 기다리고 있던 리샤르는 코민으로 돌려보내졌다. 그는 풀려난 것에 안도하는 듯했고, 떠나기 전 동포들에게 소심한 작별 인사를 했다.

프랑스인들이 리무진에 올라탔다. 보르도는 장미목과 가죽으로 된 시트를 보고 길게 휘파람을 불었다. 그는 랑글루아, 골란스키와 함께 뒤에 있는 리무진에 탔다. 굴드와 알베르, 카퓌신, 크리스틴 마데머스는 앞의 리무진에 탔다. 보르도는 다 함께 여행하고 싶었기에 안내자와 같이 타지 못한 것을 유감스럽게 생각했다. 다른 차에 탔으니 그는 안내자가 하는 이야기를 듣지 못할 테고, 굴드가 알게 된 사실을 모르게 되지 않겠는가? 그렇게 뒷전으로 밀려난 느낌 때문에 그는 살짝 화가 났다. 함께 탄 운전사나 군인과 이야기를 나누면 되겠다고 생각하니 위안이 됐다. 그런데 그가 그들 쪽으로 몸을 기울이자 그들이 그의 언어를 알아듣지 못한다는 양 적대적인 태도를 보였고, 그래서 다시 똑바로 앉을 수밖에 없었다. 그들의 거친 반응에 기분이 상한 그는 팔짱을 낀 채 정말 이례적으로 입을 다물고 있기로 마음먹었다.

10월 18일. 두 달째 일기장을 펼치지 못했다. 보안대가 좋은 소식을 가져온 8월 1일에 쓴 일기를 다시 읽으니 여전히 감격스럽다.

그후로 일어난 모든 일들을 간단히 말할 수 있을까? 어디서부터 시작해야 할지 모르겠다. 내 삶이 송두리째 흔들렸다.

8월 한 달은 무엇보다 행정절차와 조사로 바빴다. 보안대원들이 이미 예고한 일이었다. 내가 목자님께 선물을 바칠 자격이 있는지, 어쩌면 목자님이 내게 말을 걸지도 모르고 심지어 나를 포옹할지도 모르는데(생각만 해도 떨린다) 그럴 자격이 있는지 확인해야 한다는 것이었다. 그들은 나를 발가벗겼다. 개별 면담 열 번에, 사흘이 멀다 하고 한 번씩 가택수색을 하고, 내가 법을 잘 알고 있는지 확인했다. 나는 학교에서 배웠지만 지금은 물론 거의 잊어버린 이백여 개의 혁명 일자를 다시 외워야 했고, 아무 말 없이 서류에 적힌 목록만 짚으며 확인하는 심사위원 앞에서 순서대로 암송해야 했다. 다행히 비르지니와 유디트에게 시간을 들여 가르친 덕분에 희미하게 기억에 남아 있었다. 그래서 수월하게 시험을 통과했다. (날짜를 외우느라 끙끙대는 모습을 본 비르지니가 내게 한소리를 했다. "그 날짜들을 다시 외우면 어떡해. 그것들은 우리의 슬로건이나 마찬가지야. 바람직한 페미니스트라면 잊어서는 안 되는 거라고." 그렇게 말하고 홱 돌아서 나갔다…… 훈계를 들은 순간에는 수치스러웠다. 그러나 아이에게 그런 소리를 들어서는 안 될 일이었다.) 선택받은 사람들 가운데 일부는 탈락했고, 둘은 억류되었다. 한 사람은 가족 중 1980년대에 일주일 동안 재교육을 받은 사람이 있었기 때문이고, 나머지 한 사람은 불임으로 아이를 낳지 못해 '생존자 대열을 늘리지 못한 잘못'을 범했기 때문이었다. 그래서 열 명이 남았다. 나는 다른 아홉 명의 '선택받은 여자들'과 잘 지냈고, 분위기도 좋았다. 다행이었다. 왜냐하면 9월 초부터는 대부분의 시간을 모두 함께 보내야 했기 때문이다. 에테르베이크 궁의 접견실에서, 바바르 도로에서 우리는 운동선수들처럼 훈련했다.

이 모든 과정에서 이상한 것은 선물이 무엇인지 우리가 모른다는 점이었다. 그것에 대해서는 '보안상의 이유'라며 아무것도 말해주지 않았다. 선물이 크고 꽤 무겁다는 것은 알 수 있었다. 열 명이 함께 들기 때문이다. (그들은 우리에게 몸이 허약하다며 근육 훈련을 시켰다. 훈련은 끔찍이 싫었지만 무거운 것을 들고 몇 시간을 보내고 나면 지하 수영장에서 수영을 할 수 있어서 나는 기분좋게 받아들였다.) 우리는 선물 대신 나무상자를 들고 연습했다. 유디트가 설 연단과 우리가 오를 계단을 재현해놓고 그곳에서 발맞추는 법을 익히고, 모든 동선을 치밀하게 짜 열 명이 한덩어리인 것처럼 움직이도록 훈련했다. 제국의 신조처럼…… 우리를 맡은 교관들은 까다롭고 냉혹했다. 그들은 만족하는 법이 없어서, 완벽하지 못하다고 판단한 동작은 끝없이 되풀이하게 했다. 지치는 일이었다. 훈련 기간 동안 그들 중 한 사람이 항상 '유디트의 자리'에 앉아 목자인 양 처신했다. 그녀는 말했다. "이렇게 해야 목자님 눈에 어떻게 보일지 정확히 알 수 있어." 똑같은 동작을 백 번이나 되풀이하고 나면 때로는 기진맥진해서 머리가 핑 돌고 진짜 유디트가 눈에 보이는 것만 같았다.

10월 26일. 온 나라가 들끓는 느낌이다. 이 열기는 축제가 끝날 때까지 이어질 것이다. 나라 전체에서 일어나고 있는 일을 알기라도 하는 듯 '온 나라'라고 쓰기는 했지만, 사실 몇 주 전부터 나는 우리집과 에테르베이크 궁밖에 보지 못했다…… 훈련으로 이어지는 매일매일이 똑같다. 궁 생활이 행복하지만 단조로운 것도 사실이다. 훈련을 많이 받느라 딸들도 거의 못 보고 있다. 집으로 돌아가면 아이들은 이미 잠들어 있다. 착한 도뤼스가 아이들을 돌보고, 아이들이 내게 전해달라고 한 말을 전해준다.

새로운 생활의 이점 가운데 하나는 우리가 받지 못하는 월급을 대신해 제국에서 상당한 보상금을 지급해준다는 점이다. 재정 상황이 단번에 회복되었고, 우리는 예전보다 훨씬 잘 먹고 있다. 도뤼스는 필요한 만큼 돈을 쓸 수 있게 되었다. 고기가 나오면 산다. 게다가 국영 상점에서 식료품을 구입할 수도 있다! 나에게 그런 권리가 주어지리라고는 생각도 못했는데…… 시간이 없어서 도뤼스에게 내 통행증을 줘서 보낸다. 그러면 그는 돌아와서 감탄하며 말한다. "그곳에 물건이 얼마나 넘쳐나는지 상상도 못하실 거예요!" 나는 에테르베이크도 마찬가지여서 원하는 건 뭐든지 가질 수 있고, 궁의 식당에는 다양한 음식이 넘쳐나서 무엇을 골라 먹어야 할지 모를 지경이라고 웃으며 대답했다. 초기에는 공짜로 많이 먹을 수 있는 기회를 놓치지 않으려고 배가 아플 정도로 먹었다. 처음엔 부끄러웠지만, 동료들도 나처럼 했기에 뻔뻔해졌다. 풍족함에 길들어 있는 궁의 공무원들은 먹을 것에 달려드는 우리를 보고 비웃었다. 나는 그들의 빈정거림이 거슬렸다. 저 사람들은 바깥의 생활이 얼마나 힘든지 모르는 모양이지? 그러나 그들에 대한 나의 분노는 오래가지 않았다. 나 또한 차려놓은 음식을 향해 달려들지 않고, 음식이 없어질까 염려하지 않게 된 것이다. 실제로 나는 그들의 세계로 건너갔다. 마음이 혼란스럽다. 출세한 느낌이랄까? 지금까지 나와 모든 걸 함께했던 사람들은 상상조차 하지 못할, 나도 예전에는 상상조차 못한 세계에 들어선 것이다. 지금 나는 특혜를 누리고 있다. 엄청난 특혜는 아니지만 그래도 특혜인 건 분명하다. 예를 들어 저녁이면 시종이 운전하는 커다란 검은색 승용차가 나를 집으로 데려다준다. 우리는 빠른 속도로 브뤼셀 시내를 달린다. 바깥에서 경계심 어린 눈초리로 나를 바라보는 여자들은 틀림없이 그 리무진이, 자신들과 다른 여자, 자신들이 어떻게 사는지 모르는 여자, 감히 다가갈 수 없는 여자를 실어 나르고 있다고 생각할 것이다(종종 느껴봐서 나도 잘 아는 감정이다). 그들의 무기력한 눈길을, 그들의 불신을 나는 잘 알고 있다. 고위층 사람들, 보안대원들, 궁인들, 혁명의 수호자들, 정부 관료들을 다른 세계에 사는 전설 속 사람들이라 여겨서 그들이 등장하면 깜짝 놀라게 되는 심정을 잘 안다. 그 눈길, 그 얼굴은 나의 것이었다. 그런 내가 편안하고 느긋하게 앉아서, 페르마르스 대로를 성큼성큼 걷는 저 브뤼셀 사람들이 궁이라는 세계에 대해, 나에게 열린 이 세계에 대해 얼마나 알까 자문하고 있다. 그들은 아무것도 알지 못한다. 때로는 내가 내 계층을 배반하고 있다는 느낌도 든다. 계층이라는 것이 아직 의미가 있는지 모르겠지만, 내가 속한 출신 환경을 부인하고 있는 것 같다. 그러면서 동시에 내 안에서 오만이, 엄청난 오만이 느껴진다. 이것이 인간이다.

어느 날 저녁 자동차가 나를 집 앞에 내려주었을 때 이웃 여자가 자동차에서 내리는 나를 보았다. 의도하지는 않았지만 나는 그 여자의 눈길을 피해 바쁜 척 차문을 닫은 뒤 서둘러 집으로 들어갔다. 중대한 직무에 몰두한 것처럼 보이려고 말이다. 집에 들어오자 부끄러운 마음이 들었다. 나 자신이 천박하다는 생각이 들었다. 그런 일이 종종 일어난다. 나 자신의 가치를 높이려는 욕망을 이기지 못하는 것이다. 궁에서 우리들만 드나들 수 있는 구역의 문을 지키는 군인들에게 나는 배지를 귀찮은 듯 내민다. 마치 예전부터 배지를 갖고 있던 사람처럼. 아니면 그것을 목에 두르고 있다는 사실을 완전히 잊어버린 것 같은 얼굴로 괜히 주머니 속을 뒤진다. 그것이 마치 내게 중요하지 않은 것처럼, 대수롭지 않은 것처럼 보이려고 말이다. 얼마나 웃긴 꼴인가! 내 배지를 검사한 뒤 군인들은 나를 중요한 인물로 여기며 눈을 내리깔곤 한다. 그럴 때면 기쁨의 전율이 온몸을 휘감아서, 다시 걸음을 돌려 문을 지나 그들이 고개 숙이는 모습을 한번 더 보고 싶은 마음이 든다……

10월 29일. 얼마 뒤에 우리는 궁에서 기거하게 될 것이다. 기념식은 두 달 후에 있다. 서둘러야 한다. 아나우크의 말을 들으니 이곳에서 모든 걸 지휘하는 교관이, 우리가 매일 저녁 집으로 돌아가는 것보다 궁에 남아 있는 것이 안심될 것 같다고 말한 모양이다. 아이들은 보모들이 맡아 돌볼 것이고, '공주처럼' 대접받을 것이며, 계속 학교에 다닐 것이다. 행사에 참가하는 아이들은 무용 연습을 계속할 것이다. (이 말을 하면서 아나우크는 내게 윙크를 해 보였다. 비르지니가 집단무용에 참여한다는 걸 알기 때문이다.) 나는 비르지니와 유디트에게 이 소식을 전했다. 아이들은 두 달 동안 나를 보지 못한다는 슬픔과 새로운 생활의 즐거움을 맛본다는 흥분 사이를 오갔다.

이 일기장에 쓰기로 마음먹은 또다른 소식이 있다. 며칠 전부터 나는 설레는 감정을 느끼고 있다. 상대의 이름은 레나로, 우리 무리에 속해 있다. 교관들이 하는 말처럼 '자매 중의 자매'다. 그녀는 플랑드르 출신(아마도 안트베르펜)에 마흔 살이다. 그녀를 보고 있으면 기분이 좋다. 예전 같으면 좋아할 수 없을 거라고 생각했을 만큼 살집이 꽤 있지만 마음이 끌렸다. 그녀는…… 솔직히 말하자면 나에게 홀딱 반한 모양이다. 내게 줄곧 눈짓을 보낸다. 처음엔 거북해서 아무 일도 없는 것처럼 행동하며 그녀에게서 떨어져 있으려고 애썼다. 그렇지만 매일 만나는 사이인데 어떻게 피하겠는가? 그리고 무엇보다 한 여자에게 사랑의 감정을 불러일으키는 것이 기분좋은 일이라는 사실을 깨달았다. 나도 감정에 이끌려 그녀에게 응하기 시작했고, 그녀가 다가와 식사 때 곁에 앉아도 가만히 있었다. 그녀는 슬쩍 접촉도 하고 말도 걸면서, 나에게 끌리고 있음을 은근히 표현한다. 현재 이런 상태다. 이 주 전부터 계속되고 있다. 나는 이 감정이 계속되었으면 싶고, 심지어 더 멀리까지 이어졌으면 싶다. 그런데 내가 너무 소극적이어서 첫발을 내딛지 못하고 있다! 그녀도 마찬가지다. 내가 그녀를 도발해서 마음을 표현하도록 만들어야겠다.

11월 3일. 전투 준비. 다음주로 예정되었던 궁으로의 이사 일정이 내일로 앞당겨졌다. 나는 짐을 쌌다. 도뤼스에게 전달할 말을 남겼다. 보모가 올 때까지 도뤼스가 딸애들을 돌보고 내가 없는 동안 집안일을 도맡을 것이다.

레나에 대해서는 내 느낌이 맞았다. 이제는 끊임없이 내 귀에 대고 속삭이고, 어제는 내 목에 키스까지 했다. 다른 사람들도 우리 사이에 생겨나는 순정을 알아차리고, 이해심 어린 미소와 농담을 던진다. 우리의 관계가 질투심을 유발해 다른 사람들로부터 따돌림당할까봐 겁이 난다.

벌써부터 그런 일이 일어난 것처럼 겁을 집어먹다니! 내가 몹시

레나를 갈망한다는 것을, 그것 외에는 다른 어떤 것도 바라지 않는다는 것을 드러내고 싶은 걸까.

호텔방에 들어갈 때마다 그러듯, 굴드는 가벼운 강박증 때문에 옷들을 옷장 안에 세심히 걸었다. 그는 두 개의 커다란 가방을 비운 뒤 세면대로 가서 얼굴을 씻었고, 코트에서 수첩과 펜을 꺼내들고 침대에 자리잡고는 오늘 받은 인상을 써내려가기 시작했다. 하루가 아직 끝나지 않았으니 저녁까지 기다릴 수도 있었지만, 명료했던 생각이 흐릿해지고 세부 사항들을 일부 잊게 되어 사실을 충실하게 옮겨 적지 못하고 재구성하게 될까봐 겁이 났던 것이다. 서둘러 모든 것을 종이 위에 쏟아내야만 했다. 문학성에 대한 염려는 제쳐두고 전보문 형식으로라도 말이다. 모든 걸 떠오르는 대로 마구 써두어야 했다. 시간이 지나면 더이상 명료하게 생각나지 않을 테니까. 그는 여행할 때마다 이 원칙을 따랐다. 그것이 저널리즘의 본질이라고 생각했다.

처음에는 단순하고 평범한 정보들을 몇 가지 기록했다. 적어두지 않으면 쉽게 잊어버리는 정보들이었다. 오전의 준비 과정, 역 근처에서 있었던 만남, 기차 여행, 운전사 리샤르의 태도…… 이 자잘한 사실들이 모여 여행기를 작성할 때 매우 유용하게 쓰일 것이며, 거기에 뼈대를 세우고 단편적이나마 철학과 이론으로 살을 덧붙이게 될 것이다.

그는 중립지대에 도착해서 조금 전 바리케이드를 통과하기까지 보았던 군인들의 군복, 그들이 들고 있던 총 종류(하지만 그는 무기에 대해서는 전혀 알지 못했다), 몸을 수색받는 동안 그의 머릿속에 스쳤던 생각들, 그리고 그 당시 동료들이 했을 생각을 자세히 떠올리려고 애썼다. 모든 것이 아직 그의 기억 속에 생생하게 남아 있어서 한 페이지를 빼곡히 채울 수 있었다. 좋은 문구들이 떠올랐고, 그는 어쩌면 기사에 쓸 수 있겠다고 생각하며 기록했다.

"그들은 우리의 몸을 구석구석 더듬었다. 내 몸을 더듬던 여자의 손길이 이 나라와의 첫번째 접촉이었다. 첫번째 육체적 접촉.

아! 카리스마 넘치는 군인들, 혁명의 준엄한 수호자들! 그 여성들은 나에게 강한 인상을 남겼다.

우리는 리무진을 타고 이동했다. 경이로울 정도로 호사스러운 장관 전용차였다. 그런데 검문소에서 호텔로 가는 이동 구간이 매우 짧아서 오랫동안 타지는 못했다. 이곳의 밤은 깊다. 아무것도 보이지 않는다. 정말 아무것도. 그래서 사실 우리는 벨기에를 보지 못했다. 내일 햇살 아래 더 나은 모습을 드러내려고 숨어 있는 걸까? 캄캄한 어둠 속에 환하게 불을 밝힌 호텔이, 어디서 나타났는지 모를 커다란 여객선처럼, 깜짝 선물같이 불쑥 나타났다."

굴드는 기분이 고조되면 시인이 되었고, 평소에도 서정적인 문체로 글을 썼다. 그러나 지금 이곳에서는 거의 기계적일 정도로 절제된 글을 쓰고 있었다.

잠시 후 그는 안내자 크리스틴에 관해서도 몇 마디를 썼다. 그녀에 대해 어떻게 생각해야 할지 그는 알지 못했다. 자동차 안에서 그녀가 대화를 하려고 그다지 노력하지 않아 불쾌한 사람이라는 생각이 들었다. 그런데 호텔에 도착하자 싹 바뀌었다. 갑자기 호의적이고 정중하고 섬세한 태도를 보였던 것이다. 어쩌면 이동할 때는 불안했던 게 아닐까? 누군가 그들을 공격할까봐 불안해하다가(도착하자마자 베아트릭스와 테러에 대해 말하지 않았던가. 그 말에 굴드는 깜짝 놀랐다) 무사히 도착하자 안심한 게 틀림없다. 굴드는 이러한 가정이 마음에 쏙 들었다. 그녀가 프랑스 손님들을 중요하게 여긴다는 인상을 받았기 때문이다. 그들을 겨냥한 테러를 걱정하는 건 그들이 아무 의미 없는 사람이 아니라는 뜻이었다. 그래서 그는 이 가정을 그대로 밀고 나아갔고, 진짜 테러를 꿈꾸기까지 했다. 물론 실패로 끝나는 테러여야 하겠지만, 사람들의 이목을 끌어서 그들의 이야기를 극적으로 만들어줘야 할 것이다. 그는 여의치 않다면 단순한 협박이라도 이야기에 좋은 효과를 낼 거라고 생각했다. 그러자 크리스틴이 한층 더 우호적으로 보였고 굴드는 그녀에 대한 판단을 재고했다. 사실 그녀가 그에게 퉁명스러웠던 건 아니다. 그녀는 걱정을 했던 것이다. 그건 전혀 다른 얘기였다. 바리케이드는 그들과 그녀 사이에 있는 것이 아니라, 그들이 그녀와 함께 자리한 제국과 테러리스트들 사이에 있는 거라고 그는 생각했다. 그는 크리스틴의 외모에 대한 몇 마디 말과 함께 다음과 같이 기록했다. "아름답고 당당한 사십대 여인, 짧은 머리, 호리호리한 몸매. 그녀는 곧고 도도한 분위기를 풍긴다. 상대의 눈을 깊이 들여다보는 솔직하고 직선적인 시선. 아마도 정치적 문제에 엄격하고 단호해서, 힘든 결정도 내릴 줄 알 것이다. 그녀는 제국에서 어떤 역할을 맡고 있을까? 그녀의 말을 옮기자면—꽤나 놀라운 말이었다—자신이 '보안대 소장, 혁명위원회 대서기장'이라고 했다. 그 직책이 무엇을 뜻하는지 전혀 모르겠다. 자세한 설명을 청해봐야겠다. 어쨌든 성깔 있는 여자다. 왠지 모르지만 쉽게 거짓말을 할 여자라는 생각도 든다. 그런데 난 늘 여자들에 대해 잘못 판단한다."

그는 기사에 쓰일지도 모른다고 생각해 소박하다못해 빈약한 호텔방에 대해서도 메모를 했다. 크리스틴은 고급 호텔이라고 주장했다. 제국의 기준에 따르면 그런지 몰라도 그의 기준에는 그저 괜찮은 정도였다. 하지만 제국을 존중하는 마음에 그는 실망을 감탄으로 바꾸고, 가설의 도입부를 세웠다. 그 평범한 방은 벨기에 사람들이 안락에는 신경쓰지 않는다는 걸 보여준다는 가설이었다. 그들에게 안락 따위는 중요하지 않은 것이다. 이것은 그들의 우월성과 국익을 중시하는 관점을 드러내는 증거였다. 그는 방에 들어서면 바로 눈에 띄는 것에 대해서도 기록했다. 침대 위에 걸린 채 그의 잠을 엄중하게 지켜볼 유디트의 거대한 초상화. 그는 그 초상화에 미학적 판단을 내리길 포기했다. 그런 건 중요한 문제가 아니라고 생각했기 때문이다. 그는 초상화로 인해 여행객의 내밀한 침실에까지 정치가 따라오고, 목자가 여행객을 홀로 내버려두지 않는다는 명백한 사실을 깨닫고 얼마나 놀랐는지를 기록했다. 실제로 굴드는 자신을 내려다보는 유디트의 눈길 아래에서 긴장이 완전히 풀리지 않았다. 초상화는 그를 바른길로 인도하려는 신중하고 자비로운 초자아 같은, 기독교인의 침실에 걸린 십자고상 같은 분위기를 풍겼다.

그는 자신의 손목시계를 보려다가 압수당한 일을 기억해냈다. 벽에 걸린 시계가 일곱시 사십분을 가리켰다. 그는 펜 뚜껑을 닫은 뒤 수첩을 집어넣고 로비로 내려가기로 했다. 그러면서 아마 자신이 가장 먼저 내려와 있을 거라고 확신했다. (어디서건 다른 일행보다 먼저 와 있는 것이 대장의 역할이다. 그는 작전지를 정찰하고, 일선에 나서고, 전투에 앞장서야 했다. 확실한 반군국주의자임에도 불구하고 이런 전투 용어들이 무의식적으로 그의 머리에 떠올랐다. 그러자 웃음이 나왔다.)

그는 승강기를 타지 않았다. 아래층으로 내려가자 나이 많은 급사 두 명이 달려와 그 앞에서 차려 자세를 취했다. 그들에게 뭔가 지시를 내리고 싶었지만 생각이 나지 않았다. 그는 당황해서 헛기침을 했고, 애매한 몸짓을 하고는 로비를 향해 걸어갔다. 저런! 보르도가 먼저 와서 타닥거리며 장작이 타고 있는 벽난로 앞에 앉아 신문을 읽고 있었다. 굴드는 유감스러운 마음에 입술을 깨물었다. 좀더 일찍 내려온 친구에게 선수를 빼앗긴 것이다.

"뭘 읽고 있어?" 그가 다가가 물었다.

보르도가 소스라치게 놀라며 대답했다.

"깜짝이야. 〈페미니테〉야. 프랑스어판." 그가 굴드에게 신문을 내밀었다.

"진짜?"

〈페미니테〉는 벨기에에서 발행되는 하나뿐인 주간지인데, 배본 방식이 이상해서 파리에서는 네덜란드어판밖에 구하지 못했다. 프랑스 페미니스트들에게는 일종의 성서였다. 당에서는 매주 주요 기사들을 번역해 소책자에 다시 실었고, 굴드와 보르도는 그 소책자를 정기 구독했다. 어처구니없는 일이지만 한편으로는 당에 도움이 되었다. 번역을 선별하면서 벨기에에서 온 정보에 대한 주도권을 쥘 수 있었기 때문이다.

"오스트리아 공동체들에 관한 기사를 읽고 있었어. 삼백 개도 더 되나봐."

"그건 아무런 의미가 없어. 규모가 중요하지."

"바로 그거야. 그 공동체들 대부분이 적어도 오십 명의 회원을 두고 있다는 거야."

굴드는 고개를 끄덕이며 골똘히 생각에 잠겼다. 프랑스에는 1970년대에 꽃을 피운 뒤 혁명 규범에 따라 생활하는 강경 페미니스트 단체가 이제 열다섯 개 정도밖에 남아 있지 않았다. 그는 홍보를 위해 아내와 함께 그중 몇몇 공동체에서 생활해보았다. 보르도도 한때는 '머리를 비우고 근원적인 가치를 되찾기 위해' 수도원을 찾는 사람들처럼, 매년 여름 랑드 지방의 한 공동체에서 피정을 하곤 했다. 공동체들 대부분이 일정 기간 남자들을 받아들였다. 하지만 일부 공동체는 여자들에게만 열려 있었고, 가장 극단적인 단체들은 남자와 관련된 모든 것을 거부했다. 남자 사진을 금지한 곳도 있고, 남자가 쓴 책들을 태운 곳도 있으며, 심지어 남자 이름까지 금해서 남자 이름을 말하기만 해도 벌금을 물어야 하는 곳도 있었다.

보르도와 굴드는 그런 공동체들이 프랑스에서 살아남지 못한 이유에 대해 이야기를 주고받았다. 보르도가 보기에는 카베*나 푸리에**처럼 19세기 이후로 평판이 나빠진 유토피아주의자들 때문이었다. 그리고 그보다는 프랑스에 뿌리를 내린 여성 혐오가 공동체들의 번창을 가로막았다는 것이 굴드의 생각이었다. 그가 한탄했다.

"아, 프랑스가 오스트리아만 같았어도 좋을 텐데!"

마치 오스트리아에서 벌어지는 일에 대해 정확히 알고 있는 것처럼 말했지만, 그는 사실 한 번도 그곳에 가본 적이 없었다. 어쨌든 그는 어떤 나라도 프랑스보다는 낫다고 생각했다. 페미니즘도 그렇고, 그 밖의 다른 영역에서도 그랬다.

그들이 이야기를 나누는 동안, 어깨에 견장이 달린 붉은 제복을 매우 단정하게 차려입은 호텔 종업원이 와서 그들에게 무엇을 마시겠느냐고 물었다. 굴드는 차마 견장의 의미는 묻지 못했다. 보르도는 코냑을, 굴드는 보드카를 시켰다. 그런데 코냑도 보드카도 없었다. 보르도가 사레들린 목소리로 물었다.

---

* 이상적 공산주의 사회 건설을 주장한 사회주의자(1788~1856).

** 프랑스의 공상적 사회주의자(1772~1837).

“이 호텔에 코냑이 없다고요?”

“우리 제국엔 코냑이 없습니다.” 종업원이 대답했다.

그때 레오노르 알베르와 카뮈신 로트가 급사들을 앞세우고 다가왔다.

“코냑이 없대.” 보르도가 투덜거렸다.

“당신 살아남겠어?” 알베르가 그를 놀렸다.

종업원이 과일주스처럼 보이는 음료가 담긴 잔들을 내왔다. 굴드는 젊은 여자의 기분을 상하게 하지 않으려고 기쁜 얼굴로 홀짝홀짝 마셨다.

이어서 랑글루아와 골란스키가 왔고, 마지막으로 크리스틴이 군인 셋과 함께 왔다. 군인들은 떨어져 앉아 네덜란드어로 자기들끼리 얘기하기 시작했다. 굴드는 그들을 모른 척하는 군인들의 태도가 무척이나 매혹적이라고 느꼈다.

“늦어서 미안합니다. 브뤼셀과 통화를 하느라고요.” 크리스틴이 말했다.

그녀가 손가락을 튕겨 소리를 내자 종업원이 똑같은 칵테일을 내왔고, 모두가 함께 그것을 마셨다. 보르도는 때를 놓치지 않고 불만을 토로했다.

“글쎄, 제가 코냑을 시켰는데……”

“벨기에에서는 술을 마시지 않습니다.” 그녀가 잘라 말했다.

보르도는 경악해서 입을 열지 못했다.

“전……”

“그러니까 알코올이 없는 이 훌륭한 칵테일을 드세요. 유디트가 만든 겁니다." 그녀가 잔을 들면서 말했다.

그녀는 잔에 입술을 대더니 덧붙여 말했다.

"제국의 공식 음료지요. 모든 국가 축일과 특별한 자리에 이 음료를 내놓습니다. 오늘 저녁도 특별한 자리가 아니겠어요?"

유디트가 만든 음료라는 사실을 알게 되자 굴드는 마시던 주스가 덜 맛없게 느껴졌다. 그는 잔을 비우고 한 잔 더 달라고 청했다.

그들은 불 앞에 앉아 이야기를 나누었다. 급사가 수시로 와서 장작을 넣었다. 벽난로가 무척 커서 열 명이 둘러앉아 불을 쬘 수 있었다. 접객을 맡은 크리스틴이 대화를 이끌었고, 그녀는 한 사람씩 돌아가며 그들에게 다양한 질문을 던졌다. 그녀는 놀랄 정도로 그들에 대해 많은 것을 알고 있었고, 굴드가 벨기에 당국의 요구에 따라 출발하기 전 제국으로 보낸 개인 소개서에 담긴 정보 이상으로 그들의 이력을 자세히 파악하고 있었다. 그녀는 그들의 기분을 띄우려면 무슨 말을 해야 하는지 정확히 알고 있었다. 이를테면 굴드에게는 모某 신문(최근에 그가 논설 주간이 되어서 자랑스럽게 여기고 있는 신문)에 여전히 참여하고 있는지, 최근에 거론한 책은 어디까지 진행됐는지 물었고, 보르도에게는 그가 최근에 쓴 소설의 제목과 줄거리를 파악하고서 책에 대한 반응을 물었다. 로트에게는 당에 대해 얘기하면서 여행을 마치면 지도부의 최고 자리에 오를 거라고 예언했다. 알베르에게는 그녀의 고향인 브르타뉴와, 최근에 그녀가 구입한 퐁라베 부근의 저택에 관한 질문들을 던지며 한마디 덧붙였다. "여기서 할 일이 이렇게 많지만 않다면 꼭 가보고 싶어요." 그리고 랑글루아에게는 그의 대학 강의에 대해 물으며 관심을 보였다. 그녀는 골란스키가 수줍음이 많고 그 자신에 대해 말하는 걸 좋아하지 않는다는 사실도 알고 있었다. 그래서 그에게는 그의 아내가 하는 자선 활동에 대해 물었다.

화술에 일가견이 있는 굴드도 그녀의 활약에 놀랐다. 그런 예의가 거짓된 것이라고 짐작하긴 했지만, 그래도 자신이 받아 마땅한 관심이 자신에게 쏟아지는 것을 보고 매료될 수밖에 없었다. 프랑스인들에게서는 찾아보기 힘든 능력이었다. 한 가지 아쉬움이 있다면, 크리스틴이 다른 사람들보다 그에게 조금 더 많이 말을 걸어줬더라면 좋았을 거라는 것이다. 그러나 그 덕분에 그들이 여기에 와 있는 것이었기에 그는 간접적으로 더욱 빛났다.

저녁 아홉시경 그들은 식탁에 자리했다. 저녁식사는 벨기에의 전형적인 미식 요리로 훌륭하게 차려졌다(혁명가들이 전통을 모두 파괴하지는 않았군, 다행이야, 라고 굴드는 생각했다). 부댕 누아르*와 물냉이 샐러드, 아르덴 지방의 개똥지빠귀 요리, 그리고 모둠 치즈가 나왔는데, 크리스틴은 굴드에게 그를 생각하며 치즈 종류를 골랐다고 말했다. '그가 치즈를 좋아한다는 사실이 브뤼셀에까지 알려져 있기 때문'이라는 것이었다. 마지막으로 '목자가 좋아하는 후식'인 복숭아 모양의 마지팬 과자가 나왔다. 목자가 좋아하는 후식이라는 이유 때문에 더욱 맛이 좋아 보였다. 유일한 단점은 포도주가 없다는 것이었다. 하지만 굴드는 보르도가 자기보다 더 괴로워하는 걸 보고 위로를 받았다.

---

* 유럽식 순대 요리.

크리스틴이 앞으로의 일정에 대해 이야기했다. 그날 저녁에 공식 만찬이 없었던 건, 다음날 학교에서 그들의 방문을 환영하는 아이들의 환영식이 예정되어 있기 때문이라고 했다. 마음이 곱지요? 그들은 동의했다. 아이들을 좋아하는 알베르(누구도 그녀에게 아이를 만들어주고 싶어하지 않아서 더더욱 좋아하는 거라고 굴드는 말했다)가 내일이면 자신들도 피로를 회복해서 기분이 상쾌해질 테고 환영식을 제대로 누릴 수 있을 것 같으니 좋은 생각이라고 말했다. 로트만 신중한 태도를 보였다. 당에서 여성들에게 예속의 근원인 아이들을 경계하라고 가르쳤기 때문이다. 굴드는 이 주제와 관련해 그녀가 쓴 극렬한 논조의 글을 읽은 적이 있었다. 그래도 그녀의 반응이 염려스럽지는 않았다. 학교 방문은 제국이 결정한 일이기에 그녀도 그 정당성을 받아들였기 때문이다. 굴드는 재미있을 것 같았다. 그는 쉽게 감동하는 아이들을 좋아했다.

저녁식사가 끝날 무렵 크리스틴이 자신의 이야기를 했다. 그녀는 공장 노동자로 일을 시작했다고 했다. 그런데 지금은 권력의 최고 자리에까지 올라섰다. 그녀는 간간이 멋진 일화들을 섞어가며 진급 과정을 생생한 이야기로 만들어냈고, 프랑스인들은 마음에서 우러난 박수갈채를 보냈다. 굴드가 글을 쓰려고 하는데 날짜와 세부 사실들을 다음날 정확히 말해줄 수 있겠느냐고 물었다. 그러자 그녀는 웃으면서 자신은 스타가 되고 싶지 않다고, 제국에 대해서나 쓰라고 대답했다. 그녀의 겸손한 모습에 그는 감동했다. 그는 그녀에게 찬사를 보내며 그 같은 인생 역정은 프랑스에서는 불가능한 일이라고 단언했다. 편견 때문에.

방으로 올라가기 전 그들은 불가에 앉아 차를 마셨다. 굴드와 보르도는 용담주를 마시고 싶은 마음이 간절했지만 흡족한 표정을 지으려고 애썼다. 헤어질 때 굴드는 마지막으로 다시 한번 크리스틴에게 환대에 감사한다는 인사를 전했다. 어렴풋이 그녀를 유혹하는 상상까지 했다. 이 나라에서 이성애가 위법이라는 점을 고려하지 않는다면 말이다. 그녀에게 끌린 건 아니지만(그는 나이 많은 여자를 좋아했다) 기품 있어 보인다고 생각했다. 그녀는 예의 바르게 웃음으로 화답했다. 그런 뒤 다시 진지한 표정을 짓고는 내일 일곱시 아침식사 때 만나자는 약속을 그들에게 전했다.

방으로 돌아온 굴드는 좀더 메모를 하고 싶었다. 그런데 피로가 몰려와 그날 밤에는 작업을 더 할 수 없다는 걸 깨달았다. 그는 욕실에 들어가서 샤워를 할지 목욕을 할지 망설이다가 목욕을 하기로 마음먹었다. 그런 다음 수도꼭지와 십여 분 동안 씨름했고, 욕조에 들어가면서 물에 살짝 데기까지 했다. 그는 오랫동안 물속에 몸을 담근 채 유행가를 흥얼거렸다. 그 덕에 위층에서, 그의 방에 설치된 열댓 개의 도청 장치를 조절하는 기술자들의 작업이 한결 수월해질 수 있었다.

11월 4일. 어제 나는 집으로 돌아가지 않았다. 이제 우리는 예정대로 궁에서 지낸다. 방은 믿기지 않을 정도로 안락하다. 내가 있는 방에서 세 사람이 지내는데, 방이 어찌나 큰지 10인용 공동 침실을 만들 수 있을 정도다. 친한 사람끼리 방 친구를 고를 수 있어서(우리에게 자유가 주어진 건 처음이었다) 나는 레나와 한방을 쓰기로 했다. 어제저녁은 처음으로 함께 밤을 보낸다는 생각에 얼마나 들떴는지! 조에라는 여자가 우리와 한방을 쓴다. 눈에 잘 띄지 않고 광신적인 서른 살의 룩셈부르크 여자다. (방 벽에 유디트의 초상화가 걸려 있는데, 조에는 그걸 경건하게 우러러보며 들어올 때마다 그 앞에 무릎을 꿇는다. 그게 다가 아니다. 유디트와 잉리트가 함께 찍은 작은 사진을 망고나무로 조각된 액자에 넣어 침대 머리맡에 둔다. 어제는 그녀가 사진에 입맞추는 것도 보았다……)

방이 전부가 아니다. 우리가 지내는 궁의 전 구역이, 전에는 접근할 수 없었던 이 모든 구역이 참으로 장엄했다. 장식용 양탄자를 걸어놓은 고급스러운 방, 자잘한 골동품들로 뒤덮인 멋진 가구, 불이 활활 타오르는 육중한 벽난로. 체제가 원칙으로 내세우는 소박하고 기능적인 양식과는 거리가 한참 멀어 보였다…… (동료 중 한 사람인 힐다가 이 호사스러운 공간에 대해 나에게 알려준 사실이 있다. 예전에 대목자님이 여기서 주무시고, 그분의 집무실이 여기에 있었다고 한다. 잉리트가 이 공간에 있었다니!) 내가 살던 동네와 건물에서 한참 멀어진 느낌이 든다. 내가 성인으로서 삶을 시작한 낡은 자매 아파트로부터는 까마득히 멀어진 느낌이다!

저녁 11시. 대단한 만찬이었다! 먼저 궁의 식당에서 맛있는 저녁식사를 했다. 나는 메뉴에 적힌 다섯 가지 수프 중에서 하나를 고른 뒤, 백포도주를 넣은 가재 요리를 선택했다. 너무 푸짐해서 후식은 먹지 않았다. 정말 좋아하는데도. (오늘 아침식사에는 국영 상점에서 볼 수 있는 초콜릿 대용품이 아닌 진짜 초콜릿 음료가 나왔다. 열 잔이라도 마실 수 있을 것 같았다.) 저녁식사를 마치고 아나우크가 좀 즐기자는 제안을 했다. 나는 게임을 제안하는 줄 알았다. 그런데 그 이상이었다. 외출을 말하는 것이었다. 우리는 깜짝 놀랐다. 우리에게 그럴 권리가 있나? 지나치게 조심스러워하는 우리의 모습을 보고 그녀가 웃었다.

"어디를 가려는 건데?" 우리가 물었다.

"물론 베노지!"

우리 중에 베노를 아는 사람이 아무도 없다는 사실을 알고 그녀가 다시 웃음을 터뜨렸다. 우리가 지독히도 촌사람 같은 느낌이 들었다.

“멀어?” 조에가 물었다.

“아니, 아주 가까워. 걸어서 갈 거야.”

베노는 옛 철도 근처, 카발 대로 끝에 있는 나이트클럽이었다. 우리는 십 분 만에 그곳에 도착했다. 열시면 캄캄해지는 도시의 다른 지역과 달리, 궁 주변의 도로는 그토록 환하게 밝혀져 있다는 사실에 놀랐다. 형형색색의 네온사인이 번뜩이고 입구가 작은 철문으로 되어 있는 베노는 그다지 끌리는 곳은 아니었다. 혼자라면 결코 접근할 생각을 하지 못했을 것이다. 안에서 암거래가 오가리라는 허무맹랑한 생각을 품었을 테고, 그 앞을 지나가지 않으려고 빙 돌아갔을 것이다. 그런데 오늘 저녁에는 아나우크가 앞장서고 동료들도 함께 있어서 들어가보고 싶은 호기심이 생겼다. 다시금 내 안에 변화가 일어나고 있는 것을 느꼈다. 아! 이제 나도 이런 유의 장소를 출입하는 여자가 되었구나! 문을 넘어설 때는 정말로 특권층이 된 것 같았고, 얼마 전까지 같이 어울려 지내던 여자들과 내가 너무도 달라진 느낌이 들었다!

베노. 그곳은 나에게 묘한 추억으로 남을 것이다. 실내는 온통 희미한 어둠 속에 잠겨 있었다. 앞이 거의 보이지 않을 정도여서 계속 옆 사람과 부딪쳤다. 드문드문 놓인 촛불들이 희미하게 불을 밝힌 채 자극적인 향내를 발산하고 있었다. 어둠에 익숙해지자 소파와 쿠션과 방석이 보였고, 담배를 피우거나 술을 마시면서(바에 앉아 무알코올 음료가 아닌 술을 마시면서) 목젖이 보이도록 웃는 여자들이 보였다. 무대에서 끈적끈적한 음악에 맞춰 선정적으로 엉덩이를 흔들고 있는 여자들도 보였다. 나는 본능적으로 거부반응을 보였고, 동료들도 거북해하는 듯했다. 그러나 우리는 새침하고 까다로워 보이지 않으려고 아무렇지 않은 표정을 지었다. 아나우크가 지시를 내렸다.

"돈 내지 않게 궁에서 왔다고 해."

그러고는 우리를 남겨둔 채 춤추는 무리에 섞였다. 우리는 쓸쓸하게 의자에 모여앉아 있었다. 그러나 조금 더 모험심이 있는 잔과 에리카가(우리 가운데 가장 젊다) 아나우크를 따라 군중 속에 섞여들었다. 나는 레나의 손을 찾았다. 우리는 손을 맞잡았다. 얼마 후 그녀가 내 어깨에 머리를 기댔다. 얌전하게 다리를 꼬고 앉아 나란히 꼼짝 않고 주변만 살피는 우리가 얼마나 어색해 보였을까. 멋진 여자들이 우리를 외면한 채 지나다녔다. 투명인간이 된 기분이었다. 결국 잔과 에리카가 우리를 데리러 와서는 함께 춤을 추자고 했다. 우리는 얼마간 버티다가 결국 못 이기는 척 무대로 나갔다. 나는 누구와도 부딪치지 않으려고 조심조심 수줍게 무대 한구석을 차지했다. 얼마나 바보 같아 보였을까! 잔과 에리카는 여왕처럼 몸을 흔들었다. 어디서 그런 몸놀림을 배웠을까.

숨막히는 열기였다. 몇 분 뒤 레나와 나는 땀을 흘리며 바로 향했고, 아나우크의 지시대로 했다. "궁에서 왔어요." 이 말에 시종이(도뤼스를 생각나게 하는 아주 젊은 청년이었다) 우리에게 잔을 건넸다. 알코올이 다량 함유된, 톡 쏘는 맛이 나는 달콤한 음료였다. 난 취할까봐 겁이 나서 조심스레 입술만 적셨다. 우리는 베노를 살피기 시작했다. 두 개의 층이 달팽이 모양 계단으로 이어져 있었다. 우리가 있는 아래층에서는 춤을 추었고, 음악 소리를 줄여 놓은 위층에서는 여자들이 이야기를 나누며 물담배를 피우고, 보아하니 대담한 행동까지 했다. 가슴을 드러낸 채 야릇한 자세를 취하고 있는 커플도 보였다. 나는 불쾌하면서도 그 모습에 홀려 도무지 생각이 정리가 되지 않았다. 내가 있을 곳이 아니라는, 그곳에 있을 권리가 나에게 없다는 생각이 들었다. 그러면서도 푹 빠져들어 모든 것을 탐험해보고, 나를 충격에 빠뜨리고 있는 저 여자들을 따라 하고 싶은 마음도 들었다. 이제는 금단의 열매를 먹어도 되는 것 아닐까? 나는 잔을 비우고 한 잔을 더 받았다. 약간 취기가 돌았다. 레나도 그래 보였다.

갑자기 소란스러운 소리가 들렸다. 그러자 마치 경보라도 울린 듯 여자들이 우르르 몰려갔다. 나는 불안스레 자리에서 일어섰다. 아나우크가 보여 그녀 쪽으로 달려갔다.

"무슨 일이야?"

"아무것도 아니야. 걱정 마."

"그런데 웬 소란이지?"

"유디트가 왔어."

나는 깜짝 놀랐다. 목자님이 여길? 그런데 어떻게 그 말을 별일 아니라는 듯 대수롭지 않게 얘기할 수 있지?

"어디?" 내가 외쳐 물었다.

아나우크가 웃으며 말했다.

"진정해. 너는 못 볼 거야. 클럽 한쪽에 목자님만을 위한 방이 있어. 우리는 접근을 못하는 방이지. 그곳으로 젊은 애들을 불러들이는 거야."

"젊은 애들을?"

"그래. 여기 젊은 애들 많은 것 못 봤어?"

그녀는 웃음을 터뜨리더니 벌어지고 있는 일들을 설명해주었다.

"이곳에서는 카메라들이 사방에서 우리를 찍고 있어. 유디트는 화면을 보고 있다가 마음에 드는 여자들을 골라. 많은 여자들이 선택될 희망을 품고 베노에 오는 거야. 이따금 유디트는 밤을 같이 보낼 여자를 한두 명 데리고 나가지. 그렇다고 해서 저녁마다 오는 건 아니야. 운이 좋아야지."

나는 목자가 아주 가까이 있다는 생각을 하며 골똘히 명상에 잠겼다. 그리고 몽상에 빠져들었다……

우리는 다시 춤을 추었고 궁으로 돌아왔다. 얼근히 취한 레나가 웃으며 나를 포옹하더니 이내 잠이 들었다. 나는 샤워를 하고 나서 이 글을 쓰기 시작했다. 졸음이 몰려오니 이만 누워야겠다. 오늘 저녁에 대해, 그 여자들에 대해, 우리 가까이에 있었던 유디트에 대해 할말이 엄청나게 많지만! 언제 다시 춤을 추러 가게 될까? 베노에 들어서면서 나는 그곳이 마음에 들지 않는다고 생각했다. 그런데 이렇게 매료되고 말다니. 베노, 술 마실 권리. 기념일이 지나면 우리는 이 모든 위험한 악벽을 잊어야 할 것이다. 각자 집으로 돌아가야 할 때가 되면……

여섯시에 일어난 골란스키는 멋진 풍경을 기대하고 커튼을 걷었다가 이내 실망하고 말았다. 호텔이 산업 지대 쪽으로 나 있어서, 그가 본 벨기에의 첫 풍경은 석탄더미와 시멘트 피라미드, 시커먼 전선이 둘둘 감긴 거대한 보빈 두 개뿐이었다. 결코 매혹적이지 않았다. 안개비가 그 슬픈 풍광을 휘감고 있었다. 두문불출하기에 딱 좋은 날씨였다. 집안에 틀어박혀 있기를 좋아하는 기질대로 골란스키는 예정된 일정을 기꺼이 포기하고, 벨기에에 관한 책 몇 권을 들고 난롯가 안락의자에 앉아 있고 싶었다. 그가 생각할 때 탐방기사를 쓰는 유일하게 바람직한 방식은 호텔 로비를 떠나지 않는 것이었다.

아래층으로 내려가자 전날 저녁식사를 했던 곳에 뷔페가 마련되어 있었고 그곳에서 굴드와 랑글루아가 아침을 먹고 있었다. 그는 그들에게 침울한 풍경에 대해 이야기했다. "꼭 공항 호텔에 와 있는 것 같아." 그러나 굴드는 그를 안심시켰다. 오늘 저녁에 브뤼셀로 가면 다를 거라고.

알베르, 로트, 보르도가 합류했고, 잠시 후 크리스틴도 왔다. 모두가(이렇게 멋진 아침에는, '특히나 여행중에는' 아무것도 먹지 못한다고 선언한 로트만 빼고) 아침식사를 마친 뒤 환영식이 있을 학교로 떠났다. 전날에 탔던 리무진 두 대는 종적을 감추고 없었다. 앞으로는 코민에서 검문소까지 그들을 데려온 것과 비슷한 미니버스가 그들을 실어나를 예정이었다. 오토바이와 군용 차량으로 구성된 호위대가 그들을 기다리고 있었다. 병력을 동원한 데 대해 크리스틴은 안전을 위한 조치라고 둘러댔다. 랑글루아는 냉소적인 어투로 이 나라가 얼마나 안전하지 못하면 자기들을 보호하는 데 이런 조치가 필요한 거냐고 나지막이 말했다. 그 말을 들은 크리스틴이 벨기에는 잘 통제되고 있으며, 테러리스트들은 모두 죽었거나 감옥에 있다고 대답했다. 그런데 그 대답이 현실과 모순되자, 그녀는 이 호위가 제국이 그들에게 쏟는 호의의 표시라고 덧붙여 말했다. 골란스키는 어쩌면 벨기에가 공식 방문을 한 손님들을 맞아들이는 관습을 잃어버린 나머지, 충분한 배려를 하지 못할까봐 지나친 배려를 하는 건지도 모른다고 생각했다.

미니버스 유리창은 색이 입혀져 있었다. 창문이 불투명하지는 않았지만 바깥 풍경이 부옇게 보였다. 그럼에도 골란스키는 형체를 알아보려고 애썼다. 그런 그의 모습을 본 크리스틴은 프랑스 잡지 〈랭스탕〉과 페미니즘적 대의에 동참하는 언론의 규모에 관한 호의적인 질문들을 던져 그의 눈길을 되돌렸다. 굴드와 로트가 대화에 끼어들었지만, 골란스키는 그 틈을 타서 다시 바깥을 살필 엄두가 나지 않았다. 그 광경을 지켜보던 랑글루아가 그에게 슬며시 미소를 지어 보였는데, 그가 눈여겨보았다면 랑글루아의 미소에서 동조의 기미를 읽을 수 있었을 것이다.

보르도는 자고 있었다. 평소 밤에는 일을 하고 낮까지 잤기 때문이다. 웃옷을 둘둘 말아 베개처럼 받치고 모든 것에 초연한 듯이 평온하게 자고 있었다. 그 무심함에 골란스키는 놀랐다. 그라면 결코 그렇게 흘러가는 대로 자신을 내맡기지 못할 것이다. 그는 위험한 상황에 처해 신경이 곤두선 느낌이었다. 그저 여행에 대한 두려움일까? 학교 앞에 도착할 때까지 그는 이런 의문에 사로잡혀 있었다.

미니버스가 멈춰 서자 골란스키가 제일 먼저 차문을 밀어 열려 했다. 그런데 문이 꼼짝도 하지 않았다.

"기다리세요. 문은 바깥에서만 열려요." 크리스틴이 말했다.

그렇다면 우리를 아이들처럼 가둬놨다는 말이 아닌가. 달리는 차에서 뛰어내릴까봐 겁이라도 났단 말인가?

골란스키는 학교에서 호텔에서와 똑같은 인상을 받았다. 학교가 사막 한가운데에 세워져 있었기 때문이다. 그곳은 새로 지은 커다란 건물이었다. 주변에 길 외에는 아무것도 없고, 길도 아스팔트를 새로 깔아 만든 것이었다. 나머지는 황무지였다. 학교는 우연히 벌판에 던져진 것처럼 보였다.

판레호트라는 이름의, 머리가 희끗희끗한 오십대 교장이 그들을 맞아주었는데, 그녀는 플라망어밖에 하지 못했다. 크리스틴이 통역을 했다. 판레흐트 부인은 그들과 악수를 하며 저마다에게 한마디씩 했고, 골란스키는 그녀가 그들을 알아보고 이름을 부르는 것에 놀랐다. 그녀에게 그들의 사진을 미리 주었단 말인가? 그들에 관한 서류를 건넸단 말인가? 교장은 골란스키에게 인사를 건네면서 그를 대단한 언론인으로 치켜세우며 벨기에 지식인들 모두가 그의 글을 읽었다고 말했다. 그러고는 자신의 학교 학생들이 어리지만 않았다면 그들에게도 읽혔을 거라고 했다. 골란스키는 당혹해하며 고개를 저었다. 왜 이런 아부를 하는 걸까? 벨기에가 그들을 중요하게 여긴다는 걸 보여주려는 서툰 방식일까? 아니면 그들에게 겁을 주고, 제국이 그들에 관해 모든 것을 알고 있다는 걸 보여주려는 의도일까? 굴드가 하늘을 향해 눈을 들면서 유쾌한 태도로 그의 어깨를 툭 치며 말했다. "자, 이제 해가 나는군! 오늘은 시작이 괜찮은데, 안 그래?"

그들은 교장을 따라 학교로 들어갔다. 그들 주변에는 한 무리의 보안대원과 공무원이 있었다. 골란스키는 군인들이 문턱을 넘어서면서 무기를 내려놓고 손에 쥘 것이 아무것도 없자 팔을 어디에 두어야 할지 몰라 쩔쩔매는 모습을 보았다. 텔레비전 촬영팀도 와 있었다. 크리스틴은 그들이 저녁 뉴스를 위해 환영식을 촬영하러 온 거라고 설명했다. 그 말을 듣자마자 굴드가 미소를 지었다. 카메라를 좋아하고 자신의 이미지에 공들이기 좋아하는 그의 취향을 잘 아는 골란스키는 촬영이 진행되는 내내 굴드가 미소를 머금고, 계속 화장실을 드나들면서 자기 민머리가 너무 빛나지는 않는지 거울로 확인할 거라고 짐작했다. (실제로도 그랬다.)

홀에 들어서면서 프랑스인들은 천장 높이에 놀랐다. 교회 안에 들어선 것처럼 소리가 울렸다. 수십 명의 아이들이 그곳에서 웃고 고함을 지르며 뛰어다니고 있었다. 골란스키는 아이들을 좋아하지 않았지만(아이가 둘이나 있는데도), 그 소란스러운 광경을 보자 이상하게 마음이 가라앉았다. 지금까지는 모든 것이 경직된 것처럼 보이던 이 나라에서 생기를 발견하고 마음이 놓인 것이다.

굴드가 홀의 크기에 대해 감탄 어린 말을 하자 교장이 설명했다.

"우리 학교 건축가들은 크게 봅니다. 목자님의 조언을 따르지요."

초상화 두 점이 벽에 걸려 있었다. 전원을 배경으로 곧은 눈길과 근엄한 얼굴을 한 잉리트와 유디트의 초상화였다. 초상화가 바닥에서 수미터 높이에 걸려 있어서 프랑스 사람들은 그걸 보기 위해 고개를 들어야만 했고, 엄청난 크기에 압도되었다.

"왼쪽 초상화는 아시겠지만 잉리트인데, 1980년에 솔런 쥐퐁르네가 그린 것입니다. 제국의 모든 관공서에서 동일한 크기의 작품을 볼 수 있습니다. 공공건물을 설계할 때 이 초상화를 걸 수 있을 만큼 큰 방을 항상 한두 개쯤 고려하지요." 교장이 설명했다.

"내 호텔방에도 크기만 작고 똑같은 초상화가 있던데요." 굴드가 말했다.

"다른 초상화는 유디트인데, 1999년 솔런의 제자인 헨드리카 판 바르네벨트가 그린 것입니다. 그 예술가는 앞의 초상화를 모델로 삼았지요. 우리 학생들은 운동장으로 가기 위해 이 홀을 지날 때마다 작품들 앞에서 고개를 숙입니다."

교장이 이어 말했다.

바로 그때 두 명의 여학생이 초상화 앞에서 예를 갖추지 않고 지나갔다. 그러자 판레호트 교장이 학생들을 불러세워 훈계했고, 크리스틴은 재미있다는 듯이 프랑스어로 통역했다.

"손님들에게 이렇게 한심한 꼴을 보인 걸 부끄럽게 여겨야 한다고 말하고 있어요."

당황한 아이들은 신발만 내려다보았다. 잠시 후 판레호트 부인이 명령을 내리자 아이들은 초상화 앞으로 돌아가 오래도록 무릎을 꿇었다. 한참이 지나서 아이들은 교장의 얼굴을 살폈다. 교장은 엄격하게 굳은 표정으로 아이들이 저지른 잘못을 더욱 심각한 것으로 만들고 있었다. 사소한 일에 긴장감이 팽팽히 감돌았고, 아이들은 참으로 고분고분했다! 게다가 그러는 내내 한마디 말대꾸도 없었다! 마침내 교장이 미소를 지어 보였다. 마음이 가벼워진 아이들은 몸을 일으키더니 다시 한번 살짝 무릎을 굽히고 인사를 한 뒤 그대로 달아났다.

그들은 홀에서 운동장으로 갔다. 감옥처럼 높은 담장으로 둘러싸인 넓은 공간이었다. 폐소공포증이 있는 골란스키는 살짝 불안감을 느꼈다.

"저 위 발코니에서 운동장을 지켜봅니다." 판레호트 부인이 말했다.

발코니에서는 젊은 여자 두 명이 보초를 서고 있었다. 예전에 영국 형무소를 최소 비용으로 감시하기 위해 벤담이 고안해낸 패놉티콘을 닮아 있었다. 학교치고는 기이한 건축물이라고 골란스키는 생각했다. 그렇지만 그 덕분에 규율은 잘 지켜지지 않을까?

갑자기 돌멩이 하나가 골란스키에게 날아들었다. 그는 한순간 마비된 것처럼 그 자리에서 꼼짝하지 못하고 멍하니 있었다. 그러다 피가 나는지 확인하려고 손을 이마에 갖다댔다. 다행히 피는 나지 않았다. 크리스틴이 달려왔다.

"괜찮으세요?"

"네…… 괜찮아요."

그러나 그의 목소리는 떨리고 있었다. 크리스틴이 물었다.

"간호사에게 가시겠어요? 아니면 의사에게?"

"아뇨, 그럴 필요 없습니다. 괜찮아요."

그가 심각하게 다치기라도 한 것처럼 모두가 그의 곁으로 몰려들었다. 그러고는 눕고 싶지는 않은지, 물을 한 잔 가져다줄지, 의사에게 가지 않아도 정말 괜찮을지 물었다. 그러나 지나친 관심의 대상이 되는 걸 싫어하는 그는(칭찬받는 건 좋아하지만 면전에서 칭찬받는 건 좋아하지 않았다) 무척이나 거북해했다. 굴드였다면 헐떡이며 털썩 바닥에 주저앉았을 것이다. 의사를 불러달라고 하고, 빨리 병원으로 데려가달라고 했을 것이다. 그리고 틀림없이 며칠 동안 두통을 호소했을 것이다. 그러나 골란스키는 그러지 않았다. 피를 철철 흘려도 누가 자기를 신경써주는 걸 원치 않았을 것이다. 그를 잘 아는 랑글루아가 그는 괜찮으니 일정을 계속 진행해도 된다고 벨기에인들을 설득하려고 애썼다. 결국 그들은 랑글루아의 말대로 일정을 재개했지만, 그의 상처가 심각하기라도 바랐던 것처럼 실망한 듯 보였다.

발코니의 감시인들이 내려왔다. 그들은 테러를 행한 범인들을 색출해냈다. 아이 세 명이 그 자리에서 판레호트 부인에게 넘겨졌다. 골란스키는 교장이 아이들을 처벌하거나, 적어도 조금 전 목자들의 초상화 앞을 무심코 지나쳤던 소녀들에게 한 것처럼 꾸짖을 거라고 생각했다. 그러면 상냥하게 야단치는 것을 말리며 대인배답게 아이들을 옹호할 참이었다. 그런데 놀랍게도 교장은 범인들을 품에 안더니 머리에 입을 맞춘 뒤 돌려보냈다. 그러고는 골란스키에게 말했다.

"아이들을 원망하지 말아주세요. 오래전부터 남자를 보지 못했거든요. 위협을 느꼈던 겁니다."

골란스키는 망연자실해져서 아무 말도 하지 못했다.

"당연한 행동 아니겠어요?" 그녀가 거듭 말했다.

골란스키는 아무 대답도 하지 않았다. 하마터면 타고난 성향대로 교장의 말에 동의하고 아이들이 그렇게 경계심 많은 것을 칭찬할 뻔했다. 그런데 갑자기 화가 치밀어올랐다.

"이해할 수가 없군요. 제가 저 아이들에게 무슨 짓을 했다는 거죠? 정말이지 기가 막히는 노릇이네요! 그러니까 제가 악해 보인다는 겁니까?"

그는 화난 투로 말하고 싶었지만 미소를 짓지 않을 수 없었다. 아무려면 어떤가. 그가 크게 화를 냈더라도 판레호트 부인은 똑같이 침착한 어조로 똑같은 대답을 했을 테고, 크리스틴도 똑같이 명료하게 통역을 했을 것이다.

"당신이 남자이기 때문입니다."

골란스키는 입을 다물었다. 동료들 가운데 누구도 그를 거들지 않았다. 판레호트 부인은 이 일을 더는 문제삼지 말고 환영식 장소로 가자고 제안했다. 모두가 동의했다. 화가 치민 골란스키는 소란을 일으키고 싶은 마음이 들었지만 평소 그의 행동 방식이 아니어서 그러지도 못할 테고, 설령 그런다 해도 누구 한 사람 설득하지 못할 터였다. 굴드, 보르도 그리고 나머지 일행은 마치 아무 일도 없었던 것처럼 교장의 뒤를 따랐다! 골란스키는 뒤에서 골똘히 생각했다. 물론 그가 대사는 아니니 이 사건이 프랑스와 벨기에의 외교 관계에 위협이 되는 건 아닐 것이다. 더구나 두 나라 사이에는 애초에 외교 관계라는 것 자체가 존재하지 않았다. 그렇지만 예의 차원에서는 어떤가? 처벌은? 만약 그가 자기 집에서 손님 옷에 수프를 엎질렀다면, 그는 이곳 사람들처럼 대수롭지 않은 듯 넘어가지 않고 당황하며 사과를 했을 것이다. 왜냐하면 옷을 더럽혔으니까! 더 참기 힘든 건 그 순간 그의 앞을 지나던 굴드가 그에게 짜증스러워하는 눈길을 던졌다는 사실이다. 그더러 돌멩이가 지나는 길목에 왜 있었느냐고 비난하는 듯했다. 골란스키가 보기에 이건 도가 지나쳤다. 참을 수 없을 정도로 화가 난 그는 입을 꼭 다물고 상황이 달라질 때까지 아무 말도 하지 않기로 마음먹었다. (이것이 화가 날 때 그가 보이는 반응이었다. 그는 폭발하지 않는 대신 말하길 거부하고, 불만을 알아차리도록 몇 시간이고 기다렸다. 하지만 그는 평소에도 말이 별로 없었으므로, 그를 잘 알지 못하는 사람들은 눈치채지 못했다. 따라서 그가 기분이 상했다는 사실은 밖으로 거의 드러나지 않았다.) 그는 주머니에 손을 찔러넣은 채

느린 걸음으로 환영식장까지 무리를 뒤따랐다. 불만을 표시하기 위해 멀리 떨어져서 걷고 싶었지만, 무리가 흩어지는 걸 막기 위해 보안대원들이 그의 옆구리를 밀었다. 보안대원들은 양떼 옆을 달리며 양떼를 우리로 몰아가도록 훈련된 양몰이 개들을 연상시켰다. 강당에는 백여 명의 아이들이 열중쉬어 자세를 하고 꼿꼿이 서 있었다. 마치 꼼짝 않는 인형 부대 같았다. 강당 안쪽 연단에 특별석이 마련되어 있었고, 그들은 그곳에 앉았다. 의자마다 이름이 적혀 있었다. 첫째 줄 한가운데라는 영예로운 자리를 차지한 굴드는 기분이 매우 좋아 보였다. 크리스틴이 그의 왼쪽에 앉았다. 그녀가 낮은 목소리로 그에게 설명을 해줄 것이다. 골란스키는 굴드 뒤쪽, 보르도와 랑글루아 사이에 앉았다. 마치 공연의 막이 오르기 직전 같았다.

강당은 홀만큼이나 컸다. 그들의 앞에는 영사막이 설치되어 있었다. 왼쪽 유리창으로 빛이 들어왔다. 그러나 유리창이 부연 필름으로 덮여 있어서 창 너머에 있는 것들은 불명확한 형체밖에 보이지 않았다. 골란스키는 그걸 보고 놀랐다. 한밤중에 도착하라는 요청에 놀랐듯이. 벨기에인들은 자기들이 보여주고 싶은 것 외에 다른 것은 보지 못하도록 애써 막는 것 같았다.

모두들 자리를 잡았다. 손님들은 특별석에 앉았고, 보안대원들은 벽에 등을 붙이고 섰으며(보안대원들이 불편을 감수하는 모습을 보고 골란스키는 감탄했다. 그가 보기에 불편은 규율과 동의어였다) 여학생들도 줄을 맞춰 섰다. 모든 장면을 촬영하기 위해 카메라우먼이 높은 곳에 자리를 잡았다. 주위가 고요해지면서 행사가 시작되었다. 골란스키는 반사적으로 의자에서 몸을 곧추세웠다. 줄을 세어 아이들의 수를 정확히 파악하려고 했지만 셈을 헷갈리고 말았다. 첫째 줄 학생들 가운데 한 학생이 축구 경기에서 주장들이 그러듯 완장을 차고 있었다. 그 아이가 앞으로 한 걸음 나오더니, 군인 같은 어조로 문장 세 개를 낭송했다. 크리스틴이 그 문장들을 굴드에게 통역해주었는데, 골란스키가 듣기에는 소리가 너무 작았다. 골란스키는 랑글루아 쪽으로 몸을 기울여 그에게 알아들었느냐고 물었다. 그도 알아듣지 못했다고 했다. 불쾌한 일이었다.

소녀는 거의 고함을 치다시피 하며 계속 낭송했다. 마치 전투 직전에 장군이 하는 훈시 같았다.

아이가 대열로 돌아가자 학생들이 그들에게 예우를 표하기 위해 혁명가를 불렀다. 네덜란드어로 불렀다가 다시 프랑스어로 불렀다. '붉은 군대 합창단'만큼이나 자리 배치가 완벽했다. 군악을 좀 아는 골란스키는 강한 인상을 받았다.

다음으로는 무용 공연이 이어졌다. 녹음테이프 소리가 거슬리긴 했지만 공연 역시 탁월했다. 무용수의 완벽한 동작과 조잡한 연출의 대비가 눈길을 끌었다. 아이들의 협동은 흠잡을 데가 없었다. (모든 동작이 초 단위로 일치했다. 백여 명의 아이들이 동시에 작동하는 기계처럼 하나된 듯 움직였다.) 반면에 연출은 엉망이었다. 조명도 없고 음악은 요란하기만 했으며(유디트가 좋아하는 음악이라는 건 나중에 가서야 알았다) 스피커에서는 잡음이 났다. 골란스키는 어린 무용수들의 훌륭한 공연이 이토록 초라하게 대접

받는 것이 안타까웠다.

공연이 끝나고 박수갈채가 쏟아지자, 크리스틴은 그들이 방금 본 것은 몇 년 전 대행진 기념 축제 때 제국의 학교들에서 무대에 올렸던 공연의 일부이며, 유디트 앞에서도 공연한 것이라고 설명했다.

"목자님도 여러분처럼 이 공연을 보셨습니다! 여러분과 똑같이!" 그녀가 감격해서 외쳤다.

이 무용은 제국의 전통이었다. 1971년 첫번째 혁명 기념일에 잉리트가 예술 공연으로 지정한 것이다.

"우리에게 무용은 오락 이상이고, 나아가 예술 이상입니다." 크리스틴이 설명했다. "우리는 무용을 일종의 영성체처럼 생각합니다. 종교성을 띠는 거지요. 목자님 앞에서 무용은 마법적인 의식이 됩니다. 다음 축제 때 보러 오시면 좋을 겁니다. 꼭 오세요!"

"멋지겠군요." 굴드가 맞장구쳤다.

골란스키는 웃음을 참았다. 굴드가 이번 방문을 위한 비자를 얻는 데 이 년이나 걸렸는데 다시 오라고 하는 게 우스웠던 것이다.

무용이 끝나자 혁명 영화를 보여주었다. 학생들은 영화를 보기 위해 흐트러짐 없이 줄을 맞춰 바닥에 책상다리를 하고 앉았다. 보안대원들은 창문에 커튼을 쳤다.

영상은 초라했다. 영사기가 구식인 것이 틀림없었고, 너무 자주 돌려서 필름에 긁힌 자국이 많았다. 그러나 아쉬울 건 전혀 없었다. 여행을 준비하면서 이미 보았기 때문에 골란스키는 영화의 거의 모든 영상을 알고 있었다. 벨기에 혁명에 관한 자료마다 이 영상들이 들어 있었다. 1960년대 말 어느 모임에서 군중에게 연설을 하는 젊은 잉리트. 1965년과 1966년 위트레흐트와 로테르담과 암스테르담에서 있었던 페미니스트 행진. 토론하며 웃는 여자들—배우가 아니라고 하기엔 너무 예쁜 여자들이었고, 연출한 것이 아니라고 하기엔 너무 아름다운 장면이었다—가운데 자리한 잉리트. 그리고 엄밀한 의미의 혁명 영상들도 있었다. 새로운 여주인 앞에 무릎 꿇은 남자들, 체포된 반역자들, 브뤼셀을 향한 대행진, 왕궁 습격, 왕의 도주, 제국 서사시의 토대를 이루는 장면들이었다. 해설은 전혀 없었다. 무용 공연 때와 똑같은 음악만 나와서 골란스키는 피로감을 느꼈다. 지루했다. 그의 앞에 앉은 크리스틴은 열광한 듯 보였다. 영상들을 달달 외우고 있어서 관심이 없을 법도 하건만. 그녀 곁에 앉은 굴드도 몰입한 것 같았다. 하지만 크리스틴과 판레흐트 부인 사이에 앉은 그가 달리 어떤 태도를 취하겠는가? 로트는 학구적이었고, 알베르는 손톱을 살피고 있었다. 보르도는 다시 잠이 들었다. 랑글루아는 그에게 찡긋 눈짓을 보내 자신 역시 지루해하고 있음을 알렸다. 그러나 누구 한 사람 감히 중얼거리지도, 움직이지도 않았다. 학생들은 최면에 걸린 듯 꼼짝하지 않았다. 골란스키는 그 엄격한 규율에 충격을 받았다. 그가 초등학생이었을 때 교육용 영화 관람은 소란을 피울 좋은 기회였다. 그런데 여기서는 전혀 그렇지가 않았다. 강당 안 공기에는 긴장감이 감돌았다. 그것은 이것이 아이들에게 영화나 영상 이상의 것임을, 성령 충만한 영성체의 시간임을 증명했다.

갑자기 음악이 끊겼다. 골란스키는 기술상의 사고라고 여기다가 모두들 가만히 있는 걸 보고 원래 그런 모양이라고 생각했다. 듣기 괴로운 녹음테이프 소리가 사라지자 영상이 새로운 차원으로 보였다. 그때까지 감춰졌던 극적인 의미를 띠게 된 것 같았다. 소리 없이 보는 장면들이 훨씬 더 냉혹했다. 반벨기에 선전영화에서 이미 본 영상들도 있었다. 고개를 숙인 채 벽을 따라 늘어선 남자들, 체포된 남자들의 대열, 잉리트의 초상화 앞에 무릎 꿇은 포로들, 참나무 밑에 앉아 직접 혁명재판을 주관하는 잉리트, 깨진 유리창, 약탈당한 상점들, 목매달린 자를 슬쩍 비춘 영상. 음악도 해설도 없이 나열되는 이 장면들은 보는 이의 눈길을 사로잡았다. 강당을 짓누르는 야릇한 분위기와 꼼짝 않고 있는 아이들의 열정적 관심이 순간의 강렬함을 배가시켰다. 무용 공연을 보고 골란스키는 벨기에인들을 시시한 연출가라고 판단했다. 그런데 그들은 이 영화에서 단지 소리를 뺌으로써 생생한 감동을 불러일으켰다. 어쨌든 그에게는 그랬다. 하지만 이상했다. 저런 폭력 행위를 이렇게 거리낌없이 당당하게 보여줘도 되는 걸까? 저들은 저런 가혹 행위를 자랑스러워한단 말인가? 아니면 반대로 잊지 않기 위해 직시하려는 걸까? 다시는 범하지 말아야 할 과격 행위로 머릿속에 새겨두기 위해? 골란스키는 머뭇거렸다. 만약 이런 영상들을 맥락 없이 프랑스에서 봤다면 그는 격렬히 항의했을 것이다. 혁명은 지지하지만 과격 행위는 지지하지 않는다고 단언했을 것이고, 결과가 수단을 정당화하지 않는다고 말했을 것이다. 그런데 영상에 홀린 이 젊은 관중 틈에서는 뭐라고 이의를 제기할지 도무지 생각이 떠오르지 않았다. 마치 분노하는 능력이 마비된 것 같았다. 이 자리에,

혁명의 장소에 혁명가들과 함께 있다는 사실이 그의 반응을 바꿔 놓았다. 군중 속에 있으면 이성을 잃게 되는 것과 같은 맥락이었다. 당혹스러운 일이었다. 그는 숙고해봐야 할 주제라고 생각했다.

다시 음악이 흘러나왔다. 아까 것보다 장중하고 느린 음악이었다. 골란스키는 영화가 곧 끝날 모양이라고 생각하고 숨을 돌렸다. 그런데 영화는 계속되었다. 이제 생애 마지막에 이르러 병든 잉리트의 모습이 보였다. 그녀는 플랑드르 지방의 브레데너 궁전에서 사망했다. 그녀의 매끈한 얼굴은 나이든 여자의 얼굴이 아니었다. 휠체어에 앉아 있는 그녀의 눈에서 고통이 느껴졌지만, 일흔의 나이로는 보이지 않았다. 유디트가 그녀의 곁에서 손을 잡고 있는 장면이 나왔다. 그녀는 서른일곱 살이었고, 권좌에 오르기 직전이었다. 어머니와 딸. 대목자와 목자. 영화는 잉리트의 죽음으로 끝났다. 염포에 싸인 그녀의 유해를 궁인들—혁명의 운명을 손에 쥔 근엄하고 위압적인 중진들—이 둘러싸고 있었다. 강당 안의 긴장감이 최고조에 달했다. 울음이 터져나왔다. 한 학생이 울기 시작한 것이다. 다른 아이들도 곧 따라 울었다. 신음 소리와 탄식이 곳곳에서 들려왔다. 골란스키는 이 애절한 격정도 공연의 일부라고, 학생들이 극단적인 비탄을 연기하고 있다고 생각했다. 그런데 곧 의심이 들었다. 학생들은 정말로 울고 있었다. 연극이 아니었다. 백여 명의 아이들이 모두 저렇게 재능 있는 배우가 될 수 있겠는가? 아니다. 모든 것이 진짜였다. 믿기 힘든 일이었지만 죽음의 침상에 누운 잉리트가, 아이들은 본 적도 없는 전설 속 인물이자 역사적 그림의 중심인물이며 곳곳에 세워진 동상의 모델일 뿐인 잉리트가, 마치 임종을 맞이하는 친어머니만큼이나 학생들의 마음을 뒤흔들고 있었다.

마지막으로 음악이 점차 고조되면서 거의 개선가처럼 경쾌해지더니 울음을 뒤덮었다. 대목자의 비장한 최후의 장면 뒤로 유디트의 대관 장면이 이어졌다. 목자는 돌아가셨지만, 새로운 목자님 만세! 학생들은 소맷자락으로 뺨을 훔쳤고, 웃으며 박수갈채를 보냈다. 아이들은 과거와 현재를 혼동하며 앞선 장면을 강렬하게 체험했듯이 이 장면 또한 강렬하게 체험했다. 요란한 금관악기 소리와 함께 유디트가 궁전 발코니(왕의 옛 거처는 알아보기 힘들 정도로 변해 있었다)에 모습을 드러냈다. 유디트는 브뤼셀의 그랑플라스 광장에 모인 군중을 향해 두 팔을 벌렸다. 학생들이 희열에 넘쳐서로 끌어안고 뺨에 입을 맞추는 등 스스로를 주체하지 못했다. 기를 쓰고 속지 않으려 했지만 골란스키 자신도 이 집단히스테리에 휩쓸리는 느낌이었다. 보르도와 랑글루아를 끌어안고 싶은 마음이 들었다. 보르도도 그런 마음을 주체할 수 없었는지 골란스키의 손목을 잡았다. 벨기에 사람들이 이 외딴 학교에서 저토록 보잘것없는 수단으로 그들에게 불러일으킨 인상은 참으로 믿기 힘든 것이었다. 그러니 도시의 군중 앞에서는 어떨지 상상해보라!

보안대원들이 커튼을 걷었다. 골란스키는 최면에서 깨어난 것만 같았다. 굴드가 그에게 동조를 구하는 신호를 보냈다. 굴드는 강렬한 장면을 포착하고 흡족해하고 있었다.

"좋은 글이 나올 거야." 굴드가 중얼거렸다.

골란스키도 동의했다. 글쓰는 걸 예전만큼 좋아하지는 않지만 환영식과 무용과 영화가 그에게 남긴 인상에 대해서는 몇 페이지를 거뜬히 채울 수 있을 것 같았다. 그들의 여행은 이제야말로 진짜 시작된 것이다. 비로소 국경을 넘은 것이다. 지리적 국경이 아니라 심리적 국경 말이다. 콩깍지가 벗겨진 그의 눈은 처녀처럼 순결무구해져서 벨기에가 보여주려는 것들을 지각할 준비가 되어 있었다.

행사가 모두 끝났다고 생각하고 프랑스인들이 일어섰다. 그런데 크리스틴이 그들에게 잠시 앉아달라고 청했다. 학교의 최우수 학생 여섯 명이 준비한 환영사를 들어야 한다는 것이었다. 손님이 여섯 분이기 때문에 학생도 여섯 명이라고 그녀는 설명했다.

아이들이 턱을 꼿꼿이 든 채 연단 앞으로 나왔다. 아이들은 모두 키가 비슷비슷했다. 골란스키는 그 아이들이 복제 인간처럼 닮았다고 생각했다. 차이점을 찾으려면 세밀하게 살펴야만 했다. 이 체제가 좋아하는 슬로건인 민중의 단일성이, 같은 공장에서 만들어진 것처럼 똑같은 이 소녀들에게서 구현된 것 같았다. 어른이 되어도 저렇게 닮아 있을까?

학생들은 돌아가면서 완벽한 프랑스어로(발성이 좋았고, 억양은 좀 낯설었지만 기품 있었다) 손님들을 맞이한 것을 제국이 얼마나 기쁘게 여기는지 말하고, 그들이 프랑스로 돌아가면 혁명과 목자들의 선의를 찬미하게 될 거라고 했다. 전날부터 백 번도 더 들은 말이었지만 아이들의 작은 입에서 흘러나오는 가늘지만 높고 단호한 목소리로 들으니 훨씬 기분좋게 들렸다.

학생 한 사람 한 사람이 갈채를 받았다. 굴드는 연단에서 내려가

학생들과 악수—크리스틴이 뺨에 입맞추는 인사를 해서 학생들을 놀라게 해서는 절대 안 된다고 미리 일러주었다—를 했다. 그들은 저녁식사를 하러 강당을 떠났다. 그동안 시간이 얼마나 흘렀을까? 골란스키는 기계적으로 손목을 보다가 시계가 없다는 사실을 기억해냈다. 그래서 벽시계를 찾았지만 보이지 않았다.

저녁식사 전 골란스키는 크리스틴에게 화장실이 어디 있는지 물었다. 그러자 그녀는 손가락을 튕겨 보안대원 셋을 불렀다. 그들이 그를 안내했다. 그는 짜증이 났다. 길을 잃을까봐 걱정하는 걸까? 소리를 들으며 문 앞에서 기다리겠다는 건가? 그는 투덜거리며 보안대원들을 따라갔다.

"돌아가는 길은 혼자 찾아갈 수 있을 겁니다." 화장실에 도착하자 그가 말했다.

그런데 말귀를 못 알아들었는지 그들은 그대로 서 있었다. 그는 어깨를 으쓱하고는 하얀 타일로 둘러싸인 작은 공간으로 들어갔다. 다섯 개의 세면대에 레몬 냄새가 나는 노란색 싸구려 비누가 얹혀 있었고, 잠금장치가 없는 칸이 다섯 개 있었다. 그는 문을 몸으로 막고서 오랫동안 서서 소변을 보았다. 그는 떠나기 전 굴드가 그들에게 여러 차례 환기한 규칙을 어기며 즐거워했다. 제국에서는 남자도 앉아서 소변을 보아야 한다는 규칙이었다.

화장실 칸에서 나온 그는 소스라치게 놀랐다. 학생 하나가 세면대 앞에 서 있었던 것이다. 군인들이 들어오지 못하게 막지 않았단 말인가? 그는 아이 앞에서 바보처럼 머뭇거렸다. 그러다가 아이 때문에 주눅드는 것이 우스꽝스럽게 생각되어 정신을 차렸다. 그는 숨을 깊이 들이마시고 아이를 피해 옆 세면대로 가서 손을 씻었다. 학생이 그를 매섭게 째려보았다. 골란스키는 불안해졌다. 왜 그럴까? 적개심 때문일까, 아니면 겁이 나서일까? 그는 곧 대답을 얻었다. 아이는 벽 쪽으로 물러나더니 소리를 질렀다. 아연실색한 그는 아이에게 한 발 다가가 소리를 지르지 않도록 무슨 말이든 해서 안심시키려 했다. 그런데 보안대원들이 뛰어들어와 마치 범죄 현장이라도 보는 것처럼 그 광경을 주시했다. 그는 무척이나 당혹스러웠다. 돌멩이까지 맞았는데 또 무슨 일이 일어나려는 거지? 보안대원들은 피해자를 품에 안고 보호하려고 했다.

"무슨 짓을 한 겁니까?" 한 보안대원이 물었다.

골란스키는 지독한 골초 같은 그녀의 거친 목소리 때문에 놀랐고, 그녀가 프랑스어를 해서 또 한번 놀랐다.

"아무것도 안 했어요! 아무것도!" 그가 자기방어를 했다.

그는 말을 더듬었고 기분이 좋지 않았다. 폐소공포증 징후가 보여서 이 폐쇄된 공간에서 얼른 나가야 했다.

"저 아이가 왜 소리를 지르는지 모르겠습니다."

그는 손으로 이마를 훔치며 덧붙였다.

"건드리지도 않았어요."

말하자마자 자신이 자멸하고 있다는 걸 깨달았다. 군인이 대답했다.

"그럴 뻔했잖아요."

11월 11일. 오늘 오후 방으로 들어섰을 때, 조에가 내 침대에 있는 머리맡 탁자의 서랍을 살피고 있었다. 그녀는 나를 보고 소스라치게 놀라더니 당혹스러워하며 해명을 한 뒤, 일을 핑계로 자리를 피했다. 그녀를 경계해야 할까? 어제도 레나와 얘기를 하고 있는데 그녀가 등뒤에 와 있는 걸 느꼈고, 그녀가 우리의 말을 엿들으며 우리를 감시하고 있다는 생각이 들었다. 그러고 보니 처음부터 내가 본능적으로 그녀를 경계했다는 걸 깨달을 수 있었다. 어쩌면 그녀는 첩자가 아닐까? 우리가 유디트에게 선물을 바칠 자격이 있는 진정한 투사인지 알아보기 위해, 우리에 관한 모든 사실과 우리가 하는 모든 행동을 보안대나 내가 알지 못하는 어떤 기관에 보고하는 첩자 말이다. 내 느낌을 레나에게 말했다. 그러자 그녀도 에리카에게 똑같은 의심을 품고 있다고 말했다.

11월 18일. 휴가일이다. 딸아이들을 보러 가는 대신 아이들을 이곳으로 오게 했다. 궁을 방문하면 좋아할 거라는 생각이 들었다. 내 생각이 옳았다. 아이들은 감탄했다!

처음에 아이들은 문을 지키고 선 군인들 때문에 주눅이 들었다. 그래서 그 앞을 지날 때면 겁에 질려 나에게 찰싹 달라붙었다. 그러나 곧 내 목에 걸린 배지가 '열려라 참깨' 같은 마법의 주문임을 알았고, 보안대가 우리에게 아무것도 금지할 수 없다는 걸 깨달았다. 그러자 아이들은 자신감을 되찾고는 고개를 꼿꼿이 들고 보초의 눈을 똑바로 쳐다보았고, 자신들의 권리를 확신하고서 내 뒤에 서던 아이들이 내 곁에서 걸으며, 때로는 내 앞에서 걷기까지 했다……

유디트는 자랑스러운 얼굴로 나에게 성적표를 보여주었다. 몇 주 전부터 아이들의 성적이 눈에 띄게 좋아졌다. 수상쩍을 정도였다. 유디트가 공부를 열심히 한 덕분이라고 생각하고 싶지만, 아마도 아이 선생이 내가 궁에서 지낸다는 이야기를 듣고 내가 궁정 사람이나 보안대원이 되었을 거라고 추측했을 것이다. 나를 권력자로 여기는 사람이 하나 더 늘었다! 내가 그저 제비뽑기에서 뽑힌 것뿐이며, 축제가 끝나고 예전으로 돌아가리라는 걸 알면 나에 대한 환상이 얼마나 깨질까…… 어쩌면 그때 가서 딸아이를 잘 봐준 것에 대해 화를 내지는 않을까? 아이에게 그 대가를 치르게 하지는 말아야 할 텐데…… 모든 걸 예의주시해야겠다.

비르지니는 무용 연습에 대해 이야기했다. 그애 말을 들어보니 준비가 모두 마무리되었고 구성도 완벽하게 잡힌 모양이다. 드디어 때가 된 것이다. 아이에게 말했다. 기념식은 1월이야. 이제 한 달 반밖에 안 남았어!

아이들은 도뤼스의 소식도 전해주었다. 그는 봉헌과 포기를 하려고 지난주에 집을 떠났다. 이젠 온전한 남자가 아니다. 유디트는 그가 용감하다고 여겼다. 좀더 정치적인 비르지니는 영웅적일 게 전혀 없다고 생각했다. "최소한 그 정도는 해야죠!" 모범적인 투사 같은 내 딸 비르지니!

넘쳐나는 과자와, 입술을 핥아가며 마신 뜨거운 초콜릿 음료 덕분에 아이들은 너무도 좋아했다. 그걸 먹기 전에는 지하 수영장에서 수영을 했다. 아이들은 수영장을 보며 기쁨의 탄성을 질렀다. 올림픽경기장만큼은 아니지만, 낡고 더럽고 항상 만원인 브뤼셀 수영장보다 훨씬 근사했던 것이다! (나라에 수영장도 별로 없고 바다에 갈 권리도 없는데, 왜 학교에서 수영을 필수과목으로 정하고 있는지 나는 늘 의아했다.) 나는 목자님이 여기서 여러 번 수영을 했다고 아이들에게 설명했다. 그러자 아이들은 미친듯이 손뼉을 치며 기뻐했다. "이 물을 다 마셔버릴 테야!" 유디트가 외쳤다. 내일 유디트가 학교 운동장에서 친구들에게 궁을 방문한 이야기를 들려주는 모습을 상상했다. 아이의 친구들은 깜짝 놀라며 못 믿겠다고 하겠지. "말도 안 돼! 목자님과 같은 물에서 수영을 했다고?"

처음 만나는 보모가 저녁 일곱시경에 아이들을 데리러 왔다. 이름은 디르키어였다. 아이들은 그녀를 그다지 좋아하지 않았다. 말이 없고 잘 웃지도 않기 때문이다. 그렇지만 성실해 보였고, 보아하니 아이들을 잘 돌보는 것 같았다.

아이들과 헤어지는 일은 쉽지 않았다. 앞으로 축제가 끝날 때까지는 아마 아이들을 보지 못할 것이다.

아이들이 떠난 뒤 기분이 울적해지자 그레고르가 생각났다. 그 아이를 잊어야 하며, 유모에게 여성의 집에 몰래 데려다두라고 하고서 더이상 아이 얘기를 입 밖에 꺼내지 말아야 한다는 걸 안다. 제국이 나를 선택해 모범을 보여야 하는 지금으로선 더더욱 그렇다. 아들을 숨겨두다니, 이보다 더한 반역이 어디 있겠는가?

피로가 몰려온다. 누워야겠다. 요전에 내가 글을 쓰고 있는 걸 레나가 보고는 일기를 쓰느냐고 물었다. 나는 아무 말도 하지 않았고, 그녀도 더 묻지 않았다. 일기를 쓰고 나면 나는 일기장을 철저히 감춘다. 내 고백이 발각되면 어떤 일이 일어날지 상상조차 하기 힘들다.

며칠 전부터 밤에 불을 끄면 레나가 내 침대로 온다. 아직 사랑을 나누지는 않지만(조에가 옆에 있는데 어떻게 그러겠는가?) 서로를 꼭 끌어안고 잠을 청한다. 나는 기분좋게 내게 기댄 그녀를 느낀다. 그러고 있으면 안심이 된다. 위협받는다고 느낄 이유가 없는데도 그렇다. 예전이라면 그럴 만도 했지만 지금은 제국의 궁전에서 철통같이 보호를 받는데 그럴 이유가 없지 않은가?

12월 6일. 북부 하를링언 근처에서 끔찍한 참사가 일어났다는 소문이 돈다. 무슨 참사일까? 언제? 어떻게? 나는 아는 바가 없다. 궁의 공무원들은 우리의 질문에 대답을 거부하고, 마치 우리의 말을 못 들은 체한다. 그들의 태도는 우리의 분수를 알게 해주었다. 우린 한낱 방문객일 뿐이었다. 궁에 산다고 해서 나라의 비밀을 알 수 있는 건 아니다. 우리는 물질적 차원에서 특혜를 입고 있지만 보통의 벨기에인들보다 더 아는 건 없다. 참사에 대해 더 알려고 드는 조에에게 그들이 말했다. "신문을 읽으면 되잖아요. 아니면 텔레비전을 보든가."

그건 다 해보았다. 그러나 눈에 띄는 것이 아무것도 없었다. 그렇다고 해서 참사가 일어나지 않았다고 결론을 내려야 할까?

그러나 뉴스를 본 것은 괜한 일이 아니었다. 솔런 쥐퐁르네가 출연해 페미니스트 박람회를 소개하는 걸 보았다. 박람회는 축제 기간 동안 갤러리로 바뀐 제2궁에서 열릴 예정이었다. 그리고 무엇보다 무용 연습 영상을 보았다! 의상을 차려입은 아이들 무리에서 비르지니를 알아보진 못했지만 그 속에 아이가 있다는 걸 알기에 나는 이렇게 외쳤다. "내 딸이 나왔어!" 그러자 모두가 웃었다.

12월 8일. 우리가 유디트에게 바칠 선물을 드디어 보았다! 아나우크의 말처럼 '목자님께 바치는 신민의 선물'이었다.

자동차 몇 대가 우리를 바테르말 근처의 음산한 외곽 지역으로 데려갔다. 제국의 공식 조각가인 솔런 쥐퐁르네의 작업실 중 하나가 그곳에 있다. 한 무리의 보안대원과 조수들에 둘러싸인 그녀가 우리를 친히 맞아주었다. (그녀는 수십 명의 젊고 예쁜 제자들에게 예술을 가르치고 있는데, 언젠가 그중에서 자신을 계승할 사람을 고를 것이다. 잉리트와 유디트처럼. 그것이 예술계의 가장 중대한 현안인 것 같았다. 누가 솔런의 뒤를 잇는 공식 예술가가 될 것인가? 후보들 사이에서 치열한 전쟁이 벌어지는 모양이었다. 그들 중 여럿이 그 전쟁에서 다시는 일어서지 못할 것이다. 비유적인 의미에서도 그렇고, 본래의 의미에서도 그렇다!)

나는 제국의 공식 예술가를 만나게 되어 감격했다. 놀랍게도 그녀는 우리를 끌어안으며, 자신의 작품을 운반할 사람들을 만나 얼마나 행복하고 영광인지 모른다고 말했다. 도리어 우리가 영광스러워할 일인 것 같은데!

그녀는 작업실로 따라오라며 우리에게 손짓했다. 작업실은 이루 묘사하기 힘들 만큼 무질서했다. 칸막이 없는 방대한 공간인데도 믿기 어려울 정도로 혼잡했다. 작업중인 조각들이 사방에 널려 있었다. 바위처럼 큰 조각품들이 기중기에 걸려 있기도 하고, 가설 구조물에 가려져 있기도 했다. 솔런은 바닥에 깔린 온갖 종류의 연장의 이름을 대며 흡족해했다. 도드락망치, 정, 석공망치, 뾰족망치. 나는 그 잡동사니 창고 같은 곳에서 썩어빠진 우리의 미적 감각을 되살리려고 이십 년 전부터 전투 예술의 원칙을 세우고 있는 이 여성에게 사람들이 던지는 비판(물론 몰래 하는 비판이다. 유디트가 재능을 인정한 예술가를 감히 공개적으로 비판하는 사람은 아무도 없었다)을 떠올렸다. 사람들은 그녀가 젊은 시절에는 재능이 있었지만 선전 작품들에 재능을 허비해버린 탓에, 1990년대 이후로는 가치 있는 작품을 하나도 만들어내지 못했다고 말한다. (나는 문화적 소양을 충분히 갖추지 못해서 이 논쟁거리에 대해 명확한 의견을 말하기 힘들다. 좀 부끄러운 마음이 들지만 그녀의 작품이 그다지 마음에 들지는 않는다고만 말하고 싶다. 고등학교 조형예술 수업에서 우리의 해방을 찬양하는 그녀의 조각 작품이 대단히 아름답다고 배우긴 했지만.) 유디트의 총애 때문에 그녀가 절제력을 잃고 대규모 작품들에만 광적으로 빠져들어 장대한 계획들에 수백만 크로네를 탕진했다는 말도 한다. 동상 발밑에서 구걸하는 걸인들을 먹이는 데 썼다면 훨씬 유용했을 돈이다. 아! 걸작만 있는 것이 아닌 건 확실하다. 그녀가 망친 작품들은 온갖 조롱의 대상이 되고 있다. 헤이그 역의 둥근 지붕은 비가 새고…… 금속으로 거대한 개암나무를 형상화한 브뤼셀의 〈여성 나무〉 조각상은 무척 튼튼해서 아이들이 올라타도 위험하지 않을 거라고 했는데 몇 주만에 가지가 부러져버렸다…… 가장 신심 깊은 신도들에게까지 조롱받는 신전들…… 그러나 그녀를 폄훼하는 건 부당한 일일 것이다. 그녀와 그 제자들이 유디트의 멋진 동상을 모두 조각하지 않았는가. (그렇지만 목자님 같은 모델을 보고 어찌 영감을 받지 않을 수 있겠는가?)

작업중인 조각품들, 석고의 잔해와 기름 웅덩이(에리카가 기름에 미끄러져서 목이 부러질 뻔했다. 솔런이 말했다. "저 웅덩이에 톱밥을 부어야겠어." 왠지 모르지만 그 말을 들으니 예전에 읽은 선박에 관한 책이 생각났고, 해전 뒤 선원들이 흘린 피를 덮기 위해 갑판에 모래를 뿌리던 장면이 떠올랐다) 사이로 나아갈수록 무질서는 더 심해졌다. 그 산더미를 치우려면 부대 하나를 동원해도 부족할 것 같았다. 모든 걸 폭파시켜 날려버려야 할 것 같았다. 다이너마이트로. 아니면 원자폭탄으로. 이 나라 학자들이 이제는 원자폭탄을 만들 줄 아는 모양이니까……

천성이 깔끔한 나에게 온통 뒤죽박죽인 작업실의 모습은 가히 충격적이었다. 병원이 생각났다. 병원도 똑같이 뒤죽박죽이었고, 손댈 수 없을 만큼 엉망이었다. 제국 전체가 하나의 거대한 난장판 같다는 생각이 들었다.

마침내 우리는 목표물에 이르렀다. 목자님께 바칠 선물이 하얀 천에 덮인 채 거기에 있었다. 얼룩 하나 없이 새하얀 천이 주변의 불결함과 대조를 이루어 두드러졌다. 주위에 보이는 거대한 작품들에 비해 그 조각품은 2미터를 넘지 않았다.

조각가가 손가락을 튕기자, 조수들이 달려와 걸작품의 베일을 벗겼다.

한순간 우리는 숨이 멎었다.

솔런은 남자를 조각했다. 상스럽게 발가벗은 남자의 전신상이었다. 고대 조각상처럼 상체와 배의 근육이 불거져 있었고, 목이 황소처럼 튼튼했다. 남자는 투박한 손을 자신만만하고 거만하게 허리춤에 얹은 모습이었다. 그 혐오스러운 조각상에 숨겨진 의도를 알게 된 지금 이 글을 쓰면서도 놀란 가슴이 가라앉지 않는다. 솔런은 끔찍스럽게도 다리털을 능숙하게 표현했다. 조각상의 크기 때문에 허벅지 사이의 음경과 음낭이 우리 눈앞에 정면으로 들어왔다. 나는 아무 말도 하지 못했고, 동료들도 마찬가지였다. (나중에 레나는 지금껏 조각으로도 실물로도 그걸 한 번도 본 적이 없다고 나에게 털어놓았다. 그런데 그걸 보여주는 비디오가 불법으로 판매되고 있는 모양이었다. "누가 나한테 권해도 난 거부할 거야.

게다가 굉장히 비쌀걸? 비디오 재생 장치는 또 어디서 구하겠어?" 그녀의 거부가 도덕적 원칙 때문인지 아니면 기술적 난관 때문인지 잘 모르겠다.) 우리는 한동안 아무 말도 못하고 괴물의 가랑이 사이를 불쾌한 표정으로 힐끔거리고 있었다. 도대체 어찌된 일이지? 우리 제국의 공식 예술가인 솔런이 남자를 만들다니! 법을 깡그리 무시하고! 성기 달린 남자를! 정신이 나간 걸까? 이 끔찍한 것을 목자님께 바치겠다고?

예술가는 태연하게 우리의 반응을 기다리고 있었다. 그녀가 미소 짓는 걸 보고 나는 이 모든 게 장난이고 그녀가 우리를 놀리고 있으며, 그것이 목자님께 바칠 진짜 선물은 아닐 거라고 생각했다. 마침내 아나우크가 침묵을 깼다. 그녀는 비밀을 알고 있었던 것이다.

"이제 그만 이 사람들한테 설명을 해주시죠?"

솔런이 자신이 연출한 결과에 흡족해하며 웃음을 터뜨리더니 동상의 허벅지를 어루만지며 말했다.

"뭐가 뭔지 모르겠죠, 안 그래요?"

대답할 필요조차 없었다.

"당연하지요. 이 조각상에는 뭔가 빠진 게 있어요."

우리는 조각상을 다시 들여다보았지만 알 수가 없었다. 빠진 건 아무것도 없었다!

솔런이 손뼉을 치자 다시 조수 한 사람이 동상 발밑에 놓인 나무 상자에서 큰 망치를 꺼냈다.

"내가 유디트에게 바치려는 선물은……"

그녀가 목을 고르더니 말을 이었다.

"우리가 그분께 바치게 될 선물은 딱히 이것은 아닙니다." 그녀는 조각상을 가리켜 보였다.

그래도 우리가 알아듣지 못하자 그녀가 말을 이었다.

"나는 목자님께 작품 하나를 더 바치는 것보다 뭔가 예상하지 못한 선물을 드리고 싶었어요. 그림이나 조각상은 이미 수천 점씩 만들었고, 앞으로도 만들 겁니다. 이번에는 혁신적인 것을 바치고 싶었지요. 우리는 그분께 어떤 행위를 바칠 겁니다. 좀더 정확히 말하면 어떤 행위의 기회를 바치는 거죠."

그녀가 흥분하면서 말했다.

"기념일 날, 그 위대한 날, 여러분은 이 역겨운 우상偶像을 목자님께 가져갈 겁니다."

나는 몸을 떨었다. 그러니까 장난이 아니라는 말이잖은가! 아연실색한 우리를 보고 그녀가 웃었다.

"걱정 마세요. 목자님께 망치도 함께 드릴 겁니다. 그것으로 목자님이 동상을 파괴하실 거예요. 군중과 텔레비전 카메라 앞에서 말입니다! 우리의 선물은 완성된 작품이 아니라 완성될 작품입니다. 알아듣겠어요?"

이로써 수수께끼가 풀렸다.

"목자님은 돌로 된 이 남자를 부술 겁니다. 먼저 얼굴부터. 그런 다음 목자님의 분노를 유발하기 위해 일부러 도발적으로 크게 만든 성기를 가루로 만들어버릴 겁니다. 후세에까지 길이 남을 이 영상이 전 세계에 퍼지게 될 거예요."

우리는 생각을 정리하지 못한 채 솔런의 아이디어를 곰곰이 숙고했다. 틀림없이 독창적인 생각이었다. 그런데 파괴할 선물을 하다니, 분별 있는 일일까? 아나우크가 우리를 안심시켰다.

"조각가님은 당신이 하려는 일을 잘 알고 계세요. 의전 담당 부서에서도 허락했고."

(궁정에서 승인만 한 것이 아니라 이 연출을 생각해냈다는 사실을 우리는 나중에야 알게 되었다.) "가련한 솔런, 절대 혼자서 그런 결정을 내리진 못했을 거야. 솔런은 예전처럼 도발적인 예술가가 못 돼. 처음엔 온 나라에 가득한 자신의 작품들과 비슷한 유형의 예술품을 유디트에게 바칠 생각이었지. 그런데 궁정에서 그것이 너무 평범하다고 생각한 거야. 유디트의 즉위 기념 행사인 만큼 머리를 쥐어짤 필요가 있었지. 남자의 형태를 갖춘 작은 자기瓷器 조각상을 만들어서 유디트가 그걸 망치로 깨도록 하는 것이 어떻겠냐고 누군가 농담처럼 제안했어. 욜란다 스히멜나우는 그것이 좋은 생각이라고 판단했고 말이야. 그렇게 해서 솔런에게 깨뜨릴 용도로 거대 조각상을 만들라고 했지. 이 주문에 깜짝 놀란 건 솔런도 마찬가지야. 너희들은 그 주문의 결과물을 본 거고."

이 글을 쓰는 지금도 나는 회의적이다. 우리가 이 나라 사람들을 충격에 빠뜨리지는 않을까? 유디트의 즉위 기념일인데! 때를 잘못 선택한 건 아닐까? 파괴하라고 제공된 이 수컷을 보고, 군중이 마음속 충동을 못 이기고 성이 나서 달려들지는 않을까? 그러면 폭동으로 번질 수도 있을 텐데!

어이쿠! 늘 그렇듯이 나는 최악의 경우를 상상한다...... 방책도 있고 군인들도 있을 테니 모든 것이 통제될 것이다. 제국 내에서는 모든 것이 항상 통제되고 있으니까.

12월 10일. 그제 쓴 페이지들을 다시 읽는다. "우리가 이 나라 사람들을 충격에 빠뜨리지는 않을까"라는 문장. 그들에 대해 말하면서 나는 '우리'라는 말을 쓰고 있다. 공무원들, 권력자들, 보안대원들…… 이제 나는 나 자신을 특혜 받은 사람들 속에 포함시키고 있다. 나 자신이 체제의 중심에 자리한 줄로 착각하고 있다! 잘못된 생각이다. 환상을 버려야 한다. 그러지 않으면 축제가 끝난 뒤, 집으로 돌아가 예전의 삶을 다시 살아야 한다는 말을 들었을 때, 현실로 돌아가는 일이 훨씬 더 힘들어질 것이다.

오! 불평을 늘어놓는 건 아니다! 난 불행하지 않다. 나는 잘 먹고, 아이들도 잘 먹여 살리고 있다. (비르지니가 이 말을 들으면 "국가가 우리를 먹여 살리는 거지 엄마가 먹여 살리는 게 아니야"라고 말하겠지만……) 남자들이 지배하는 다른 세계에 사는 것보다는 이 제국에서 살고 있으니 운이 좋은 것 아닌가? 집으로 돌아가더라도, 다시 간호사로 일하게 되더라도 벨기에에 사는 행운은 여전히 누릴 것이다. 그렇지만 어쨌든 지금과는 많이 다를 것이다.

현재로서는 굴드의 팀원들 가운데 카퓌신 로트가 이 여행에 가장 만족하는 사람이었다. 그녀는 매 순간 감탄했고, 보는 것마다 마음에 들어했다. 정확히 말하면 '보여주는 것마다'라고 해야겠지만, 그녀는 그 차이를 짐작도 못했다. 카퓌신은 벨기에를 멋진 나라로, 벨기에 사람들을 경이로운 사람들로 생각했다. 그녀의 바람에 미치지 못하는 것은 아무것도 없었다. 그녀가 행복해하는 유일한 이유가 바로 그것이었다. 실망하지 않았다는 것. 그러니 감탄했다기보다는 안도했다고 말해야 할 것이다. 강경파 페미니스트, 제국의 열렬한 신봉자, 목자들의 숭배자임에도 그녀는 남몰래 선입견을 갖고 있었다. 아마도 당의 지시로 감시를 했던 반벨기에 선전에 서서히 물든 것이리라. 이 년 전부터 그녀는 열 명으로 이루어진 팀을 통솔하며 반페미니즘 문학작품을 수집하고 공격하는 일을 맡았다. 그러다보니 반벨기에파派의 논거들을 분석해야 했다. 그들이 하는 증언의 신뢰도를 무너뜨리고, 그들이 제시하는 사진들을 해석하거나 그것들이 조작되었음을 입증해야만 했다. 제국에 반대하는 모든 비판에 숨겨진 동기들을, 정치적 속셈들을 찾아내야 했다. 명예훼손으로 고발도 많이 했다. 당에서 소송의 반을 이겼다. 그러나 카퓌신은 언론에서 적들과 논쟁하고 그들을 상대로 캠페인을 벌이며, 집요하게 공격하고 괴롭히고 규탄하는 것을 좋아했다. 그런 방법이 법적 승리보다 더 효과적이라고 생각했다. 여론에 훨씬 더 큰 영향을 미치기 때문이다.

처음에는 자기 손에 들어온 자료들에 신빙성이 있을 거라고는 전혀 생각하지 않았다. 동료들도 그녀처럼 초강경 투사들이어서 그녀처럼 확신했다. 게다가 확신을 굽히기에는 당에 대한 신심이 워낙 두터워서, 그들이 생각을 바꾸고 제국의 적들이 옳다고 인정하려면 목자가 직접 서명한 서류라도 있어야 할 판이었다. 설령 그런 서류가 있다 해도 인정할지 미지수였다!

그럼에도 몇 달 동안 선전문들을 읽다보니 흔들리는 것 같았다. 물론 벨기에에 대한 신념을 잃은 것은 아니다. 하지만 책상 위에 산적해 있는 책자들 가운데 일부는 그녀의 마음을 어지럽혔다. 그녀는 배타적이긴 했지만 잘 정립된 논리와 논객의 화술에는 민감했다. 그러나 자신이 영향을 잘 받는다는 것을 알기에, 때로 자신이 적의 선전에 설득당하는 게 적이 하는 말이 진실이어서가 아니라 자신에게 기개가 부족하기 때문이라고 생각했다. 올바르게 생각하기 위해 안간힘을 쏟았지만, 적과 맞서서 살짝 나약해지는 때도 있었다. 신념이 흔들리지는 않았지만 이렇게 생긴 균열 몇 개가 커져서 언젠가는 자신의 사상 전체를 위협할지도 모른다는 생각에 불안해했다.

그래서 벨기에에 와서 자신의 신념을 확인하고 싶었다. 그녀는 자신의 영혼을 정화시켜줄 원천을 찾아 이곳에 온 것이다. 여행을 다녀오면 당내에서 서열이 오르고 프랑스 급진파 페미니스트 집단에서 반드시 필요한 존재가 될 것이기 때문에 굴드에게 가겠다고 말하기도 했지만, 무엇보다 자신의 의혹을 떨쳐내고 제국에 적들이 비난하는 어두운 측면이 존재하지 않는다는 확신을 얻기 위해서이기도 했다. 그렇다! 이런 측면에서 여행은 성공적이었다(아직 이틀밖에 되지 않았지만 어쨌든). 그녀는 참으로 기뻤다. 아! 목자들을 비난하는 자들이 그토록 떠들어대던 가난하고, 굶주리고, 겁에 질린 사람들은 죄다 어디 있단 말인가? 독재 체제며 경찰 체제가 어디 있는가? 군인들은 있지만 총을 쏘는 사람은 없지 않은가! 병력을 줄여 베아트릭스 도당이 대로나 벌판에서 테러를 자행하도록 내버려둘 순 없지 않은가? 보안대원들이 있어서 오히려 보호받는 느낌이 들었다. 심지어 카퓌신은 보안대원이 더 많았으면 좋겠다는 생각까지 했다. 멋져 보였기 때문이다. 제국의 적들이 한 말은 전부 거짓이었다. 이제 그녀는 분명히 알았다. 반페미니스트들이 곁에 있었다면 부끄러움에 얼굴을 붉혔을 것이다. 앞으로는 그곳에 가서 두 눈으로 똑똑히 보았다고 강조하며 그들의 말에 반박할 수 있을 것이다. 적의 공격에 맞서기 위해 끊임없이 그녀에게 질문을 해대는 다른 페미니스트들에게도 증언할 수 있을 것이다.

적이 제시하는 것이 부인할 수 없는 사실 아닙니까? 라고 물으면 그녀는 대답할 것이다. "아니에요, 그건 사실이 아닙니다. 저는 그곳에 가봤지만 그런 건 보지 못했습니다. 오히려 그것과 반대되는 사실을 보았어요." 어떤 주제가 나와도 그녀는 이렇게 대답할 것이다. 그렇기 때문에 그녀는 하나도 놓치지 않고 모든 걸 기억해둘 작정이었다. "모르겠어요"라는 말을 하는 일이 없도록. 앞을 보다가도 그녀는 혹시 등뒤에 볼만한 것이 없는지 확인하기 위해 고개를 돌렸다. 모두의 시선이 왼쪽으로 돌아갈 때는, 혹시나 해서 오른쪽도 힐끗 바라보았다.

학교를 방문하고 골란스키 때문에 일어난 사건을 해결한 뒤 오후에 그들은 다시 미니버스를 타고 브뤼셀로 향했다. 방탄 장치를 갖춘 군용 차량 열 대와 오토바이 열두 대가 앞뒤에서 그들을 호위했다. 날이 저물고 있었다. 곧 어두워질 것이다. 앞쪽에 탄 크리스틴과 굴드는 벨기에와 프랑스의 학교교육 방식을 비교했다. 굴드는 프랑스 학교가 '파시스트적'이라고 생각했다. 뒤에 앉은 랑글루아와 보르도, 골란스키, 알베르는 졸고 있었다.

호위대는 울퉁불퉁한 길을 한 시간가량 달렸다. 움푹 팬 도로 때문에 수시로 몸이 들썩거렸다. 카뮈신은 랑글루아가 이를 악무는 걸 보았다. 자기 자동차들을 애지중지하고 승차감을 중요하게 여기는 그였다. 마침내 조금 더 넓고 아스팔트가 잘 깔린 길로 접어들었다. 그러나 황량하긴 마찬가지였다(카뮈신은 자동차의 통행이 거의 없는 점에 대해서는 물어보지 않기로 마음먹었다. 이곳 사람들은 자동차를 살 형편이 안 된다거나, 제국이 교통 흐름을 통제하기 위해 자동차 수를 제한한다는 따위의 추측을 하고 싶지 않았던 것이다).

그녀는 바깥을 보려고 애썼다. 길가에 표지판도 없고 경계석 하나 없어서 위치를 확인할 길이 아무것도 없었다.

갑자기 미니버스가 속도를 늦추더니 멈춰 섰다. 호위대는 네거리에서 꼼짝하지 않았다. 오른쪽의 표지판 하나가 브뤼셀을 가리키고 있었다.

"이 나라에서 멈춰 서지 않고 30킬로미터를 달리는 게 가능할까?" 보르도가 투덜거렸다.

"무슨 일인지 알아보죠." 크리스틴이 말했다.

그녀는 군인들에게 사정을 알아본 뒤 불쾌한 얼굴로 돌아왔다.

"우리가 지나가야 할 지역에 베아트릭스의 민병대가 있다는군요. 위험부담을 질 순 없으니 우회해야겠어요."

카퓌신은 크리스틴의 목소리에서 질책의 기미를 읽고 그녀를 이토록 힘들게 만든 것에 대해 내심 미안해했다. 크리스틴이 말을 이었다.

"위험을 피하기 위해 브뤼셀에는 내일 갈 겁니다. 오늘밤은 워털루 근처에서 보낼 거예요."

그녀가 웃으며 말했다.

"역사의 한 토막을 맛보여드리죠."

그러더니 앞서 출발한 군용 차량을 뒤따르라고 운전사에게 명했다.

굴드는 실망스러운 마음을 정중하게 내비쳤다. 그러자 크리스틴은 걱정하지 말라며 내일은 원래 계획대로 일정이 진행될 거라고, 브뤼셀에서는 무엇도 취소되는 일이 없을 거라고 대답했다. 굴드는 흡족한 얼굴로 의자에 느긋이 몸을 기댔다. 불만을 표시했다는 사실에 뿌듯해하며 카퓌신에게 윙크를 했고, 자신이 가만히 당하고 있지만은 않는다는 걸 과시했다.

버스는 한 시간 동안 이유 없이 느리게 달리다가 갑작스레 가속을 해서 승객들을 놀라게 했다. 카퓌신은 적을 따돌리기 위해서 그러는 걸 거라고 생각했다. 이따금 그녀는 고개를 내밀고 전조등 불빛이 비추는 앞쪽을 보려 했다. 그러나 아무것도 볼 게 없었다. 마주치는 사람도 없고, 차량 한 대 없었다. 딱 한 번, 시커먼 차 한 대가 경적을 울리며 전속력으로 호위대를 추월해 갔다. 크리스틴은 운전대를 잡은 여자를 아는 기색이었지만 아무 말도 없었다.

이 사건 말고 여정에서 유일하게 흥미로웠던 것은 20미터 간격으로 강력한 가로등이 환하게 불을 밝힌 16차선 고속도로를 달렸다는 사실이다.

"제국로입니다." 크리스틴이 설명했다.

"네?"

"제국로라고요. 유럽에서 가장 넓은 고속도로죠. 잉리트가 만든 설계도에 따라 1980년부터 지금까지 건설중입니다. 전국 곳곳으로 이어지는 도로지요. 지도를 보여드릴게요. 아주 특별한 도로라는 걸 알게 될 겁니다."

그녀는 재미를 더하려고 잠자코 있었다.

"뭐가 특별하다는 건지 말해주세요." 보르도가 청하자 그녀가 웃으며 대답했다.

"아뇨. 곧 알게 될 겁니다."

그러나 그들이 거듭 설명해달라고 하자 그녀가 결국 입을 열었다. 제국로는 1990년대 중반 화폐개혁을 하기 전 옛날 화폐에 새겨져 있던 잉리트의 공식적인 얼굴 윤곽을 그리며 제국을 가로지른다고.

"하늘에서 내려다보면 잉리트의 얼굴이 보이죠. 제국로는 중국의 만리장성과 더불어 달에서 볼 수 있는 유일한 건축물입니다."

그녀의 말에 모두들 아연실색해 침묵을 지켰다. 이 거대한 고속도로에 대해 이미 들은 적이 있는 카퓌신조차 경악했다.

"그러니까 설계도가 도시의 위치와는 아무 상관이 없다는 말입니까?" 골란스키가 물었다.

"네."

"그러면 이 도로는 무엇에 쓰이는 겁니까?"

"이 도로가 유용할 필요는 없습니다." 크리스틴이 응수했다.

그녀는 자기가 한 말을 곱씹더니 덧붙여 말했다.

"대목자의 얼굴 윤곽을 따라 제국이 재조직되는 거죠. 설마 나라의 지형에 맞게 목자의 얼굴을 다시 그려야 한다는 얘기는 아니겠지요?"

다시 침묵이 흘렀다.

"당신 말대로라면 도시들을 옮겨야 한단 말입니까?" 골란스키가 되물었다.

"그렇게 하고 있어요."

크리스틴은 잉리트와 유디트가 계획한 신도시들이 어떻게 제국로를 따라 생겨났는지 설명했다.

"언젠가 브뤼셀도 설계도에 맞게 옮겨야 한다면 목자님은 방법을 아실 테니 실행에 옮기실 겁니다!"

카퓌신이 격정을 억누르지 못하고 환호했다.

"그럼요! 그렇고말고요!"

12월 17일. 요즘 우리는 거의 일을 하지 않는다. 연습 속도는 느려졌다. 더는 반복이 필요하지 않기 때문이다. 이미 모든 걸 외웠으니까. 따라서 모두에게 자유 시간이 주어졌다. 궁전 내에서만.

나와 레나는 수영을 한 뒤 겨울 정원으로 산책을 하러 갔다. (아직 말하지 않았지만 이 장소는 궁전에서 가장 아름다운 곳이다. 베란다 아래 버드나무 의자들과 긴 의자들이 놓여 있고, 그 둘레에 향기롭고 아름다운 식물들과 꽃들이 있다. 난초, 옥접매, 재스민, 레몬나무, 일 년 내내 꽃을 피우는 여러 종류의 치자나무, 멋들어진 협죽도……) 그곳에서 만난 어린 정원사에게 우리는 인사를 건넸다. 열여섯 살쯤 되어 보이는 가련한 소년은 우리 발밑에 엎드리더니 자기를 본 것을 아무에게도 말하지 말아달라고 애원했다. 왜 그러느냐고 묻자 투명인간처럼 지내라는 명령을 받았다고 대답했다. 우리는 그 이상한 지시의 출처를 알고 싶지 않아 그에게 입을 다물겠다고 약속했다. 소년은 연장을 들고 달아났다. 오늘 저녁 소년이 다시 생각난다. 그의 얼굴, 거세된 사내아이가 내는 플루트 소리 같은 목소리…… 투명인간처럼 지내라니, 무슨 말일까?

12월 19일. 오늘 오후엔 건강검진이 있었다. 궁에서는 위대한 날을 잘 치르기 위해 우리의 건강을 확인하고 싶어했다. 작은 병원처럼 시설이 갖춰져 있었고(내가 근무하던 병원보다 훨씬 더 잘 갖춰져 있었다) 매우 깨끗한 '양호실'에서 의사들이 우리를 오래도록—반시간이 넘도록—검진했다. 나는 차례를 기다리면서 보안대원 제니와 수다를 떨었다. 제니는 보안대 조직에 대해 이야기해주었다. 내게는 전혀 새로운 주제였다. 나는 늘 보안대원들을 하나같이 똑같은 규격품으로 생산된 일종의 자동인형처럼 생각했다. 그런데 잘못된 생각이었다. 실제로 보안대의 조직 체계는 여러 집단으로 나뉘고 그 아래 하부 집단들이 있어서 매우 복잡했다. 제니의 말에 따르면 보안대원은 대략 만 명 정도이고(내 생각에는 수가 적어 보였다. 그 정도의 수로 어떻게 사방에 대원들이 깔려 있을 수 있겠는가?) 수백 개의 부대—분명히 수백 개라고 했다—로 나뉘어 있다. 분류가 너무 복잡해서 제니도 갈피를 잡지 못할 때가 많다고 한다. 그들은 제복에 다른 계급장을 여럿 달고 있다. 제니가 계급을 열거했지만 너무 빨리 말해서 다 기억할 수가 없다. 그래도 경외심을 불러일으키는 몇 개 정도는 기억난다. 맨 꼭대기에 혁명대장이 있고, 잉리트가 옛 벨기에 육군에서 따온 계급인 중장,

소장, 준장, 대령, 중령, 소령 등이 있다. 그다음은 기억나지 않는다. 특히 장교 계급은 아니지만 역시나 복잡하게 조직된 사병들에 대해서는 기억이 나지 않는다. 그런데 이토록 복잡한 것은 다른 계급 체계가 또 있기 때문이다. 우선 모든 보안대원은 혁명위원회에 소속되어 있는데, 이 위원회에도 고유의 위계가 있다. 목자와 네 명의 대귀족 밑에 추기경, 주교, 대서기장, 서기장, 사제, 부제, 차부제, 전속 사제장, 전속 사제 그리고 독서자가 있고, 마지막으로 선창자가 있다. (빠뜨린 건 없는 것 같다.) 이 조직이 보안대의 조직과 상충해 곤란한 상황을 만든다. 예를 들어 제니는 보안대에서는 소령이고, 혁명위원회에서는 전속 사제장이다. 따라서 그녀는 자기보다 낮은 계급의 대원들을 지휘하지만, 상대의 계급이 그녀보다 낮은 중위더라도 혁명위원회에서 사제이거나 서기장 이상이면 그녀가 경례를 해야 한다. "드물긴 하지만 그런 일이 없는 건 아니야." 그녀가 설명했다. "일개 사병이지만 혁명 이론에 심취해 이데올로기와 관련된 책을 엄청나게 읽어서 주교가 된 사람도 봤어. 그런 사람이 지나갈 때는 대령들과 장군들도 난처한 표정을 지으며 경례를 붙이지. 정말이야."

이 이중의 계급이 보안대원들의 지위를 매우 모호하게 만들고, 관계도 이해할 수 없게 만든다. 그들조차도 가능한 모든 조합을 전부 숙지하고 있는 건 아니다. 신참들 대부분은 이를테면 레신 부대의 소령 추기경이 롬멜 부대의 대령 전속 사제장에게 경례를 해야 하는지 혹은 그 반대인지 알지 못한다. 또는 브루게 지역의 준장이면서 사제인 사람이 제일란트 부대의 대령이면서 대서기장인 사람의 손에 입맞춰야 하는지 알지 못한다. 젊은 보안대원들 모두가 짝이 맞지 않는 계급제도 때문에 강박증에 시달린다. 부대마다 실수담들이 나돈다. 이제 막 대위로 진급해 자기 계급에 대한 자부심이 넘쳐나는 군인이 명령에 복종해야 할 처지임을 깨닫지 못한 채 사제인 중위에게 명령을 내렸다는 식의 실수담이다.

잉리트가 죽기 전에 복원시킨 귀족 작위도 있다. 남작, 자작, 백작, 후작, 공작. 이를테면 후작은 혁명위원회에서 계급이 무엇이건 준장보다 낮은 계급의 보안대원들을 모두 지휘한다. 따라서 수많은 젊은 여성들이 빠른 신분 상승을 위해 작위를 가진 사람과 결혼하려고 애쓴다. 배우자의 작위가 그들의 신분을 상승시켜줄 것이기 때문이다. "그렇지만 평판은 안 좋지." 제니가 덧붙였다.

12월 20일. 하를링언 사건에 대해서는 아직도 말이 많다. 어떤 사람에게서 들은 단편적인 정보가 다른 사람의 입을 통해 절반은 달라지니 사실 여부를 확인하는 것이 불가능했다. 가장 믿을 만한 출처는 수영장 탈의실에서 마주치는 보안대원들이었다. 그들은 내가 곁에 있어도 나누던 대화를 중단할 필요를 느끼지 않았다. 오늘 아침에도 그들은 그 사건을 언급했다. 전부 다 알아듣지는 못했다. 그들이 낮은 소리로 빠르게 말했기 때문이다. 더구나 그들의 말에 귀기울이고 있다는 인상을 주고 싶지 않았다. 듣자하니 폭발이 있었고, 희생자도 있었던 모양이다. 왜? 어떻게? 그건 모르겠다.

그 이야기를 레나와 클로에에게 전했다. 클로에는 원자력발전소에서 사고가 났을 거라고 생각한다. 처음 있는 사고도 아닐 거라고 그녀는 말했다. 클로에는 방위산업체에 근무하는 엔지니어를 한 명 알고 있는데, 그 엔지니어의 말을 들어보면 우리 나라의 기계 설비들이 상태가 좋지 않다는 것이다. 발전소에는 이미 방사능 유출 사고가 여러 번 났다. 레나와 내가 믿지 못하는 얼굴을 하자 그녀는 벌컥 화를 내더니 정신 나간 소리를 했다. 방사능 낙진에 오염된 지역들에 대한 이야기였다. 그녀는 상체에 납판을 두르고 손상 부분을 복구하는 임무를 맡은 자살 특공대 시종들이 모조리 죽었다고 했다. 방사능에 노출된 주민들에게는 온갖 종류의 암이 발생했으며 기형아를 출산하게 되어 공포에 사로잡혀 있다고도 했다. 말도 안 되는 얘기였다. 레나와 나는 클로에의 말을 무시했다. "그게 사실이라면 어떻게 우리가 모르겠어!" 레나가 말했다. 클로에는 수수께끼 같은 미소로 답하며 고개를 젓더니 가버렸다. 둘 중 누가 더 순진한 걸까?

12월 24일. 크리스마스 전야다. 내가 어렸을 적엔 오늘이 축제였다. 그러나 지금은 크리스마스를 기념하는 것이 금지되었고, 아이들은 그날이 무슨 날인지조차 알지 못한다. 유디트와 비르지니가 크리스마스에 대해 들어본 적이 있는지 모르겠다.

1975년 무렵에만 해도 트리, 선물 등 크리스마스의 전통이 남아 있었다. 그런데 보안대가 개입해 그 잔재를 강제로 없앴다. (잔재라는 용어는 잉리트가 한 말 같은데 확신이 들지 않아 인용 부호 속에 넣지 않았다.) 이제 12월 25일은 평범한 날이다. 선물은 다른 공식적인 축제 때 주고받는다. 그리고 곧 취임 기념일이다!

12월 29일. 하를링언 사건 소식. 레나의 말로는 핵폭발이었을 거라고 한다. 만여 명을 대피시켰고, 화재를 진화하기 위해 시종들을 들여보냈다고 한다. 그런데 레나는 뭐든 쉽게 믿으니 자기도 모르게 아무 이야기나 부풀려서 전한 건지도 모른다. 내가 그 이야기를 곧이들어야 할까? 어쨌든 오늘 저녁에도 텔레비전 뉴스에서는 그 사고에 관해 아무 언급이 없다. 유디트가 체육부 장관과 테니스 시합을 하며 환하게 웃는 장면은 실컷 보았다.

보름 후면 축제가 시작된다. 심장이 두근거린다. 미칠 듯이 두근거린다. 아마 비르지니도 그럴 것이다! 지금껏 유례가 없는 웅장한 공연이 될 모양이다. 전 세계가 우리를 부러워할 것이다.

그사이 모레에 있을 연말 송년회와 해방 공원에서 쏘아올리는 불꽃놀이에 초대를 받았다. 제일 앞자리에!

12월 30일. 수영장. 탈의실에서 한 보안대원이 내 곁에서 옷을 벗었다. 우리 둘뿐이었다. 몰래 훔쳐보다가 그녀의 허벅지에 문신이 있는 걸 보았다. 그녀가 더 가까이 와서 보라고 했다. 잉리트의 얼굴이었다. 그녀는 모든 보안대원들이 제복을 입은 지 일 년이 되는 날 그 문신을 한다고 알려주었다.

12월 31일. 끔찍한 날이었다. 무척이나 괴롭다.

지금 시각은 밤 열한시, 다른 사람들은 불꽃놀이 행사에 갔다.

아무렇지도 않은 얼굴을 할 수가 없어서 나는 같이 가지 못했다. 편두통이 있다는 핑계를 대고, 레나가 애원했지만 자리에 눕고 말았다. 아니, 사실은 베개에 얼굴을 묻고 울었다.

저녁 여덟시경, 내가 모르는 웬 보안대원이 밀치는 바람에 넘어졌다. 보안대원은 나를 일으키려는 몸짓도 하지 않고 가던 길을 가버렸다. 나는 일어나면서 보안대원이 내 옷소매에 밀어넣어둔 쪽지 하나를 발견했다. 그리고 서툴게 끼적인 끔찍한 말을 읽었다. '그레고르 사망. 손쓸 도리 없었음. 유감.'

나는 그 자리에 털썩 주저앉았다.

물론 언제고 일어날 일이었다. 상황 때문에 그 아이가 성년의 나이에 이르지 못할 거라고는 예상하고 있었다. 그렇다고 위로가 될까?

더 나쁜 건 아이를 잃었다는 고통에 이제는 이 모든 걸 누군가 알고 있다는 불안까지 더해졌다는 사실이다. 그 보안대원은 언제라도 나를 고발할 수 있을 것이다. 어쩌면 나는 이미 죽은 목숨이 아닐까?

프랑스인들은 브뤼셀 대신 워털루 근처에 있는 옛 군대 막사로 인솔되었다. 겉보기에는 모든 것이 투박스러웠다. 철망을 둘러친 낡아빠진 건물들은 수용소를 떠올리게 했다. 크리스틴이 그들을 안심시키려고 말했다.

"근사해 보이지는 않지만 아주 안락합니다. 옛 군대 막사를 주거지로 개조했지요. 호텔만큼 좋아요. 정말입니다."

랑글루아는 미니버스에서 내리면서 높은 건축물의 형체를 어둠 속에서 어렴풋이 보았다. 아마도 예전에 감시탑이었던 모양이다. 꼴좋네! 감시탑 아래에서 잠을 자다니! 아주 근사하군. 그는 한숨을 내쉰 뒤 무리를 따라 덧문이 닫힌 큰 건물로 들어갔다. 다행히 내부는 꽤 예쁘장했다. 전날 묵은 호텔보다 나았고, 기분좋은 온기가 기운을 북돋워주었다.

방은 스위스 산장처럼 꾸며져 있었다. 목재 내벽에 목재 가구가 갖춰져 있었다. 랑글루아의 방에는 목자들의 초상화가 없었다. 소, 송아지, 닭, 돼지 등 가축을 그린 순박한 그림과 풍경 사진뿐이었다. 그는 그 서툰 그림들을 가까이서 살펴보았다. 'J. V.'라는 서명이 있었다. 유디트 페르마르스? 바깥을 보려고 커튼을 걷었지만 겉창이 닫혀 있었고 창문도 열리지 않도록 고정되어 있었다. 실망한 그는 침대에 앉아 생각해보았다. 그들은 전날부터 단조롭고 차갑고 텅 빈 벌판만 맴돌고 있을 뿐, 그보다 흥미로운 곳은 아무것도 보지 못했다. 방목장, 황무지, 길. 길들은 대로로 이어지고, 대로는 국도와 연결되고, 국도는 제국로로 통했다. 마을도, 도시도 보이지 않았다. 벨기에 사람들도 마찬가지였다. 이곳에 남자들은 살고 있을까? 불현듯 급사 말고는 남자를 한 명도 보지 못했다는 사실이 떠올랐다. 이 나라에 주민은 있는 걸까?

그리고 베아트릭스와 그녀의 도당, 그들로 하여금 길을 돌아 이곳으로 오게 만든 테러 위험이 모두 사실일까? 랑글루아는 점점 더 당혹스러웠다. 그는 벨기에 사람들이 이 일만큼은 전혀 숨기지 않는다는 사실에 놀랐다. 그런 이야기를 하는 건 약점을 폭로하는 셈이고(제국이 모든 것을 통제하지 못한다는 사실을 인정하는 것이기 때문이다) 거의 실패를 인정하는 것이나 다름없었다. 1977년부터 베아트릭스의 반혁명 테러가 계속되고 있다는 건 이 나라에 그들을 지지하는 세력이 있으며, 혁명이 완전히 성공한 것은 아니라는 의미였다. 벨기에 사람들은 주도면밀한 계획하에 일부러 공개적인 태도를 보였다. 그들에게 어떤 메시지를 전달하려는 것 같은데, 대체 그게 뭘까?

랑글루아는 한참을 곰곰이 생각하다가 아페리티프나 한잔하려고 아래층으로 내려갔다. 역시나 술은 없고, 목자가 고심해서 만든 수상쩍은 음료뿐이었다. 이 나라에 목자에게서 나오지 않은 것이 뭐가 있을까? 술을 거의 마시지 않는 그였지만 이날 저녁만큼은 포도주 한 잔 정도는 맛있게 음미할 수 있을 것 같았다. 그런데 누구보다 실망한 사람은 보르도였다. 급사가 웃으며 건네는 칵테일을 보고 그는 절망의 한숨을 길게 내쉬었다.

프랑스인들이 예고 없이 막사에 도착하는 바람에 아무것도 준비되어 있지 않아서 모든 것이 즉흥적으로 이루어졌다. 그 결과 마치 소풍을 온 듯한 분위기가 조성되고 모두가 긴장을 푼 덕에 아주 근사한 저녁 시간이 되었다. 랑글루아는 처음으로 경계태세를 늦출 수 있을 것 같았다. 아직도 완전히 편안하지는 않았지만, 머리 위에 위험이 감도는 느낌은 더이상 들지 않았다. 그러나 얼마 후 잠자리에 들면서 그는 이 즉흥적인 저녁 시간도 그들을 좌지우지하기 위한 계획의 일부가 아니었을까 하는 생각을 했다. 그들은 줄곧 위협받고(중립지대에서 받은 난폭한 조사) 충격을 받고(학교에서 본 영화) 마지막으로 이 기이한 막사의 알프스 산장 같은 따뜻한 방에서 위안을 얻었다. 그러다보니 처음부터 열렬한 환대를 받았을 경우보다 더 확실하게 방어태세가 무너졌다.

과대망상일까? 어쩌면 그런지도 모르겠다. 그의 동료들은 자신만큼 불안해하지 않는 것 같았다. 그들이 안일한 걸까? 그가 지나친 걸까? 랑글루아는 사람이든 일이든 모두 쉽게 의심했다. 수년

간 지정학적 문제들을 연구하다보니, 정보기관들이 꾸미는 음모를 곳곳에서 보게 되었다. '눈에 보이는 것을 왜곡해서 받아들이는 성향에 맞서 싸워야만 해.' 그러지 않았다간 나중에 굴드에게 질책을 당할 것이다. 그의 성향 때문에 벨기에 사람들이 기분 나빠할 우려가 있기 때문이다.

1월 21일. 그레고르가 죽은 뒤로 일기장을 건드릴 수가 없었다. 축제 기간 동안 매일 기록을 하려고 마음먹었는데 안타깝다. 이제 축제가 끝나버렸으니 제대로 기록하기는 힘들 것이다. 내가 받은 인상은 신선함을 잃었을 테고, 세부 사실들도 잊었을 것이다…… 기억은 모든 걸 훼손하고, 모든 걸 바꿔놓는다. 벌써 어떤 순간에 한 생각이나 어떤 장소에서 본 것에 대해 확신할 수가 없다. 그날 저녁에 수첩에 써두었더라면 완벽하게 재구성해냈을 텐데. 하지만 일이 이렇게 된 걸 어쩌겠는가.

그렇다, 축제가 있었다. 색 바래지 않고 사실과 너무 다르지 않은 얘기를 하려면 무슨 말을 해야 할까? 일단 축제가 근사했다는 건 인정하자. 아주 특별한 축연을 기대했는데, 정말이지 기대 이상이었다.

무엇보다 엄청난 인파가 모였다. 믿기 힘들 정도였다. 곳곳에 군중이 넘쳐났다. 수천 명의 여자들이 아이들을 데리고 아무 두려움 없이 거리를 자유롭게 걸었다. 어린아이들의 얼굴에는 미소가 가득했다. (아이들이 얼마나 치아 관리를 받지 못하고 있는지 이번 기회에 확인할 수 있었다. 그러나 의학적인 소견을 얘기할 때가 아니다.) 그렇게 많은 사람을, 그렇게 수도가 활기 띤 모습을 본 것이 언제였던가? 삼 년 전, 테러 진압 경찰이 도시를 봉쇄하면서 비공개 행사와 공식 연설을 집에서 텔레비전으로 볼 수밖에 없었던 축제 때와는 얼마나 대조적인가!

비르지니와 유디트는 그날 나와 함께 시간을 보냈다. 아이들은 모든 것을 경이로워했다. 인파를 헤치고 나아가기가 힘들자 유디트가 중얼거렸다.

"우리가 이렇게 많은 줄 몰랐어요."

"우리라니, 누구 말이야?" 내가 물었다.

"벨기에 사람 말이에요."

이렇게 많은 여자들이 모인 걸 딸아이는 처음 본 것이다.

"공연에 참가하는 여자들도 많아." 내가 말했다.

"네, 그렇지만 그건 달라요. 그 사람들은 하나같이 줄을 맞춰 서 있잖아요. 그래서 꼭 한 사람 같아요."

아이의 입에서 나온 진실이었다. 공연은 바로 우리가 한몸이고 목자가 그 머리라는 걸 대중에게 느끼게 하기 위해 마련된 것이다.

축제가 벌어진 도시를 걸어다니면서 내가 본 모든 것을 묘사하지는 못하겠다. 아이들이 몰려드는 회전목마와 트램펄린, 마술, 당과류와 감자튀김을 파는 노점에서 풍기는 냄새, 나무다리 위에 올라서서 공으로 재주를 부리는 곡예사, 불 뿜는 사람, 외발자전거를 탄 곡예사…… 게다가 이 모든 것이 공짜였다. 나는 비르지니에게 떠밀려서 공 맞히기 놀이에 참여했다. 우리에 갇힌 왜소한 남자에게 고무공을 던져야 했는데, 남자가 세 번 맞으면 쓰러져서 죽은 체했다. 승자는 상품을 받았다. 모조 보석이나 목자의 초상이 그려진 메달이었다.

몰이사냥도 있었다. 군중 속에 남자를 한 명 던진 다음, 시작과 끝을 알리는 뿔피리 소리가 두 번 울리는 사이에 모두가 남자를 사냥하는 것이다. 엄청난 혼잡을 불러일으켰기 때문에 대단한 볼거리였다. 사냥감은 쥐처럼 달아나면서 할 수 있는 한 자기방어를 했다. 물어뜯고 할퀴고 들이받았다. 그래서 위험하기도 했다. 유디트도 참여하고 싶어했지만 내가 못하게 말렸다. 그 나이에 할 놀이가 아니었기 때문이다. 딸아이는 뾰로통한 얼굴을 하고서 친구들은 모두 허락을 받았다며 고집을 부렸지만, 난 끝내 뜻을 굽히지 않았다.

이 모든 것이 밤까지 이어졌다. 그날만 볼 수 있는 특별한 풍경이 어둠 속에서 한결 더 두드러졌다. 평소라면 거리가 텅 비고 온 도시가 잠들 시간인데도 곳곳에 사람들이 남아 있었다. 특히 가판대가 설치되고 행사가 벌어지는 그랑플라스 광장(지금은 '목자 광장'으로 불러야 한다는 걸 알지만 쓸 때마다 옛날 이름이 떠올라서 어쩔 수가 없다)과 주변 거리에 사람들이 많았다.

저녁 일곱시경에 도뤼스가 아이들을 데리러 왔다. 도심에서 약간 벗어난 식물원 거리에서 만나자고 얘기해두었는데 그러길 잘했다. 도뤼스가 그 고삐 풀린 여자들 사이로 들어갔다간 사냥감이 될 수도 있었을 것이다. 잠들어버린 유디트를 도뤼스에게 안겼다. 아이가 잠든 게 당연했다! 나는 도뤼스에게 얼른 가라며, 여자들을 만나면 절대 고개를 들지 말라고 충고했다. 그는 고개를 끄덕였고 아이를 품에 안고 아무 말 없이 떠났다.

마레 가의 광장으로 돌아오는 길에 잔과 에리카를 만났다. 둘은 친구들과 함께 타악기를 죽어라 두드리며 행인을 끌어모으려고 안간힘을 쓰고 있었다. 어찌나 시끄럽던지! 그들은 내 손에도 탬버린을 하나 쥐여주더니 나를 '파랑돌' 춤에 끌어들였다. 난 불안했다. 이렇게 법석을 떨면 보안대원들의 눈에 띄지 않을까? 그러나 잔이 우리는 궁에서 왔기 때문에 뭐든지 할 권리가 있다고 웃으며 대답했다. 그리고 그걸 증명해 보이려고 코메디앵 가에서 나오는 보안대 무리에게 달려가 "유디트 만세"라고 외치며 의도가 불명확한 태도를 보였다. 군인들은 그녀에게 신분증을 보이라고 요구했고, 잔은 자신 있게 배지를 보여주었다. 그러자 군인들이 그녀에게 군대식 경례를 하더니 우리에게 멋진 밤이 되길 바란다는 인사를 하고 자리를 떠났다. 폭소가 터져나왔다.

뭐든지 할 권리라!

얼마 후. 하던 이야기를 이어가려고 한다. 이튿날은 우리가 몇 달째 준비하며 기다려온 날이었다. 얼마 자지 못했는데도 우리는 들뜬 마음에 새벽부터 침대에서 빠져나왔다. 긴장해서 도무지 뭘 삼킬 수가 없었지만 어쨌든 아침식사를 하고 스하르베이크에 있는 여성의 집을 향해 떠났다. 유디트가 연설을 하고 십만 명의 여성들 앞에서 선물을 받게 될 광장에서 멀지 않은 곳이었다. 모두들 긴장해서 옷이 땀에 흠뻑 젖었다. 옷을 더럽히지 않기 위해, 가슴에 금실로 유디트의 옆얼굴을 수놓은 하얀 튜닉은 마지막 순간에 입을 예정이었다.

아직 아홉시밖에 되지 않았는데 벌써부터 거리가 붐볐다. 긴 잠에서 깨어나 생기 넘치는 도시를 보는 느낌이 들었다.

여성의 집에 도착한 우리는 한방에서 기다렸다. 텔레비전에서는 경기장에서 벌어지는 공연을 보여주고 있었다. 비르지니는 이천 명의 아이들 속에 섞여 목자 앞에서 춤을 추었다…… 나는 무용수들이 이룬 인간 바다에서 본능적으로 딸아이를 찾아보았지만 불가능한 일이었다. 원칙적으로 아이들의 얼굴을 비추는 근접 촬영은 절대 하지 않는다. 중요한 건 집단이지 집단을 구성하는 개인이 아니기 때문이다. 카메라 렌즈는 제국 관람석과 유디트에 맞춰져 있었다. 그녀는 눈부시게 행복한 얼굴이었다. 그녀의 모습이 화면에 비칠 때마다 우리는 기쁨의 탄성을 내질렀다. 그녀 주위에는 네 명의 대귀족이 있었다. 스히멜나우, 몬데르만, 베르톨루치, 아펄, 쥐퐁르네는 우리만큼이나 들떠 있었다.

제국 전역에 텔레비전이 켜져 있었다. 온 국민이 기념식을 지켜보았다. 그건 명령이어서 보안대원들이 집집마다 돌아다니며 모두가 의무를 다하고 있는지 확인했다. (감히 누가 거역하려고 할까?) 많은 여자들이 출혈을 감수하고 비싼 기차표를 사서 브뤼셀로 왔다. 그들은 많은 것을 희생했다. 목자님을 보고 박수갈채를 보내는 일은 돈으로 환산할 수 없는 일이었기 때문이다. (그리고 어쩌면 목자님 곁에 다가갈 수 있을지도 몰랐다. 목자님이 연설 후에 군중 속으로 내려와 사람들의 손을 잡기도 하고 아이들의 이마에 입을 맞추기도 하기 때문이다. 그러니 목자님과 직접 접촉할 수 있을지도!)

우리는 무대에 들어설 시간을 기다렸다. 초조해하며 발을 구르고 죽도록 불안해하면서, 흥분한 나머지 미친듯이 웃다가 울었다. 그때 우리들의 화합은 완벽해 보였다. 그 순간 한 사람 한 사람이 다른 동료들의 심정을 정확히 묘사할 수 있었을 것이다. 모두들 똑같은 심정이었기 때문이다. 여성 연대가 무엇을 의미하는지 나는 처음으로 완벽하게 이해할 수 있었다. 우리에게 그 의미를 가르치려고 구상되었지만 실제로는 생활이 불가능했던 공동 아파트에서보다 천배는 더 잘 이해할 수 있었다. 여성 연대를 정의해야 한다면, 나는 이날 아침 여성의 집에서 우리 '선물 동지'들이 품었던 마음가짐이 바로 그것이라고 말하겠다. 선물 동지라는 말은 에리카가 생각해낸 별칭으로 우리는 서로를 그렇게 불렀다.

우리 주위에서 의상 담당자들, 교관들, 안무가들이 분주히 움직였다. 저마다 우리에게 부족한 것이 없는지 확인했다. 이날의 주인공은 우리였다. 한껏 도취되는 기분이었다. 우리에겐 모든 것이 허용되어서 요구만 하면 되었다.

열한시경에 아나우크가 실크 옷을 입고 가슴에 유디트의 배지를 단 멋진 모습으로 우리가 있는 곳에 왔다. 그녀는 우리를 '사랑하는 동지들'이라고 불렀고, 제자리에 가만히 있지 못했다. 우리는 모든 동작을 다시 반복해야만 했다. 그녀는 우리가 동작을 잊었을까봐 염려하는 듯 굴었지만, 사실은 마지막으로 유디트 행세를 하며 우리가 자기 앞에 고개를 조아리는 모습을 보고 싶었던 것이다. "자, 내가 그분이라고 상상하고 내 앞으로 걸어나와. 머리를 조아리고." 그러다가 뺨을 붉히며 말했다. "내가 이러는 건 여러분이 완벽하게 일을 수행하기를 바라기 때문이야…… 암, 그렇고말고……" 그녀는 천 번도 더 반복한 똑같은 충고를 되풀이했다. 머리를 꼿꼿이 들 것, 목자님이 놀라실지 모를 갑작스러운 행동은 절대 하지 말 것, 웃을 것, 내내 웃고 있을 것, 우리가 얼마나 행복한지 보여줄 것. "너무 행복해서 죽을 수도 있을 정도라는 걸 보여줘"라고 아나우크는 말했다.

공연은 약간 늦어져서 정오경에 끝났다. 경기장이 비었다. 군중은 광장으로 옮겨갔다. 유디트가 모든 것을 굽어볼 수 있도록 무대 주위에 스크린을 설치해 현장을 생중계했다. 유디트는 연설 전 긴장을 풀기 위해 마사지를 받고 왔다. (목자의 전속 마사지사는 베트남 여자로 이름이 민인데, 목자는 그녀가 몸에 손만 얹어도 마음이 평온해진다고 한다. 단 일 초라도 민의 입장이 되어 목자의 허리를 매만지고 싶지 않은 사람이 누가 있겠는가?) 우리는 옷을 입었다. 위대한 순간이 다가오고 있었다. 오후 한시에 우리는 여성의 집을 떠나 무대 뒤로 갔다. 가까이서 보니 무대는 성당처럼 높고 궁전처럼 길었다. 우리의 발밑에는 굵은 전선들이 널려 있었다. 우리는 분주한 기술자들과, 인상을 찌푸린 채 기술자들의 작업을 지켜보는 보안대원들에 둘러싸여 있었다. (아나우크가 테러의 위험

때문에 우리가 배지를 달고 제복을 입고 있어도 조사와 몸수색을 받을 거라고 미리 예고했었다. 실제로 나는 다섯 번이나 조사와 몸수색을 받았다.)

무대 때문에 우리에겐 군중은 보이지 않고 소리만 들렸다. 광장에 얼마나 많은 사람들이 모였을까? 신문들은 십만 명이 모였다고 말했다. 하지만 늘 그렇듯이 그 수를 반으로 줄여야 한다. 그래도 엄청난 수다. 갑자기 극도의 불안감이 몰려와 기절할 지경이었다. 레나가 나를 꽉 부둥켜안았고, 잔이 측은한 눈길로 모든 것이 잘될 거라고 안심시키며 기운을 북돋워주었다.

우리는 그렇게 몇 분을 더 기다렸다. 그 몇 분이 내게는 영원히 끝나지 않을 것처럼 느껴졌다. 그러다 갑자기 사방이 동요했다. 엄청난 함성이 들려왔다. 유디트가 무대 위에 올라와 군중에게 모습을 드러낸 것이다. 우리가 있는 곳에서는 그 모습이 보이지 않았지만 스크린이 있어서 무대를 볼 수 있었다. 저 영상이 전국에 방영될 거라 생각하니 가슴이 뭉클했다. 하늘에서 찍은 군중의 모습은 마치 바다처럼 보였다. 영상을 찍는 헬리콥터들이 우리의 머리 위를 맴돌았다.

유디트가 무대 앞으로 나아가 두 팔을 들었다. 군중이 환호를 보냈다. 함성에 휘파람까지 그야말로 광란의 도가니였다. 다른 소리는 들을 수가 없었다. 잠시 후 그녀가 팔을 내렸다. 그러자 군중은 즉각 입을 다물었다. 마치 지휘자의 지휘봉에 따라 움직이는 오케스트라 같았다. 대중에게 최면을 걸어 언제나 완벽한 반응을 얻어내는 유디트의 능력은 탁월했다! 그녀는 인형술사나 뱀 부리는 사람처럼 목소리와 동작으로 군중을 통솔하던 어머니로부터 그 능력을 물려받았다.

유디트가 뒤로 물러나 마이크에 둘러싸인 옥좌에 앉았다. 잉리트처럼 그녀는 앉아서 연설을 한다. 목소리를 가다듬은 뒤 그녀가 연설을 시작했고, 연설은 겨우 반시간가량 이어졌다. 그녀의 어머니가 즐겨 하던, 그리고 이따금 그녀도 즐겨 하는 장황한 연설과는 사뭇 달랐다. (어렸을 때 엄마가 연설을 끝까지 들으라고 강요하는 바람에, 나는 텔레비전 앞에서 졸음과 백 번도 더 싸웠다!) 유디트는 투쟁을 계속해서 세계 혁명을 준비해야 할 당위성을 언급했고, '베아트릭스 반역 도당'과 세계 곳곳에 퍼져 있는 그들의 연맹을 비난했다. 그러자 군중 속에서 함성이 터져나왔다. 그녀는 여성의 지배가 역사의 흐름에 부합하며, 우리의 승리는 수학적으로 명명백백한 사실이라고 덧붙여 말했다. "내가 그 승리를 믿으니 여러분도 믿어야 합니다." 우레 같은 박수갈채가 쏟아졌다.

이제 우리가 무대로 들어설 차례였다. 심장이 터질 듯 고동쳤다. 황금색 종이로 가린 동상은 우리가 손쉽게 옮겨갈 수 있도록 바퀴가 달려 있었다. 기술자들과 무전기로 통신을 하고 있던 아나우크가 우리에게 출발신호를 보냈다. 드디어 때가 됐다!

우리는 동상을 밀어 무대에 올렸다. 굉장히 무거웠지만 훈련이 되어 있었다. 목자를 위해서라면 우리는 산이라도 옮겼을 것이다! 솔런이 선물의 일부를 들고 우리를 따라왔다. 유디트가 동상을 파괴할 때 쓸 망치를 넣은 고급 나무상자였다.

무대에 이르렀다. 군중이 얼마나 많은지 끝이 보이지 않았다. 장엄한 광경이었다. 전 세계가 그 자리에 모인 것만 같았다. 우리를 본 유디트가 놀라서 비명을 참으려는 듯 손을 입으로 가져갔다. 사람들 사이에서 웅성거림이 들려왔다. 나는 경직되어 군중도, 목자의 얼굴을 근접해서 보여주는 거대한 스크린도 쳐다보지 못했다. 아마 우리의 얼굴도 스크린에 비쳤을 것이다. 어쩌면 내 얼굴도!

유디트가 우리 쪽으로 다가왔다. 우리는 배운 대로 무릎을 꿇었다. 솔런이 유디트에게 볼인사를 한 뒤 무릎을 꿇었다. (의식이 끝난 후가 아니라 전에 볼인사를 하도록 예정되어 있었다.) 우리는 돌아가며 차례로 목자의 발에 입을 맞추었다. 나는 그녀가 오른발을 내민 걸 보았다. 좋은 신호 같아 보였다. (목자는 기분이 좋은 날에는 오른발을, 기분 나쁜 날에는 왼발을 내밀기 때문이다. 그녀가 발을 내밀길 거부하고 손을 내밀면 그건 대단히 화가 났다는 뜻이다. 입을 맞춰야 하는 사람에게는 끔찍한 굴욕이다.) 내 차례가 왔을 때 나는 유디트가 신은 신발 가죽 냄새를 기억에 새기기 위해 숨을 깊이 들이마셨다. 용기만 있었다면 맛을 보려고 신발을 핥았을 것이다. 마침내 우리는 무대 안쪽으로 물러나 줄을 맞춰 섰다. 그 순간 나는 우리의 키가 모두 정확하게 같다는 것을 알아차렸다. 분명히 무척 조화로운 영상이 되었을 것이다.

솔런이 유디트 앞에서 다시 한번 인사를 한 뒤 말을 하기 위해 마이크로 가까이 다가갔다. 그녀는 말을 하다가 잠시 말문이 막힌 듯했는데, 연설을 자연스럽게 만들기 위해 그랬거나 아니면 감격해서일 거라는 생각이 들었다. 마지막으로 인사를 한 뒤 그녀는 유디트에게 선물로 가까이 다가오라고 청했다. 군중이 흥분해서 들썩였다. 선물이 무엇인지 알고 싶어 모두가 안달이었다. 목자의 선물이 제 것이라도 되는 듯.

유디트가 황금색 종이를 찢었다. 그러자 거대한 남자가 모습을 드러냈다. 음경과 음낭을 단 채. 우리가 서 있는 곳에서는 등과 엉덩이와, 근육이 불거진 허벅지밖에 보이지 않았다. 다시 봐도 참으로 충격적이었다! 목자는 아무 말도 하지 못했다. 군중 사이에서 적의 어린 전율이, 당혹스러움이, 공포의 조짐이 강하게 느껴졌다. 몇 초 동안 나는 이 외설스러운 동상이 수천 명의 여성들을 미치게 만들어 봉기로까지 이어지는 것은 아닐까 겁이 났다. 솔런은 자기가 만들어낸 효과에 기뻐하고 있었다. 견디기 힘든 긴장감이었다! 그녀가 유디트에게 망치를 건네고 마이크를 다시 잡아 군중을 진정시킬까?

다행히도 모든 것이 예상대로 진행되었다. 솔런이 작품에 대해 설명하자, 유디트는 그 의미를 깨닫고 좋아했다. 그녀가 서둘러 망치를 들어 석상을 한 대 치자, 그 광경에 매료된 군중이 환호했다. 엄청난 환희였다! 유디트는 먼저—예상을 했어야 한다—조각상의 가랑이 사이를 공격했다. 채 일 분도 되지 않아 가랑이 사이에는 아무것도 남아 있지 않았다. 보안대원들이 우리에게 더 작은 망치들을 가져다주었다. 계획에 없던 일인지라 우리는 망설였다. 그러자 유디트가 우리에게 손짓을 했다. "이리들 와요!" 유디트의 제안에 우리도 그녀처럼 동상을 내리쳤다. 가루로 만들기 위해 있는 힘을 다해 쳤다. 동상이 거의 파손되었을 때 우리는 그것을 쓰러뜨렸다. 동상은 무대 위로 육중하게 무너졌다. 다행히 무대는 튼튼했다. 만세 소리가 울려퍼졌다. 여전히 위협적인 힘의 상징을 산산조각 내는 우리를 보고 군중은 무척이나 기뻐했다. 분위기를 말로 묘사하기 힘들 정도였다. 군중은 남성의 시체를 딛고 하나가 되었다. 노랫소리가 함성과 환호성을 뒤덮으며 우리의 발아래에 있는 군중의 머리 위로 울려퍼졌다. 국가國歌였다. 거룩한 순간이었다. 유디트는 다시 팔을 들어 군중을 고무했다. 그런 다음 우리 가운데 자리하더니 우리와 함께 노래를 불렀다. 기적처럼 나는 그녀 곁에 서게 되었다. 그녀가 내 손을 잡았다. 나는 그녀의 따뜻한 살갗을, 그녀의 몸속에서 흐르는 피를, 그녀의 몸속에 깃든 감동을 느꼈다.

그 이후는 굉장히 빨리 진행되었다. 궁인들이 야생 양 털로 만든 튜닉과 연설 후에 마시는 설탕물 한 잔을 유디트에게 가져왔다. 우리는 무대에서 내려와 계단 밑에서 아나우크를 다시 만났다. 그녀는 모든 일이 무사히 진행된 것에 안도하고 있었다. 우리는 목자가 떠나기를 기다렸다가 옷을 갈아입기 위해 여성의 집으로 돌아왔다. 그런 다음 테르뷔런 궁에서 열리는 연회에 참석할 수 있는 권리를 누렸다. 궁정 사람 모두가 참석하고 제국에서 저명인사로 꼽히는 사람들이 모두 모이는 자리였다. 안타깝게도 유디트는 그 자리에 없었다. 내가 이유를 묻자 아나우크는 그녀가 대중에게 너무 오랫동안 자신을 드러내는 걸 좋아하지 않는다고 설명했다. 나머지 시간은 그녀가 내실에서 '애첩들'과 보낼 거라고 했다. 그리고 덧붙여 말했다.

"그런데 아마 오늘은 새로운 얼굴을 데려오길 바랄걸?"

나는 무슨 말인지 알아듣지 못했다. 그녀가 내게 눈을 찡긋하며 말했다.

"조금 전 무대에서 유디트가 너를 어떻게 바라봤는지 네가 봤어야 하는 건데!"

그러더니 아나우크가 웃음을 터뜨렸다.

내가 목자님의 애인이? 말도 안 되는 소리! 유디트는 싱싱하고 매끈한 열다섯 살 정도의 소녀들만 좋아한다. 나는 마흔 살인데다 아이도 셋이나 있다. (하마터면 두 명이라고 쓸 뻔했다. 그레고르, 내가 벌써 너를 잊다니……)

이 긴 이야기는 끝났다. 내가 모든 걸 말했나? 물론 아니다. 요 며칠 동안엔 참으로 얘깃거리가 많았다! 유디트가 내 손을 잡았던 순간만으로도 노트 두 권은 족히 채울 수 있을 것이다.

이제 모든 것이 끝났다!

후속편이 있는 게 아니라면…… 아나우크가 던진 터무니없는 말이 머릿속을 떠나지 않는다.

그들은 어서 브뤼셀을 보고 싶어했다. 브뤼셀은 어떤 모습일까? 굴드는 혁명 전 모습을 그대로 간직한 도시 위에 새 권력이 만든 것들, 즉 그랑 팔레와 대리석상들, 탑들, 혁명 박물관, 페미니스트 아트 센터(솔런 쥐퐁르네가 자신의 작품들을 전시하기 위해 만든 여객선 모양의 건물), 목자들의 조각상들이 곳곳에 세워진 모습을 상상했다. 비판적인 사람들은 브뤼셀에서 유디트와 잉리트를 만나지 않고는 100미터도 가지 못한다고들 했다. 조각상, 거리 이름, 포스터, 벽화 등 어디서나 그들을 만나볼 수 있다고.

굴드에게 브뤼셀 방문은 이 여행에서 만끽하는 최고의 순간이 되어야 마땅했다. 그는 수도를 보지 않는다는 건 생각조차 할 수 없었기에 수도만 봐도 만족했을 것이다. 그것만으로도 수첩을 가득 채웠을 것이고, 여행이 성공적이라고 판단했을 것이다. 그후로 다른 것을 전혀 보지 못하더라도 흡족한 마음으로 돌아갔을 것이다. 프랑스에서 파리만 보고 만족해하는 일본인들처럼 말이다.

수도에 대한 이 각별한 욕망을 그는 잘 설명하지 못했다. 뼛속 깊이 도시인이기도 했지만, 그는 한 민족의 모습은 도시에서, 그것도 특히 수도에서 가장 잘 드러난다고 보았다. 그렇기에 어서 브뤼셀로 가서 자신이 상상했던 것과 현실을 비교해보고 싶어 애가 달았다.

그들은 여전히 오토바이와 군용 차량의 호위를 받으며 아홉시경에 워털루를 떠났다. 벨기에인들은 좁은 도로로 달리면서 자주 방향을 바꾸었다. 아마도 테러 위험을 피하기 위해서인 모양이라고 굴드는 혼자 생각했다. 호위대는 신호를 전혀 지키지 않고 한결같은 속도로 달렸다. 한 시간을 달리자 마침내 풍경이 바뀌었다. 시골을 떠나 산업 지대로 들어선 것이다. 차창에 색이 입혀져 있었지만 작업장의 기계들과 건설중인 건물들을 알아볼 수 있었다. 움직임이라곤 없었다. 벨기에 사람들은 도대체 어디에 숨은 걸까? 굴드는 어쩌면 자기들이 어떤 인력·척력 현상을 야기해 자신들이 다가가면 벨기에인들이 즉각 멀어졌다가, 지나가고 나면 다시 제자리로 돌아오는 모양이라고 웃으며 생각했다. 따라서 그들은 이 나라에서 보기 드물게 척력이 작용하지 않는 사람들만 보게 된 셈인데, 지금까지는 그들을 따라다니는 군인들과 관료들, 그리고 전날 들른 학교의 학생들이 그런 사람들이 아니었을까. 어리석은 생각이었지만 굴드의 얼굴에 미소가 피어올랐다.

어느새 그들은 도시 안에 들어와 있었다. 지평선에 거대한 화살

표가 모습을 드러냈다. 굴드는 처음에 그것이 성당 첨탑이라고 생각했다가 1980년에 여성이 권력을 획득한 지 열번째 되는 해를 기념하기 위해 세운 혁명탑이라는 것을 깨달았다. 텔레비전 안테나가 달린 그 건물은 높이가 대략 300미터에 달했다.

"저게 바로 혁명탑이죠?" 그가 물었다.

"맞아요. 날씨가 좋을 때는 몇 킬로미터 떨어진 곳에서도 보이죠."

"저는 봤더라도 못 알아봤을 것 같네요." 랑글루아가 말했다. 굴드는 랑글루아가 알아차리기 전에 자신이 맞혔다는 사실에 매우 흡족해했다.

크리스틴은 탑 높이가 정확히 280미터이며, 전용 승강기로 연결되는 꼭대기 세 층에 목자들 소유의 전망 좋은 아파트가 있다고 설명했다.

"건축가가, 숨겨진 지하 탱크에 대목자의 소변을 모으기 위한 도관을 설치했다고 해요. 궁 사람들 일부는 잉리트의 배설물이 모든 질병에 대한 면역력을 길러준다고 믿고 그걸 마셨다고도 하고요."

그녀는 웃으면서 물었다.

"말도 안 되는 얘기 같죠, 그렇지 않아요?"

프랑스인들은 억지웃음을 지었다. 크리스틴이 굴드를 돌아보며 말했다.

"당신도 안 믿었겠지요, 그렇죠?"

"물론 믿지 않았을 테죠." 그가 당황하며 대답했다.

그러고는 다시 멋쩍게 웃었다. 크리스틴은 묘한 미소를 짓더니 고개를 돌렸다. 그녀는 무슨 얘기를 하고 싶었던 걸까? 아니, 무슨 얘기를 듣고 싶었던 걸까? 굴드는 자신이 대목자에 대해 어떻게 생각하는지 알아내려는 크리스틴의 테스트에서 실수를 했을까봐 겁이 났다. 이 이야기가 그에겐 전혀 놀랍지 않으며, 자기도 잉리트의 귀한 소변을 기꺼이 받아 마셨을 거라고 대답했어야 하는 건 아닐까? 불안해진 그는 침통한 마음으로 로트와 알베르의 눈치를 살폈다. 경솔한 실수를 범한 게 아닐까 하는 두려움을 씻어줄 미소를 보고 싶었던 것이다. 그러나 두 여자는 브뤼셀에 들어선 것에 흥분해서 그에게 주의를 기울이지 않았다. 그는 한숨을 내쉬었고, 크리스틴이 장난을 친 것뿐이라고 혼잣말을 했다. 그는 그녀를 훔쳐보며 아름답다고 생각했다. 종종 그는 자신에게 맞서는 여자들을 아름답다고 느꼈다.

그들이 위컬에 도착했을 때, 흐린 하늘을 뚫고 해가 모습을 드러냈다. 마치 커튼이 걷힌 것 같았다. 굴드는 〈빌헬름 텔〉 서곡을 흥얼거렸고, 다시 크리스틴을 바라보며 생각했다. '저 여자는 날씨까지도 오케스트라처럼 지휘하나봐.'

호위대의 속력이 느려졌다. 굴드는 그들 앞에 우뚝 선 탑에서 눈길을 떼지 못했다. 마치 그 축을 중심으로 도시가 맴돌고 있는 것 같았다. 혹시 통제탑은 아닐까? 그는 꼭대기 아파트에서 유디트가 도시 전체를 내려다보는 모습을 상상했다. 그녀는 유리로 된 저 전망대에서 자기 발아래 까마득히 우글거리는 사람들을 내려다볼 것이다. 어쩌면 지금 이 순간에도 망원경으로 그들을 보고 있는 건 아닐까?

굴드의 눈길을 사로잡는 것이 또하나 있었으니, 바로 미국의 도시들처럼 직선으로 뻗은 거리였다. 브뤼셀은 마치 거대한 손이 모든 것을 쓸어버리고, 직각으로 교차하는 네거리와 끝없이 펼쳐지는 대로들로 이루어진 바둑판 모양으로 도시를 다시 그린 것처럼 보였다. 그 결과 도시는 거대하고 명료한 인상을 풍겼다. 강박적으로 자로 잰 듯 재단하여 질서정연하게 설계된 이 도시에는 무엇 하나 흐릿한 것이 없었다. 단일한 느낌, 형태와 재료와 색채가 단일한 느낌이었다. 모든 것이 똑같은 회색으로 뒤덮인 것처럼 보였고, 초라하고 퇴색한 반죽 속에 한덩어리로 녹아 있는 것 같았다. 입방체의 건물들은 마치 톱으로 잘라 차곡차곡 쌓아올린 듯했다. 주위에는 나무 한 그루 없고 온통 정사각형의 잔디밭뿐이었는데, 굴드는 그 점이 마음에 들었다. (그는 골프 때문에 잔디 가꾸는 걸 좋아해서 노르망디에 있는 자신의 집에 1헥타르나 되는 잔디밭을 만들었으며, 그 잔디밭을 두고 종종 이렇게 말했다. "난 프루스트처럼 이 잔디를 파르마라는 도시에 비유하지. 폭신폭신하고 반들반들하고 파릇파릇하고 보드라워서.")

마지막으로, 그는 거리의 적막에 놀랐다. 자동차라곤 거의 한 대도 보이지 않았다. 어쩌다 만나는 거라곤 차창에 색을 입힌 세단뿐이었는데, 너무 길어서 가운데가 휘어 둘로 나뉘는 게 아닐까 걱정될 정도였다. 이따금 행인들의 모습이 보였다. 그들은 쫓기기라도 하듯 거의 뛰다시피 무리를 지어 빠르게 걸었다. 인도가 넓고 도로가 어찌나 긴지, 거리의 풍경에 비해 행인들이 비정상적으로 작아 보였다.

이것은 굴드가 상상한 브뤼셀의 모습이 아니었다. 그는 멋진 플랑드르풍의 무질서를 머릿속으로 상상했었다. 이곳은 브뤼셀이 아니라 영혼 없는 도시였다. 도심을 향해 나아갈수록—그들은 신트힐리스를 지나 엘세너에 이르렀다—군사기지 같은 느낌은 더했다. 굴드는 내심 불안해졌다. 도시 전체가 그들이 지금 달리고 있는 바둑판 모양의 텅 빈 거리와 같단 말인가?

십여 분 정도 더 가자 좀더 활기를 띤 지역에 도착했다. 파리와 비교하면 사막 같았지만 드디어 여자들이 보였다. 그들은 몸에 금속 막대라도 끼운 듯 놀랄 만큼 등을 곧추세우고 혼자서 또는 무리를 지어, 걷거나 자전거를 타고 다녔다. 굴드는 그 뻣뻣함에 감탄했다. 그들이 받은 교육을 단적으로 드러내는 모습이었다. 그들을 대할 때 엄격한 태도를 갖춰야 한다고 말하는 것 같았다! 반면 도로 위를 달리는 차량은 여전히 보이지 않았다. 그래서 200미터마다 설치된 시멘트 블록 위에서 보이지 않는 교통의 흐름을 정리하는 군인들의 동작이 괴이하고 심지어 시詩처럼 보이기까지 했다.

크리스틴이 일정을 말했다.

"먼저 시내를 한 바퀴 돌고 나서 저녁을 먹을 겁니다. 그런 다음 대행진 박물관을 방문하고 호텔로 모셔다드릴 거예요."

"호텔은 도심에 있나요?" 보르도가 물었다. 그는 빅토르 위고가 머물렀던 집 가까이에 위치한 그랑플라스에 호텔방이 있었으면 하고 은근히 꿈꿨던 것이다.

"아뇨, 여러분의 안락을 위해 조용한 지역이 더 좋을 거라고 생각했습니다. 그리고……"

그녀가 머뭇거렸다.

"그리고 여러분 가운데 남자가 네 사람이나 있다는 걸 잊지 마세요. 남녀 혼성 지역이 아닌 곳에 사는 브뤼셀 사람들 중 일부는 오래전부터 남자를 보지 못했어요. 예측 불가능한 방식으로 반응할지도 모릅니다."

"우리를 공격할 수도 있단 말입니까?" 보르도가 걱정스레 물었다.

"아뇨. 아닐 거라고 생각합니다. 겁내지는 마세요. 문제없을 겁니다."

그러나 도심이 더이상 남녀 혼성 지역이 아니라는 것을 알아차린 보르도가 거듭 물었다.

"그랑플라스 광장은 볼 수 있는 거죠?"

"물론이죠." 크리스틴이 대답했다.

그러고 나서 그녀가 한마디를 덧보탰는데, 굴드는 그녀의 말투가 경멸조로 여겨졌다.

"여러분은 낡은 것을 좋아하는 것 같군요."

그 말을 듣자 굴드는 경계심이 들었다. 크리스틴이 그런 말을 한 건 처음이 아니었다. 그녀에게는 시청의 고딕 양식 탑이나 길드 하우스 같은, 혁명 이전의 모든 것이 무가치한 것 같았다. 그녀의 머릿속에서는 나라가 다시 탄생한 1970년 이후에 건설된 것만 중요했다(벨기에인들은 혁명력을 만들었고, 헤이그를 점령한 해를 첫해로 삼았다. 하지만 일상생활에서는 그레고리력을 사용했다). 그 이전의 무엇도 그녀에겐 중요하지 않았다. 역사를 좋아하는 굴드는 그런 관점이 거슬렸지만, 그럼에도 그녀의 논리는 존중할 만하다고 여겼다. 벨기에인들은 모든 걸 혁명의 척도에 따라 판단하기 때문이다. 그랑플라스가 아름답든, 아름답지 않든 그건 중요하지 않았다. 혁명의 성과가 아니기 때문이다. 진정한 페미니스트라면 그 광장은 아름다울 수 없다고 대답했을 것이다. 그곳은 구체제 때 만들어진 것이기 때문이다.

"광장을 방문하기 전에, 여러분처럼 브뤼셀에 처음 오신 분들이 거쳐야 할 전통이 하나 있어요."

"저는 브뤼셀에 와본 적이 있습니다." 굴드가 정정했다.

"네, 그렇지만 예전에 오셨잖아요."

그는 인정했다. 역시나 논리적인 답변이었다.

"그 전통이란 게 뭡니까?"

"곧 보시게 될 겁니다."

호위대가 철창으로 보호된 공원 안으로 들어섰다. 가로숫길 안쪽에 거대한 석상 두 개가 서 있었다. 하나는 잉리트였고, 다른 하나는 유디트였다. 웅장했다. 두 석상은 따로 떨어져 있어서—50미터 떨어진 지점에 나무들이 있었다—더욱 웅장한 효과를 자아냈다. 두 석상은 모든 것을 굽어보고 있었다. 40미터 높이의 석상들은 쥐퐁르네에게 제작을 주문해서 유디트의 취임식 직전에 제막되었다고 크리스틴이 설명했다. 벨기에인들은 모두 적어도 일 년에 한 번 이곳에 와서 석상에 경의를 표해야만 한다. 거리가 멀다는 핑계를 댈 수 없는 브뤼셀 주민들은 일 년에 여러 번 와야 한다. 이 석상들은 쥐퐁르네의 작품들 가운데 가장 유명한 것으로, 우표, 엽서, 포스터와 그림으로 수백만 번 복제되었다. 일요 화가들은 그림

주제를 찾을 때 흔히 두 석상을 선택했다. 그 증거로 크리스틴은 손님들에게 공원 주변을 둘러보라고 했고, 정말로 화판 앞에 선 사람들 몇몇이 보였다.

석상 발밑에서 고층 건물 아래에 선 아이 같은 모습으로 석상들을 올려다보면서, 굴드는 그것들이 머리 위로 쓰러질 것 같다고 느꼈다. 석상이 아름답던가? 아니다, 결단코 그건 아니었다. 그러나 이곳에선 다른 논리로 말해야 하고, 혁명이 모든 기준들을 전복시켰다는 것을 염두에 두어야 했다. 석상이 그의 마음에 들진 않았지만 그건 중요하지 않았다. 석상이 위압적이고 군중 위에 군림하며, 목자들을 향한 벨기에 사람들의 숭배가 그 석상으로 인해 한층 더 강화된다는 것, 그것만이 중요했다.

크리스틴이 미소를 지으며 프랑스인들에게 전통에 따라 석상 발치에 꽃다발을 바치라고 권유했다. 노랗고 붉은 꽃다발 세 개를 든 보안대원들이 불쑥 나타나더니, 굴드와 알베르와 로트에게 그것을 내밀었다. 굴드는 잠시 머뭇거렸다. 석상의 발밑에 꽃을 바치라니. 못할 것도 없었다. 하지만 그의 의사는 물었던가? 아무리 그래도 이건 지나쳤다. 자기들 마음대로 꽃을 주고는 그것을 바치라고 하는 건 명령이나 다름없지 않은가. 그러고 나면? 그는 자유로운 몸이 아니었던가? 그는 망설이다가 돌연 저항심이 치밀어 지금이 자신의 독자성을 표출하기에 이상적인 순간이라고 생각했다. 로트와 알베르의 눈치를 살폈지만 두 사람은 강요된 숭배를 거북해하지 않는 것 같았다. 로트는 오히려 그 반대였다. 유명 가수에게 꽃을 줄 목적으로 선발된 아이처럼 기뻐하는 얼굴이었다.

굴드는 다른 사람들을 바라보았다. 보르도는 뒷짐을 진 채 관광객처럼 호기심을 보이며 석상을 보고 있었다. 그는 보르도의 주의를 끌지 못했다. 골란스키와 랑글루아는 인상을 찌푸리고 있었다. 원칙에 엄격한 랑글루아가 특히 그랬다. 꽃다발을 바치는 행위에는 아무 의미가 없다는 둥, 혁명에 공감한다고 해서 벨기에 사람들의 바람에 복종해서는 안 될 일이라는 둥 그 청년이 자신에게 늘어놓을 설교가 벌써부터 귀에 들리는 듯했다. 굴드는 우물쭈물했다. 정중하게 거절할까? 아니면 석상의 발밑에 꽃다발을 바치되 무릎은 꿇지 말까? 그랬다간 적개심으로 해석되어 상황이 악화되고 사건으로 이어질지도 모른다. 게다가 그가 거부하더라도 알베르와 로트가 그와 뜻을 함께하겠는가? 결국 그의 꼴만 이상해질 것이다! 어쨌든 그는 이런저런 계산을 하지 않고 욕망에 따를 권리가 자신에게 있다고 생각했다. 그가 이 꽃다발을 바치고 싶다면 그러지 못할 이유가 어디 있단 말인가?

그가 갑자기 단호한 태도로 한 발짝 앞으로 나아가더니 잉리트의 발아래에 꽃을 바쳤다. 그러고는 뒤로 물러나서 어깨 너머로 랑글루아와 골란스키에게 힐끗 눈길을 던진 다음 혹시 그들도 연대감으로 숭배에 참여할까 하고 기대를 해봤지만, 헛된 희망이었다. 그는 눈을 감고 무릎을 꿇었다. 엄숙한 순간이었다. 그는 이런 순간을 좋아했다. 그래서 머릿속을 텅 비우려고 애썼고, 최대한 그 순간을 음미하려 했다. 그는 정신을 집중해 목자들의 영상을 떠올렸다. 몇 초 후, 행복에 휩싸인 느낌이 들었다. 목자들을 생각하자 마음이 평온해졌다. 그는 숨을 들이쉬고 미소를 지었다. 로트와 알베르도 그의 곁에서 기도에 빠져든 듯 꼼짝하지 않았다. 예기치 않은 감흥이었다! 그는 다시 랑글루아와 골란스키를 떠올리며 그들에게 연민을 느꼈다. 그들은 독자성에 대한 강박관념 때문에 이 멋지고 신비로운 체험의 기회를 상실했기 때문이다. 그는 뒤를 돌아보며 연민 어린 마음으로 그들에게 미소를 지었다. 그들은 그가 자기들에게 화내지 않는 것에 안도하는 듯했고, 그에게 우정 어린 눈길을 보냈다. 굴드는 순수한 예의에서 나온 자신의 미소를 그들이 용서로 여긴다는 걸 깨달았다. 저 가련한 친구들은 자신들이 놓친 것이 무엇인지 알지 못했다.

1월 28일. 이제 축제가 끝났는데 우리는 어떻게 되는 걸까? 아직은 궁에서 지내고 있지만 더이상 아무도 우리에게 신경쓰지 않고, 우리는 하루종일 아무 일도 하지 않는다. 우리가 더이상 필요없다는 사실을 깨닫고 돌려보낼까봐 겁이 나서 감히 묻지도 못하고 있다. 그럴 위험은 없다고 하는 사람들도 있었다. 우리가 궁인이고 주요 인사가 되었으니 영원히 궁에 머물게 되리라는 것이다. 그러나 우리들 대부분은 그런 꿈은 꾸지 말아야 한다고, 이 모든 것—안락한 생활, 쾌락, 궁—이 곧 끝날 거라고 생각한다. 나도 신중하게 그들처럼 생각한다. 클로에는 이 모든 걸 경험해본 것만도 엄청난 일이니 떠나는 게 슬프지 않다고 단언한다. 나는 그런 소심한 태도, 아무것도 가지지 못한 것보다는 나으니 현재 가진 것에 만족하는 태도가 그다지 마음에 들지 않는다. 물론 우리는 운이 좋았다! 분명, 벨기에 사람들 모두가 우리 자리에 서고 싶어 했을 테니까! 그래서? 한동안 행복했으니 남은 삶은 비참하게 살아야 한다는 건가? 클로에는 특혜 입는 일을 겁내는 것 같다. 여태껏 살아온 안락하지 못한 삶을 그리워하고, 그것을 자신에게 주어진 당연한 삶으로 여기는 듯하다. 나는 반대다. 궁에서 몇 달을 보내고 나니 초라한 생활로 돌아가는 것이 싫다! 클로에는 불결한 집을, 텅 빈 지하실을, 찬물밖에 나오지 않는 세면대를 되찾고 싶은 걸까? 좋을 대로 하라지! 하지만 그런 체념에 나까지 동참하길 바라지는 않았으면.

1월 29일. 우리 모두 따분해하고 있다. 나는 지금까지 시간을 헤아려본 적이 없어서 한가로움을 잘 견디지 못하고 꼭 죄를 짓는 느낌이다. 그렇지만 일은 다른 사람들이 다 하고 있고, 사소한 요구에도 시종이 곧장 응대하는 이곳에서 내가 무얼 할 수 있겠는가?

나는 에리카에게 내 심정을 털어놓았다. 그러자 그녀는 평소처럼 내가 너무 사색적이고, 모든 걸 복잡하게 만드는 재주가 있다며 웃었다. 그러고는 내 기운을 북돋워주려고 내 생각에 공감하는 척했고, 유디트에게 선물을 바친 것이 일 아니냐고 말했다. 따라서 우리에겐 쉴 권리가 있다는 것이었다. 잠깐 동안은 그녀의 말에 솔깃했다. 그 말을 들으니 아무것도 안 해도 나쁠 것이 없어 보였다. 그녀는 정말이지 궁 사람으로 태어난 것 같다. 그녀에게는 모든 것이 당연해 보였다. 그녀가 어떻게 예전의 삶을 견뎠는지 궁금하다.

만약 모든 걸 잃게 되면 그녀는 어떻게 살아남을까?

시간을 보내기 위해 레나와 카드놀이를 했다. 그녀는 걱정하지 않았고, 그들이 우리를 돌려보낼 거라고 생각지 않았다. 하지만 무슨 근거로 그런 생각을 하는지 묻자 당연히 아무 대답도 하지 못했다.

1월 30일. 예배당에서 미사를 보았다. 늘 그렇듯이 사람이 드문드문 보였다.

이어진 칵테일파티에서 나는 아나우크에게 내일 딸들을 불러도 될지 허락을 구했다. 그녀는 아이들이 블라우스에 배지 다는 것을 잊지 않게 하라고 거듭 당부하며 아이들의 방문을 허락해주었다. 어쩌면 목자님이 궁에 들를지도 모르고, 행여 마주치게 될지 모르는 지체 높은 궁인(누구인지는 말해주지 않았다) 앞에서 흠잡힐 일이 없어야 한다는 것이다.

목자님이!

아이들에게는 아무 말 하지 말아야겠다. 알게 되면 미친듯이 날뛸 것이다.

1월 31일. 아이들과 보낸 하루. 아이들이 원하는 대로 수영장에서 수영을 했다. 나는 물에 들어가고 싶은 마음이 없었지만 아이들의 청을 거절할 수가 없었다. 아이들은 목자님이 예전에 수영한 수영장에 몸을 담근 일을 정말이지 좋은 추억으로 간직하고 있었다!

비르지니는 다시 학교에 다니고 있다. 무용 연습을 하느라 교과 과정을 따라갈 수 없었기 때문에 유급을 하게 될 것이다. 반 친구들도 마찬가지였다. 공연에 참여하지 않은 아이들은 상급반에 진학할 거라는 생각에 딸아이는 자만심을 드러냈다. "목자님을 위해 춤을 추었는데 일 년 좀 늦으면 어때?" 나도 아이의 감정에 힘을 실어주었다. 군주도 비르지니에게서 이러한 반응을 기대한 게 아닐까?

유디트는 자신의 언니와 나를 감탄 어린 시선으로 우러러봤다. 생각해보라! 비르지니는 무용을 했고, 나는 군중이 지켜보는 가운데 무대에 올라 목자님 바로 곁에 섰으니! 어린 유디트의 머릿속에서 우리 가족은 이제 제국의 중대한 가문 중 하나로 자리잡았을 것이다. 유디트는 친구들에게 쉴새없이 이 이야기를 하고 오로지 이 생각뿐이다. 걱정스러울 정도다. 목자님을 만진 살갗에 뽀뽀를 하면 목자님께 하는 것이나 마찬가지이고 그렇게 하면 행운이 온다며 하루종일 내 손에 뽀뽀를 하려고 들었다. 목자님이 잡은 손은 왼손이라고 믿게 하려 했지만, 아이는 오른손이었다는 걸 잘 알고 있었다. 세상에는 농담거리로 삼아서는 안 되는 일도 있다며 나에게 화를 내기까지 했다. 유디트는 제 언니보다 더 상태가 심해지고 있다.

그 밖에는 내 예상대로 목자도 다른 궁인도 보지 못했다. 딸아이들에게 아무 말 하지 않길 잘했다. 말했더라면 실망했을 것이다. 나도 조금은 실망했다……

2월 1일. 소문이 나돌고 있다. 정부가 예방접종 캠페인을 다시 하려는 모양이다. 나는 예방접종을 믿지 않는다. 끔찍한 기억이 떠오른다! 내가 어렸을 때 맞은 예방주사는 우리를 병에 걸리게 했다. 더 기막힌 사실은 그 시절엔 효과를 믿었다는 점이다. 이제 사람들은 주사기 속에 무엇이 들었는지 안다…… 그 계획을 생각해낸 장관이 어떻게 되었는지 모르겠다. 그녀는 반쯤 미쳤다. 이름이 뭐였더라? 아직 살아 있는지 모르겠다.

2월 3일. 일주일 전부터 동료들과 사이가 나빠지고 있는 것 같다. 무례한 말과 조롱, 때로는 가시 돋친 말까지 들린다. 나 스스로도 클로에한테, 그리고 심지어 레나한테 불쾌하게 구는 것을 깨닫고 흠칫 놀란다. 우리는 말다툼을 한다. 하지만 어찌 그러지 않을 수 있겠는가? 아무 할 일 없이 궁전에 갇혀 지내다보니 신경이 날카로워지고, 급기야 서로를 견디지 못할 지경에 이르렀다. 때로는 지저분한 옛 아파트로 돌아온 듯한 느낌마저 든다. 공동 세입자들끼리 서로 증오하던 아파트로…… 분위기를 바꾸지 않으면 동료들을 미워하게 될까봐 겁이 난다. 그러나 우리는 모든 걸 거부당하고 있다. 친구들을 만날 수 있게 외출을 허락해달라고 몇 번이나 신청했던가? 주차장에 자동차 수십 대가 있지만 결코 움직인 적이 없다. 왜 그걸 빌려 탈 수 없는 걸까? 절대 안 된다고 한다. 숨이 막힌다.

결국 싸움이 터지고 말았다. 오늘 오후 응접실에서 뜨거운 초콜릿을 마시고 있는데 에리카와 클로에가 하찮은 주제로 서로 날카롭게 쏘아붙였다. 내가 보기에는 클로에가 어떤 단어의 여성형을 잘못 쓴 걸 에리카가 나무라면서 다툼이 시작된 것 같다. 에리카는 제국의 혼성어混成語를 잘 사용할 줄 모른다고 농담삼아 클로에를 비난했다. 그러자 클로에는 문법이 계속 바뀌지만 않았다면 우리 말을 더 잘 구사했을 거라고 응수했고, 에리카는 그녀가 훌륭한 시민이 아니어서 그런 거라고 받아쳤다. 이윽고 연쇄반응이 일어나 모두가 끼어들었다. 간식 시간은 말다툼의 장으로 변질되었다. 한순간 주먹다짐이 일어날 뻔했다. 클로에가 에리카에게 '더러운 년'이라고 욕했고, 곧이어 비슷한 욕설을 십여 개 쏟아내며 에리카더러 남자보다 더 끔찍하다고 말했다. 침묵이 흘렀다. 사태가 심각해졌다. 그런데, 클로에가 험상궂게 인상을 쓰자 에리카가 그만 웃음을 터뜨렸다. 그 반응이 감정의 배출구가 되어 긴장된 분위기를 완화해주었다. 우리는 모두 안도했다. 대체 무슨 일이 일어날 뻔한 거지?

그 이후는 유쾌했다. 심지어 유치하기까지 했다. 우리는 다시 아이처럼 천진하게 복도를 뛰어다녔고, 방마다 들어가 정신없이 날뛰면서 서로의 가슴과 엉덩이를 꼬집으며 장난쳤다. 놀란 시종 열두 명이 우리를 쫓아다니며 우리가 흩뜨려놓는 물건들을 제자리에 놓고 한숨지었다. 이따금 우리는 그들을 향해 위협적으로 손을 들었고, 그들은 우리가 때리는 줄 알고 얼굴을 가렸다. 정말로 때리는 일도 벌어졌다. 잔은 자제하지 않고 손찌검을 했다. 흥분한 우리도 따라 했다. 십오 분가량 야단법석을 떨고 나니 보안대원들이 나타났다. 그들은 조용히 하라고 소리치고는 우리를 방으로 돌려

보냈다. 우리는 계속 장난을 치면서 보안대원들에게 혀를 내밀며 방으로 돌아갔다.

2월 4일. 조에가 감기에 걸려 양호실에서 밤을 보냈다. 레나와 나는 그 틈을 타 사랑을 나누었다. 한 달 전부터 그러지 못해서 우리 사이가 변한 게 아닐까 걱정했었다. 그녀도 똑같이 겁이 났었다고 나에게 털어놓았다. 그녀는 에너지를 몽땅 쏟아부은 축제 때문에 우리 사이가 소원해졌다고 생각했다. 우리의 사랑을 온통 목자님께 바쳐 서로를 사랑할 여력이 남아 있지 않았다는 것이다.

2월 6일. 텔레비전 뉴스에서 목자님이 어디로 간다는 말도 없이 오늘 아침 브뤼셀을 떠났다는 사실을 알게 되었다. 여행을 간 걸까? 불가사의한 일이다.

뉴스 끝에 진행자는 단조로운 말투로 똑같은 이야기를 늘어놓았다. 오늘날 세계에서 남자에게 죽도록 얻어맞는 여자들이 얼마나 많은지, 강간은 얼마나 많고, 망명 요청 건수는 또 얼마나 많은지…… 통계 수치를 들어도 아무 감흥이 없다. 어렸을 때부터 바람에 뜯겨나가는 일력日曆처럼 매일 그 통계 수치를 듣고 자랐다. 아무 의미 없는 수치였다. 나와 함께 뉴스를 보고 있던 잔이 웃음을 터뜨렸다. 그녀는 이런 정보를 만들어내는 사무국에서 일했었다. 그녀는 거듭 말했다. 그 수치들은 만들어낸 거라고.

석상에 경의를 표한 뒤 그들은 브뤼셀에서 산책을 했다. 랑글루아는 도시가 알아볼 수 없게 변했으리라 예상했었다. 그래서 실망하지 않았다. 혁명주의자들이 도시를 바꿔놓은 정도는 상상을 초월했다. 그건 변모 이상이었으며 재창조였다. 도시는 길어지고 정렬되고 엄격해지고 기하학적으로 변했다. 음울하고 밋밋했다. 사각형 하나하나가 앞뒤로 이어져 바둑판무늬를 그렸다. 옛 브뤼셀의 보석인 그랑플라스 광장도 송두리째 '개조'되었다. '왕의 집'만 살아남았고 시청은 이제 존재하지 않았다. 그 자리에 들어선 입방체 건물은 어느 청사로 쓰였다. 예전에 브라방 공작의 성이 있던 동쪽에 잉리트가 에페로니에 가와 만나는 길을 뚫게 했다. 그 길은 오래전에 성벽으로 둘러싸여 있던 마르셰오프로마주 가와 나란히 나 있었다. 길바닥에는 시멘트가 깔렸다. 언젠가 잉리트가 포석에 걸려 넘어진 적이 있기 때문이다.

광장 한가운데에는 솔런 쥐퐁르네가 제작한 조각상 하나가 우뚝 서 있었다. '생존자들의 서사시'라는 거창한 제목이 붙은 그녀의 "가장 위대한 작품 가운데 하나"라고 크리스틴이 설명했다(그런데 쥐퐁르네의 조각 작품은 모두 '가장 위대한 작품'이더군요, 라고 랑글루아가 지적했다).

작품은 2미터 높이의 육중한 원기둥에서 시작되었다. 예술가의 말에 따르면 그것은 신화시대를 형상화한 것으로, 여성들만 사는 지구를 낙원—벨기에 사람들은 낙원을 규방이라고 불렀는데, 원래 남성형인 이 단어를 여성형으로 바꿔 불렀다—으로 표현했다. 원기둥은 여러 개의 곁가지로 갈라졌고, 그것들이 다시 여러 개의 잔가지로 나뉘어 가느다란 금속 줄기가 뒤죽박죽 얽힌 모양으로 변했다. 남성적 요소가 끼어들면서 여성 세계의 평화로운 질서가 파괴된 카오스를 표현한 것이었다. 많은 가지들이 부러져 있었다. 그것은 남성 폭력의 희생자들을 의미했다. 그러나 다행히도 그것은 역사 속에서 하나의 샛길일 뿐이다. 더 높은 곳으로 뻗어나간 가지들은 다시 만나 원래의 원기둥 모양을 이루었다. 그것은 당연히 혁명을 의미했다. 잉리트와 유디트가 남성들을 굴복시켜 여성들을 해방하고 세상의 무질서를 끝냈다는 의미다. 크리스틴이 결론짓듯 말했다. 그러니까 〈생존자들의 서사시〉는 역사에 대한 성찰이고, 아래에서 위로 시선을 따라 올라가면서 읽을 수 있는 여성의 승리를 기리는 기념물이라는 것이다.

랑글루아는 로트가 동의하는 뜻으로 뭔가 중얼거리며 고개를 끄덕이는 모습을 보았다.

그들은 그랑플라스를 방문한 뒤 걸어서 주변을 한 바퀴 돌았다. 옛 증권거래소, 모네 극장, 왕립 극장, 목자 갤러리, 스페인 광장. 일로 사크레 지구가 바로크풍의 건물 외관과 플랑드르풍 집, 불규칙한 포석 등 옛 모습을 그대로 간직하고 있어서 랑글루아는 안도했다.

알베르와 보르도는 초콜릿 상점의 유혹에, 유리 진열장 속 갖가지 경이로운 프랄린 초콜릿의 유혹에 저항하지 못했다. 크리스틴은 그들이 개암맛, 커피맛, 체리맛, 호두맛 초콜릿과 마지팬 과자를 맛보는 것을 즐거운 얼굴로 지켜보았다. 보르도는 마지팬 과자를 참으로 감칠맛나게 먹었다. 방문하는 가게마다 사람들이 그들에게 기어코 사탕과자를 주려고 했다. 돈을 내려고 하면 기분이 상한 듯한 태도를 보이며 받지 않았다. 랑글루아는 일부 초콜릿에 유디트의 얼굴이 새겨져 있는 걸 유심히 보았다. 유디트는 그렇게 백성의 먹을거리에도 기꺼이 자신을 내놓았다.

에튀브 가에서 그들은 '오줌 싸는 소년' 동상이 제자리에 없다는 사실을 발견했다. 그것은 1975년에 어린 유디트의 동상으로 대체되었다. 하지만 멀지 않은 곳에 자리한 가판대 덕에 그 동상에 대한 기억은 남아 있었다. 가판대에서 오줌 싸는 소년의 복제품을 몇 크로네에 살 수 있었다. 양철로 만들어진 동상은 고추만 석고로 되어 있었다. 동상을 산 사람은 쇠사슬에 매달아 가판대 기둥에 걸어둔 작은 망치로 그 부위를 깰 수 있었다. 크리스틴은 그 행위가 행운을 가져다준다고 설명하며 한번 해보라고 손님들을 부추겼다.

프랑스인들은 재미있어하며 한 사람씩 돌아가면서 각자의 방식으로 그것을 깨뜨렸다. 알베르는 심혈을 기울여 여러 차례 가볍게 두드려 깼고, 로트는 격분한 듯 단번에 내리치는 식이었다. 랑글루아는 이 작은 의식이 얼마 전 자신이 참여하기를 거부했던 의식과 비슷하다고 여기면서도 발을 빼지는 않았다. 목자들의 발밑에 꽃을 바치든, 석고 음경을 깨뜨리든 권력의 상징 속으로 기꺼이 들어가는 행위가 아니겠는가? 그렇지만 정도의 차이는 있었다. 이번 행위는 덜 정치적이었다. 따라서 그가 이 놀이를 즐긴다고 해서 자신의 원칙을 어기는 건 아니었다.

브뤼셀에서 보낸 시간은 대체로 그의 마음에 들었다. 벨기에 사람들이 처음으로 아무것도 감추지 않고 현실을 있는 그대로 그들에게 보여준 것 같았다. 자유로운 공기를 들이마시는 느낌이었다. 돌아가면 사람들에게 당당하게 말할 수 있을 것 같았다. "난 그곳에 가봤어"라고.

그는 동상 일은 잊고 기분이 유쾌해지다시피 했다. 이윽고 크리스틴이 곧 부셰 가에 있는 유명한 레스토랑에서 저녁식사를 할 거라고 알렸을 때 그는 식욕이 부쩍 돌아 손을 비볐다.

2월 10일. 오늘 나는 에리카와 베티와 함께 저녁 일곱시까지 돌아온다는 조건으로 궁 밖 외출을 허락받았다. 클로에와 레나도 똑같은 요청을 했지만 허락을 받지 못했다. 왜 그렇게 대우가 다를까? 그들은 해명조차 듣지 못했다.

우리는 식사를 한 뒤에 궁을 나섰다. 출구에서 한 보안대원이 의심하는 얼굴로 우리의 배지를 검사했고, 아이의 것처럼 동글동글하고 조잡한 글씨가 가득한 장부를 한참 동안 들여다보았다. 얼마 후 명단에서 우리의 이름을 발견하자, 보안대원은 다시 고개를 들어 우리가 자동차 한 대와 운전사가 함께 외출할 수 있도록 허가를 받았다고 알렸다. 리무진에 오르자 보안대원은 우리에게 어디에 내려줄지 물었다. 베티와 에리카는 숨기지 않고 오후의 계획을 모두 말했다. 보안대원은 '하나도 빠뜨리지 않기 위해' 꼼꼼히 기록했다. 그녀의 배려가 순수하지 않고, 우리의 이동을 도와주기보다는 감시하려는 것이란 생각이 들었다. 감출 것이 전혀 없는데도 나는 본능적으로 모호한 태도를 취했다.

"저는 우리집에 내려주고 저녁 여섯시에 데리러 와주세요." 나는 말했다.

"집에 계실 겁니까?"

나는 아무 대답도 하지 않았다. 보안대원은 거듭 묻지는 않았지만 나에게 적의를 띤 눈길을 던졌다.

축제 기간 동안 그렇게 활기 넘치던 브뤼셀의 거리가 텅 빈 것을 보니 참으로 기분이 묘했다! 마치 죽은 도시처럼 보였다.

어느 네거리에서 교통정리를 하고 있던 경찰이 우리 차를 멈춰 세웠다. 경찰은 도로에 서서 팔을 든 채 태연한 얼굴로 꽤 한참 동안이나 우리를 도로 위에 세워두었다. 어처구니없는 상황이었다. 다른 차라곤 보이지 않았기 때문이다. 교통정리를 맡은 그녀는 자기 마음대로 교통을 정리했다. 보안대원은 초조해했다. 그녀는 허벅지 위에서 신경질적으로 손가락 피아노를 치더니, 더는 참지 못하고 왕실 표지가 새겨진 배지를 앞유리창에 갖다댔다. 그러나 경찰은 아무런 반응도 보이지 않았다. 마침내 경찰이 기계적으로 팔을 내렸다. 보안대원은 욕설을 내뱉고 거칠게 출발했다.

집에서 도뤼스를 다시 만났다. 그가 받은 수술은 성공적이었지만 흉터가 살짝 남았다.

나는 몇 가지 집안일을 처리한 뒤, 이웃에 사는 시그리트의 집에 가서 간식을 먹었다. 오랜만에 다시 만나니 얼마나 기뻤는지 모른다! 시그리트는 친구 몇 명을 초대했고, 나를 위해 케이크를 산더미처럼 쌓아두었다.

만나자마자 친구들은 나에게 질문을 쏟아냈다. 나에 대해 그리고 무엇보다 에테르베이크 궁에 대해, 그곳에서의 생활에 대해. 그들은 생각지도 못한 사소한 사항에 대해서까지 호기심을 보였다. 커튼이 어떤 천으로 되어 있는지, 음반을 듣는 기계가 있는지, 수도에서 나오는 더운물은 미지근한지 뜨거운지…… 그리고 전설처럼 떠도는 소문들을 확인하고 싶어했다.

"궁의 식기들이 모두 황금으로 되어 있다는 게 사실이야?"

"절대 아니야! 금이라니!" 나는 웃으며 대답했다.

그러자 친구들은 그럴 줄 알았다고, 절대 소문을 믿지 않았다고 웃음을 터뜨리며 말했다. 그러나 그들의 얼굴에는 실망한 기색이 역력했다.

함께 몇 시간을 보내는 동안 나는 괴로운 심정이었다. 더이상 예전처럼 서로 공감할 수가 없었다. 우리가 변한 걸까? 내가 변한 걸까? 몇 달간 다른 삶을 살면서 내가 변한 것 같았다. 오늘 저녁이면 나는 궁전 식당에서 밥을 먹을 것이고 잘 덥혀진 방에서 잠을 잘 테지만, 저 친구들은 여전히 배를 곯고 추위에 바들바들 떨 것이다. 그것만으로도 꽤나 거리감이 느껴졌다. 전에는 한편에 우리가 있고, 다른 편에 그들이 있었다. 그들이란 상류층 인사들, 군인들, 궁인들이다. 그러면 지금은? 나는 여전히 나 자신을 민중에 속하는 여자로 생각한다. 하지만 시그리트는 말은 하지 않지만 나를 다르게 보고 있다.

그래서 마음이 아프고 두렵기까지 하다. 나는 우리 사이가 깨지는 걸 원치 않는다. 싫다! 친구들을 되찾으려고 노력할 것이다. 외출을 허락받아 더 자주 친구들을 보러 올 것이다. 그러면 다시 서로에게 익숙해질 테고 모든 것이 예전처럼 돌아갈 것이다. 저들이 기뻐하도록 딸아이들에게 그랬듯이 궁으로 초대할 수 있게 힘써봐야겠다!

그런데 내가 사는 곳을 보여주면 우리 사이에 팬 웅덩이가 더 깊어지지는 않을까? 아! 궁에 와서 진짜 초콜릿을 마시고 나와 함께 수영장에서 헤엄을 치고 나서 다시 누추하고 비참한 집으로 돌아가면 그들은 무슨 생각이 들까?

2월 14일. 나 혼자 남았다. 설명할 수 없는 상황이 벌어졌다. 다른 사람들은 모두 떠나고 나만 남았다!

아침 아홉시에 아나우크가 와서 우리가 떠날 시간임을 알렸다. 그녀는 상냥하게 말했지만 그래도 그녀의 말은 폭력적이었다. 저녁이 되기 전에 궁을 떠나야 한다니! 모두들 아연실색해서 항의하고 울기까지 했다. 설명을 요구했지만 소용없었다. 세상이 무너지는 것 같았다. 어쩔 수 없는 일이라고 나는 생각했다.

그래서 짐을 싸러 갔다. 그런데 내가 다른 사람들과 같이 움직이는 걸 보고 아나우크가 내 귀에 속삭였다. "저 사람들은 떠나지만 넌 아니야."

왜? 알 길이 없었다. 그녀는 아무 말도 해주지 않았다. 특혜일까, 아니면 처벌일까? 내가 위험에 처한 걸까?

머릿속에 온갖 생각이 맴돌았다. 불안해서 미칠 지경이었다. 마음을 가라앉히기 위해, 만약 그들이 나를 가두거나 처벌할 생각이라면 이렇게 아무런 감시 없이 혼자 궁에 내버려두지는 않을 거라고 생각했다. 하지만 마음은 진정되지 않았다. 예기치 않은 일은 절대 좋은 일일 리가 없고, 일상에서 벗어나는 것은 언제나 불안한 일이다. 아무것도 바뀌지 않아야 마음이 놓이는 법. 하물며 보통때도 우리는 언제나 가슴 한편에 묵직한 중압감을 느끼며 지낸다.

이른 오후에 다른 사람들은 떠났다. 나는 레나와 겨우 작별 인사를 할 시간밖에 갖지 못했다. 레나는 나에게 곧 자기를 보러 오겠다고 약속하게 했다. 나는 그러겠다고 맹세했다. 하지만 약속을 지키려면 내가 자유로운 몸이어야 한다. 그리고 살아 있어야 한다.

그후 나는 궁전 안을 배회하며 빈방들을 둘러보았다. 저녁 여섯시 삼십분경에는 혼자 저녁식사를 했다. 어제까지만 해도 모두가 함께 식사했던 구내식당의 큰 탁자가 얼마나 을씨년스러워 보였는지 모른다!

2월 15일. 끔찍한 날이었다! 어제보다 더 믿기 힘든 날이다.

잠에서 깨어났을 때 처음에는 아주 기분이 좋았다. 그러다 문득 혼자라는 사실이 떠올랐다. 불안이 한층 더 강렬하게 엄습해왔다. 어제 안도감을 주던 생각을 되짚어보려고 했지만, 감정이 복받쳐 울음이 터져나왔다.

아침식사를 하려고 구내식당에 갔지만 식탁은 준비되어 있지 않았고, 음식 진열대도 비어 있었다. 먹을 것이 전혀 없었고, 시중을 들 시종도 없었다. 나는 잊힌 사람이었다! 내가 행정적 착오의 희생양이 된 것이 틀림없었다. 나는 계획에 들어 있지 않았고, 이곳에서 더는 할 일이 아무것도 없었다. 그들은 나를 다른 사람들과 함께 내보내야 했다. 나는 방으로 달려가 얼마 전부터 소홀히 해온 배지를 찾아 블라우스에 단단히 달았다. 내가 여기 있는 것이 엉뚱하지 않다는 사실을 보여주는 보잘것없는 증거물로.

오전 내내 궁 안을 거닐었다. 궁은 버려진 것처럼 텅 비어 보였다. 뭘 하지? 처음엔 시간을 보내려고 책을 한 권 집어들었다. 그런데 너무 불안해서 독서에 집중할 수가 없었다. 그래서 신문을 집어들었지만 소용없었다. (신문은 하루도 거르지 않고 읽고 있지만 허구한 날 똑같은 소리만 외쳐댈 뿐이다. 사람들은 우스개로, 세상 돌아가는 일을 잘 알고 싶거든 작년 신문만 읽어도 충분하다고들 말한다). 수영을 좀 해서 마음을 가라앉히는 게 좋겠다는 생각이 들었다. 그렇지만 수영장까지 내려갈 용기가 나지 않았다. 결국 나는 자리에 누웠고, 베개에 얼굴을 묻었다. 레나의 얼굴이 머릿속에서 떠나지 않았다. 터무니없게도 나는 그녀가 자신의 냄새가 밴 속옷이라도 남겨두었길 바라면서 침대 머리맡 탁자와 가구를 뒤졌다. 물론 아무것도 없었다. 다시 침대에 누워, 생각을 비우려고 애썼다. 성공이었다. 때로는 이런 식으로 해결이 된다.

종소리가 열두시를 알렸다. 어제부터 아무것도 먹지 않아서 죽도록 배가 고팠다. 그래도 방을 떠나지 않았다. 가본들 뭐하겠는가? 식당에서 또다시 빈 탁자밖에 보지 못할 것이다. 나는 이불을 뒤집어쓴 채 잠이 들었다.

몇시쯤 깼을까? 복도에서 발소리가 들렸다. 강한 안도감이 몰려왔지만—궁에 누군가 있었구나—이내 두려움이 엄습했다. 보안대원들일 수도 있다. 그들은 내가 여기서 뭘 하는지 이해하지 못하고 나를 체포할지도 모른다. 그럼에도 위험을 무릅쓰기로 결심하고(달리 무슨 수가 있겠는가? 숨는 건 불가능했다) 밖으로 나갔다. 그리고 깜짝 놀랐다. 문 앞에는 두 명의 군인이 준엄한 얼굴로 서 있었다. 그들의 견장에 표시된 계급을 내가 제대로 읽을 줄 아는지 확신이 서지는 않지만 내가 알았던 모든 군인들보다 높은 계급이었다. 적어도 모두 준장 이상이었다.

그들은 내 이름을 묻더니 형식적인 어조로 정중하게 따라오라고 했다. 보안대원에게 질문을 해서는 안 된다(이 원칙을 잊었다가 무릎에 총알을 맞은 사람들도 있다). 그런데 너무 당황한 나머지 경솔하게도 묻고 말았다. "어디로 가는 거죠?" 나는 이내 입술을 깨물었다. 군인들은 나의 무례함에 기분 나빠하지 않고, 심지어 넉넉한 미소까지 지어 보였다. 그런데 그들의 대답이 너무 뜻밖이어서 믿기가 힘들었다. "유디트의 집으로 갑니다."

유디트라고요?

유디트라니까요!

나는 궁의 미로 속으로 그들을 따라갔다. 그들은 미로를 완벽하게 알고 있는 것 같았다. 그들이 무장을 하지 않았고, 군화 뒤축에 방패꼴 표지가 있는 것이 눈에 들어왔다. 아마도 소속 부대의 마크일 것이다. 가는 길에 만난 공무원들마다 그들에게 정중히 인사를 했고, 그들은 인사를 하는 둥 마는 둥 했다.

뜰로 나가자 차창에 색을 입혀 비밀스러워 보이는 기다란 의전용 리무진이 우리를 기다리고 있었다. 차창을 보자 어떤 어두운 힘이 전해지는 듯했고, 어떤 중대한 결정이 예정되어 있는 듯 보였다. 환관인 운전사가(내게는 첫눈에 환관을 알아보는 육감 같은 것이 있다) 황급히 달려와 문을 열었다. 차내 공간은 호사스러웠다. 고급 목재로 된 나지막한 탁자를 둘러싸고 긴 의자가 놓여 있어서 꼭 작은 응접실 같았다! 보안대원들은 내게 먼저 올라타서 자리를 고르게 했다. 나는 역방향으로 앉았다. 한 번도 그렇게 앉아보지 못했기 때문이다. 보안대원들은 내 맞은편에 앉았다. 차가 출발하자 그들은 나에게 주의를 기울이지 않고 나직하게 저희들끼리 얘기하기 시작했다. 나는 차창 밖으로 도시를 내다보면서 리무진에 탄 보이지 않는 여자가 바로 나로군, 하고 생각했다. 행인들이 누구일까 궁금해하는 여자, 유디트 곁에서 어떤 권력을 누리며 어떤 역할을 하는지 그들이 궁금해하는 보이지 않는 여자 말이다……

목적지에 가까워지자 보안대원들이 내 눈을 가리겠다고 말했다. 굴욕적인 예방책이었지만(내가 비밀을 못 지킬 거라고 생각하는 건가?) 받아들이지 않을 수 없었다. 그래서 남은 길은 천으로 눈을 가린 채 가야 했다.

자동차가 어느 지하 주차장에 멈춰 서자 그들은 내게서 천을 풀어주었다. 어디일까? 몹시 흥분되면서 몹시 불안했다. 우리는 승강기를 타고 지상으로 올라갔다. 보아하니 궁이었는데, 어느 궁인지는 알 수 없었다. 어쩌면 테르뷔런 궁? 감히 물어볼 수가 없어서 대리석이 깔린 복도로 안내자들을 따라가기만 했다. 반으로 찢긴 레오폴드 2세의 초상화가 벽에 걸려 있었다. 쥐퐁르네의 유명한 작품이었다. 그리고 많은 사람들과 마주쳤다. 나는 유디트에게 가까이 다가가고 있다고 생각했다. 사람들은 신기한 동물을 보듯 나를 구경하는 듯했다. 너 나 할 것 없이 모두가 똑같은 말을 속닥거리는 소리가 들리는 것 같았다.

"그 여자야!"

"그 여자가 왔어……"

"저 여자야!"

환청이었을까?

우리는 쿠션을 덧댄 문 앞에 도착했다. 한 근위병이 내 몸을 수색하더니 문을 열어주었다. 그러자 두 보안대원이 자기들의 임무는 여기까지라고 했다.

"들어가보면 어디로 가야 할지 알 겁니다." 그들이 농담하듯 말했다.

두 사람은 내 손을 따뜻하게 잡아주더니(나에게 아주 호의적이었다) 나를 '문지기'에게 넘겼다. 문지기는 목자를 찾아오는 방문객을 들여보내는 일을 맡은 공무원이다.

유디트! 곧 유디트를 접견하게 된다!

이 문장을 열 번 다시 써도 똑같은 전율을 느낄 것이다.

문지기는 몇 가지 주의 사항을 나에게 일러주었다. 반드시 목자님이 먼저 말하고 난 뒤에 한결같은 목소리로 낮게 대답할 것. 목자님이 하라고 할 경우 외에는 신체 접촉을 하지 말 것. 목자님이 위협적이라고 판단할 수 있는 어떤 태도도 취하지 말 것. 목자님이 확실히 농담하는 것이 아니면 웃지 말 것. 그리고 시종일관 다정한 얼굴을 보일 것. 마치 물어뜯을 준비를 하고 있는 짐승의 우리 속으로 들어가는 기분이었다……

"알아들었어요?" 문지기가 물었다.

나는 고개를 끄덕였다.

"그럼 들어가봐요."

문지기는 노크도 하지 않고 문을 열더니 나를 안으로 밀어넣었다. 내가 이 순간보다 더 당황한 적이 있었을까?

호사스러운 응접실을 상상한 것과 달리, 그곳은 초록색과 노란색 천으로 꾸며진 아담하고 내밀한 내실이었다. 유디트는 등나무 의자에 앉아 있었다. 아주 소박하게 하얀 튜닉만 걸친 채 머리에 띠를 두르고 있었다. 나는 그녀를 다시 보고 깜짝 놀랐다. 그녀는 축하 행사 때보다 덜 날씬해 보였다. 얼굴빛은 더 창백하고 손은 덜 섬세해 보였다. 나는 조명 때문이라고 생각했다. 기념일에는 내가 그녀를 너무 미화한 나머지 그녀의 체형과 생김새를 살짝 왜곡해서 기억하는 것이리라.

두 여자가 목자 곁에 있었다. 왼편 방석에 앉은 여자는 스무 살쯤 되어 보였다. 아주 예뻤다. 다른 여자는 한눈에 알아볼 수 있었다. 베르톨루치였다. 네 명의 대귀족 중 한 사람이다. 그녀는 내가 오건 말건 안락의자에서 책을 읽고 있었다. 의전에 따라 나는 무릎을 꿇고 고개를 숙인 채 유디트가 말을 걸기 전까지 눈을 들지 않았다. 양탄자의 무늬에 주의를 기울인 채 그녀가 입을 열기만을 기다렸다.

"아스트리트?" 그녀가 마침내 입을 열었다. "내 딸이여, 이리 가까이 오라."

그녀가 내게 손을 내밀었다. 나는 서둘러 그 손에 입을 맞추었다.

"목자님, 다시 목자님 앞에 서게 되니 이루 말할 수 없이 감동스럽습니다." 내가 목멘 소리로 말했다.

그러자 그녀가 눈살을 찌푸리며 물었다.

"다시라니? 우리는 한 번도 본 적이 없는데."

나는 당황했다. 그래서 설명하는 것이 좋겠다고 생각했다.

"목자님께서 선물을 받으시던 날 뵈었습니다. 목자님께서 제 손까지 잡으셨습니다. 목자님의 손을 잡는 영광을 제게 베풀어주셨지요."

놀랍게도 그녀가 웃음을 터뜨렸다. 곁에 앉아 있던 젊은 여자도 따라 웃었다. (베르톨루치는 책에 몰두하느라 못 들은 모양이었다.) 나는 불안해지기 시작했다. 무슨 일이지?

목자는 눈가에 맺힌 눈물을 훔치더니 나더러 아주 순진하다고 했다.

"그렇지만……"

그녀는 내가 말을 끝낼 때까지 기다리지 않았다.

"그날 무대에서 그 모든 사람들 앞에 선 사람은 내가 아니었어." (그녀는 '모든 여자들'이 아니라 '모든 사람들'이라고 말했다.)

나는 믿기 힘들어서 거듭 말했다.

"목자님이 아니셨다면 제가 누구의 손을 잡았단 말인지요?"

그녀의 대답에 나는 아연실색했다.

"물론 다른 여자지."

나는 직접 목자님의 입을 통해, 그녀를 닮은 여자 여섯 명이 공식 행사에서 그녀를 대신하며, 그녀는 직접 대중 앞에 모습을 드러내는 위험은 결코 무릅쓰지 않는다는 사실을 알았다. 그녀는 멀리 떨어져 화면으로, 또는 특별히 만든 비밀 장소에서 구멍을 통해 모든 것을 지켜본다(이를테면 정기국회가 열릴 때는 종종 거울 뒤에서 회의를 지켜본다. 노련한 국회의원들은 그 사실을 알고 있다).

나는 충격을 받았다. 그러니까 우리가 남자 석상을 바친 건 유디트가 아니라 그녀를 닮은 다른 사람이었단 말인가! 대중에게 말을 한 사람도 유디트가 아니고, 내 손을 잡은 사람도 유디트가 아니었다! 진짜 유디트는 궁에서 텔레비전으로 행사를 지켜보았던 것이다……

그녀는 그렇게 화면으로 나를 보았다.

"열 명 가운데 네가 가장 매력적이었어."

매력적이라고?

그날 이후로 그녀는 나를 만나고 싶어했다고 한다. 그런데 국가 업무에 몰두하느라 당장 그럴 수 없었다는 것이다.

"너도 알겠지만 하를링언 사건을 해결해야 했거든……"

이 말을 하면서 그녀는 짜증스러운 듯한 태도를 보였다. 마치 무슨 문제인지 내가 알고 있고, 나 역시 지긋지긋해하리라고 생각하는 듯했다.

"드디어 우리가 이렇게 만났군."

심장이 한층 더 세차게 고동치기 시작했다. 그런 일이 가능한 건지 몰라도. 유디트는 그녀와 나를 가리켜 '우리'라고 말했다. 예전에 그녀가 '우리'라는 말을 언급할 때는 매번 민중을 가리키는 말이었다. 우리 여성들, 우리 생존자들. 그런데 오늘의 우리는 나와 그녀였다.

"이제 이렇게 만났으니 널 곁에 둘 거야." 그녀가 덧붙여 말했다.

그러더니 궁에 나를 위한 방을 하나 마련해두었으니 내일 당장 옮겨오라고 했다.

"시간이 나면 너를 내 거처로 초대하지. 거기서 교제를 하는 거야."

교제를 한다고? 정말 그녀가 나에게 관심을 갖는 걸까? 믿기 힘든 일이다!

그런데 도대체 나의 어떤 점이 '매력적'이라는 걸까?

아무려면 어때! 내일 나는 궁으로 와서 그녀와 함께 지낸다. (진짜 목자와 함께! 이제 나는 비밀을 안다. 다른 목자들은 순진한 사람들을 위한 닮은꼴 가짜일 뿐이란 것을. 나도 오랫동안 그 순진한 사람들에 속해 있었다……)

지금은 새벽 두시. 자정부터 이 글을 쓰고 있다. 이 밤은 내가 에테르베이크에서 보내는 마지막 밤이다. 레나가 그토록 자주 찾아왔던 이 침대에서. 벌써 그 시절이 참으로 아득하게 느껴진다!

프랑스인들은 제국에서 가장 높은 인물들이 자주 찾는다는 식당에서 풍성한 식사를 한 뒤, 보안대 관저—휴양소처럼 숲속에 둥지를 튼 위압적인 벙커—에서 고위직 명사들을 만났다. 사령관인 중장 한 명, 준장 두 명, 한 무더기의 대령들이었다.

소리를 죽이기 위해 바닥부터 천장까지 양탄자로 뒤덮은 회의실에서 모임이 이루어졌다. 창문은 밀폐되어 있었고, 조명은 형광등이었다. 벨기에인들은 역시나 그런 인위적인 조명을 선호했다. 탁자 두 개가 마주 놓여 있었다. 무리의 우두머리인 굴드를 가운데에 두고 프랑스인들이 한쪽에 자리잡았고, 다른 쪽에는 주요 인물인 사령관 마우레인 마르셀로스를 중심으로 위풍당당한 제국 관료들이 자리했다. 사령관은 뚱뚱하다 싶을 정도로 강인한 체력을 가진 근육질의 여성이었다. 그녀가 통나무 같다고, 아니, 황소 같다고 랑글루아는 생각했다. 그녀는 육중한 몸을 좌우로 흔들며 느릿느릿 걸었다. 다른 모든 군인들처럼 머리를 바짝 잘랐고, 커다란 색안경으로 눈을 가리고 있었다. 랑글루아는 이상하게도 그녀가 남자 같다는 생각이 들었다. 심지어 여장 남자라는 느낌이 들어 혹시 장난을 치는 것이 아닐까도 생각했다. 그러나 그녀가 입을 여는 순간 플루트처럼 높고 날카로운 소리가 났고 그것이 잘못된 생각임을 알 수 있었다.

토론은 끝없이 이어졌다. 먼저 사령관이 누군가 대신 써준 게 틀림없는 연설문을 삼십 분 동안 읽었다. 쓰여 있는 글을 읽기만 하는 연설보다 더 지루한 것이 있을까? 더구나 그녀는 크리스틴이 통역을 할 수 있도록 오 분에 한 번씩 말을 끊어서 연설의 흐름을 깨뜨렸다. 그리고 통역이 진행되는 동안에는 어김없이 물을 한 모금씩 마셨고, 통역이 끝나면 똑같이 단조로운 어조로 연설을 이어갔다. 이따금 크리스틴을 잊고 장광설에 빠져들기도 했다. 그럴 경우 크리스틴이 종이에 내용을 끼적였지만 다 받아 적지는 못했다. 그래서 앞부분을 통역한 뒤 연설자에게 뒷부분을 다시 말해달라고 해서 청중에게 거듭 고통을 떠안겼다.

몇 분 뒤 랑글루아는 집중의 끈을 놓쳤다. 굴드에게 애원하는 눈길을 던져보았지만 굴드는 못 본 척했다. 그는 무리의 우두머리로서 사령관에게 응답을 해야 했기에 귀기울여 들을 수밖에 없었다. 그래서 메모까지 하면서 찬동의 뜻으로 고개를 끄덕이며 관심을 표명하려고 애썼다.

날아다니는 파리를 쳐다보는 것에도 질린 랑글루아는 맞은편 마르셀로스 주위에 앉은 군인들을 바라보았다. 그들은 이날 아침 브뤼셀에서 마주친 군인들과 마찬가지로 젊어 보였다. 이 나라는 나이든 여자들을 어디에 감춘 거지? 아마도 크리스틴은 이곳에서의 생활이 여자들에게 청춘의 미모를 간직하게 해준다고 말하겠지. 벨기에가 청춘의 샘이란 말인가……

마침내 마르셀로스의 연설이 끝나자, 랑글루아는 생각에서 빠져나왔다. 프랑스인들은 박수를 쳤고, 굴드가 즉석에서 유려하게 감사의 말을 했다. 어떤 상황에서도 그가 탁월하게 잘하는 일이었다.

"존경하는 사령관님, 보안대원 여러분, 동료들과 제가 높으신 여러분과 함께 이곳에 자리하게 된 기쁨을 이루 표현할 말이 없습니다. 제국의 사령관님께서 오후 반나절을 저희에게 내주신다는 말을 며칠 전에 들었다면 저는 믿지 못했을 겁니다. 벨기에에 온 뒤로 저희는 거듭 놀라기도 하지만, 무엇보다 거듭 행복해하고 있습니다. 무엇보다 저희가 놀란 것은……" 그의 일장 연설은 이런 식으로 십 분 동안 이어졌다. 굴드는 고양이의 등을 어루만지듯 능숙하게 마르셀로스가 한 연설의 몇몇 구절을 인용했다("사령관님께서 참으로 적절하게 말씀하셨듯이"라고 운을 떼며). 당사자는 고개를 끄덕였다. 랑글루아는 그의 말에 감탄했다. 기막히게 잘하는군! 굴드는 언변이 탁월했다. 사실 말하는 것이야말로 그의 타고난 재능이었다. 사령관의 연설에서 짜증스러웠던 문장들이 그의 입을 거치자 우스꽝스럽지 않으면서 청중에게 큰 효과를 발휘했다. 그의 수사는 마치 마술을 거는 듯했다. 심지어 군인들을 웃게 만들기까지 하는 놀라운 위력을 발휘했다. 그는 무엇이든 할 수 있었다.

그가 말을 마치자 긴 침묵이 흘렀다. 탁자 양쪽에서 프랑스인들과 벨기에인들이 서로를 지켜보았다. 마르셀로스는 두 손을 내리고 안락의자에 편안히 기댄 채 굴드를 향해 미소를 지어 보였다. 마치 토론을 시작하라고 신호를 보내는 것처럼. 굴드가 목을 가다듬고 크리스틴을 돌아보며 말했다.

"사령관님께서 괜찮으시다면 이제 저희가 몇 가지 질문을 하도록 하겠습니다. 먼저 체제의 입헌 기능과 경제·사회·문화에 관해 질문드리겠습니다."

크리스틴이 그의 말을 통역해주자, 마르셀로스가 동의했다. 굴드는 실례가 될까봐 온갖 조심스러운 말로 포장해 포문을 열었다. 마르셀로스는 간결하고 완결된 대답을 침착하게 내놓았다. 굴드는 한층 대담해졌다. 통역이 대화의 속도를 늦추었음에도 토론은 연설보다 훨씬 덜 무겁고 흥미로웠다. 이윽고 굴드가 마이크를 은근슬쩍 넘기자("제 친구들도 저만큼이나 궁금해할 거라고 믿습니다……" "오늘 아침에 장미셸이 제게 물었듯이……") 다른 사람들도 토론에 가담했다. 마르셀로스는 대답할 때마다 물을 몇 모금씩 마셔가며 군인으로서 질문 세례에 당당히 맞섰다. 이따금 몸을 앞으로 기울여 부하들 중에 그녀를 대신해 대답할 사람을 고른 다음 턱짓으로 발언하도록 명령하기도 했다.

그들은 어떤 주제에 대해서는 침착하게 대답을 거부했다. 그리고 똑같은 말을 수없이 반복했다. 그래서 토론이 진행될수록 똑같은 말만 늘어놓고 있는 것처럼 보였다. 더 많은 것을 얻어내려고 시도할 때마다 프랑스인들은 벽에 부딪혔다.

"그건 우리도 모르는 일입니다."

또는

"해드릴 대답이 없습니다."

아니면

"대답해드릴 수가 없군요."(몰라서 대답하지 못하겠다는 건지 아니면 말해도 좋다는 허락을 받지 못했다는 건지 알 수 없었다.)

항상 가장 심각한 주제들에 쏠리는 프랑스인들의 호기심을 생각하면 여간 실망스러운 일이 아니었다. 이를테면 이런 식이었다. 굴드가 물었다.

"우리가 도착한 뒤로 하인 말고는 남자를 거의 보지 못했습니다. 프랑스처럼 남자들이 권력을 쥐고 있지 않은 건 당연해 보이지만 이런 의문이 들긴 하는군요. 남자들은 어디 있지? 왜 이렇게 남자들 수가 적지?"

벨기에인들이 쿡 하고 웃었고, 마르셀로스가 대답했다.

"수가 적다고요? 그렇게 생각하십니까?"

그녀는 미소를 짓더니 심각한 얼굴로 말을 이었다.

"여러분께 이미 설명드렸듯이 벨기에는 남자들에 대해 그 어떤 적개심도 갖고 있지 않습니다. 잉리트와 유디트는 평등을 바로잡았을 뿐 그 이상 멀리 가고 싶어하지는 않았습니다. 남자들은 이곳에서 여자들과 똑같은 권리, 그리고 똑같은 의무를 갖고 있습니다."

그것은 당연히 굴드가 기대한 대답이 아니었다. 그는 거듭 물고 늘어졌다.

“그렇다면 남자들은 어디 있는 거죠? 저희는 보지를 못했습니다.”

“아까 하신 이야기와 다르군요.”

“네?”

“아깐 거의 보지 못했다고 말씀하셨지요.”

“맞습니다. 보긴 했지만 너무 적어서……”

“많은 남자들이 여자들과 함께 살지 않는 편을 선호합니다.”

우리가 처음부터 내내 회피해오던 정보에 이제 다가섰다. 굴드는 마르셀로스가 계속 말하도록 기다렸다.

“제국에는 여러 가지 생활 방식이 공존합니다. 저마다 자신에게 맞는 방식을 선택하지요. 일부 지역은 남녀 혼성 구역이 아닙니다. 남성 전용 구역이거나 여성 전용 구역이죠. 남녀 혼성 구역임에도 여성의 수가 지배적인 구역도 있습니다. 그런 곳에서는 남자들을 받아들이긴 해도 일정한 조건이 있습니다. 그 외 지역은 혼성 구역입니다. 여러분의 나라처럼요. 그렇지만 물론 관계의 우위는 전혀 없습니다.”

“그렇지만 브뤼셀에서는 여자들밖에 보지 못한걸요. 브뤼셀은 혼성 구역이 아닙니까?” 굴드가 의문을 제기했다.

“꼭 그런 건 아닙니다. 브뤼셀은 복잡합니다. 구역별로 나뉘어 있어요. 아마도 여성 전용 구역만 다니신 모양입니다.”

크리스틴이 고개를 끄덕였다.

“그러니까 이 도시에 혼성 구역도 있단 말입니까?”

"물론이죠."

"우리가 그곳에 가볼 수 있을까요?"

침묵. 마르셀로스는 야릇한 표정을 지어 보였다. 스핑크스처럼. 이 주제에 대해 더는 그녀에게서 끌어낼 것이 없을 것 같았다. 굴드는 전술을 바꾸었다.

"제국에 혼성 구역과 단성 구역, 그리고 여성의 수가 지배적인 구역의 비율은 어떻게 됩니까?"

"저로선 대답을 드릴 수가 없습니다."

마르셀로스가 군인들을 쳐다보며 말했다.

"여러분 중 누구 아는 사람 있습니까?"

그러나 아무도 알지 못했다.

"제가 제대로 이해한 거라면, 여성의 수가 지배적인 구역에서 남성들은 일정한 조건하에 머물 수 있다고 하셨지요. 도대체 어떤 조건입니까?"

"그건 경우에 따라 다릅니다. 일반화해서 대답을 해드릴 수가 없어요. 아시다시피 제국은 지방분권이 아주 잘되어 있습니다. 목자님은 여성을 신뢰합니다. 지역들은 정도의 차이는 좀 있지만 굉장히 독립적입니다. 따라서 각 지역에서 제각각 원하는 대로 조건을 정합니다."

"예를 들어주실 수 있습니까?"

"아뇨. 상황이 너무 다양해서요."

굴드는 포기하지 않았다.

"일반적으로 정치적 권리를 제한하는 겁니까? 아니면 개인의 권리를 제한합니까?"

"노코멘트."

이런 식이었다. 어떤 분야에 조금 더 깊숙이 들어가려고 하면 벨기에인들은 알지 못한다고 하거나 대답을 하지 않았다. 그들은 이 두 가지 암초 사이에서 끝내 단편적인 정보만 제공했다. 그래서 확실한 사실을 알 수 없다보니 프랑스인들은 그 정보를 기반으로 가설을 세우거나 다른 가설을 무너뜨릴 뿐이었다. 그 이상 알고 싶어 하는 건 언제나 도를 넘는 행동이었다. 프랑스인들은 상대방의 입을 열어 뭔가를 얻어내려고 온갖 수단을 동원했다. 목표를 바로 겨누지 않고 우회했다. 혹은 대화 주제를 바꾸었다가 다시 그 주제로 넘어갔다. 이를테면 경제(벨기에인들의 생활수준, 여성과 남성의 급여 평등, 무역수지, 외국 경제학자들이 내세우는 수치의 진위 여부 등)에 관해 묻다가 철학, 예술, 문화(벨기에에서 가장 많이 읽히는 작가—물론 유디트의 '책'을 빼고—, 가장 높이 평가받는 화가, 그들이 그린 작품의 매매가격, 미술 시장)에 대해 질문했다. 그렇게 관심을 다른 곳으로 돌리는 질문들로 마르셀로스의 경계를 잠재운 뒤 다시 경제 문제를 공략했다. 그러나 소용없었다. 게임에서는 언제나 벨기에인들이 승리했다. 랑글루아는 금세 지쳤다. 그는 대담을 끝내는 편이 나을 것 같다고 생각했다. 그러나 그렇게 생각하는 사람은 그 혼자뿐이어서 가면극은 두 시간이나 계속되었다.

랑글루아는 자문했다. 저들은 왜 저런 태도를 보이고, 왜 저렇게 정당한 질문에 벽을 세우는 걸까? 저렇게 스스로 문을 닫아거는 행위는 제국에 도움이 되지 않았다. 제국은 많은 것을 감추고 싶어하는 것 같았다. 혁명에는 어두운 측면이 있다. 그렇지만 어느 나라인들 어두운 면이 없겠는가? 너무 감추려고만 들면 좋은 면까지 가려지지 않겠는가? 저들은 자존심 때문에 과오를 범하고 있는 것이다. 어쩌면 저들은 프랑스인들이 심사숙고하는 능력이 없을까봐 겁을 내는지도 모르겠다. 묘한 상황이다. 저들을 찬양할 의도로 찾아왔는데 비방할까봐 전전긍긍하니 말이다!

대담은 끝이 났고, 사령관은 자리를 떴다. 타원형의 안락의자들이 놓인 응접실에서 프랑스인들에게 커피와 비스킷이 제공되었다. 랑글루아는 낮은 소리로 굴드에게 마르셀로스와의 만남에 대한 느낌을 물었다. 물론 그가 자신의 실망에 공감하리라 기대하고서. 그런데 예상외로 굴드는 과자를 씹으면서 "아주 훌륭"하고 "매우 유익한" 대담이었다고 했다. 농담을 하는 것도, 크리스틴의 마음에 들기 위해 적당히 돌려 말한 것도 아니었다. 크리스틴은 그들의 곁에 없었다. 랑글루아는 아연실색해서 대꾸할 말을 찾지 못했다.

이후 일정도 그의 기분을 바꿔놓지는 못했다. 그들이 궁에서 나왔을 때 크리스틴은 하늘을 올려다보았다. 여전히 날이 매우 추웠지만 프랑스인들이 도착한 이래 처음으로 해가 선명하게 빛나고 있었다. 그녀는 기뻐하는 표정으로 날씨가 좋아서 그들이 예정된 오락을 즐길 수 있겠다고 설명했다. 그들은 무슨 오락인지 알고 싶어했지만 그녀는 짐짓 시간을 끌었다.

"기다려보세요. 이제 미니버스에 오르시죠."

그들은 다시 양옆으로 군용 차량과 오토바이의 호위를 받으며 출발했다. 차량은 외곽 순환도로로 접어들었다가, 높은 철책이 에

워싼 공원 안쪽으로 빌라들이 웅크리고 있는 주거지역을 가로질렀다.

"저기에는 누가 삽니까?" 랑글루아가 물었다.

"오, 랑글루아 씨. 오늘 질문은 충분히 하지 않으셨나요?" 크리스틴이 농담조로 말했다.

모두가 웃었고, 랑글루아는 끝내 대답을 듣지 못했다.

삼십 분 후, 그들은 크리스틴이 그토록 보여주고 싶어하는 장소에 도착했다. 1979년 잉리트가 그린 설계도에 따라 라르베이크 숲 속에 만든 인공 호수 아쿠아랜드였다. 날씨가 좋을 때 브뤼셀 주민들이 오후 시간을 보내러 찾는 곳이었다.

"긴 하루를 보낸 여러분의 머리를 맑게 해줄 겁니다. 그렇지 않나요? 여러분은 충분히 그럴 자격이 있어요!"

그녀는 제국의 보물이라도 되는 양 인공 호수를 보여주며 굉장한 자부심을 느끼는 것 같았다.

랑글루아는 제 눈을 믿지 못했다. 인공 호수 방문이라니!

"자, 갑시다. 매혹적인 오솔길들이 있어요."

그녀는 숨을 크게 들이마시고 나서 이어 말했다.

"게다가 날씨도 정말 좋군요! 즐거운 시간을 보낼 수 있겠어요."

랑글루아는 이의를 제기하고 싶었다. 날씨는 전혀 좋지 않았다. 오히려 얼어붙을 정도로 추웠다. 무엇보다 숲에서 늪이나 보고 감탄하자고 그들이 벨기에에 온 것이 아니었다. 아무리 잉리트가 설계한 늪일지라도. 하지만 이미 흙길로 접어든 크리스틴이 그들에게 외쳤다.

"이런 오후 햇살에 촉촉한 흙냄새가 곁들여지면 이곳이 브뤼셀에서 가장 아름다운 곳임을 알게 될 거예요. 따라오시죠?"

랑글루아가 아연실색한 눈길로 바라보는 가운데 모두들 그녀를 따라갔다. 그는 이 상황이 어처구니없음을 굴드에게 알려서 그가 모두를 대신해 항의하게 할 생각이었다(자신이 직접 항의할 수도 있지만 '대장'이 불안해할까봐 염려되었기 때문이다). 그런데 이번에도 굴드는 문제를 보지 못했다. 그저 랑글루아에게 산책이 피로를 풀어줄 테니 '투덜거리지 말고' 만끽하라고 말했을 뿐이다. 그러고 나서 그는 보르도 곁으로 돌아갔다. 식물에 심취한 보르도는 보는 식물마다 이름을 대기 시작했고, 야생 회향과 덩굴월귤에 대해 일장 연설을 늘어놓았다.

굴드는 어떻게 저토록 관대할 수 있지? 화가 치민 랑글루아는 애꿎은 발길질로 흙더미를 차서 멀리 날린 뒤 묵묵히 일행을 따라갔다. 그의 앞에서 골란스키는 무심히 휘파람을 불었다. 그라면 랑글루아의 감정에 공감할까? 랑글루아는 조각상을 방문했을 때처럼 골란스키가 자신과 같은 편일 거라는 생각에 그에게 다가가려 했지만 그 순간 골란스키는 굴드에게 가서 농담을 주고받았다.

산책은 한 시간가량 이어졌다. 오솔길 끝에 호수가 나왔고, 호숫가 말뚝에 걸린 나무 표지판에는 미로가 그려져 있었다. 그곳에서 백조 모형의 배를 타고 물위를 떠다니면서 페달을 밟아 앞으로 나아갈 수 있었다. 랑글루아는 그 자리에서 몸이 굳었다. 설마 크리스틴이 저 배에 타라고 하지는 않겠지! 말도 안 돼! 그건 있을 수 없는 일이다! 이건 해도 너무한다!

하지만 그의 예감은 적중했다. 그녀는 프랑스인들에게 백조 모형의 배에 타라고 청했다. 보르도와 로트는 아이처럼 탄성을 내지르더니 박수를 치며 함께 올라탔다. 굴드와 알베르도 그들을 따라 배에 올라탔다. 골란스키가 남았다. 랑글루아는 그가 주저하기를 바랐다. 적어도 형식적으로나마. 그러나 그는 아무 말 없이 셋째 백조 배에 올랐다.

좌절한 랑글루아는 더는 못 참겠다고 반발을 하고 나섰다. 아니, 그는 물갈퀴가 달린 새 모양의 플라스틱 배에 올라타지 않을 것이다. 싫다. 그는 골란스키와 함께 인공 호수 위에서 페달을 밟지 않을 것이다. 이러자고 그가 벨기에에 온 것이 아니다! 그는 미니버스로 돌아가겠다고 크리스틴에게 거칠게 항의했다.

"정말인가요? 우리와 함께 즐기고 싶지 않으세요? 안타깝군요!"

그녀는 보안대원 두 명에게 그를 미니버스까지 데려다주라고 명령한 뒤, 골란스키가 탄 백조 배의 빈자리에 앉았다. 랑글루아는 벨기에인들과 동료들, 모든 것을 받아들이는 굴드, 그리고 결국 의견 대립을 드러내고 만 자기 자신에 대한 적개심을 곱씹으며 군인들과 함께 미니버스로 되돌아갔다.

한 시간 뒤 적막한 공원 위로 해가 질 무렵 그들은 그가 있는 곳으로 돌아왔다.

2월 16일. 아침에 너무 일찍 일어났다. 여덟시에 벌써 모든 준비를 마치고, 꾸려놓은 짐과 함께 누군가가 데리러 오기만을 기다렸다. 나를 데리러 오기로 되어 있는 보안대원들은 뭘 하고 있는 거지? 왜 미리 와 있지 않은 거지? 평생 처음으로 나는 그들이 오기를 초조하게 기다렸다!

지쳤다! 정오가 되었는데도 아무 소식이 없었다. 마지막 순간에 가서 모든 것이 취소된 건 아닌지 걱정이 되기 시작했다. 어제처럼 불안해져서 아무것도 할 수가 없었다. 나는 오늘 자 〈페미니테〉를 건성으로 읽었다. 2면을 읽는데 어제 헤이그에서 찍었다는 유디트의 사진이 눈에 들어왔다. 헤이그라니, 유디트는 나와 함께 브뤼셀에 있었는데! 웃음이 나왔다. 어떤 비밀스러운 세계를 알게 된 기분이었다.

오후 네시에 어제 만난 보안대원 두 명(한 군인에게 이들의 계급장을 묘사했더니 준장이라고 말해주었다)이 왔다. 드디어! 어제와 똑같은 절차, 똑같은 리무진—그러나 안전상의 조치로 다른 길로 달렸다—, 똑같은 눈가림 천.

궁전! 이제부터는 여기가 내 집이다!

입주를 하기 전에 온갖 검사를 받아야만 했다. 지문을 채취하고 몸수색을 한 뒤, 약간 퉁명스러운 공무원 두 명이 나를 심문하며 내 삶을 샅샅이 조사했다. 그들은 나에 관한 모든 것을 알고 있었다. 아주 사소한 것까지도. 게다가 그들이 알지 못하는 얼마 안 되는 비밀마저 내게 털어놓게 했다. 심문이 끝나자 그들은 끝없이 이어지는 복도 끝에 있는 내 방을 열어주었다. 방은 에테르베이크에서 쓰던 방보다 훨씬 컸고, 혁명 때 몰수한 전리품들로 화려하게 꾸며져 있었다. 침대 시트만 수준에 미치지 못했다. 재질이 거칠어서 옷을 벗고 자면 등이 긁혔다. 침대 시트 한구석에는 잉리트의 옆모습이 수놓여 있었다. (유디트가 아니라 잉리트인 걸 보면 새것은 아니라는 증거였다. 내가 처음 쓰는 게 아닌 모양이다.)

두 여자가 말했다. "네 방은 아직 유디트의 내실에서 꽤 멀어." 그 순간에는 주의를 기울이지 않았지만, 돌이켜 생각하니 '아직'이라는 말이 놀랍다. 이곳에서는 사람의 지위가 유디트와의 거리로 측정된단 말인가? 그러니까 나는 '꽤 멀'었다. '아주 먼' 것보다는 낫지만 '꽤 가깝'다면 더 좋았을 텐데. 하지만 어쩌면 이런 건 아무 상관 없는지도……

얼마 후. 궁전의 관례를 전혀 알지 못하는 나는 몇시에 식사를 하는지 궁금했다. 그런데 늘 그렇듯이 그런 질문을 했다가 바보 취급을 당할까봐 두려웠고, 있지 말아야 할 곳에 있다가 쫓겨날까봐 겁이 났다. 아! 내가 방해가 되지는 않을까, 엉뚱한 자리에 있는 건 아닐까, 조롱거리가 되지는 않을까 하는 치유 불능의 두려움……

나는 복도를 배회하면서, 마주치는 사람들이 혹시나 내게 관심을 보이고 궁을 안내해주지 않을까 싶어 그들에게 미소를 지어 보였다. 시종에게라도 묻고 싶었지만 한 명도 보이지 않았다. 결국은 어쩌다 잘못 들어선 응접실에서 어떤 부인에게 구제를 받았다. 그곳은 어두컴컴한 작은 방이었는데, 그녀는 그곳에서 소파에 누운 채 머리맡 스탠드의 희미한 불빛을 받으며 책을 읽고 있었다. 내가 실수를 범한 것에 깜짝 놀라 황망히 사과를 하고 다시 문을 닫으려고 하자, 그녀는 나를 본 적이 없다며 나에게 누구냐고 물었다. 내가 내 소개를 한 뒤 오늘 처음 이곳에 왔다고 하자, 그녀가 내게 궁전을 안내해주겠다고 했다. 그녀의 이름은 디안이고, 1990년부터 이곳에 개인 거처를 소유한 뒤로 한 번도 빼앗긴 적이 없다고 했다. 보아하니 그것은 믿기 힘들 정도의 특혜인 모양이었다. 그녀는 일흔두 살로, 궁인 중에서 최고 연장자였다.

"그러니까 이곳에서 어떻게 생활해야 하는지 아무 말도 안 해주더라는 거죠?" 그녀가 놀라서 물었다.

"네."

"세상에! 그 보안대원들은 대체 무슨 생각을 한 거지?"

그녀는 내 어깨에 손을 올리며 말했다.

"그렇다면 망설이지 말고 언제든 나를 찾아와요. 내가 다 알려줄 테니. 샅샅이 냄새 맡게 해줄게요."

그녀는 이 표현을 좋아하는지 줄곧 썼다.

그녀는 나를 저녁식사 장소에 데려갔다. 궁전에는 자정까지 열려 있는 식당이 두 곳 있었다. (에테르베이크 궁의 식사 시간이 엄격한 것과는 다르다고 말하자 그녀는 폭소를 터뜨렸다. "이곳은 막사가 아니라 궁전이니까요!") 유디트는 식당에 드나들지 않는다. 그녀는 대귀족들—베르톨루치, 스히멜나우, 아펄, 몬데르만—과 내실에서 식사를 한다. 이따금 그날 저녁을 위해 선택한 궁인과 함께 식사를 하기도 한다. 그녀의 내실에서 저녁식사를 하는 건 엄청난 영광이다. 이곳에서 생각할 수 있는 최고의 영광이다. "그렇지만 위험한 일이기도 해요. 왜냐하면 대귀족들이 질투를 하기 때문이죠. 새로운 여자가 오면 그들은 무척 추악하게 굴어요. 성한 몸으로는 빠져나오지 못할 정도로."

맛깔난 식사를 한 후 우리는 정원으로 나갔다. 나는 불안해졌다. 궁 밖으로 나가도 되나요? 그러자 디안은 웃으며 걱정하지 말라고 했다. 나는 문제가 생기면 그녀가 책임을 지겠거니 하고 그녀를 따라나섰다. 바깥은 몹시도 추웠지만 산책은 달콤했다. 우리는 십오 분 정도 걸었고 차를 마시러 안으로 들어왔다. 그리고 밤 열한시경에 그녀와 헤어졌다. 그녀는 항상 일찍 잠자리에 든다고 말했다.

디안을 만난 것이 얼마나 기쁜지 모른다! 앞으로도 그녀가 나에게 궁 생활을 안내해주면 좋겠다. 덕분에 마음이 놓인다.

나는 한 시간 전부터 침대에서 이 수첩에 글을 쓰고 있다. 바깥에서는 간간이 터져나오는 목소리, 삶의 소리들이 들린다. 궁전은 몇시에 잠드는 걸까? 결코 잠들지 않는 걸까?

2월 19일. 궁전에서 맞이한 셋째 날. 궁의 관습을 익히고 있다. 궁은 고유의 관습과 시간과 의식과 인물이 존재하는 작은 세계다. 고유의 언어도 있다. 온갖 약어와 특별한 표현들로 이루어진 독특한 궁의 언어를 알아야 한다. 디안이 기꺼이 안내인 역할을 맡아주고 있다.

오늘 아침 디안의 방에 갔더니 디안이 수를 놓고 있었다. 내가 아무 말도 못하고 가만히 있자 그녀가 웃음을 터뜨렸다. "이게 금지된 일이건 아니건 난 상관 안 해요." 그러고 나서 덧붙여 말했다. "난 그런 금지가 터무니없다고 생각해요." 그녀는 스탠드 불빛에 비추어(그녀는 절대 덧문을 열지 않는다) 자신이 만든 작품을 나에게 보여주었다. 아마포에 화초 그림을 따라 꼼꼼히 수를 놓은 것인데 쿠션 덮개로 쓸 거라고 했다.

"수를 놓으면 마음이 평온해져요. 자수가 영국 해군이 애호하던 여가 활용법이라는 거 알아요?"

"아뇨."

"한번 해보세요."

그녀는 작업 도구들(자수틀, 가위, 끝이 둥근 바늘과 뾰족한 바늘, 실타래와 사각 천)을 나무상자에 넣고 열쇠로 잠그더니, 털실 꾸러미와 함께 소파 밑 널판 아래에 세심하게 감췄다. (궁전 사람들 모두 그녀가 수를 놓고 뜨개질을 한다는 걸 알고 있다고 그녀는 말했다. "그렇지만 보안대원들이 내 방을 수색할 때 너무 쉬운 게임이 되도록 만들어주고 싶지 않아요.")

15일에 만난 뒤로 나는 목자님을 다시 보지 못했다. 테르뷔런 궁에 살아도 몇 달씩 목자를 보지 못하기도 하는 모양이다. 어쨌든 그분이 나를 오게 했으니 모른 체하지는 않겠지…… 어서 빨리 나를 불러줬으면!

내일 유디트와 비르지니를 만나도록 허가받았다. 허가 절차는 전혀 까다롭지 않았고, 자동차까지 이용할 수 있었다.

내가 자식이 둘 있다고 하자 디안은 손뼉을 치며 아이들에 대한 모든 것을 알고 싶어했다. 그녀는 거듭 "멋져요!" 하고 말했다. 내가 엄마라는 사실을 그토록 경이로워하는 걸 보면 그녀는 엄마가 되어보지 못한 듯했다. 하지만 내 생각이 틀렸다. 그녀에겐 자식이 여섯이나 있었다. 그중 넷이 아들이었다. 기술이 아직 제대로 자리 잡지 못한 시절의 이야기였다.

2월 20일. 딸들과 함께 보낸 하루. 몇 주 만에 얼굴을 보는 건지! 내가 도착하자 아이들은 집을 비운 나에게 화가 난 듯 뾰로통한 얼굴이었다. 그러나 곧 나를 속이려는 장난이라는 걸 알아차렸다. 화난 체하던 아이들이 이내 폭소를 터뜨렸고, 우리는 힘껏 서로를 끌어안았다. 아이들은 한 시간 동안 궁에 관한 질문을 천 가지나 쏟아냈다. 성질 급한 유디트는 벌써 내가 내각에 들어간 것처럼 여겼다. 아이는 나에게 가장 잘 어울릴 만한 장관 자리를 찾고 있었다. 비르지니는 네 명의 대귀족에 대해 모든 걸 알고 싶어했다. 내가 아직 그들을 만나지 못했다는 말에 얼마나 실망하던지!

아직도?

나는 아이들에게 디안 이야기를 했다. 디안은 가장 유명한 궁인이라고. 그렇지만 나는 그 말이 사실이라고는 생각하지 않는다. 그녀가 가장 나이 많은 축에 속하는 건 맞지만 그뿐이다. 하지만 아이들 눈에서 느껴지는 자부심을 보니 그런 거짓말을 할 만했다.

비르지니가 박식한 말투로 궁전에서 처신하는 법에 대해, 다양한 주제에 관해 내가 취해야 할 적절한 태도에 대해 조언해주었다. "베아트릭스라는 이름은 절대 언급하면 안 돼." "매일 〈페미니테〉를 읽는 걸 잊지 마. 대충이라도." 동생처럼 드러내놓고 말하진 않았지만 비르지니 역시 나에게 큰 기대를 품고 있고, 내가 궁정에서 높은 자리에 오르리라고 진지하게 믿고 있었다.

딸애들은 정말 내가 제국의 고위 공무원이 될 거라고 상상하는 걸까? 아이들의 열광을 가라앉혀야겠다. 그렇지만 아이들이 나를 자랑스러워하는 걸 보니 정말 행복하다……

2월 23일. 이곳의 미사는 에테르베이크의 미사보다 덜 진지하다. 에테르베이크에서도 형편없었는데. 엘리트들이 예배를 날림으로 해치우는 걸 보면 신앙이 독실한 시골 사람들은 어떻게 생각할까?

소수의 궁인들만 미사에 참석한다. 궁에는 천 명, 아니, 어쩌면 이천 명 정도가 있는데 예배당에 오는 여자들은 서른 명 정도뿐이다. 디안도 함께 미사에 가려고 하지 않았다. 수년 전부터 그녀는 미사에 참석하지 않고 있다. 미사를 '지루하게' 여겼다. 지루하다니! (솔직히 이제 나는 그녀가 필요하지 않다. 궁 생활에 완전히 익숙해진 건 아니지만 더이상 나 스스로가 이방인이나 바보처럼 느껴지지 않는다. 나는 성장하고 있다.)

미사는 한심했고, 설교도 형편없었다. 미사를 집전하는 성직자의 발음이 부정확해서 하는 말마다 귀에 거슬렸다. 자리에 앉은 신자들이 낮은 소리로 이야기를 주고받는 바람에 그나마도 들리지 않았다.

하지만 오늘의 미사는 기억에 남을 것이다. 영성체 직전에 사람들의 웅성거리는 소리가 예배당을 가득 채웠고, 제단 위 발코니로 난 작은 창문 쪽으로 일제히 눈길이 쏠렸다. 내가 무슨 일이냐고 옆 사람에게 묻자 그녀가 들릴 듯 말 듯한 목소리로 대답했다.

"유디트가 저기 있잖아요! 창이 열린 거 안 보여요?"

주의깊게 살펴보고 나서야 나는 그 위에 작은 여닫이창이 있으며 덧문이 열려 있다는 걸 알 수 있었다. 유디트가 저 너머에 앉아 미사에 참석하고 있다니! 심장이 세차게 뛰기 시작했다. 내가 창을 뚫어져라 쳐다보자 옆 사람이 팔꿈치로 나를 치며 말했다.

"고개 숙여요! 당신이 악의를 품고 있다고 생각하게 할 셈이에요?"

나는 당황해서 고개를 돌렸다. 얼굴이 화끈거렸다.

그런데 대체 내가 무슨 짓을 저지른다는 거지? 목자를 쳐다보는 게 죄란 말인가? 오히려 쳐다보지 않는 걸 금해야 하는 것 아닌가!

2월 24일. 디안의 방에서 차를 마셨다. 우리는 사소한 이야기를 포함해 온갖 이야기를 나누었다. 그녀는 자기 혼자만 떠들게 내버려두지 말아달라고 내게 부탁했지만, 그녀에겐 이야깃거리가 너무 많아서 내가 입을 열지 않고도 몇 시간이라도 들을 수 있을 것 같았다. 그녀는 궁에 대한, 그리고 혁명에 대한 기억이 생생했다. 궁에 관해, 1970년 이후 벨기에의 역사에 관해 모든 걸 알고 있었다. 그리고 나로 말하자면 역사를 무척이나 좋아한다. 옛날 자료와 사진을 보여주면 몇 시간이고 그것들을 살펴본다. 자신의 젊은 시절에 관해 이야기해주는 노인을 만나면 그 얘기를 며칠이라도 들을 수 있을 것이다. 이따금 시간을 거슬러올라가는 꿈을 꾸기도 한다. 아! 황금기의 암스테르담이나 리에주, 브뤼셀에서 지내는 걸 상상해본다. 단 하루라도, 단 한 시간만이라도! (혁명 이전 시대에 살고 싶어서가 아니라, '그때는 어땠는지' 알고 싶어서다.)

디안은 여섯 살 적 유년기의 유디트를 알았다. 어린 유디트를 무릎에 앉히기까지 했다! 그녀는 잉리트와 가까웠다. 그에 대해 더 알고 싶어서 내가 캐물었지만 그녀는 둘러대며 화제를 바꾸었다.

"옛 투사 시절 이야기로 지루하게 만들고 싶지는 않아요."

그녀는 내가 더 묻지 않으리라는 걸 잘 알고 있었다.

나는 그녀가 계속 말을 하게 하려고 내 이야기를 했다(서로의 고백이 저울 위에서 균형을 이루어야 한다는 듯이). 그러나 그녀의 삶에 비해 내 삶은 지극히 빈곤하고 평범했다. 그런데도 그녀는 나에 대한 모든 걸 자세히 알고 싶어했다. 내 일상생활은 어떤지, 무엇을 먹고 어떻게 기분 전환을 하는지 등등 내게 모두 말해달라고 했다. 그녀는 지난 삼십 년 동안 궁전을 나가본 적이 없어서 바깥세상에 대해 잘 모르는 것 같다. 한편에는 궁전 생활에 대한 내 호기심이 있고, 다른 한편에는 '평범한' 생활에 대한 그녀의 호기심이 있다. 우리는 각자 자기 나라에 대해 이야기하는 두 명의 이방인 같다. 친절하게도 그녀는 내 세계가 그녀의 세계와 격이 맞지 않는다고 여기지 않고, 내 자존심이 다치지 않도록 배려해준다. 내가 거북함 또는 계층적 반발감을 느끼게 될까봐 조심하는 건지도 모르겠다. 그렇지만 그녀는 내 행성과 그녀의 행성이 그녀의 머릿속에서 명확히 단절되어 있음을 드러내는 '당신네'니 '당신 같은 사람들'이라는 표현을 종종 쓴다. 사실 그녀는 벨기에를 알지 못했다.

다음날 벨기에인들은 일정에 '문화'를 포함시켰다. 보르도는 그 시간이 어서 오기를 기다렸다. 그들은 아홉시경에 호텔—캉브르 숲 근처에 자리한 호사스러운 건물로, 그가 평소 여행할 때 묵던 고급 호텔이 부럽지 않았다—을 떠났고, 군의 호위를 받으며 이십 분간 이동한 뒤(그는 이 행렬에 익숙해졌다. 이제는 이런 서커스단 없이 여행을 하면 오히려 어색할 것 같았다) 브뤼셀 중심부에 있는 옛 왕궁 앞에 도착했다. 1980년대 초에 재정비된 옛 왕궁에는 두 개의 미술관이 들어서 있었다. 하나는 조형예술 미술관(여성 예술가 전용)이었고, 다른 하나는—의심의 여지가 있겠는가?—혁명 미술관이었다. 혁명 미술관에는 대행진과 관련된 찬란한 프레스코화, 잉리트가 소지했던 물품, 그녀가 머물렀던 거주지의 모형, 초상화, 원고 들이 전시되어 있었다. 일행 중 예술에 가장

조예가 깊은 보르도는 다음과 같이 기록했다.

"조형예술 미술관. 반 고흐에게 용기를 준, 페르헤이던의 제자인 안나 보스의 〈햇빛 찬란한 모래언덕〉 앞에서 감탄한 채 오랫동안 서 있었다. 파니 코르의 매혹적인 그림들 앞에서, 내 응접실에 걸어두고 싶은 페트라 폴마르크의 누드화들 앞에서 감탄했다. 우리의 여행 이야기 속에 나는 당연히 이 이야기를 할 것이다.

문화유산 외에 많은 현대 여성 예술가들의 작품도 있었다. 원색을 띤 거대한 기하학 형태의 소박파 작품들. 그림보다는 조각상이 많았다. 이 나라 사람들에겐 삼차원과 석상, 진흙 반죽에 대한 열정이 있다. 흥미롭게도 조각과 정치에는 유사성이 있다. 그들은 질료로 그들의 목자를 조각하듯 여성들로 하나의 사회를 조각하는 것이다…… 이에 대해 좀더 생각해봐야겠다.

모든 작품이 최고의 수준은 아니다. 전체적으로 볼 때 반복적인 느낌이다. 굴드도 내 생각에 동의했다.

어쨌든 강렬한 작품들이었고, 기억하기 어려운 이름들이었다.

—이렌 슈바이처. 흘러내린 용암이 거대한 둥지 모양으로 굳은 것 같다. 청동 조각이 어머니처럼 포근하면서도 꽤나 기이했다.

—크리스타 아서. 1972년에 벨기에로 이민 온 미국 여성. 형형색색의 입방체들로 놀라운 건축물을 만드는 예술가로, 입방체의 크기(47.55×47.55×47.55센티미터. 이 작품에서 의미 있는 숫자인지는 알 수 없었다)에 대한 특허를 가지고 있다. 가장 큰 작품은 7600개의 입방체로 이루어진 것으로, 전시실 하나를 독차지했다.

—나나 판데스테인. 전라의 여인을 찍은, 실물 크기의 아름다운

전신사진들을 칼로 박박 찢은 뒤 그 위에 타르와 진흙을 끼얹은 작품. 남성 폭력에 대한 은유다. 단순하지만 효과적이었다. 보아하니 판데스테인은 벨기에에서 아주 유명한 모양이다.

—그리고 당연히 솔런 쥐퐁르네도 있었다. 전시실마다 그녀의 작품이 있었으니, 그야말로 도처에 편재하는 작가였다. 그녀는 초인적인 창작량으로 모두를 압도했다. 그녀의 명성은 실로 엄청났다. 모두가 그녀를 모방하고 있는 것만 봐도 알 수 있다. 벨기에의 페미니즘 예술은 그녀의 작업 단계별로 시대가 나뉜다.

나는 쥐퐁르네가 자기 분야에서 보여주는 것만큼이나 쉽게 글을 써서, 프랑스에서 그녀만큼 명성을 얻는 꿈을 꾼다……

벨기에의 예술 작품을 구입하는 것이 가능할까? 내일 크리스틴에게 화랑을 방문할 수 있는지 물어봐야겠다. 우리에게 초콜릿도 많이 선물했는데 작품 구입을 굳이 막을 이유가 없지 않겠는가? 제국의 예술을 선전할 수도 있을 것이다. 이 작품들이 프랑스에서도 값이 나갈지는 모르겠다. 그러나 P.F.F. 페미니스트들은 틀림없이 손에 넣고 싶어할 것이다.

조형예술 미술관을 둘러보고 난 뒤 같은 건물에 있는 혁명 미술관으로 갔다. 거기엔 아무것도 없었다. 키치 스타일을 좋아한다면 모를까, 눈에 띄는 게 아무것도 없었다. 이미 본 예술품들의 견본일 뿐이었다.

—벽보판에 수치들이 적혀 있었다. 전력 생산량, 보리나주 광산의 석탄 매장량, 벨기에인들의 행복 지수…… 따분하기 이를 데 없었다.

—재미없는 유성 비디오, 제국이 휴가—오 년에 한 번 이 주 동안 바닷가에서 지내도록 해준다—를 허락한 백성들의 증언. 유디트에게 바치는 감사 인사나 다를 바가 없었다. 비장했다.

—1970년 이후로 여러 차례 바뀐 보안대 제복을 입은 인형들. 흥미로웠다. 모든 전시품이 이런 것들이었다.

그럼에도 불구하고 나는 이 잡동사니 속에서 지난 사십 년 동안 백성들이 목자들에게 보내온 선물들을 보관해둔 여러 진열창을 보고 감동했다. 자질구레한 장식품, 아이의 그림, 보석, 소박파 조각상, 라틴아메리카 또는 동유럽 노동자들이 수놓은 스카프. 혹시라도 목자가 쓸까, 만져보기라도 할까, 그저 쳐다보기라도 할까 하는 희망을 품고 보내온 작고 소박한 선물들로, 요컨대 잉리트와 유디트를 향한 여성들의 사랑의 증표—이보다 더 정확한 말을 찾지는 못할 것 같다—였다.

프랑스에서 온 선물들도 있었다. 특히 유디트의 쉰 살 생일을 기념해 당이 모아서 보내온 선물들이 보였다. 진열창 속에 들어 있는 저 형편없는 물건이 어쩌면 우리 아래층에 사는, 페미니즘 신념이 투철한 이웃집 부부의 딸아이가 만든 것일지도 모른다고 생각하니 심장이 죄어왔다. 그 아이는 친엄마를 사랑하듯 목자를 사랑하는 게 틀림없다."

오후에는 브뤼셀 대학 도서관을 방문했다. 크리스틴의 말에 따르면 장서 백만 권 가운데 이만 권은 자유롭게 빌려볼 수 있다. 벨기에인들은 이 방문을 그저 선택 사항이라며 제안했다. 다른 미술관이나 경기장, 아토미움*(프랑스인들은 아토미움이 아직 존재한다는 사실에 깜짝 놀랐다) 방문 중에서 고르라는 것이었다. 도서관 방문이 예정에 없던 자유로운 선택 사항이라는 사실은 벨기에인들이 책에 그다지 관심이 없다는 걸 드러내 보였다. 프랑스인들은 잠시 망설였으나(로트는 경기장을, 골란스키는 아토미움을 보고 싶어했다) 금속이 자석에 끌리듯 책에 끌리는 굴드와 보르도—둘은 낯선 도시에서도 대성당을 포기하고 책방에 머물 수 있는 사람들이었다—가 단호하게 도서관을 택하는 바람에 결정권이 그들에게 돌아갔다.

그래서 안데르레흐트에 있는 도서관 캠퍼스로 향했다. '도심에서도 멀고 사람들로부터도 멀리 떨어진 곳'이라고 보르도는 생각했다. (바로 전날 랑글루아가 이렇게 표현하면서 벨기에인들이 그들을 사람이 별로 없는 외진 곳으로만 데려간다는 암시를 했었다. 보르도는 어깨를 으쓱했지만, 그 말이 생각할 거리를 주긴 했다.)

그곳은 미국식 캠퍼스였다. 거대한 광장을 둘러싸고 조성된 도시였다. 굴드가 크리스틴에게 고등교육을 받는 벨기에인의 비율을 물었다. 그러자 그녀는 막연하게 "대다수"라고 대답했다. 대학의 남녀 혼성 여부에 대해서는 "남녀공학도 있고, 아닌 곳도 있어요"라고, 가장 높이 평가받는 분과에 대해서는 "모르겠어요"라고 대답했다.

도서관은 20미터 높이의 고층탑—상점—이 딸린 입방체 건물이었다. 보르도는 여성적인 건축—섬세한 형태와 장식들—을 기

* 1958년 벨기에 브뤼셀에서 열린 국제박람회를 기념하기 위해 만든 기념물.

대했다가 예상이 빗나가자(아마 그가 순진했던 것이리라) 다시 한 번 놀랐다. 선이 거칠고, 육중하며, 불필요한 장식을 뺀 그 벨기에 건축물은 군대 벙커를 모델로 삼은 것 같았다. 미학적인 면을 고려한 유일한 부분은 출입구 위의 부조로, 나무 옆에 선 잉리트의 모습을 묘사한 것이었다. 틀림없이 학문의 나무일 것이다.

보안대원들이 열람실에서 학생들을 내보내고 나서(학생들이 있어도 방해가 되지 않으며 오히려 그들이 공부하는 모습을 보는 것이 흥미로울 거라고 만류했지만 소용없었다) 그들은 건물 안으로 들어섰다. 보르도가 쓴 글을 읽어보자.

"도서관의 육중한 외관은 법원처럼 사람을 압도할 목적으로 설계된 듯 보였다. 내부가 넓고 호사스러우며, 길을 잃을 정도로 서가가 끝없이 이어질 거라 짐작했다. 그런데 아니었다. 놀랍게도 협소하고 어둡고 나지막한 작은 열람실들이 이어져 있었다. 나는 워싱턴의 국회도서관과 맞먹는 규모를 기대했다. 그러나 숨막히는 초라한 시골 매스미디어 자료관 규모밖에 되지 않았다.

나는 자유롭게 돌아다녀도 되는지 크리스틴에게 물어보려 했다. 반면 굴드는 벌써 저만치 서가를 뒤지러 가고 있었다. 서가는 천장 높이까지 오지 않고 어깨 높이에 머물렀다. 마치 난쟁이를 위해 설계한 것 같았다. 그래서 말 그대로 머리 꼭대기까지 책 속에 파묻히는 즐거움은 느낄 수 없었다. 길을 잃을 위험이 없는 이상한 미로였다!

마침내 책을 살펴보았다. 처음에 본 열다섯 권의 책은 하나같이 내가 모르는 저자들의 것이었다. 네덜란드 저자들인가? 그곳은 문학 서가였고, 저자들은 알파벳순으로 분류되어 있었다. A 서가에는 내가 예상했던 작가가 단 한 사람도 없었다. B 쪽으로 나아갔다. 그곳 역시 마찬가지였다. 모두가 낯선 이름들이었다. H로 넘어갔다. 다시 탐색을 했다. 하서. 아는 이름이다. 드디어! 아! 여성시인 유디트 헤르츠베르크. 이 사람도 들은 적이 있다. 그런데 다른 사람들은? 헤르베르브로크, 헤르베레인, 휘르비네크. 이 모든 이름들이 내게는 낯설었다! 위고를 찾아보았지만 소용없었다. 정신이 번쩍 들었다. F로 돌아갔다. 플로베르도 없었다. P에 프루스트도 없었고, D에 도스토옙스키도 없었다. 수백 개의 낯선 이름들뿐이었다. 모든 것이 뒤죽박죽인, 다른 차원의 평행 세계에 와 있는 것 같았다. 그들의 분류를 내가 전혀 이해하지 못하는 걸까? 아니면 그들의 색인이 수상쩍은 원칙에 따라 만들어진 걸까?

나는 당혹스러워서 굴드를 찾았다. G 서가에서 하얗게 질린 그를 발견했다. 그가 말했다. '뭐가 뭔지 모르겠어.' 그 역시 나와 똑같은 생각을 하고 있었다. 그는 우리의 원칙대로라면 정신이상이라 부를 법한 이 분류법을 이해하기 위해 머리를 쥐어짜고 있었다. 그는 이러한 차별 정책을 설명하려고 애썼다. 정당방위에 의한 반사작용일까? 그는 당황했지만 냉정을 유지하고 있었다. 심지어 아무 지적도 하지 않았다. 나는 맥없이 팔이 축 늘어졌다. 상식을 너무 벗어나서 내 이해력을 뛰어넘는 일이었다. 나는 머리가 굳어버렸다. 평소에는 꽤나 민첩하게 의견을 쏟아내는 나지만 더는 아무런 생각이 떠오르지 않았다. 그래서 굴드를 따라 했다. 시골에서 길을 잃은 사람이, 앞서 지나가는 첫번째 차가 큰길로 데려다주길 바라며 그 차를 따라갈 결심을 하듯이 말이다. 나는 모든 게 정상인 것처럼 행동했다.

랑글루아는 당연히 추악한 일이라고 소리쳤다. 그는 저녁 내내 그 이야기를 떠들어댔다. 벨기에 사람들이 여성 작가가 쓴 책만 읽는다는 사실을 두고 무례한 암시와 농담을 늘어놓았다. 굴드와 나는 거북해서 대답도 못하고 결국엔 랑글루아가 지치기만 바라면서 그가 쏟아내는 냉소를 견뎌야 했다…… (그가 옳다는 걸 우리도 알기 때문이다!) 그가 덧붙여 말했다. '벨기에의 여성 문학이 대단한 모양입니다. 남자가 쓴 것은 없어도 될 정도니 말입니다!' 그는 자신이 좋아하는 여성 작가들을 손가락으로 꼽더니(다섯 명의 이름을 말했다) 이 정도면 멋진 색인이라고, 이 이상 알고 싶지 않은 게 옳은 판단이라고 결론을 내렸다. 그는 도서관에서 이미 굴드와 내가 대응을 포기하는 걸 보고, 무섭도록 무거운 온갖 질문을 순진을 가장한 말투로 크리스틴에게 던졌고, 크리스틴은 그의 함정에 빠져 자기의 대답이 지닌 무례한 측면을 자각하지 못한 채(잘 알면서 즐긴 것이 아니라면) 가볍게 대답했다.

'그러니까 제가 제대로 이해한 거라면 이곳엔 여성 작가들의 책밖에 없다는 거죠?'

'네.'

'왜 남성 작가의 책은 한 권도 권하지 않는 거죠?'

그녀는 이해하지 못한 척하며 고개를 갸우뚱거렸다.

'왜…… 그걸 권해야 하죠?'

그녀는 미소를 짓더니 굴드에게 창을 겨누었다.

'선생님의 책을 찾아보셨나요?'

그가 책을 찾는 모습을 본 걸까?

'제국의 공공도서관은 남성들의 책을 따로 보관하고 있습니다. 그걸 보려면 허가가 필요하지요.'

랑글루아가 자세한 설명을 청했다.

'색인에 남성의 책도 여성의 책만큼 있습니까?'

'오, 그건 전혀 모르겠어요. 사서를 불러봐야 알 것 같군요.'

'대략적으로라도 모르나요?'

'아마 색인에 있는 남성 저자의 비율은 남성 작가의 수만큼일 겁니다. 그리고 여성 작가가 남성 작가보다 더 많고요……'

'당신네 관점에서는 논리적이군요.' 랑글루아가 평했다.

'적어도 혁명 이후로 문학과 예술에 관심을 갖는 건 여성뿐입니다. 혁명이 모든 걸 제자리로 돌려놓은 겁니다. 글을 쓰고 창조하는 일은 남성에게 적합하지 않죠.'

랑글루아는 상대를 누를 패를 꺼낼 생각에 몹시도 기뻐했다.

'정말 그렇게 생각하세요?' 그가 거듭 물었다.

'그렇습니다.'

그녀는 굴드와 나를 번갈아 보더니, 스스로 아픈 곳을 찔렀다.

'물론 여러분을 염두에 두고 하는 얘기는 아닙니다.'

원하는 것을 얻어낸 랑글루아는 의기양양했다. 그는 승리를 만끽하며 물었다.

'서점에서도 성별로 책을 구분해서 진열합니까?'

'뭐라고요?'

랑글루아가 되물었다. 이어진 크리스틴의 대답은 나를 경악하게 만들었다.

'랑글루아 씨, 벨기에에는 서점이 없습니다.'

우리는 목자에 관한 책들이 꽂혀 있는 위압적인 서가 쪽으로 돌아가야만 했다. 목자들의 저서 외에 전기, 찬양서, 시, 철학서 들이 있었다. 수천 권, 아니 수만 권은 되었다. 잉리트와 유디트의 저서들이 넘쳐났고, 그들의 저서에 관한 저서들도 놀랄 정도로 많았다. 콩트 하나가 떠올랐다. '왕이 쓰거나 왕에 대해 쓰는 것 외에는 아무것도 쓰지 않는 나라에 관한 이야기.'"

저녁에 새로 묵게 된 호텔 식당에서(벨기에에 도착한 뒤로 그들은 똑같은 침대에서 두 번 잔 적이 없었다. 이동에 지친 보르도는 벨기에가 그다지 큰 나라가 아니어서, 당국이 그들에게 편안하게 쉴 만한 체류지를 계속 마련해주지는 못할 거라고 생각했다) 충격적인 사건이 벌어졌다. 알베르가 칼날로 자기 잔을 치며 팀원들에게 주목해달라고 청했다.

"할말이 있어."

그녀의 엄숙한 말투가 친구들을 긴장시켰다. 그녀가 일어섰다.

"난 당신들과 함께 프랑스로 돌아가지 않겠어."

"그게 무슨 말이야?" 보르도가 어리둥절해하며 물었다.

"난 남겠어. 어제 대담 후에 마르셀로스 사령관에게 단독 면담을 신청해서 벨기에에 남겠다는 내 의지를 알렸어. 그분도 받아들였고. 이제 난 여기서 살 거야."

그녀는 입을 다문 채 자리에 앉았고 이어지는 침묵을 음미했다.

동료들은 입을 다물지 못했다. 이보다 더 놀라운 일은 없을 것 같았다.

"승낙했다고?" 보르도가 되물었다.

알베르는 고개를 끄덕였다. 그리고 덧붙여 말했다.

"원칙상 동의야. 이제 서류를 작성해서 허가를 얻으면 돼. 그러니 절차만 남은 것 아니겠어?"

그러더니 자랑스레 웃으며 설명했다.

"이 일은 윗선까지 올라갈 수 있는 사건이야. 아마 목자에게까지 갈지도 모르지."

그녀가 얼마나 대단한 인물로 보이던지! 보르도는 그녀가 살짝 존경스러웠고, 심지어 부럽기까지 했다.

"그런데 왜 남으려는 거야?" 굴드가 물었다.

"그러고 싶으니까. 그뿐이야. 이건 내 문제야."

"여기 남고 싶어하지 않을 사람이 어디 있겠어요?" 크리스틴이 웃으며 끼어들었다.

모두들 웃었다.

"네 요청이 받아들여졌는지는 언제 알 수 있지?"

"몰라. 어쨌든 우리의 체류가 끝나기 전이겠지."

"그렇겠지." 보르도가 말끝을 맺었다.

그의 곁에 있는 로트의 뺨이 새빨갰다.

"그런데…… 정말 유디트가 결정할 거라고 믿어요? 유디트가 직접?" 그녀가 알베르에게 물었다.

"몰라. 곧 알게 되겠지."

"어쨌든 내각에서 토의할 겁니다. 중요한 사안이니까요." 크리스틴이 말했다.

보르도는 로트를 지켜보았다. 로트는 당장이라도 눈물을 쏟을 것 같았다. 질투심 때문에.

남은 저녁 시간은 온통 알베르의 벨기에 정착에 대한 이야기뿐이었다. 모두들 흥분해서 그녀가 왜 그런 선택을 하게 되었으며 새로운 걸음을 내딛는 것이 겁나지는 않은지 알고 싶어했다. 큰 결정을 내릴 줄 아는 사람들을 보고 감탄하듯 보르도는 오랜 친구인 알베르에게 내심 감탄했다. 굴드 역시 이 갑작스러운 타격에 충격을 받았고, 자신이 아니라 알베르가 대화의 중심이 되는 걸 받아들였다. 그는 그녀에게 질문을 던졌고, 여러 가지 상황을 가정하며 흥분했다. 알베르는 귀화할까? 아마도 그럴 것이다. 왜냐하면 그녀가 여자이기 때문이다. 그러자면 반드시 군복무를 해야 한다. 어쩌면 나이를 고려해 면제를 받을지도 모른다. 그는 알베르가 심사숙고한 것인지 알고 싶었다.

"망명을 선택할 만큼 벨기에에 대해 충분히 알아본 거야?"

"출발하기 전부터 이미 생각한 거야. 사실 몇 년 전부터 생각하긴 했는데 가능하리라고는 예상 못했지. 아직 이루어진 건 아무것도 없어. 당국의 결정을 기다려야 해."

그들은 그녀의 신중함을 높이 샀다. 하지만 그녀가 그들과 함께 프랑스로 돌아가리라고는 더이상 생각하지 않았다. 그녀가 던진 패가 엄청나서 성사되지 않을 수 없을 것 같았다. 모두에게 그녀는 이미 벨기에 사람이었다.

알베르의 결정과 더불어 그들의 여행이 새로운 국면에 접어들었다고 보르도는 생각했다. 몇 년 동안 벨기에는 그들 모두에게 그저 이론적인 국가, 전설 속의 책에 지나지 않았다. 이곳에 발을 디딘 것만으로도 이미 대단한 일이었다. 그 이상 멀리 나아갈 수 있으리라고는 상상도 하지 못했다. 이 엘도라도에서 일주일을 머물다니, 누구도 하지 못한 일이었다. 그런데 알베르에게는 이 여행이 출발점에 불과했다. 그들이 자신들의 모험을 뜻밖이라고 생각한 데 반해, 그녀는 훨씬 더 특별한 모험을 하게 된 것이다. 파리에서 지지를 보내는 것이 아니라, 벨기에에 살면서 혁명에 가담하는 모험 말이다.

로트가 불편한 심기를 감추지 못해 변덕스러운 모습을 보이긴 했어도 그들은 저녁 내내 들떠 있었다. 보르도가 이 순간을 축하하자고, 알베르를 위한 축하 파티를 열자고 제안했다. 벨기에인들에게 샴페인을 갖다달라고 열 번이나 청했지만 소용없었다. 벨기에에서는 술을 마시지 않는다는 말을 거듭하는 크리스틴에게 그는 믿지 못하겠다며 반드시 술 저장고를 찾아내고야 말겠다고 응수했다.

2월 27일. 이상하게도 이곳에서는 다른 곳보다 시간이 빨리 흐른다. 하루종일 하는 일이 아무것도 없다. 그래서 얘기할 만한 것이 아무것도 없다. 그런데도 나를 위한 시간은 단 일 분도 없다. 시계를 보면 내가 생각한 것보다 언제나 시간이 지나 있다. 기상과 취침 사이에 모든 것이 빠르게 지나간다. 마치 시간이 줄어든 것 같다. 언제나 예정된 일이 있어서 결코 지루하지는 않다. 산책, 차 마시기, 저녁식사, 끝없이 길게 이어지는 야찬, 사람들의 방문. 예전의 삶에는 존재하지 않았던 이 모든 일이 이제 내 일상을 차지하고 있다. 궁에서 산다는 건 이런 것일까? 아무것도 하지 않으면서 바쁘고, 시간 여유가 있으면서도 자신에게 쏟을 단 일 분이 없으며, 일을 하지 않지만 지루하지 않은 것일까?

2월 28일. 궁전 2층에 도서관이 하나 있다. 정원 쪽으로 난 아주 조용하고 예쁜 방인데, 고급 가구와 책 수천 종이 갖춰져 있다. 흰 테두리가 있어 바로 알아볼 수 있는 공식 서적들도 있고, '독립' 서적들도 있다. 그중 일부는 외국에서 들여온 책들이다. 보아하니 아무도 그곳을 드나들지 않는 모양이다. (디안이 내게 털어놓았다. "나도 그곳에 발을 들여놓은 적이 없어.") 나는 그곳에 매일 간다. 책을 뒤적이다가 낡고 손상된 어떤 책을 한 권 발견했다. 표지는 뜯겨나가고 없었다. 여성형으로 바뀌기 이전의 프랑스어판 몽테스키외의 『법의 정신』이었다! 이 책이 어떻게 여기 있을까? 이런 유의 책이 집에 있으면 감옥에 가는데 궁에서 발견하다니! 유디트는 자기 도서관에 무엇이 있는지 알까?

오랫동안 프랑스어를 쓰지 않아서 몽테스키외의 작품을 읽기가 힘들었다. 무엇보다 온갖 남성형 명사들이 거슬렸다. 거기에 신경이 쏠려 텍스트에서 자꾸만 멀어졌다. 그러나 결국 해냈다. 책장을 뒤적이다가 닥치는 대로 삼십 페이지를 읽었다. 다행히 짧은 장章들로 구성되어 있었다.

2월 29일. 새벽 두시. 베노에서 돌아오는 길이다. 그곳에서 유디트를 보았다!

저녁 여덟시경, 디안과 저녁식사를 막 끝냈을 무렵 영악해 보이는 한 무리의 궁인들이 웃으며 우리 곁을 지나갔다. 그중 가장 어린 사람은 채 스무 살도 안 되어 보였다. 이미 마주친 적이 있는 어린 여자 하나가 계속 나를 뚫어져라 쳐다보았다. 그녀가 내게 다가

오더니 말했다. "베노에 가는데 같이 안 갈래요?" 그녀의 이름은 시언이다.

나는 그들을 무척이나 따라가고 싶어서, 디안에게 그녀를 내버려두고 가도 좋은지 허락이라도 구하듯 난처한 눈길을 던졌다. 그녀는 내게 가보라며 손짓했다. 시언이 어느새 내 손을 잡아끌었다.

베노에서 나는 그곳에 처음 갔을 때와 똑같은 불안을—한편으로는 도취감을, 다른 한편으로는 내가 있을 곳이 아니라는 거북한 느낌을, 거부감을—느꼈다. 그러나 내가 보기에도 나는 이제 어리바리한 촌뜨기 같지 않았다.

연기 속에서 모든 것이 뿌옇게 흐렸다. 파이프 담배를 피우는 여자들과 가느다란 궐련을 피우는 여자들이 있어서 희미한 어둠 속에서 담뱃불만 발갛게 빛났다. 정말이지 자유로운 곳이었다! 나는 술을 마시고 춤을 추었다. 시언과 그녀의 친구들이 나누는 대화에도 끼었다. 술의 힘을 빌리면 알지 못하는 것에 대해 말하는 것도 쉬워진다는 걸 알게 되었다. 그저 끼어서 말만 하면 되었다. 무슨 얘기를 하는지는 중요하지 않았다. 바보 같은 말일지라도. 어차피 이런 곳에서는 가벼워지는 게 좋다. 게다가 정말 멍청한 말을 했을 때는 다들 유머라고 생각했다.

무대에서 춤과 마술 공연이 있었지만 나는 볼 수가 없었다. 공연을 이미 백 번도 더 본 시언이 나를 다른 방으로 데려갔기 때문이다. (솔직히 말하면 시언의 친구 하나가 내게 보고 싶으면 남아서 봐도 된다고 귓속말로 속삭였다. 그러나 난 공연 따윈 우습게 여긴다는 듯이 고개를 저었다. 사실은 보고 싶었지만……)

베노는 엄청나게 넓었다. 지난번에 본 공간은 지극히 일부였다. 실로 엄청난 미로였다! 시언은 선실을 연상시키는 좁은 통로로 나를 이끌었다. 너무 좁아서 한 사람씩 지나가야만 했다. 통로는 소파와 해먹, 두 사람이 편안히 드러누울 수 있는 안락의자를 갖춘 룸들과 연결되어 있었다. 우리가 들어선 룸에는 십여 명의 여자들이 터키풍의 긴 의자 주위에 모여 있었다. 의자를 차지하고 있는 사람이 누구인지 알았을 때, 나는 내 몸을 꼬집지 않을 수 없었다. 유디트였다! 유디트가 우리를 보고 미소를 지었다! 유디트, 진짜 유디트였다!

이어진 장면을 나는 결코 잊지 못할 것이다. 우리가 무릎을 꿇자 그녀가 나를 알아보고 내 이름을 불렀다. 시언과 다른 여자들이 얼빠진 얼굴을 했다. 아! 물정 모르고 하나하나 가르쳐야 할 사람으로 생각했던 나를 목자님이 의자에서 일어나 끌어안는 모습을 보고, 그들이 내가 목자님과 가까운 사이인 것을 알게 된 것이다!

"내가 잠깐 이 사람을 데려갈게요."

목자님은 이렇게 말하고 나서 나를 자기 옆에 앉혔다.

"내가 널 잊지 않았다는 걸 알지?"

"압니다, 목자님."

"최근에 무척 바빴어. 그래, 어때? 자리는 잘 잡았어?"

"아, 네!"

나는 궁에서 보낸 첫 며칠과 내가 알아낸 장소들에 대해 말했다. 디안 이야기가 나올 뻔했지만 참았다. 디안이 유디트와 그녀 자신의 관계에 대해 한 말이 명확하지 않아서 말을 하지 않는 편이 나을 것 같았다.

"그래, 널 너무 오래 붙들어두진 않을게." 유디트가 중얼거렸다(마치 자신이 지겹게 굴었다는 듯이). "내일 내 방으로 와서 저녁식사를 함께 해. 그럴 거지?"

나는 고개를 끄덕였다. 그 자리에서는 그녀가 내게 보여준 믿기 힘든 총애를 미처 깨닫지 못했다. 내가 감사 인사를 하자 그녀는 내 볼에 입을 맞추었다.

아! 내가 자리로 돌아왔을 때 시언과 그녀의 친구들의 표정은 가히 볼만했다! 나는 그 순간을 만끽했다! 그들은 넋 나간 얼굴로 처음엔 아무 말도 하지 못했다. 이윽고 정신을 차리더니 내게 질문을 쏟아냈다. 어떻게 유디트를 알아요? 언제부터? 자주 만나요? 부풀려서 얘기하고 싶은 마음이 들었지만 거만해 보이지 않게 대답했다. 나는 축제 때 열 명의 '선물 운반자' 중 한 사람이었으며, 그때 그녀가 나를 눈여겨본 것뿐이라고.

"그게 다예요." 나는 겸손을 가장하며 말을 맺었다.

그들은 경이로운 일이라고 여기며 '내 운명'에 감탄했다. 문득 그들이 나를 깔보는 마음을 품지는 않을지 겁이 났다. 아무것도 아닌 여자가 궁인이 되다니, 평민이 신분 상승을 하다니…… 그런데 아니었다. 그들은 진심으로 나의 모험에 감탄했다. 나는 마음이 놓였고 그들에게 마지막 일격을 가했다. "유디트가 내일 저녁식사에 나를 초대했어요." 그들은 비명을 내지르며 거의 미칠 듯이 열광했다. 이제 나는 그들의 스타가 되었다. 그들이 나를 받아들인 것이다. 궁으로 돌아오자 모두가 내 뺨에 다정히 입을 맞추었다. 시언은 내 단짝이, 내 공모자가 되고 싶은지 웃으며 나에게 귓속말을 했다. "나를 버리지 않을 거죠?" 마치 우리가 오래전부터 알던 사이인 양! 하지만 아무려면 어떤가. 내가 생각하는 사람은 이들이 아니라 유디트인데.

(일기는 여기서 끝나고 한 달 동안 중단되었다가 4월 2일에 다시 시작된다.)

그들은 여덟시도 되기 전에 매우 일찍 브뤼셀을 떠났다. 자동차를 타고 오랫동안 이동할 거라는 의미였다. 그들은 미니버스에서 긴 시간을 보내게 되리라고 예상했다. 도시를 벗어나, 벨기에에 도착했을 때 보았던 산업 지대를 지났다. 건물 잔해들, 석탄 찌끼, 모래와 고철, 버려진 채석장, 멈춰 선 기계들이 현장감독을 기다리고 있는 얼어붙은 풀밭. 이따금 연기 한줄기가 공장 굴뚝에서 피어올라 이 모든 게 빈 것도 죽은 것도 아님을 확인해주었다. 때때로 호위대가 자동차와 마주치기도 했는데, 그럴 때면 자동차가 얌전히 갓길로 이동해 최대한 도랑 가까이 붙었다.

그들은 플랑드르를 향해 가고 있었다. 크리스틴은 목적지에 대한 언급을 회피하며 대답을 얼버무렸다. 도착하면 알게 될 거라고만 했다. 왜 정확히 알리기를 꺼리는지 굴드가 묻자 그들의 안전을 위해서라고 했다. 알베르는 그 조치를 매우 바람직하게 여겼지만 곰곰이 생각해보니 의문이 들었다. 보호할 대상은 그들인데 왜 그들에게 정보를 숨기는 걸까?

체류 기간이 후반부로 접어들었다. 지금까지는 일정이 한참 남은 것 같아서 귀국에 신경을 쓰지 않았다. 그런데 돌아갈 날이 가까워지자 마음이 다급해졌다. 하루하루가 소중한 만큼, 더욱 주의를 기울이고 더 적극적인 태도를 보일 필요가 있었다. 의식적이건 아니건 모두들 더 진지해지고 심각해졌다. 이제 조금도 방심하지 않고 집중해야 했다. 어떤 이미지를 머릿속에 새기거나 어떤 사실들을 기억해둬야 한다면 이제야말로 그럴 때였다.

미니버스 속 분위기는 무거웠다. 큰 소리로 떠드는 사람은 없었다. 무슨 생각에 빠졌는지 알베르는 그 누구보다도 말이 없었다. 그녀가 몹시 걱정스러운 얼굴을 하고 있는 것이 불안한지 보르도가 이따금 그녀의 귀에 대고 농담이나 풍경에 관한 이야기를 속삭였다. 그럴 때마다 그녀는 몽상에서 빠져나오는 듯했다. 그녀는 예의에 어긋나지 않으려고 짧게 웅얼웅얼 대답했다. 자기에게 신경 쓰지 말고, 조용히 상황 판단을 하도록 내버려두길 바라는 것 같았다. 큰 변화에 따르는 후유증을 겪고 있는 것이다. 그녀는 마우레인 마르셀로스와 나눈 대담을 머릿속으로 되씹으며, 제국에 남아 귀화해서 목자의 무리에 합류하고 싶다는 자신의 바람을 겁먹은 채 소심하게 알리던 순간을 되새겨보았다. 그 순간과, 자신의 결정을 친구들에게 알린 순간 중 어느 것이 더 감격스러웠던가? 아마도 후자일 것이다. 왜냐하면 마르셀로스는 무심하게 반응했기 때문이다. 알베르는 그녀가 자신의 결정에 그다지 관심을 보이지 않는 것이 의아했다. 마르셀로스는 알베르의 동기를 알기 위해 몇 가지 질문을 던지더니 빙긋 웃어 보였고, 그녀의 선택이 "진정한 여성임을 말해주는 표지"라며 격려해주었다. 그 순간 알베르는 자신이 받아들여졌다고, 시험을 통과해 벨기에에 남게 되었다고 생각했다. 심장이 마구 뛰었다. 그런데 곧 사령관이 "보고를 올릴" 것이고 "결과를 알려주겠다"고 덧붙여 말했다. 그때 알베르는 그것이 사령관이 결정할 문제가 아니라는 것을 알았다. 얼마나 어리석었던가. 자신의 청원이 그 자리에서 오 분 만에 해결될 거라 믿다니! 그녀는 안도감과 실망감을 동시에 느끼며 마르셀로스와 헤어졌다. 안도감을 느낀 건 일이 자연스럽게 진행되었기 때문이고(그녀는 이 청원이 후폭풍을 불러올까봐 겁이 났었다. 굴드가 질책하고 여행이 조기에 종결되는 결과를 가져올까봐 겁이 났는데 다행히 그런 일은 일어나지 않았다), 실망감을 느낀 건 면담이 면담답지 않게 격식도 없이 너무 간단히 끝났기 때문이다. 그녀는 자기 인생을 걸었는데, 마르셀로스는 마치 징집 부사관처럼 그녀를 다루었다.

이제 주사위는 던져졌다. 전날까지만 해도 알베르는 이것저것 재가며 언제라도 포기할 수 있었다. 그러나 이제는 선을 넘어서 돌이킬 수 없었다. 물론 번복할 수도 있다. 그렇지만 체면을 구기게 될 것이다. 그녀가 포기하면 굴드와 다른 친구들이 뭐라고 하겠는가? 아니, 이젠 그럴 수 없었다. 차창을 덮은 반투명 막 때문에 왜곡되어 보이는 풍경을 멍하니 바라보면서, 그녀는 이제 저 풍경이

내 나라의 풍경이고, 이 나라가 내 나라라고 생각했다. 공식적인 인증만 남았을 뿐이다.

도로는 끔찍했다. 골란스키는 제국로만 빼고 제국의 모든 도로망이 이러할 것이며, 자동차를 통 보기 힘든 것으로 미루어 벨기에인들이 자동차를 가지고 있지 않을 거라는 가설을 내세웠다. (브뤼셀 여자들은 자전거로 이동했다.) 그는 이 가설로부터 벨기에의 생활수준에 대한 갖가지 결론을 끌어냈고, 랑글루아는 옳거니 하고 거기에 몇 마디 덧붙였다. 그러나 알베르는 그들의 말을 믿고 싶지 않았다. 제국에는 프랑스의 고속도로보다 더 넓고 아스팔트가 잘 깔린 훌륭한 도로가 나 있으며, 국유 공장에서 생산된 성능 좋은 자동차들이 그 도로 위를 쌩쌩 달리고 있다고 확신했다. 지금 그들이 울퉁불퉁한 길 위를 달리고 있는 건 벨기에인들이 그들을 시골로 데려가기 때문이다. 한가로이 풍경을 감상할 수 있도록. 그녀는 벨기에인들의 섬세한 배려에 고마워할 줄 모르는 골란스키가 상스럽다는 생각마저 들었다.

두 시간을 달린 뒤 호위대는 잠시 쉬려고 풀밭에 멈춰 섰다. 풀밭에 난 바퀴자국을 보니 얼마 전에 농기계들이 지나간 모양이었다. 프랑스인들은 피로를 풀려고 밖으로 나왔고, 차가운 바람에 옷깃을 여몄다. 랑글루아와 굴드는 크리스틴에게 온갖 질문을 쏟아냈다. 누구보다 먼저 목적지를 알고 싶었던 것이다. 그녀는 웃으며 잠시 거절하더니 이내 물러섰다. 안트베르펜 북쪽에 있는 스호턴 근처로 가서 1971년 7월 12일 잉리트가 여성 군중 앞에서 연설했던 장소를 방문할 계획이라고 했다. 그 연설이 군중을 대행진으로 이끌어 브뤼셀까지 함락시켰다는 것이다.

굴드는 기뻤다. 그는 역사적인 장소를 좋아했기 때문이다. 볼만한 유물이 아무것도 남아 있지 않을 때조차도. (예전에는 워털루가 그에게 강렬한 인상을 남겼다.) 그런 곳에 가면 신비롭게도 흘러간 과거와 연결되는 느낌이 들었다. 그는 약간 시인 기질이 있어서 감정이 이성을 압도해버리는 경우가 있었다. 반면에 랑글루아는 투덜거렸다. 이 여행이 아무짝에도 쓸모없으리라 짐작했기 때문이다. 그저께 아쿠아랜드에서 그랬듯이 시간 낭비만 하게 될 것이라고 생각했다. 벌써부터 화가 부글부글 끓어올랐다. 그러나 그는 감정을 드러내지 않고 마음속 분노가 서서히 달아오르도록 내버려두는 것을 즐겼다.

로트, 보르도, 골란스키는 굴드 편에 섰다. 알베르는 여전히 공상에 잠긴 채 말이 없었다.

그들은 황량한 들판으로 다시 떠났다. 바람에 나부끼는 풀밭과 전나무 숲을 가로질렀다. 이따금 오두막 한 채, 농가 두어 채, 옹기종기 모여 있는 집 몇 채가 보였다. 저기에 사람이 살까? 알베르는 문을 두드리고 집안에 들어가 아무도 없으면 동화 『금발 소녀와 곰 세 마리』에서처럼 빈 침대에 눕고 싶었다. 물론 그녀는 이곳에서 멀리 떨어진 곳에서 살 것이고, 농민이 되지도 않을 것이다. 그녀는 브뤼셀에서 살면서 유명 인사가 될 것이다. 그러나 이곳 시골 여인들도 그녀의 자매가 될 것이다. 그래서 그들을 알고 싶은 마음이 간절했다.

갑자기 호위대가 속도를 늦추더니 멈춰 섰다. 랑글루아가 한숨을 내쉬며 나지막이 투덜거렸다. 목적지도 흥미롭지 않은데 계속 속도까지 늦추어대니. 크리스틴은 걱정스러운 얼굴이었다. 앞에서 보안대원들이 자동차에서 내려 무전기로 서로 신호를 주고받았다. 크리스틴의 명령에 따라 운전사가 엔진을 껐다.

얼마 후, 오토바이 정찰병 하나가 미니버스에 오르더니 크리스틴에게 뭔가를 말했다. 크리스틴은 미니버스에서 내려 정찰병을 따라가기 전에 프랑스인들에게 앉아 있으라고 단호히 명했다. 차에서 내려 풀밭에서 다리를 풀고 싶은 욕구를 참지 못하는 부산스러운 아이들을 대하듯. 좀 상냥하게 굴면 어때서 저러지, 하고 골란스키가 중얼거렸다. 로트는 뭔가 심각한 일이 생긴 모양이라며 어깨를 으쓱했다. 그녀는 기분 전환 삼아 그런 상황이 생기기를 바라는 듯했다.

크리스틴이 헐떡이며 돌아와, 건널목의 차단기가 내려져 있어서 차가 멈춰 섰다고 네덜란드어로 설명하다가 이내 프랑스어로 고쳐 말했다.

"단지 그게 문제라면 차단기를 들어올리는 일을 거들겠어요. 우리 넷이 들면……" 랑글루아가 투덜거렸다.

그런 일이 남자들의 몫인 양 암시한 것에 로트가 발끈했다.

"남자 넷 말이죠! 남자들이 더 근육질이라는 거죠?"

그러나 차창으로 보안대원들의 움직임을 살피던 굴드가 손짓으로 싸움을 말렸다.

크리스틴이 말했다. "아직 말이 다 끝난 게 아니에요. 따라오세요. 놀라운 일이 있어요."

"뭔데요? 무슨 일입니까?" 굴드가 물었다.

"보면 압니다."

"거참, 말을 하세요!" 보르도가 날카롭게 외쳤다.

그러자 크리스틴이 환하게 미소를 지으며 말했다.

"말해도 안 믿으실 거예요."

그녀는 조금 전 명령조로 말한 게 미안했는지 상냥하게 말했다.

"내리시지요."

그들은 그녀를 따라 건널목까지 갔다. 허술한 차단기 두 개가 도로를 가로막고 있었고, 오십여 명의 보안대원들이 그 앞에 모여 있었다. 알베르는 보안대원 수에 놀랐고, 그들이 무질서하게 모여 있는 것에 또 한번 놀랐다. 마치 버림받은 양떼 같았다. 보통때 반듯한 방진 형태나 엄격한 종대로 즉각 정렬하던 모습과는 딴판이었다. 대체 무슨 일이 일어난 걸까? 보안대원들은 흥분한 모습으로 발을 동동 구르며 지평선만 뚫어져라 바라보고 있었다. 그들을 보면서 알베르는 특별한 호위대가 오고 있다고 확신했다. 그녀는 앞쪽으로 나아가려고 했다. 그 순간 한 보안대원이 그녀의 팔을 붙잡았고, 크리스틴이 그녀에게 철도에서 떨어져 있으라고 했다. 알베르는 당황했다. 지금 자신의 서류가 심사중이라는 사실을 퍼뜩 떠올렸다. 분명 당국은 알베르의 태도에 대해, 사상에 대해, 규율에 대한 의식에 대해 크리스틴에게 물어볼 것이다. 그런데 벌써부터 서투른 실수를 저지르다니! 그때 크리스틴이 그녀를 자기 쪽으로 끌어당기더니 허리를 감쌌다. 알베르는 안심이 되면서도 살짝 놀랐다. 크리스틴이 애정 어린 행동을 한 것은 처음이었기 때문이다.

평소에 감정을 감쪽같이 숨기고 있었단 말이 아닌가.

"뭘 기다리고 있는 건지 나한테 말해줄래요?" 알베르가 나지막한 목소리로 말했다.

그러자 크리스틴은 그녀가 전혀 짐작하지 못하는 것이 도리어 놀랍다는 듯 그녀를 응시하며 대답했다.

"당연히…… 목자님이죠!"

알베르는 충격을 받았다. 목자가 탄 기차가 이곳을 지나간다고?

유디트가!

알베르는 철도 위로 올라가고 싶었다. 그녀는 굴드를 쳐다보았다. 그 역시 그 말을 듣고 넋이 나간 얼굴이었다.

"목자님을 볼 수 있을까요? 우리에게 손짓을 해줄까요?" 알베르가 매우 흥분해서 물었다.

"아뇨, 그건 불가능합니다. 열차 창문이 색유리로 되어 있어요."

알베르는 입을 뾰로통하게 내밀었다. 크리스틴이 말했다.

"안전 때문이에요. 게다가 목자님은 커튼을 치시는 모양이에요. 여행하는 동안 쉬시기 때문이죠."

알베르는 침대칸에 탄 유디트의 몸이, 요동치는 열차 안에서 흔들리는 모습을 상상했다.

크리스틴이 이어 말했다. "목자님은 여행을 많이 하십니다. 목자님이 기차를 타시면 그 선로에 다른 기차들이 통행하지 못하도록 막지요. 목자님 전용 특별열차가 여러 대 있는데, 그 열차에 부하들을 모두 데리고 다니십니다."

그녀는 잠시 말을 멈췄다가 자세한 설명을 덧붙였다.

"안전상의 이유로 우리는 제국 전역에 똑같은 열차들을 동시에 달리게 합니다."

"그럼 어떤 게 진짜인지 알죠?" 굴드가 물었다.

"진짜라뇨?"

"제 말은, 목자님이 탄 열차 말입니다."

"알 수 없죠."

그녀의 대답에 충격을 받은 알베르가 되물었다.

"그러면 저기 오는 열차 안에 목자님이 타지 않았을 수도 있는 것 아닌가요?"

"타시지 않았을 수도 있죠. 그렇지만 그건 중요하지 않아요!"

프랑스인들은 말문이 막혔다. 그런데도 크리스틴에게는 이 불확실함이 아무 문제가 되지 않는 것 같았다. 그녀는 뒤꿈치를 들고 서서 목자가 탔는지 안 탔는지 알 수 없는 기차가 오는 걸 보려고 애썼다. 그녀에게는 목자가 탔건 타지 않았건 마찬가지인 모양이었다. 목자를 향한 벨기에인들의 사랑은 참으로 커서 목자가 나타날지 모른다는 개연성만으로도 이미 천상의 선물이었다. 마치 도처에(우표, 지폐, 동전, 기념물, 그림, 메달, 시민들 목에 걸린 목걸이에) 그려져 있는 잉리트와 유디트가 결국 그림 속에 녹아들어 초상의 형태로만 존재하게 된 것 같았다. 따라서 크리스틴과 보안대원들은 유디트가 탄 기차가 아니라(그녀가 실제로 기차에 탔는지는 그들에게 중요하지 않았다) 유디트라는 이념을 실은 기차가 지나가는 것만 보아도 행복했던 것이다.

마침내 기차가 나타났다. 보안대원들은 조용히 하라는 명령을 서로에게 전달하더니 뻣뻣해졌다. 그들은 도착하는 기차 때문에 최면에 걸린 것처럼 보였다. 주머니를 뒤져도 전혀 모를 것 같군, 하고 랑글루아는 생각했다.

소음이 점점 커지더니 기차가 지독한 소리를 내며 전속력으로 지나갔다. 알베르는 실망했다. 기차가 조금 천천히 달려서 기차를 잘 볼 수 있을 거라 기대했던 것이다. 열차가 그녀 앞으로 길고 흐릿한 리본을 펼치듯 지나갈 때 그녀도 마법에 걸린 듯했다. 어쩌면, 아니, 틀림없이 유령열차였을 것이다. 그래도 어쩔 수 없었다. 그녀도 그 미끼에 홀리고 말았다.

열차의 마지막 칸이 지나갔고 소리가 점점 작아지더니 마침내 사라졌다. 기차는 이미 멀어져서 더는 아무 소리도 들리지 않았다. 그들은 마법의 지팡이 한 방에 마술에서 깨어나듯 깨어났다. 긴장이 다시 풀렸다. 보안대원들은 눈물을 훔치며 서로를 얼싸안았다. 평소 어깨에 기관총을 두르고 근엄한 모습을 보이던 군인들이 당혹스러울 정도로 감정을 쏟아냈다.

프랑스인들은 미니버스를 향해 돌아서서 아쉬운 듯 천천히 걸었다. 보르도는 알베르에게 어서 호텔로 가서 이 이야기를 쓰고 싶다고 귓속말을 했다. 그는 길게 한숨을 내쉬었다. 그에게도 강렬한 순간이었던 것이다.

알베르는 그들의 행렬과 제국의 기차 사이에 있을지도 모를 연관 관계 속에서 어떤 징조를 읽고 황홀해했다. 이런 일이 일어날 확률이 얼마나 되겠는가. 마치 유디트가 그녀를 만나러 온 듯했고, 운명이 두 사람을 마주치게 한 것 같았다. 그렇다, 그녀는 확신했다. 유디트는 그 기차에 있었다. 유디트가 아주 가까이 그녀를 스쳐지나갔다. 그녀의 본능이 그렇게 말해주었다. 벨기에 국민의 본능이.

4월 2일. 일기를 쓰지 않은 지 한 달이 흘렀다! 마지막 페이지들을 다시 읽어본다. 꼭 십 년 전에 쓴 것만 같다. 심지어 내가 쓴 글이 아닌 것 같다. 아니 내가 쓰긴 했지만 다른 사람으로 살았던 전생에 쓴 것만 같다.

상황을 분명히 짚어보자. 이제 나는 테르뷔런 궁에 도착했을 때 받은, 오른쪽 측면 건물의 복도 끝 방을 쓰고 있지 않다(그 방에 대한 소유권을 그대로 유지하고 있어서 거기에 내 소지품은 남겨두었다). 이제 나는 유디트 곁에서 잔다. 그녀의 내실 바로 옆에 그녀가 만들어준 방에서 지낸다. 이따금 그녀는 나를 내실로 부른다. 그건 단순한 애정을 넘어서는 행동이다. 그녀는 나에게 반했다. 나는 '그녀의 보물'이자 '그녀의 보석'이요, '그녀의 다이아몬드'다. 그녀는 이런 비유들을 즐겨 쓴다. 반짝이는 것들을 좋아하기 때문이다. 나는 이제 네 명의 대귀족만큼이나 그녀의 가까이에 있다.

네 사람은 정도의 차이는 있지만 그럭저럭 나를 호의적으로 받아들인다. 그들은 이상하다. 사실 그들과 함께 있으면 어떻게 처신해야 할지 모르겠다. 그들은 때로는 매우 달콤한 말로 나에게 알랑거리고 나를 배려하며, 내게 "사랑스럽"고 "신선하다"고 말한다. 때로는 나를 깔보며, 내가 부당하게 자리를 꿰찼고, 나에 대한 목자의 총애가 오래가지 않을 거라는 걸 이해시키려 든다. 심지어 내일 당장 추락할 거라고 예언하기까지 했다.

그들끼리의 관계에서도 이런 변덕을 볼 수 있다. 사실을 말하자면 그들은 서로를 증오한다. 아펄에게 스히멜나우에 대해 묻거나 베르톨루치에게 몬데르만에 대해 물으면, 서로에게 퍼붓는 악담을 듣게 된다. 그런데 이상하게도 그것이 공동의 적수에 맞서 그들이 똘똘 뭉치는 데 방해가 되지는 않는다. 그럴 때가 되면 그들은 한 손의 손가락들처럼 행동한다. 그들 중 세 사람이 나머지 한 사람에게 맞서 동맹을 맺으면 나머지 한 사람은 그들을 죽이겠노라며 욕설을 퍼붓는다. 그러나 다음날이면 다시 생사를 함께하는 사이가 되곤 한다.

나는 그들의 계략을 이해하기가 힘들다. 그들은 어느 날에는 나를 받아들였다가도 바로 다음날에 나를 배척한다. 디안은 내게 조심하라고, 그들을 믿지 말라고 충고한다. 어쩌면 그녀는 나처럼 출신도 좋지 않으면서 거의 최정상까지 신분이 올라갔다가 대귀족들의 음모로 추락한 여자들을 기억하고 있는지도 모른다…… 나를 질투하는 게 아니라면 말이다. 이제는 그녀가 잉리트와 가까웠던 것보다 내가 유디트와 더 가깝기 때문에 내가 행복을 누리지 못하도록 조심하라고 조언하는 건지도 모르지 않는가? 아니다, 디안은 그런 사람이 아니다. 내가 어떻게 그런 생각을 할 수 있을까? 그녀는 처음부터 나를 보호해주었다. 그녀는 나의 수호천사다. 그녀를 두려워할 이유가 전혀 없다. 대귀족들이 만들어내는 의심의 분위기에 나도 물든 모양이다. 여자들은 유디트와 가까워질수록 서로를 감시하고 감시당하는 느낌을 받는다. 그리고 그것은 광기로까지 치닫는다.

4월 10일. 오늘 유디트가 나에게 국무회의에 참석하라고 했다. 처음엔 사양했다. 그곳은 내가 있을 곳도 아니고, 국사에 끼어든다고 대귀족들에게 비난을 받고 싶지도 않았다. 대귀족들이 나를 극도로 증오하게 만들지 않으려고 나는 유디트의 그림자 안에서 조용히 지내며 연인 역할에만 머물려고 애쓴다. 그렇지만 유디트는 나의 머뭇거림을 손등으로 쓸어버렸다. 그래도 내가 버티자 그녀는 자신의 권위를 이용했다. 자신이 원하는 바이니 국무회의에 참석하라는 것이었다. 결국 그녀를 따라갈 수밖에 없었다. 유디트가 국무회의에 내가 참석한다는 사실을 고지하는 걸 잊는 바람에 나는 강제로 문을 부수고 그곳에 들어가는 것처럼 보였다. 정말이지 그 자리에 있고 싶지 않았는데…… 그러나 많은 것을 알게 된 자리였다.

무엇보다 국무회의가 하나가 아니라 둘이라는 사실을 알게 되었다. '공식적인' 국무회의가 열리기 한 시간 전에, 인원이 한정된 소규모 그룹(목자, 대귀족들—오늘 불참한 아펄을 제외하고—, 장관 두세 명과 군인 열 명)이 모든 중요한 결정을 내린다. 그런 다음 백 명 이상이 모이는, 본래 의미의 국무회의가 열린다. 전체 각료들, 국무 장관들, 도지사들, 암스테르담·로테르담·헤이그·에인트호번·헨트·리에주·샤를루아·룩셈부르크에서 온 행정관들 무리가 참석한다. 이 인사들은 두 시간 동안 심의를 하는 척하지만 결국에는 소위원회가 앞서 결정한 것을 지지한다.

토론 내용에 대해서는 별로 이해하지 못했다. 무엇보다 내가 알지 못하는 국가 사안들이었고, 흥미롭지도 않았다. 네덜란드어였지만 수수께끼 같은 암시, 암호화된 표현과 참고 기호 등이 가득한 정치적 속어로 토론이 진행되어 익숙한 사람만 해독할 수 있었다.

그러나 그중에 나에게 가장 충격을 준 것은 유디트가 거의 아무것도 결정하지 않고 말도 별반 하지 않는다는 사실이었다. 극단적으로 말해 그녀는 형식상 그 자리에 있을 뿐이었다. 회의의 의장으로서 자리했지만 듣고 있지 않았다. 모두가 말을 했지만 그녀는 말을 하지 않았다. 심지어 그녀는 나처럼 지루해하는 것 같았다. 천장을 올려다보고, 종이에 그림을 끼적이고, 의자(높고 금장식이 박힌, 최고로 멋진 의자였다)에 앉은 채 몸을 흔들었다. 실제로 국무회의를 주재하는 사람은 베르톨루치였다. 그녀는 어떤 순간에도 유디트를 향해 몸을 돌리지 않았다. 유디트는 투명인간 같았다. 처음에 나는 그녀가 목자의 대변인이고, 목자의 침묵은 권위를 보여주는 세련된 방식이라고 생각했다. 어쩌다 한 번씩 말을 함으로써 더 엄숙하게 보이려는 방식이라고 생각한 것이다. 그런데 아니었다. 유디트가 입을 다물고 있는 건 토론이 흥미롭지 않기 때문인 게 분명했다. 두번째 회의가 끝나고 한 군인이 그녀에게 종회를 선언해달라고 요청했을 때에야 의전이 제대로 자리를 잡았다. 유디트가 기계적으로 회의의 끝을 알리자, 회중은 마치 한 사람처럼 일제히 일어섰다. 회의실을 떠나기 전 그들은 목자님 앞에서 무릎을 꿇고 인사를 했고, 목자님은 쳐다보는 둥 마는 둥 했다. (내가 그저 새 수행원인지 아니면 막후 참모인지 알지 못하는 장관들은 나에게 인사를 하는 편이 신중한 행동일 거라고 판단하고 그렇게 했다.)

모두가 그녀의 발아래로 지나가고 나서 회의장을 벗어날 수 있게 되자, 유디트가 탄식하듯 말했다.

"길었지, 안 그래?"

문득 그녀가 꼭두각시 같다는 느낌이 들었다. 나는 부끄러워서 대답하지 못했다.

4월 12일. 오늘 오후에는 열람실에서 몽테스키외를 삼십 페이지 정도 읽었다. 책을 내 방으로 가져갈까도 생각했지만 불법으로 소유하고 있다가 고발당할까봐 겁이 났다. 그 책이 궁 안에 있었다고 누가 믿겠는가? 가부장적인 늙은 수컷이 옛 프랑스어로 쓴 이런 책을 유디트가 도서관에 놔두도록 허용했을 리 없다고들 말할 것이다. 그리고 그녀 또한 수년 전부터 열람실에 발을 들여놓지 않았기에 나를 옹호하기보다 나를 비난하는 쪽에 설 것이다. (이 글을 쓰는 지금 나는 그녀에게 전혀 감사하는 마음을 보이지 않고 있는데, 사실 끊임없이 급변하는 기분에 내가 길들게 된 건 모두 다 그녀 탓이다. 그녀는 화요일에 월요일의 원칙을 문제삼고, 수요일에 다시 그 원칙을 앞세운다. 일주일 내내, 한 달 내내 매번 그런 식이다.) 이 떳떳지 못한 독서로 내 안의 악덕이 드러나고 있는 게 아닌지 모르겠다. 내 딸 비르지니처럼 진정한 투사라면 코를 잡고 대번에 이 책을 쓰레기통에 집어넣지 않았을까? 그런데 나약하고 상황에 잘 휘둘리는 나는 충격을 받기는커녕 호기심에 이끌려 한 페이지씩 해독하고 있다. 진정한 혁명가가 이런 경우에 할 처신—책을 발기발기 찢어 불태우기—을 하지 않고. 그렇지만 어쩌겠는가! 포도주 병은 이미 따버렸고, 나는 그걸 마시고 있다. 몽테스키외가 남성우월주의자라면 나는 그 말이 어느 정도 사실인지 확인하기 위해 끝까지 가볼 작정이다.

지금 나는 전제군주제에 관한 장을 읽고 있다. 그는 전제군주제의 원칙은 두려움이라고 말한다. 모두를 전제군주의 지배하에 두려면 "두려움이 모든 용기를 무너뜨려야 하고, 최소한의 야심마저도 잠재워야 한다". 야심이 많아서 목자님에 대항할 음모를 꾸밀지 모르는 네 명의 대귀족에게 더욱더 두려움을 불러일으키도록 유디트에게 이 구절을 읽게 해야 할 것이다. 아니다, 입을 다무는 편이 낫겠다…… 디안이 말했듯이, 궁에는 살아남기 위한 또다른 원칙이 있다. 그것은 바로 침묵이다.

4월 13일. 오늘밤엔 이상한 일이 있었다. 유디트가 밤을 함께 보내자고 제안해서 저녁 아홉시경에 그녀의 내실 문 앞으로 갔다. 그런데 보안대원 하나가 못 들어가게 막았다. 아무리 설명을 해도 말이 통하지 않았다. 나는 강력하게 항의했고, 체포시키겠다고 협박하기까지 했다(나에게 정말 그런 힘이 있는지는 모르지만 겁을 주기 위해서 그렇게 그녀를 을러댔다). 대원은 결국 아주 가까운 곳에 있던 아펄을 불렀다.

"네가 여기서 뭐하는 거야?" 아펄이 공격적인 말투로 나에게 물었다.

"유디트가 나를 기다려요."

그녀가 내 대답을 듣고 웃음을 터뜨렸다.

"이거 어쩌나! 유디트는 해안가로 갔는데. 오늘 오후에 떠났어."

"뭐라고요?"

나는 내 귀를 믿지 못했다.

"하지만 오라고 했는데……"

"유디트는 너에게 아무 말도 하지 않은 거야. 가서 잠이나 자."

그녀는 내게 고통을 준 데 희열을 느끼며 또다시 웃어 보였다. 나는 크게 실망해서 눈물을 머금은 채 무거운 마음으로 방으로 돌아왔다. 오늘 있었던 일을 모두 이야기하려고 디안의 방문을 두드릴 뻔했다. 하지만 그랬다면 나를 우습게 생각하지 않았을까?

4월 15일. 딸들과 함께 하루를 보냈다. 얼마나 기뻤는지! 그저께 충격적인 일을 겪고 딸들을 보니 힘이 났다.

잉리트 공원(옛 요사팟 공원)을 걷다가 소나기를 만났다. 비를 피할 곳을 찾다가 흠뻑 젖고 말았다. 비르지니는 동생을 웃기려고 일부러 소리 내어 이를 딱딱 부딪쳤다.

비가 그치기를 기다리고 있을 때 웬 남자 하나가 비를 피하기 위해 우리가 있는 곳으로 달려왔다. 유디트는 겁을 먹고 내 뒤로 숨었고, 나는 대수롭지 않은 듯 행동했다. 그는 물웅덩이에 무릎을 꿇고 우리에게 인사를 해야 했지만, 나는 굳이 그것을 지적해 문제를 일으키고 싶은 마음이 없었다. 그러나 그건 법에 관한 한 결코 타협하는 법이 없는 비르지니를 고려하지 않은 행동이었다. 비르지니는 침입자의 주의를 끌기 위해 헛기침을 했다. 내가 그만두라고 하자 한쪽 구석에 서서 낮은 소리로 투덜거렸다. 아이는 그에게 복종을 요구할 권리가 우리에겐 있다며, 발까지 굴러가며 항의했다. 결국 남자는 우리가 자기 이야기를 하고 있다는 사실을 깨닫고 소나기 속으로 달아났다. 그러자 비르지니가 그에게 욕설을 퍼부었다.

몇 분 뒤, 소나기가 그쳐서 다시 길을 가려던 참에 우리는 보안대원들을 만났다. 비르지니가 그들에게 달려가, 혼자 다니는 남자가 있는데 우리에게 인사를 하지 않았다고 신고했다! 그러고는 의무를 다했다는 듯 자랑스러운 얼굴로 나에게 돌아왔다.

그애가 보안대원들을 편하게 대하는 걸 보면 놀랍다. 아이는 그들을 전혀 겁내지 않는다. 마치 제 어미에게 말하듯 보안대원들에게 말을 한다. 딸애는 자신이 비난받을 일이 전혀 없다고 확신하고, 두려워할 것이 없다고 믿는다. 완벽하게 흠잡을 데 없는 사람이란 결코 없다는 걸 알지 못한다. 그러다 언젠가는 화를 당할지도 모른다.

4월 19일. 디안과 차를 마셨다. 궁에 도착한 뒤로 놀라웠던 한 가지 질문에 대해 물었다. 바로 평균 나이다. 이곳에는 젊은 사람만 보인다. 스무 살, 서른 살. 그 이상은 보기 드물다. 그리고 열여덟 살이 되지 않은 시언과 그녀의 친구들처럼 소녀들이 많다. 그들에겐 나이에 걸맞은 무사태평함과 쾌활함이 있다. 그들 옆에 있으면 괜스레 노파가 된 느낌이다.

디안은 한숨을 쉬더니 대답했다. 유디트가 예쁜 꽃에 둘러싸여 있는 걸 좋아하기도 하지만, 모두가 믿는 것과 반대로 궁에 사는 사람들의 수명이 다른 곳에 사는 사람들보다 짧다는 것이다. 이것이 젊은 여성의 비율이 높은 이유였다. 내가 그녀의 말을 이해 못하자, 그녀는 이런 불가사의한 말을 덧붙였다. "궁은 종종 새롭게 태어나는 육체와 같아." 그러고 나서 화제를 바꾸었다.

4월 20일. 유디트는 소식이 없다. 나는 감히 그녀의 내실로 가서 내 물건을 찾아올 생각을 하지 못했다. 지난번처럼 접근을 거부당할 것이다. 베르톨루치, 아펄, 몬데르만은 나를 모르는 사람처럼 행동한다. (스히멜나우는 유디트와 함께 떠났다.) 굴욕적인 일이다. 그들이 유디트의 명령을 따르는 게 아닌가 싶다. 과연 유디트다운 일이다. 그녀는 기꺼이 나에게 온기와 냉기를 번갈아 내뿜는다. 나를 시험하고 불안한 상황에 빠뜨리면서, 내가 그녀 곁을 지키려면 부단히 노력해야 한다는 걸 깨닫게 한다. 그러면 나는 내 언행에 주의하며 완벽하게 행동하려 애쓰고, 스스로 검열관이 된다.

늙은 몽테스키외의 책에서 이 글을 읽고 옮겨 적는다. "극단적인 복종은 복종하는 사람의 무지를 전제한다. 심지어 지배자의 무지 또한 전제로 한다. 지배자는 숙고도 의심도 추론도 할 필요가 없다. 그저 원하기만 하면 된다."

4월 24일. 유디트가 테르뷔런으로 돌아왔다! 그녀는 오자마자 나를 불렀다. 나는 힘들었던 점을 말하고 나에게 알리지 않고 떠난 그녀를 원망하고 싶었지만, 그녀는 내가 입을 열 기회를 주지 않고 몇 달 동안 보지 못한 사람처럼 달려와 내 목에 매달렸다. 유디트는 나와 격하게 사랑을 나눈 뒤 나에게 휴가 이야기를 들려주었다. 그녀는 스히멜나우와 함께 함스테더에 다녀왔다. 그곳은 그녀의 어머니가 국유화해서 거처로 삼은 반도다. 그녀가 스히멜나우라는 이름을 말할 때마다, 그리고 그들이 함께 한 산책, 식사, 웃음이 끊이지 않던 상황, 내밀한 순간까지 자세히 묘사할 때마다 질투심에 괴로워하는 나를 그녀는 보지 못했다. 차라리 귀머거리가 되었으면 싶었다. 그러나 내가 폭발하기 직전 그녀가 나에게 격렬하게 키스를 했고, 나는 그녀에 대한 원망을 깡그리 잊어버렸다……

오후에는 '방문'을 가는 그녀를 따라나섰다. 나는 무슨 일이 기다리는지 알지 못했다. 놀라운 일이었다.

우리는 보안대원들의 호위를 받으며 리무진을 타고 떠났다. 삼십여 명의 군인을 태운 군용 트럭 다섯 대, 오토바이 스무 대, 자동차 여섯 대가 따라나섰다.

그러니까 '방문'이란 무작위로 선택된 시민의 집에 목자가 느닷없이 들이닥치는 것인데, 대개는 브뤼셀이지만 때로는 다른 지역이 선택되기도 했다. 행렬은 목적지 없이 달리다가 목자의 명령에 멈춰 서서 눈에 보이는 첫번째 집의 거주자들을 밖으로 내보낸 뒤 집안을 구경하게 된다.

"나는 벨기에 사람들의 삶에 즉흥적으로 끼어드는 이 순간이 좋아. 그들이 어떻게 사는지, 어떤 윤택한 삶을 살아가는지 알고 싶어. 그들의 실내장식 취향이며 세세한 것들까지도. 희한하게도 그들 대부분은 아무 장식도 하지 않아."

오늘 유디트는 옛 식물원 근처에 있는 볼베르텀의 자매 숙소를 방문하기로 했다. 보안대원들이 여자들과 아이들을 밖으로 내보낸 뒤, 그들을 유디트와 마주치지 못하도록 숙소에서 멀찍이 떨어뜨렸다. 그런 다음 숙소와 최대한 가까이 자동차를 갖다댔다. 우리가 걸을 일이 없도록. 우리는 안으로 들어갔다.

들어가자마자 나는 깜짝 놀랐다. 새집처럼 홀이 단장되어 있었다. 1층과 2층 내부도 마찬가지였다. 가구가 잘 갖춰지고 향긋한 세제 냄새가 나는 밝은 집이었다. 내가 예전에 살던 곳과는 전혀 달랐다!

유디트는 방에 들어가서 침대에 누워도 보고, 서랍을 뒤져 노트와 자신의 사진이 실린 낡은 신문과 개인 서류 들을 찾아냈다. 그러고 나서 위층으로 올라가 다른 방들을 구경했다. 그녀는 아주 작은 부엌에서 커피를 만들어달라고 요구했다. 나는 웃음을 참았다. 커피라니! 어디서도 커피를 구할 수 없고 암시장에서는 눈이 튀어

나올 정도로 값이 비싼데! 그런데 놀랍게도 보안대원들이 작은 장에서 커피가 가득 든 유리병을 찾아냈다. 있을 수 없는 일이었다! 한 군인이 유디트 앞에 찻잔을 내놓았다. 유디트는 잔에 입술을 적시더니 커피가 충분히 쓰지 않다며 개수대에 버렸다.

응접실에서 유디트는 보라색 소파에 앉으며 색깔이 흉측하다고 빈정거렸다. 소파 바로 위에서 집에 의무적으로 설치해야만 하는 스피커를 발견하고는 그녀가 말했다. "이런, 그러고 보니 국민에게 말을 한 지가 오래되었네." 그곳에는 텔레비전도 한 대 있었다. 우리는 이십 분 동안이나 청소년용 연속 드라마를 보았다.

나는 초조했다.

"언제 떠나죠?"

"아직은 아니야." 그녀가 대답했다.

"그런데 여기서 뭘 하는 거죠?"

"방문을 하는 거지. 나는 내 국민을 방문하는 걸 좋아해."

그녀는 한숨을 내쉬더니 덧붙여 말했다.

"몇 분 전까지만 해도 이곳에 여자들이 있었어. 이 아파트의 주민들이. 그들의 열기가 느껴지지 않아?"

"아뇨."

"난 느껴져. 이곳에 와보지 않고 어떻게 그들을 잘 이해할 수 있겠어? 그들의 집에서 지내보는 것보다 더 나은 방법이 있을까? 이 방법이 그 어떤 통계자료보다 더 많은 걸 얘기해주지. 이곳에서 나는 그들이 행복하게 지낸다는 걸 알 수 있어. 그들이 얼마나 행복한지 느껴지지 않아?"

그녀는 내 대답을 기다렸다. 나는 무성의하게 우두머리의 말에 동의했다. 그러나 그녀는 그 이상을 원하며 나를 차갑게 응시했다. 내가 '느껴진다'고 대답하자, 그녀는 비로소 흡족해했다. 그녀는 다시 청소년 드라마 〈여자들끼리〉에 빠져들었고, 그동안 나는 이 연출된 상황 속에서 진실을 약간이나마 찾을 수 있을까 싶어 주위를 둘러보았다. 유디트는 정말 이 허울뿐인 가정집을 이용해 나를 착각에 빠뜨리고 싶은 걸까? 진짜 자매 아파트가 어떤지 아는 나를, 그들이 실제로 어떻게 지내는지 잘 아는 나를!

그들이 속이려는 건 내가 아니라 그녀인지도 모른다. 어쩌면 그녀는 정말로 이 말끔한 건물이 평범한 브뤼셀 주민들의 주거지를 대표한다고 믿는지도 모른다. 그렇다면 누가 이렇게 그녀를 속이려 하는 걸까?

이 방문이 그저 유디트가 자기 자신을 설득하는 하나의 방식일 뿐이라면 더욱 기괴한 일일 것이다. 그리고 그 방식은 효과가 있었다. 돌아오는 길에 그녀는 줄곧 자화자찬을 하면서 훌륭한 통치의 영예를 스스로에게 부여하고, 자신이 백성에게 가져다준 삶의 수준에 감탄하며 자신의 열광에 동참하도록 내게 강요했다.

이른바 '방문'이라고 하는 것은 가공된 공간을 산책하고 유리병 속을 살펴보는 것이었다. 그것은 그녀의 온갖 성향을 충족시켰다. 관음증, 모든 걸 알려는 정보욕, 자신이 목자 역할을 멋들어지게 수행하고 있다고 믿고 싶은 욕구. 그녀는 엄선된 표본을 통해 백성들의 행복을 확인하고서(정말로 모르는 게 아니라면 모르는 척하면서) 자기의 정책이 성공적이라고 결론 내렸다.

그녀에겐 모든 것이 이런 식이었다. 바를 발목 높이에 두고 쉽게 뛰어넘고 나서 스스로 감탄하며 높이뛰기 챔피언이라는 말을 듣기 좋아하는 꼴이었다.

나는 그녀를 사랑하지만, 그녀의 결점들까지 모두 사랑하지는 않는다.

역시나 스호턴에는 볼만한 것이 하나도 없었다.

그곳은 황량한 고원이었다. 1971년 7월 12일 조국의 어머니 잉리트가 그곳에서 군중에게 연설을 한 뒤, 군중을 이끌고 브뤼셀을 향해 대행진을 했다. 전설에 따르면 군중은 삼십만 명이었고, 잉리트는 추종자들이 서둘러 쌓아올린 연단에 올라 마이크도 없이 말을 했다고 한다. 굴드는 믿기 힘든 일이라고 생각했다. 왜냐하면 아무리 강력한 메가폰을 가졌더라도 청중의 백분의 일에게도 감동을 주지 못했을 것이기 때문이다. 따라서 두 가지 중 하나는 믿기 힘들었다. 청중이 삼십만 명이었다면 그들은 연설 내용을 거의 알아듣지 못했을 것이고, 그들이 모두 알아들었다면 청중의 수가 그리 많지 않았을 것이다. 그러나 그건 별로 중요하지 않다. 중요한 건 대목자가 한 말이다. 그런데 안타깝게도 그녀의 연설은 사라지고 없다. 마음에서 우러나오는 대로 즉흥적으로 말했기 때문에 기록도 녹음도 남아 있지 않다. 1971년 7월 12일은 중대 사건이 되었다.

그곳에는 산책객들을 한 방향으로 유도하기 위해 철조망이 쳐져 있었다. 표지판들에는 네덜란드어로 잉리트의 행적이 기록되어 있고, 거대한 도예품 하나가 태양 아래 세상의 검은 벌판을 상징하고 있었다. 연단도 복원되어 있었다. 전설에 따르면 추종자들이 십 분 만에 주위에서 돌을 구해 만들었다고 하는데, 2미터 높이에 계단까지 갖춰져 있었다.

크리스틴은 그들을 오솔길로 안내하며 그 역사적인 날에 대한 교훈적인 이야기를 들려주었다. 잉리트와 그 추종 세력은 헤이그에서 오는 길이었는데, 사흘째 걷느라 기진맥진했지만 마을마다 그들의 대의를 신봉하는 여자들을 보며 용기를 되찾았다고 한다. 눈앞에 펼쳐진 이 드넓은 벌판 앞에서 그들이 느꼈을 감격, 잉리트가 이곳에서 민중에게 연설을 하고 그들을 열광에 몰아넣어 브뤼셀로 이끌도록 그녀를 부추긴 욕구, 함성, 환호, 그 많은 여성들이 보여준 환희. 누구도 눈물 없이는 떠올리지 못할 사건이었다.

굴드는 로트가 열광하거나 말거나 상관없이 애매한 태도로 크리스틴의 말에 동조했다. 로트는 1971년에 벨기에 여성들이 느꼈을 환희를 자신이 이해하고 있다는 것을 어떻게든 보여주려는 듯 크리스틴이 하는 모든 말에 고개를 끄덕였다.

굴드는 걸음을 늦추고 대열의 뒤로 물러나 바람 부는 평원을 주시했다. 여기서 뭘 하고 있는 걸까? 그저께 랑글루아를 화나게 했던 것과 똑같은 부조리한 감정을 이번에는 굴드가 느끼고 있었다.

그는 표적에 돌멩이를 던지느라 분주한 보안대원들 곁에서 이야기를 주고받고 있는 보르도와 골란스키와 랑글루아를 바라보았다. 저들도 자신처럼 벨기에인들이 데리고 가는 대로 끌려다니고 있다고 생각할까? 혹시 저들은 우두머리인 자신이 지금껏 그랬던 것처럼 모든 것을 받아들이지 말고, 처음부터 이의를 제기하며 의사 표현을 똑똑히 했어야 한다는 이야기를 주고받고 있는 건 아닐까?

굴드는 이성적으로 이 장소에서 흥미로운 것을 찾아보려고 애썼다. 게다가 스호턴은 굉장히 중요한 장소이지 않은가! 그런데 평소 전장이나 왕의 침실, 집무실 등 역사적 장소에 가면 전율하던 그가 왜 이곳에서는 감흥을 느끼지 못하는 걸까? 그는 모든 연령과 계층을 아우르는 여성들이 벌판을 뒤덮고, 서로 손을 맞잡은 채 용감하게 입을 맞추는 모습을 상상하려고 애썼다. 왜냐하면 곧 이 나라에서 사랑이란 여성들 간의 감정이 될 것이기 때문이다. 저 아래 돌더미 위에서 잉리트의 목소리가 울려퍼지기 시작했을 때, 벨기에 여성들은 페리클레스가 프닉스 언덕에서 입을 열었을 때 아테네인들이 그랬듯 침묵에 잠겼을 것이다.

굴드는 무릎을 구부려 돌멩이 하나를 주웠다. 이 돌은 1971년에도 여기에 있었을까? 그 장면을 목도했을까? 대목자를 보았을까?

굴드는 미소를 지었다. 이런 신비주의적인 질문은 그가 자주 던지는 것이었다. 그는 시간의 흐름에 유난히 민감했다. 모든 것을 덮어버리는 모래시계 속 모래, 전투, 학살, 혁명, 가장 중대한 사건까지도 덮어버리는 시간은 그를 우수에 젖게 만들었다. 그는 자신이 과거의 진동을 유독 잘 감지한다고 생각했다. 그런데 아니었다.

그의 수신기에 포착되는 건 아무것도 없었다. 원대한 사유를 향해 날아오르고 싶었지만 아무 생각도 들지 않았다. 집중하기 위해 눈을 감자 보르도와 랑글루아의 멍청한 농담이 들려왔다.

그는 화가 치밀었다. 내가 형편없어서일까, 아니면 이 벌판에 아무것도 환기할 게 없어서일까? 어쩌면 이 빈곤한 벌판에서는 아무 일도 일어나지 않았고, 모든 이야기가 후대에 만들어진 것인지도 모른다. 이곳에 삼십만 명의 여성이 모였다고 하는데, 그토록 많은 군중이 모일 만한 자리가 되는가? 잉리트가 그들에게 연설을 했다고 하는데, 그렇다면 베아트릭스는 그동안 뭘 했을까? 그녀도 잉리트와 함께 대행진을 이끌지 않았는가? 크리스틴은 왜 그녀에 대해 이야기하지 않았을까? 아! 어쩌면 잉리트가 아니라 베아트릭스가 연설을 한 건 아닐까? 그 유명한 연설을 즉석에서 한 사람은 베아트릭스가 아니었을까? 아니면 아무 일도 일어나지 않았는지 모른다. 그래서 그의 내면에 아무 진동이 느껴지지 않는 건지도 모른다……

굴드는 자신이 화가 나 있음을 느꼈고, 곧 선을 넘어서게 되리라는 걸 알았다. 그가 동료들에게 철저히 지키라고 한 선, 지난번에 골란스키가 학교에서 작은 사고를 일으켰을 때 그에게 거듭 당부했던 그 선 말이다. 이제 그는 지긋지긋했다. 예의바르게 구는 것이, 아무 말 없이 크리스틴을 따라다니는 것이, 일정에 아무런 영향력을 행사할 수 없다는 것이 지긋지긋했다. 소란이 일 테지만 어쩔 수 없다. 벨기에 사람들이 그를 지배 충동을 억제하지 못하는 남성 우월주의자로 봐도 할 수 없다. 게다가 거역하고 싶은 마음도 은근히 있었다. 무리를 휘어잡아 자신이 우두머리임을 분명하게 보여줄 기회이기도 했다. 생각이 이쯤에 이르자 흥분한 그는 크리스틴을 향해 똑바로 걸어가더니 그녀 앞에 버티고 서서 이건 잘못되었다고, 이 방문이 어떤 점에서 흥미로운지 결코 이해하지 못하겠다고 힘주어 말했다.

크리스틴은 놀란 얼굴로 그를 쳐다보았다. 보안대원들, 랑글루아와 보르도 모두가 언쟁을 예감하고 굳어졌다. 굴드와 크리스틴이 마주보고 섰다. 서로를 잡아먹으려고 덤벼들 태세를 한 맹수들 같았다. 어쨌든 저녁에 굴드가 수첩에 쓴 인상은 그랬다.

"내가 크리스틴을 아연실색하게 만든 것 같다. 그녀는 정말 그 보잘것없는 풀밭이 우리의 마음을 사로잡으리라 믿었을까? 그녀는 내가 신성모독이라도 한 것처럼 얼빠진 얼굴로 나를 쳐다보았다. '그렇지만 대행진 평원이잖아요.' 그녀가 반박했다. 나는 굽히지 않았다. 동료들이 나를 지켜보고 있었다. 그들이 나에게 동조하는 걸 보았다. 크리스틴의 기세가 약해지는 기미가 느껴져서 나는 마음을 조금 가라앉히고 타협조로, 우리는 역사 속 벨기에가 아니라 실제 벨기에를 보고 싶다고 말했다. 숭배의 장소가 아니라 삶의 장소를 보고 싶다고. 보르도와 골란스키가 다가왔다. 나는 그들의 얼굴에서 대경실색한 표정을 읽을 수 있었다. 그들은 내가 격분한 모습을 보고 놀랐지만, 그들이 생각하는 바를 내가 큰 소리로 말한 사실에 다시 한번 놀랐다.

괴롭지만 필요한 언쟁이었다. 우리는 담판을 지었다. 크리스틴은 살짝 방어태세를 취하며 도무지 이해할 수 없다고, 우리가 좋아하는 줄 알았다고 거듭 말했다. '제가 여러분께 뭔가를 보여드리는 건 그것이 벨기에를 알게 해주고, 벨기에 민중의 영혼을, 이 나라의 혁명을 이해시켜줄 것이기 때문입니다. 무엇을 보아야 하는지 여러분이 저보다 더 잘 안다고 생각하십니까? 저 대신 고삐를 쥐고 싶으신 거예요?' 그녀는 화난 척했지만 충격을 받은 게 분명했다. 그래서 나는 한발 물러섰다. 보안대원들이 우리 주위로 몰려들더니 크리스틴에게 무슨 문제가 생겼느냐고 물었다(우리가 프랑스어로 싸웠기 때문에 그들은 우리가 하는 말을 하나도 알아듣지 못했다). 마치 위험에 처한 여왕벌 주위로 몰려든 일벌들 같았다. 우리는 타협을 했다. 크리스틴은 스호턴 방문을 끝낼 것이고, 프로그램을 앞으로 개선할 것이며, 우리가 그토록 만나고 싶어하는 벨기에 사람들을 만나게 될 거라고 단언했다. 화해의 미소가 오갔다. 논쟁을 끝내기 위해 우리는 경쟁하듯 예의바른 태도를 보였고, 다시 세상에서 둘도 없는 친구가 되었다. 나는 그 흥미 없는 장소에 열중하며 온갖 것에 대해 아무 질문이나 던졌다. (연기를 해야 할 때 나는 그다지 재능 없는 연기자가 아니다.) 놀란 얼굴로 우리의 다툼을 지켜보던 다른 동료들도 나를 따라 호기심을 배로 드러내 보였다. 사태를 모양새 좋게 수습해야 했던 것이다.

크리스틴이 나를 원망할까? 난 그렇게 생각하지 않는다. 오히려 반대라고 생각한다. 물론 이런 일이 없었더라면 더 좋았겠지만, 이렇게 반항을 함으로써 그녀가 나를 좀더 존중할 만한 사람으로 보게 되었을 거라 생각한다. 지금까지 그녀가 나를 무시했다는 건 아니지만, 그녀와 맞섬으로써 나에 대한 그녀의 생각을 바꾸고 그녀에게 내 기개를 보여주었다. 우리가 한창 논쟁하고 있을 때 마치 내 반응이 마음에 든 듯, 그녀가 살짝 미소 짓는 걸 본 것도 같다. 그녀에게 내가 어른스럽게 느껴지는 것 같아서 기분이 야릇했다…… 조금 더 나아가 성인끼리인데 유혹이 개입되지 말라는 법이 어디 있는가? 그렇지만 이 생각은 너무 멀리까지 간 것 같다!

곰곰이 생각해보면 모순이다. 이 여성 문명에서 수탉처럼 굴어야 나를 존중하게 만들 수 있으니 말이다. 벨기에에서 두 여자가 싸우면—드문 일이지만—곧 반사적으로 서로를 끌어안고, 심지어 그 자리에서 사랑을 나누기도 한다. 그래서 자연적으로 질서가 유지되기에 공권력이 개입하는 것은 매우 이례적이라고 한다. 하지만 크리스틴 앞에서는 달랐다. 그녀는 결코 물러서려 하지 않았다. 그녀는 기꺼이 싸우고 목소리를 높였다. 내가 남자이기 때문에 체면을 세우고 싶었던 걸까? 남자가 끼어드는 순간 여자들 사이에서 중요했던 것이 더이상 의미가 없어지는 걸까?"

이날 저녁, 그들은 브라스하트 근처의 어느 마을에서 잠을 잤다. 애써 파괴하지 않고 보존한 교회를 둘러싸고 집 몇 채가 드문드문 자리한 마을이었다. '진짜 벨기에 사람들'을 만나고 싶다는 굴드의 바람에 응답이라도 하듯 주민들이 모두 그들을 환영하기 위해 모여 있었다. 여자들과 아이들 백여 명, 심지어 남자도 몇 명 있었다.

분위기는 따뜻했고, 식단은 토속적이었다. 그때가 그들이 경험한 최고의 저녁 시간이었다. 대화를 나누기는 어려웠다. 아무도 프랑스어를 할 줄 몰랐기 때문이다. 그러나 사람들은 몸짓으로 대화를 했다. 굴드는 비로소 숨이 트이는 듯했다. 드디어 실재하고 만질 수 있는, 떠들썩하고 쾌활한 벨기에인들을 만난 것이다!

마을 사람들은 적양배추를 곁들인 자고새 요리를 몇 달 전부터 아무것도 먹지 못한 사람처럼 집어삼켰고, 시종들은 작은 술통 하나를 가져와 구멍을 뚫었다.

"아니, 이거 포도주잖아!" 보르도가 외쳤다.

크리스틴이 웃어 보였다.

"포도주야. 포도주라고!" 그가 거듭 외쳤다.

"이분들께 따라드려요." 크리스틴이 명령했다.

시종 한 명이 잔에 포도주를 반쯤 채워 그들에게 건넸다. 보르도는 잔을 들고 빙빙 돌리더니 코로 가져가 냄새를 맡고 입술을 담갔다. 그러고는 포도주를 입안에 머금고 온갖 소리를 내더니 첫 모금을 단숨에 삼켰다.

"훌륭해!" 그의 말에 모두 웃었다.

그는 검지를 치켜세우고는 우쭐해하며 다시 포도주를 음미했다.

"부르고뉴군요."

그는 눈을 감고 다시 한 모금을 마셨다.

"샹베르탱이야!"

포마르 포도주였지만 이 판단 오류도 그의 고조된 기분을 망치지는 못했다.

"그럴 줄 알았어요. 그럴 줄 알았어."

"뭐가요?" 크리스틴이 물었다.

"당신네 제국에서 술을 마시지 않는다고 말했을 때 나는 당신이 거짓말을 한다고 생각했지요. 당신네 나라 같은 곳에서 술을 안 마신다니요!"

그러고는 다시 잔을 비웠다. 크리스틴이 웃음을 터뜨렸다.

"원칙적으로는 금지되어 있어요. 그렇지만 여러분을 위해서……"

그녀는 사실대로 털어놓고 굴드에게 윙크를 해 보였다. 아까 한 말다툼은 벌써 잊었다는 듯이. 그녀는 규칙을 어기고 그들에게 고급 포도주를 내놓음으로써 화해를 증명해 보였다. 굴드는 이 접대를 상징적인 행위로 보았다. 크리스틴이 그들을 극진히 대접한다는 사실을 믿게 하는 데는, 엘리트에게만 허용된 금지된 쾌락인 포도주 이상 가는 것이 없었다. 모두가 자부심에 부풀어 제국을 위해 축배를 들었다.

4월 29일. 유디트와 사랑을 나눌 때마다 그녀는 내게 먼저 의사들의 진료를 받고 오라고 한다. 이삼 일 전에 검진을 받았다고 해도 소용없다. 그녀는 아무 말도 들으려 하지 않는다. 내가 무슨 병이라도 옮길 거라고 생각하는 걸까? 내가 그렇게도 건강해 보이지 않는단 말인가?

무료로 건강검진을 받아 정기적으로 내 운명을 확인하고 안심할 수 있다는 건 좋은 점이다. 그녀를 만질 수 있는 허락이 떨어지는 한 나는 건강하다.

오늘 오후 사랑을 나누는 동안 그녀는 내 귀에 대고 속삭였다. 성기를 몸속에 삽입하고 싶지 않느냐고. 나는 소스라치게 놀라서 아무 대답도 하지 못했다. 나를 흥분시키기 위한 자극인지 아니면 진짜 제안인지 알 수 없었던 것이다. 그녀는 다시 묻지 않았다. 만약 다시 물으면 어떻게 대답할까? 그냥 되물을까?…… 감히 그래도 되겠느냐고. 대단히 무례한 행동이지만 사랑의 유희에서는 모든 것이 허용되지 않는가? 그녀가 화를 내면 농담을 한 척하면 될 것이다.

몽테스키외는 말했다. "루이지애나의 야만인들은 과일을 얻고 싶으면 나무 밑동을 잘라 과일을 딴다. 독재 정부가 바로 그렇다." 잉리트는 통치 초기에 어떤 궁인에게 자신이 좋아하지 않는 표현—무슨 표현인지는 모르겠지만—을 쓰지 못하게 하려 했다고 한다. 그래서 그 궁인을 불렀고, 그녀에게 더는 그 표현을 쓰지 말라고 명령했다. 궁인은 그러겠다고 약속했다. 그런데 궁인이 자리를 뜨려는 순간 잉리트는 생각을 바꾸었다. "금지된 말이 실수로 네게서 튀어나오지 않도록 네가 더이상 글을 쓰지도 말을 하지도 않는 편이 낫겠다. 그래야 너도 잘못을 범하지 않으리라 확신할 수 있을 것이다." 궁인은 그녀의 명령대로 했고, 왕궁 사람들은 그녀를 '벙어리'라고 불렀다.

5월 2일. 유디트의 내실로 들어가니, 그녀가 책상에 앉아 웬 서류를 골똘히 들여다보고 있었다. 코에 안경을 걸치고 있으니 꼭 부엉이 같았다. 나는 소파에 누워 다리 한쪽을 팔걸이에 얹고 그녀의 주의를 끌기 위해 실내화를 육감적으로 발끝에 걸고 까닥였다. 그러나 그녀는 내 장난을 전혀 보지 못하고 나에게 이상한 시범을 해 보였다. 백지 두 장을 들더니 한 장을 다른 한 장 위로 완벽하게 포갰다.

"위의 종이는 나야. 아래의 종이는 백성들이고. 내가 바라는 건 이 두 장이 완벽하게 겹치는 거야. 한 장의 백지가 다른 백지를 정확하게 덮는 거지. 종이 표면이 나한테서 조금도 벗어나선 안 돼. 나는 도처에 있어야 해. 내 말 알아듣겠어?"

내가 미심쩍은 표정을 짓고 있자 그녀가 계속 말을 이었다.

"여자들이 하는 모든 걸 나도 하고 싶어. 그들이 생각하는 모든 걸 동시에 생각하고 싶고."

"그들을 위해 생각하고 싶으세요?"

"그들을 위해서가 아니라, 그들 안에서 생각하고 싶은 거지. 난 우리가 하나되길 바라는 거야."

그녀는 백지 한 장을 비뚜름하게 다른 백지 위에 얹었다.

"봐, 딱하게도 겹쳐지지 않는 부분이 여러 곳 있어. 내가 알지 못하고 보지 못하는 일이 벌어지는 거지. 마치 누군가 그걸 나에게 숨기려는 것처럼 말이야."

그녀는 한숨을 내쉬었다.

"내 백성이 내게 뭔가를 숨긴다고 생각해?"

나는 그녀가 무슨 이야기를 하는지 알지 못했지만, 내가 아는 바로는 누구도 숨길 것이 전혀 없으며, 모든 벨기에인은 투명한 태도를 의무로 여기고 있다고 대답했다. 그리고 나를 예로 들어 그녀가 내 삶의 모든 것을 알고 있다고 단언했다. 그녀가 웃었다.

"알지. 너에 대해서는 다 알지."

그녀는 다시 백지 두 장을 포갰다.

"이것이 내 목표야. 아래 백지가 위의 백지와 정확히 일치하는 것. 아무것도 내게서 벗어나지 않는 것. 나와 내 백성은 하나가 되어야만 해."

5월 7일. 여전히 몽테스키외. 그는 이렇게 쓰고 있다. "독재 정권에는 법이 적고 단순한 반면, 군주제에는 법이 많고 정교하다."

벨기에 제국은 분류하기가 어려워 보인다. 몽테스키외의 정의에 따르면 우리는 변종 독재 정권이다. 그렇지만 법의 단순성을 고려하면 그의 생각과 맞아떨어지지 않는다. 오히려 우리는 우리를 숨막히게 하는 규칙들에 갇혀 살고 있다. 어디에나 법이 있다. 한 발짝 내디디면? 법의 테두리 안에 떨어진다. 다시 한 발짝 뒤로 물러나면? 또다른 법의 테두리 안에 떨어진다. 법으로 규제되지 않는 행동이 하나도 없다. 말 한마디도 마찬가지다. 하지 말아야 할 말, 여성형, 남성형, 여성형이 되었다가 이유 없이 다시 남성형으로 바뀐 단어들 등등. 셀 수 없는 규칙들이 수많은 예외와 더불어 권력의 결정에 따라 어찌나 자주 바뀌는지 그것들을 도무지 알지 못해서 양심적으로 지키는 것이 불가능하다. 그러니 국민들은 모두 그날그날 지켜야 할 규범을 아침이 되어야 예상한다. 제대로 걸릴 확률이 반반이라고 생각하며 자신의 직감에 맡기는 것이다. 서류를 검사할 경찰관이 자기보다 더 그날의 법률을 잘 알지 못하기를 바라며 우연에 맡기는 것이다. 대체로 뭘 하더라도 법을 한두 개 정도는 어기게 된다. 체제의 천재성이 바로 여기에 있다. 우리를 늘 죄인으로 만드는 것이다.

얼마 후. 오늘 저녁에 우리가 헤이그로 떠난다는 걸 알게 되었다. 유디트는 내일 박사학위 심사위원장으로 참석하는 데 내가 따라가기를 바란다. 내가 알지 못했던 또 한 가지 사실이다. 혁명 이후로 대학생들은 박사학위 심사에 목자를 초대하는 추세를 보인다. 그녀의 박식한 학식 때문이다. 잉리트 앞에서 페미니즘의 역사에 관한 박사논문을 심사받았던 디안이(난 그녀가 그렇게 공부를 많이 했는지 알지 못했다) 심사가 어떻게 진행되는지 설명해 주었다. 시사하는 바가 많았다. 대개 유디트는 초대를 거절하거나 대귀족 한 사람을 대리로 보낸다(예술에 관한 논문일 경우에는 쥐퐁르네를 보낸다). 그런데 내일로 예정된 심사의 경우처럼 이따금 승낙하기도 한다. 그러면 논문 심사는 일대 사건이 된다. 군중과 신문기자들이 몰려든다. 논문 제출자에게는 엄청난 영광이지만 양날의 칼이 되기도 한다. 전통적으로 목자는 논문을 읽지 않고 심사 말미에 다른 심사위원들의 의견대로 심사평을 적는다. 심사위원들은 목자가 아무것도 아닌 일로 행차했다고 생각하지 않도록 심사 대상자에게서 특별한 장점들을 찾는다. 그러나 때로는 목자가 예고 없이 관례에서 벗어나 심사에 개입하기도 한다. 그러면 논문 심사는 다른 모양새를 띠게 된다. 유디트는 주제에 대해 전혀 모르므로 논문 심사 대상자에게 아무 질문이나 던진다. 이 무시무시한 평가의 결과는 예측이 불가능하다. 그녀가 기분좋게 심사 대상자와 이야기를 나누고 이십 분 만에 그의 작업이 탁월하다고 판단하면 그에게 전공 분야의 박사학위를 부여한다(심사위원단 가운데 한 사람이 유디트에게 해당 분과를 상기시켜준다. 왜냐하면 그녀는 전혀 알지 못하기 때문이다). 만약 유디트가 기분이 나빠서 심사 대상자가 눈물을 흘릴 때까지 공격을 해대면 심사는 끝없는 자기비판으로 돌변한다. 브라반트 주 하층토의 구성 성분에 관한 연구를 심사받으러 온 사람이 중대 범죄에서 경미한 사항에 이르기까지 반페미니즘적 죄악에 대해 목자 앞에서 고해하고, 자신의 입에서 나오는 사소한 말 한마디까지도 무죄를 입증해야 할 처지가 되는 것이다. 일이 최악으로 번질 경우에는 유디트가 격분해서 논문을 쥐고 흔들어 보이다가 찢어발길 수 있고, 때로는 아무 페이지나 펼쳐서 닥치는 대로 한 구절 읽고는 암묵적으로 반페미니즘 사상을 내포하고 있다며 감옥에 보낼 수도 있다. 가련한 여자는 수치심을 이기지 못해 쓰러지고, 목자의 발밑에 엎드려 은총을 구하게 된다. 그러면 유디트는 그 여자에게 박사학위를 부여할지 말지를 결정한다.

이런 볼거리라면 참석해보고 싶다.

5월 8일. 헤이그 대학은 내가 상상한 것과 달랐다. 나는 학생들이 우글거리는 캠퍼스를 기대했는데, 그곳은 주택가에 자리한 낡아빠진 작은 건물일 뿐이었다. 칵테일을 한 잔씩 한 뒤, 우리는 논문 심사장으로 안내되었다. 우리보다 먼저 도착한 보안대원들이 기관총을 손에 든 채 벽에 등을 대고 서 있었다. 대학 행사인데 묘한 분위기였다. 나는 청중 속에 앉았고, 유디트는 심사위원들 가운데를 차지하고 왕좌에 앉았다. 그녀는 벌써부터 축 늘어져 낮잠을 자려는 듯 눈을 감았다. 우리가 한 시간 이상 머물지 않을 거라고 예고했으니 심사는 그 시간 안에 끝나야 할 것이다.

심사 대상자는 베레니스라는, 서른 살의 젊은 철학도였다. 그녀의 논문은 일부 계몽주의 작가들이 주장한 이론의 오류를 입증하는 것이었고, 동시대 여성들이 표현한 관점들의 정당성을 증명하면서 그들의 관점과 계몽주의 작가들의 이론을 비교하는 내용이었다.

교수들은 돌아가며 심사 대상자가 한 작업의 성실성을, 특성을, 대담성을 칭찬했다. 대상자가 인용한 작가들에 대해 전혀 알지 못하는 나는(더구나 그 작가들이 틀렸다는 걸 훌륭히 증명했다는데, 더이상 무엇을 기대할 수 있겠는가?) 지루해서 죽을 지경이었다. 유디트는 졸고 있었다. 이따금 잠에서 깨어나 내게 공모의 눈길을 던졌다. 그녀가 자기 방식대로 나에게 장난을 걸었다. 갑자기 심사 대상자에게 질문을 던진 것이다.

"학생, 내가 아주 박식한 친구를 일부러 데려왔어요. 그 친구가 학생에게 비판할 거리가 여럿 있나본데 한번 들어봅시다."

유디트는 웃음을 참으며 나를 응시했다. 나는 당황한 나머지 얼굴이 새빨개져서 아무 말도 하지 못했다. 그녀가 거듭 말했다.

"자, 아스트리트?"

나는 얼굴이 일그러졌다. 뭐라고 말하지? 주제에 대해서는 전혀 알지 못했고 심지어 귀기울여 듣지도 않았다! 나는 너무 당황해서 상투적인 말을 중얼거렸는데, 목소리가 너무 작아 아무도 듣지 못했다. 유디트가 나를 돕기 위해, 늘 그러듯이 논문을 아무데나 펼쳐 한 구절을 읽고는 심사 대상자를 비난했다. 그녀는 나까지 게임에 끌어들였다. 유디트가 어떤 구절을 읽은 뒤 말했다.

"자, 아스트리트. 어제저녁에 네가 나더러 이 부분을 주목하라고 하지 않았어? 넌 이게 잘못된 주장이라고, 똑똑한 여자가 이따위 어리석은 글을 쓰는 건 수치스러운 일이라고 했지."

그녀가 베레니스를 돌아보았다. 베레니스의 얼굴은 납빛이었다.

"보다시피 우리는 당신의 논문을 함께 읽었어요."

유디트는 다시 논문을 뒤적이며 (안경을 벗은 상태였기에) 무슨 내용인지 알지도 못하는 글줄을 손가락으로 죽 훑어내려가다가 인용문을 지어냈다.

"여기에 이렇게 쓰여 있군요……" (그녀는 아무 말이나 했다.)

"그건……"

철학도가 말을 더듬었다.

"모호하지 않나요? 난 그렇게 생각하는데. 아스트리트, 어떻게 생각해?"

나도 게임에 끼어들었다.

"네, 제가 보기에도 그 문장에는 반페미니즘적 의미가 숨겨져 있는 것 같습니다."

베레니스에게는 너무 가혹한 일이었다. 그녀는 울음을 터뜨렸다. 그 순간 나는 유디트가 이런 가학적인 게임을 함으로써 얻는 쾌락을 이해했다. 우리는 가련한 여자를 우리의 발아래에 무릎 꿇리고 있었다. 그녀는 우리의 노예였고, 우리의 권력은 절대적이었다. 2 더하기 2를 5라고 말하도록 하는 것도 어렵지 않았을 것이다. 그리고 무엇보다 기이한 일은 우리가 이토록 엉터리 같은 말을 지껄이는데도 베레니스는 우리가 정말 옳다고 생각한다는 것이었다. 왜냐하면 유디트는 절대로 틀리는 법이 없으니까. 나 역시 유디트가 신뢰하는 사람이기 때문에 틀릴 수가 없다. 내 입에서 진리가 나온다니, 내가 한 신통치 않은 말이 사실을 굴복시키다니, 참으로 믿기 힘든 일이었다. 내일이면 베레니스는 오직 나 때문에 자신이 늘 생각해오던 것과 정반대의 내용을 가르치게 될 것이다.

심사는 한 시간 후에 끝났다. 떠날 무렵 유디트는 이미 딴생각에 빠져 있어서 베레니스의 운명에 대해 판결을 내려야 한다는 사실을 누군가 되짚어줘야만 했다. 유디트는 지친 몸짓으로 나더러 베레니스에 대한 결정을 내리라고 했다.

5월 12일. 유디트가 새로 지은 시가 라디오에서 흘러나왔다. 나는 그녀가 시를 썼다는 사실을 내게 감춘 것에 대해 서운해했다. 그러자 그녀는 변명하듯 말했다.

"그건 별 볼 일 없는 하찮은 시야. 좋지도 않고."

"그래도 백성들은 외우게 될 거예요."

"그렇겠지. 좋지 않더라도 내가 쓴 시가 다른 사람이 쓴 시보다는 나으니까. 전혀 시 같지 않더라도 말이야. 백성은 절대로 가만히 내버려두면 안 된다는 거 알아? 그들은 용해중인 금속과 마찬가지야. 식기 전에 그것을 원하는 형태로 만들어야 해."

주물을 만드시는 목자여, 그대의 양떼는 우나이다!

굴드의 항의가 효과를 발휘한 것일까, 아니면 단순한 우연의 일치일까? 이튿날 일정은 전날보다 더 내실 있고, 프로그램도 훨씬 더 흥미로웠다.

오전에는 그들이 밤을 보낸 마을에서 30킬로미터 떨어진, 역사적 혁명 장소인 브레다의 섬유 공장을 방문했다.

공장은 위압적이었다. 거대한 창고 네 개가 안뜰을 둘러쌌고, 뜰에는 국기가 나부꼈다. 독일 출신 이민자로 이십 년 전부터 공장을 관리하고 있는 루트 그라스가 그들을 맞아주었다. (이곳에서는 경영자나 고용주라는 말을 쓰지 않고 '관리자'나 '관리인'이라고 말한다. 유디트만 예외이고, 벨기에 여성들은 수직적으로 명령을 내리지 않았다. 일부 여성이 다른 여성들의 작업을 통괄할 뿐이었다.) 그라스는 골격이 크고 강인한 여성이었다. 사령관 마르셀로

스만큼 건장해 보였다. 그 유사성에 놀란 보르도는 벨기에인들의 권력과 체격 사이에 모종의 관계가 있지 않을까 생각했다. 그러나 닮은 점은 체격뿐이었다. 루트 그라스는 뚱뚱한 관료 인형 같은 그 군인보다 나이가 더 많고, 주름도 많고, 피로와 노동의 흔적도 역력했다. 그라스는 일에 엄격한 지도자였다. 경외심을 불러일으키는, 흐트러짐 없고 추진력 있는 여성이었다. 흔히 교수들에 대해 말하듯 엄격하고 공정한 사람이었다. 항상 바쁘게 움직이고 쉴 줄 몰랐다. 그녀는 돌격하듯 공장 견학을 이끌어나갔다. 말도 빠르고 걸음도 빨라서 뒤따르는 사람을 지치게 했다.

창고 안은 소음 때문에 귀가 먹먹했고, 거의 바깥만큼이나 거센 추위가 맹위를 떨치고 있었다. 보르도는 차곡차곡 쌓여 있는 노동자들의 조끼와 모자, 장갑 들을 보았다. 형광등이 작업장에 흰빛을 드리우고 있었다.

그라스는 서로 다른 여러 작업장과 옷의 제작 단계, 각 기계의 역할을 설명했다. 크리스틴은 기술 용어들을 능력껏 통역했다. 산업에 대해서는 아는 바가 전혀 없는 보르도는 이곳을 현대적으로 여겼고, 프랑스에 비해 장비가 부족하지 않다고 생각했다. 그는 줄곧 찬동하는 얼굴로 고개를 끄덕였다.

랑글루아는 왜 직원이 여성뿐인지 물었다. 그라스는 생산성 향상을 위해서라고 대답했다. 랑글루아가 이해하지 못하자, 그녀는 남녀 혼성 공장의 생산성이 여성들만 일하는 공장보다 25퍼센트나 낮다는 것은 널리 알려진 사실—과학적으로 입증되었다고 한다—이기 때문에 혁명 직후 작업장에서 남녀를 분리했으며, 공장에서 작업을 하는 동안 남녀가 만나지 못하도록 확실하게 조치했다고 설명했다.

"제가 제대로 이해한 거라면 남성들만 일하는 공장도 있단 얘깁니까?" 보르도가 물었다.

"네. 각 여성 공장마다 짝을 이루는 남성 공장이 있습니다."

"그러니까 여자가 없는 공장이란 말이죠?"

"네, 물론입니다. 작업반장만 제외하고는요."

"작업반장이라고요?"

"네."

"작업반장은 여자란 말입니까?"

"물론이죠. 이백 명의 남자들을 통제하는 여자 없이 내버려두면 얼마나 무정부 상태가 될지 상상해보세요!"

그들은 이 말을 골똘히 따져보았다.

"그럼 이곳의 작업반장들은 어디 있습니까?" 굴드가 물었다.

그라스는 어리둥절한 얼굴이었다.

"이곳에는 반장이 필요 없어요! 여자들끼리는 모든 일이 아무 문제 없이 진행되는걸요!"

그들의 주위에서 여공들이 제자리에 앉아 묵묵히 일하고 있었다. 여공들은 지옥 같은 소음 속에서 기계를 작동시키며 세심하고 정확한 동작을 이어갔다. 마치 발레를 보는 것 같았다.

"정말 아름다워." 로트가 중얼거렸다.

다른 작업장들을 둘러본 뒤 프랑스인들은 루트 그라스를 따라 휴게실로 갔다. 그 작은 방에서 여공들은 차를 마시며 쉬거나 시종에게 마사지를 받을 수 있었다. 보르도는 책이 잘 갖춰진 도서실을 발견하고 프롤레타리아계급이 문화를 향유하도록 한 점을 아주 좋게 생각했다. 그러나 관리자가 가까이서 책을 살펴보라고 하자, 그는 알지 못하는 여성 저자들만 발견하게 될까봐 겁이 나서 사양했다.

여공들이 휴게실에 들어왔다가, 그들의 사장이 군인들과 외국인 무리에 둘러싸여 있는 걸 보고 겁을 먹었다. 그러자 루트 그라스는 그들에게 그 자리에 있으라고 하더니 프랑스인들을 소개해주었다. 여자들은 기계를 돌리고 온 터라 땀을 뻘뻘 흘리고 있었다. 왈로니아 출신의 한 여성이 프랑스어를 조금 알았다. 동료들이 한마디해보라고 부추겼다. 그녀는 환영의 메시지를 힘겹게 발음했고, 굴드와 동료들은 뜨거운 박수갈채를 보냈다. 크리스틴이 그들에게 대화를 해보라고 청했다.

"어서 궁금한 걸 물어보세요." 그녀가 웃으며 굴드에게 말했다.

보르도는 그녀가 이렇게 말하는 것 같았다. '벨기에 사람들을 보고 싶다고 했으니, 여기 땀흘리며 힘든 일상을 살아가는 그들을 실컷 보시지요.'

프랑스인들은 기쁘면서도 어색해하며 서로를 쳐다보았다. 이 여공들은 육체노동을 하는 하층민 여성들이었지만, 프랑스인들은 그저께 제국의 사령관인 마르셀로스 앞에 섰을 때보다 더 당황했다. 역설적이게도 여공들은 바로 그 비천함 때문에 프랑스인들의 눈에 고관들보다 더 중요해 보였다. 이 나라에서 누군가의 마음에 들고 싶은 건 처음이었다. 프랑스인들은 마르셀로스나 그라스, 심지어 크리스틴보다 이 여성들의 마음에 들고 싶었다.

굴드는 헛기침을 한 뒤 미소를 지어 보이며 그들의 일에 관해, 작업 시간에 관해, 남자들과의 관계에 관해 세세하게 질문을 했다. 그는 부드럽게 말했고, 그들의 대답에 주의깊게 귀를 기울였다. 말을 독점하고 누구의 이야기도 귀담아듣지 않는 굴드의 모습에 익숙해 있던 보르도는 그의 뜻밖의 모습을 발견하고, 그가 아이들에게도 이렇게 세심하고 온화한 태도를 보일 것 같다고 생각했다.

랑글루아는 여공들에게 목자를 본 적이 있는지, 그들이 레즈비언인지, 가족은 있는지 물었다. 그의 어조는 굴드와는 반대로 차갑고 거리감이 느껴졌다. 그러나 보르도는 그가 일부러 그런다는 것을, 수줍지만 당황하지 않은 척하는 것임을 알아차렸다.

처음에는 경계하던 여공들도 점차 말이 많아졌다. 그들은 말을 하고 난 뒤 자주 크리스틴의 얼굴을 살폈다. 대답을 잘못한 건 아닌지 확인하기 위해서인 것 같았다. 반시간이 지나자 프랑스인들의 상상력도 고갈되었다. 그들은 더이상 질문거리를 찾지 못했다. 침묵이 자리잡았다. 알베르는 그 순간에 처음부터 애태우며 묻고 싶던 질문을 던졌다. 곧 자신의 자매가 될 이 젊은 벨기에 여성들에 자기 자신을 투사하고 있었던 것이다.

"여러분은…… 행복하다고 생각하세요?"

그들은 서로를 쳐다보더니 힘차게 고개를 끄덕이며 행복하다고 대답했다. 알베르는 외운 대답이 아니라는 걸 확인하기 위해 거듭 물었다.

"그러니까 제 말은, 혁명을 겪지 않은 나라에서보다 더 행복하냐는 겁니다."

무의미한 질문이야, 보르도는 생각했다. 저들은 벨기에밖에 경험하지 못했고, 국경 너머의 삶에 대해 아무것도 모르는데 어떻게 그걸 알겠어? 그런데도 여자들은 또다시 그렇다고 열렬히 반응했다. 그들로서는 다른 대답은 생각조차 할 수 없는 것 같았다.

프랑스인들은 공장 식당에서 여공들과 함께 식사했다. 마치 근사한 레스토랑에 와 있는 것 같았다. 음식이 다양하고 맛있었다. 채소 수프, 양배추 스튜, 콩을 넣은 돼지고기 요리, 개똥지빠귀 요리, 그리고 후식으로는 와플과 커피를 먹었다.

"진수성찬이군요! 매일 이렇게 드세요?" 보르도가 대뜸 물었다.

"그럼요." 루트 그라스가 대답했다.

그러자 크리스틴이 덧붙여 말했다.

"제국이 우리의 딸들을 제대로 못 먹일 거라고 생각했어요?"

그들은 이 식당을 프랑스 기업들의 구내식당과 비교해보려 했다. 그러나 무의미한 일이었다. 그들 중 어느 누구도 기업 구내식당에 가본 적이 없었기 때문이다.

식사를 마치자 크리스틴이 놀라운 소식을 알려주었다.

"좋아하실 만한 소식이 있습니다. 다만 조정이 필요합니다."

"그게 무슨 얘기죠?"

"남은 일정을 위해 내일까지 남자와 여자가 따로 다니게 될 겁니다. 알베르 씨와 로트 씨가 한 팀이 되고, 신사분들은 다른 한 팀이 되고."

"그렇지만……"

"남녀 혼성이 아닌 두 지역을 방문하시게 될 겁니다." 크리스틴이 설명했다.

당황한 그들은 그곳이 어떤 곳인지 알고 싶어했다. 그러나 늘 그러듯이 그녀는 아무 말 하지 않고 호기심만 자극했다. 그들의 호기심을 잔뜩 들쑤신 뒤 분위기가 무르익었다고 느껴지자 그녀가 자기 패를 꺼냈다.

"약간 멀어서 헬리콥터를 두 대 빌렸어요. 가시죠!"

그들은 그녀를 따라 뜰로 갔다. 그곳에는 군용 헬리콥터가 서 있었다.

"자, 어떠세요?"

그야말로 환희였다. 헬리콥터를 타는 것이 그들에게는 전혀 특별한 일이 아니었다. 모두—골란스키만 빼고—가 이미 경험해본 일이었다. 그러나 볼품없는 미니버스밖에 타지 못한 이 나라에서는 일대 사건이었다.

모두들 흥분해서, 보르도가 조종사 자격증을 가지고 있다는 말은 아무도 듣지 못했다.

5월 19일. 또다시 방문을 했다. 딜베이크에 있는, 여섯 개의 아파트로 개조된 어느 집이었다. 그 집은 그네가 딸린 정원으로 둘러싸여 있었다. 우리는 소녀들처럼 소리를 내질렀다. (모래놀이통이 있었다면 모래성을 쌓지 않았을까?)

태양이 빛나고 있었다. 반시간 뒤 나는 유디트에게 코가 빨개졌다고 말했다. 그녀는 웃더니 내 코나 신경쓰라고 했다. 내 얼굴도 그을리기 시작한 모양이었다. 그러나 테르뷔런 궁으로 돌아오는 길에 거울을 보았지만 내 얼굴은 아무렇지도 않았다. 저녁이 되었다. 모두가 있는 자리에서 유디트가 나에게 치료를 받았느냐고 물었다. 나는 반사적으로 그렇다고 대답했다. 그녀를 언짢게 만들고 싶지 않았던 것이다. 그녀는 나에게 코가 빨개서 그야말로 광대 같다고 말했고, 그 말에 아펄과 스히멜나우가 웃음을 터뜨렸다. 방으로 돌아와 다시 확인해봐도 내 코는 완벽히 정상이었다.
무얼 믿어야 할까? 내 눈? 아니면 목자의 말?

5월 20일. 오후 내내 도서관에서 보냈다. 몽테스키외의 책 한 장章을 읽고 속이 뒤집혔다. '여성의 무절제함'과 '악덕', '방탕'에 대해 말하는 장이었다. 그는 독재 체제에서 여성은 '사치품'이라고 했다. 이런 표현들을 쓰다니! 어떻게 이런 글을 쓸 수 있지? 나는 격분해서 책을 집어던졌다.

5월 21일. 시언과 저녁식사를 함께 했다. 그녀와 나의 관계는 묘하다. 나는 그녀가 대단히 우아하고 사교적이며 상냥하다고 생각한다. 그녀는 유행을 따르며 궁 밖으로 외출을 해서 모든 것을 안다. 나는 그녀의 자유분방함과 경쾌함이 부럽다. 그녀에게는 궁전이 집이고 나고 자란 환경이다. 지난번에 함께 베노에 갔던 그녀의 친구들과 마찬가지로 그녀도 유디트가 궁에 "생기를 부여하기 위해"(이건 유디트가 한 표현이다) 상주하도록 한 젊은층에 속한다. 생기라면 시언은 넘치도록 가졌다. 그녀는 가만히 있는 법 없이, 저녁 모임을, 사냥을, 축제를 주선했다. 낮에는 출세를 위해 작업을 하고, 모든 사람에 맞서 음모를 꾸민다. 그녀는 모든 것을 마땅히 받아야 한다고 생각하고, 주변을 염려하는 법 없는 어린 여왕이다. 시언의 옆에 있으면 나는 춤도 잘 출 줄 모르고, 술도 못 마시는 어설프고 멍청한 늙은이 같다. 만약 몇 달 전에 길거리에서 그녀와 마주쳤다면 그녀의 눈길을 견디지 못했을 것이다. 내가 엄마뻘 되는 나이지만.

그러나 그녀는 나를 좋아하고, 스스로를 내 아랫사람으로 여기며 나를 따라다니려고 애쓴다. 아마도 내가 유디트와 가깝기 때문일 것이다. 그래서 나를 유력 인사로, 중요한 여성으로 인식하는 것이다. 그녀는 내 결점을 보지 못한다. 그저 나에게 권력이 있다고 믿는다. 그리고 나에게 특혜를 부탁하기 위해 내 마음에 들려고 애쓴다. 야심 많은 그녀는 내가 자기를 최고 권력층 클럽에 밀어넣어주기를 바란다. 내가 유디트에게 어떤 영향력도 행사하지 못한다고 아무리 설명해도 소용없다. 그녀는 내 말을 전혀 들으려 하지 않는다.

이렇게 서투른 나에게 시언 같은 여자가 굽실거리다니! 세상이 거꾸로 뒤집혔다.

"유디트에게 내 얘기를 해준다고 맹세해요." 그녀가 애원했다. 나는 그녀를 떨쳐내려고 맹세를 한다. 그렇지만 게임에 말려들지는 않을 작정이다. 주변에 있는 꽃같이 예쁜 소녀들 사이에서 그녀를 발견했으니 유디트에게 가까이 두라고 권하는 내 모습을 상상할 수가 없다! 모두가 그렇게 자신의 졸개를 심고 세력을 키운다. 그러나 나는 그 일에 끼어들고 싶지 않다. 유디트가 그런 책략을 단죄하기 때문이 아니다. 그녀는 오히려 재미있어하고, 그런 일이 없으면 지루해하는 것 같다. 그렇다고 내가 그러는 걸 좋아할지는 알 수 없는 노릇이다. 그녀가 나를 마음에 들어하는 건 신선함 때문이다. 내가 이해관계를 따지지도, 이면공작과 계략에 끼어들지도 않기 때문이다. (유디트 말처럼 나는 "전혀 새로운" 인물이다.)

그러나 내가 게임에 끼어든다면 나는 평범해질 테고, 그녀가 내게서 소중하게 생각했던—지금까지는—천진함을 잃게 될 것이다.

그럴 수는 없다. 안됐지만 시언, 난 너를 위해 아무것도 하지 않을 거야.

5월 26일. 유디트와 함께 그녀의 욕조에서 시간을 보냈다. 욕조가 어찌나 넓은지 수영장이라고 해도 될 것 같았다. 하녀 열 명이 우리 주위에서 분주하게 움직이며, 유디트가 요구하는 수준으로 온도를 유지하기 위해 뜨거운 물을 항아리에 담아 와 부었다. 수도꼭지가 훨씬 편할 텐데 유디트는 '이집트 분위기'를 연출하길 원했다.

거품이 넘쳐흘렀다. 우리는 어린아이들처럼 놀았다. 그러다 우리의 사랑의 장난에서 영감을 얻은 유디트가 장광설을 시작했다.

"목자는 여자들에게서 가부장제의 진흙을 씻어내야 해. 생각을 막고 눈을 가리고 움직임을 옭아매는, 수세기나 묵은 때를 벗겨내야 해."

"혁명은 한줄기 강물이야. 내 어머니가 우리를 그 속에 담가서 우리가 깨끗이 정화되어 나오는 거지. 어머니는 우리가 깨끗해지기 전에 돌아가셨지만, 내가 어머니의 일을 계승하고 있는 거야."

"모든 여자들이 같지는 않아. 어떤 여자들은 그다지 더럽지 않아서 금방 강둑으로 올라왔어. 반면 정말 불결하고 더러운 여자들이 있지. 그런 사람들은 미처 목욕을 끝내고 나올 시간이 되지 않아서 내 도움을 받아 아직 강물에 몸을 담그고 있어. 또 어떤 여자들은 정신이 온전치 못해서 고양이처럼 물에 젖는 걸 겁내지. 그런 여자들에겐 달리 선택의 여지가 없어. 내가 그들의 머리채를 잡고 가만히 물속에 집어넣고 있어야 하지. 억지로라도 그들을 자유롭게 해줘야 해. 그러면 일부는 강해져서 빠져나오고, 일부는 물에 빠져 죽지."

그녀가 거품을 불자 비눗방울이 날아올랐다.

"더러움이 씻기지 않았는데 강에서 빠져나오게 해봤자 아무런 소용이 없겠지, 안 그래?"

그녀는 나를 증인 삼아 자기 말에 동의하게 한다. 내가 맞장구치는 걸 좋아해서일까, 아니면 스스로 하는 말을 의심하기 때문일까? 불경한 의문이다. 목자는 의심해선 안 될 존재인데! 하지만 나는 그녀의 얼굴에서 애원하는 듯한 표정을 본다. 마치 내가 그녀의 의견을 지지해줄 필요를 느끼는 것만 같다. 나는 그런 순간이 싫다. 역할이 뒤바뀌면 편치 않다. 유디트가 과오를 범할 수 있다는 생각을 하면 발밑의 땅이 꺼지는 것 같고 현기증이 난다. 내가 "아뇨, 틀렸어요. 당신의 생각이 틀렸어요"라고 대답하면 무슨 일이 일어날까? 그녀는 자기 생각을 좇을까, 아니면 내 생각을 받아들일까? 아! 그렇게 되면 내가 왕권을 쥐는 셈이 아닌가!

한 시간째 목욕을 하고 있는데 아펄이 왔다. 무슨 핑계로 우리 둘만의 시간을 방해하러 왔는지 모르겠다. 그녀는 욕조 가장자리에 앉아 손으로 물을 저으며 아양을 떨었다. 유디트가 그녀의 욕망을 알아차리고 그녀에게 물속으로 들어오라고 명했다. 나는 무척이나 거북했다.

발가벗은 아펄을 처음 보았다. 그녀의 축 처진 가슴은 사람들이 말하는 것보다 그녀가 더 나이들었음을 말해주었다. 그래도 보기 나쁘지는 않았다. 그녀가 교태를 부리며 유디트에게 달라붙기에 나는 욕조에서 나가려고 했다. 그러자 아펄이 내게 다가오더니 찰싹 달라붙었다! 나는 뻣뻣이 굳었지만 그녀는 아무렇지 않은 듯, 함께 목욕하는 것이 평범한 일인 양 내 어깨를 어루만지며 피붓결을 칭찬했다. 유디트는 쿠션 속에 파묻힌 태수처럼 거품 속에 나른하게 몸을 묻은 채 냉소 어린 얼굴로 우리를 쳐다보았다.

5월 28일. 감기에 걸렸다. 여름이 왔고, 날씨는 기막히게 화창하다. 궁정 사람들은 정원에서 하루를 보낸다. 나는 운 나쁘게도 줄곧 재채기를 하며 코를 풀어댄다. 내가 코맹맹이 소리로 말을 하니 시언이 자기 코를 잡고 내 흉내를 낸다. 누구보다 위생을 따지는 유디트는 나를 보려고도 하지 않는다. "다 나으면 와."

6월 2일. 몸이 나았다. 유디트가 다시 나에게 문을 열어주었다.

그녀는 번개처럼 빠른 이탈리아 자동차를 한 대 주문했다. 모두가 그 주위로 몰려가 아첨을 해댄다. 그녀는 검은색 차를 골랐다. 내가 보기엔 약간 음산했다. 그렇지만 나도 다른 사람들처럼 그 차에 열광하는 척했다.

그녀는 뜰을 맴돌면서 차를 모는 법을 익힌다. 나는 그녀만 바라보는 궁인들을 약 올리려고 그녀의 옆자리에 탔다. 의자가 너무 딱딱하고 엔진 소리가 시끄러웠다. 그렇지만 유디트는 바로 그 점을 좋아한다. 불편함과 소음과 폭발음을.

"내일 제국로를 타고 속도를 내보자."

나는 거짓으로 기뻐하는 척했다.

저녁. 디안과 산책을 했다. 그녀에게 자동차 얘기를 했더니 그녀가 오늘밤 차고를 둘러보라고 했다.

"틀림없이 자동차 안에서 그녀가 자고 있고 그 주위를 보안대원들이 빙 둘러싸고 있을 거야."

6월 3일. 결국 나는 유디트의 시운전에 참석하지 못했다. 궁정 사람 일부가 그녀의 위업에 박수갈채를 보내려고 그녀를 따라가서 궁이 매우 조용했다. 꼭 휴가 같았다.

디안과 점심을 먹었다. 식당의 라디오에서 마치 배경음악처럼 삼십 분마다 유디트가 내는 속도를 알려준다. 시속 200킬로미터, 210킬로미터 등등.

디안이 말했다. "저 고속도로가 어딘가에 쓰이긴 하는군!"

우리가 저녁식사를 마칠 무렵 스히멜나우가 홀로 나타났다. 그녀와 안면이 있는 디안이 그녀에게 함께 커피를 마시자고 했다. 나는 주눅이 들었다.

"다른 사람들과 함께 박수 치러 안 갔어요?" 디안이 물었다.

"오! 이 더위에 온종일 길 위에 있는 건 별로예요. 자동차 따윈 재미도 없고요."

그녀가 아닌 다른 사람이 그런 말을 했다면 처벌감이었으리라. 그러나 그녀에겐 온갖 권리가 다 있다. 그래도 아무 앞에서 함부로 그런 말을 하는 그녀가 대담하다는 생각이 들었다. 내가 유디트에게 이를까봐 두렵지도 않은 걸까? 나는 그녀의 솔직함을 신뢰의 표시로 받아들였다. 그후로도 그녀는 우리가 친구라도 된 것처럼 나를 호의적으로 대했다. 아! 지난주에는 아펄이 목욕을 하며 내게 아양을 떨더니, 오늘은 스히멜나우가 스스럼없이 나에게 말을 걸었다…… 네 명의 대귀족이 나를 받아들이기로 한 걸까?

스히멜나우는 오후 늦게까지 우리와 함께 있다가 낮잠을 자러 갔다. 모두가 고속도로에 가서 손님이 없는 틈을 타 디안과 나는 피부 관리사들에게 한 시간 내내 마사지를 받았다.

스혼호번 수용소는 로테르담 동쪽에 12헥타르에 걸쳐 드넓게 펼쳐져 있었다. 승객들에게 그 크기를 가늠하게 하려는 듯 헬리콥터는 두 번이나 수용소 위를 날았다. 하늘에서 보니 로마제국의 군영을 닮았다. 막사가 탄탄한 건물이고 풀밭을 둘러싸고 분산되어 있다는 점만 달랐을 뿐이다. 헬리콥터는 풀밭에 착륙했다.

그곳의 책임자인 판 도르프 대령이 프랑스인들을 맞이했다. 그녀는 군복을 입은 모습이 우아하고 엄격해 보이는 서른다섯 살의 여군이었다. 골란스키는 그녀가 신은 검은 군화의 길이—무릎까지 올라왔다—와 진흙이 땅을 뒤덮고 있는데도 흠잡을 데 없는 광택을 눈여겨보았다. 그녀는 유창한 프랑스어로 자기소개를 했고, 번거로운 절차를 생략하고 커피를 마시고 싶은지 아니면 바로 방문을 하고 싶은지 물었다. 첫 비행의 감격에서 아직 헤어나지 못한 골란스키는 커피를 마시고 싶었지만, 동료들은 지체 없이 수용소를 보러 가고 싶어했다.

"이따가 한 잔 드릴게요, 약속하죠." 그들과 함께 온 크리스틴이 속삭였다.

스혼호번은 작업과 공동생활이 이루어지는 재교육 수용소였다. 기간에 따라 오백 명에서 천 명까지 수용하는 곳이었다. 굴드는 담장이 없는 걸 확인했다.

"수…… 수감자들이 달아나지는 않습니까?" 그가 물었다.

"아뇨. 그들은 자신들이 어디서 행복할 수 있는지 압니다."

풀밭에는 어디를 가나 볼 수 있는 잉리트와 유디트의 동상이 세워져 있었다. 브뤼셀의 동상에 비하면 무척 초라했다. 골란스키는 실망감마저 들었다.

대령이 힘찬 걸음을 내디디며 수용소 생활과 조직과 규율에 대해 설명했다. 공동 침실과 식당, 간수 전용 식당, 작업장, 남자들이 하루에 두 번씩 유디트에게 기도를 올리는 예배당을 보여주었고, 조금 떨어진 곳에 있는, 달리기와 축구를 위한 운동장을 보여주었다. 수감자들이 욕구를 발산하는 데 필요한 시설이었다. 그곳에 작은 병원도 하나 있었다. 많은 수감자들이 신청하는 절단 수술을 위한 시설이 갖춰진 병원이었다.

대령이 말했다. "어떤 면에서 이곳은 공장처럼 가동됩니다. 병든 사람들이 인풋되고, 사회생활에 재적응한 뒤 아웃풋되죠. 이곳에서는 열 명 중 아홉이 완치되어 나갑니다."

골란스키는 나머지 한 사람이 어떻게 되는지 차마 묻지 못했다.

어쨌든 이 투박한 시설은 그에게 강한 인상을 심어주었다. 외양은 볼품없었지만, 벨기에 혁명이 이뤄낸 사회정책의 효율성 있는 수단 가운데 하나였다. 이곳에서 그들은 새로운 인간을 만들어냈다. 골란스키와 마찬가지로 자신들이 보고 있는 것에 흥미가 동한 굴드와 보르도와 랑글루아는 그 어느 때보다 호기심을 보이고 말이 많아져서 온갖 종류의 질문을 던져댔다. 대령이 프랑스어를 할 줄 알아서 크리스틴 없이 소통할 수 있다는 사실이 그들의 마음의 짐을 덜어주었다.

"스혼호번은 큰 수용소입니까?"

"제가 보기엔 충분히 크지만 다른 수용소들과 비교하면 작은 시설입니다. 튀베르헌이나 올데호버에는 만 명의 수감자가 있습니다."

"몇 살부터 수용합니까?"

"대개 열네 살부터입니다."

"이곳에 수감되는 데 나이 제한이 있습니까?"

"아뇨."

"작업장에서는 뭘 만듭니까?"

"주문에 따라 뭐든지 만듭니다. 관청에서 물건을 주문하면 우리는 그 주문을 받아 물건을 만들어 납품합니다. 물론 초보적인 물건밖에 만들지 못하지만요."

"왜죠?"

"모든 걸 손으로 만드는데다, 직공들이 섬세한 일은 전혀 할 줄 모르는 야만인들이기 때문이죠."

그들은 아무 말도 하지 않았다. 굴드가 다시 말을 이었다.

"지금은 그럼 뭘 만들고 있습니까?"

대령은 손으로 턱을 문지르며 말했다.

"그러니까 이번 분기에는 목재를 잘라 판자를 만들고, 약품 병에 붙일 라벨을 인쇄하고, 낡은 전자 기기들을 분해해 구리를 수거하고 있습니다. 한 달 후에는 다른 일로 넘어갈 겁니다."

"한마디로 이곳 노동자들은 다용도로 이용되는군요." 보르도가 말했다.

"네, 굉장히 교육적이죠. 모든 면에서."

"임금은 받습니까?" 골란스키가 물었다.

그의 말에 대령이 깜짝 놀라며 대답했다.

"물론 아니죠!"

크리스틴과 대령이 폭소를 터뜨렸다. 골란스키는 바보가 된 느낌이었다.

"하지만 먹여주고 입혀주고 재워주고, 공짜로 수술도 받을 수 있으니 그것만 해도 나쁘지 않죠."

외과 수술에 대한 이 새로운 암시가 골란스키를 사로잡았다. 그는 더 알고 싶었지만 민감한 주제라고 짐작되어 직접 질문을 던지고 싶지는 않았다. 그래서 랑글루아가 대신 물어봐주기를 바라며 그의 눈길을 찾았다. 그런데 굴드가 어느새 다른 이야기로 넘어가고 있었다.

"이곳에 오는 남자들은 전형적인 유형이라도 있습니까?"

"아뇨, 무척 다양합니다."

그러더니 대령은 손가락을 꼽으며 열거했다.

"먼저, 법원이 몇 달간 이곳으로 보내는 경범죄인들이 있습니다. 가벼운 범법 행위나 수상쩍은 행동을 한 유형이죠."

랑글루아가 끼어들었다.

"수상쩍은 행동이라뇨? 어떤 행동을 말하는 겁니까?"

판 도르프는 그의 질문에 당황했는지 머뭇거리며 말했다.

"뭐라고 설명해야 할지. 딱히 예를 들 수가 없네요……"

"수상쩍다뇨, 어떤 관점에서 그렇다는 거죠?" 랑글루아가 물고 늘어졌다.

"모든 건 맥락에 달려 있지요. 사실……"

그녀는 더듬거리며 우물쭈물했다. 크리스틴이 그녀를 도우려고 나섰다. 두 사람은 함께 모호한 설명을 했다. 그 설명을 통해 프랑스인들은 벨기에에 수상쩍은 행동에 대한 법률적 정의는 전혀 없지만, 심판관들이 개인의 확신에 따라 많은 이들을 단죄하기도 한다는 사실을 대략 이해할 수 있었다.

"그다음으로는 지원자들이 있습니다. 자신의 의지로 여기에 온 사람들이죠. 말하자면 영적 수행 끝에 선택한 겁니다."

"무슨 뜻이죠?"

"그러니까 혁명을 지지하는 선량한 벨기에 국민인데, 타고난 성별 때문에 마음이 편치 않은 남자들이 우리 과업의 의미를 깊이 살펴보려는 것이죠. 그들은 바람직한 혁명 이념을 배우고 이해하기 위해 이곳에 옵니다."

"일종의 피정이로군요." 랑글루아가 해석을 달았다.

"그렇죠." 판 도르프가 동의했다. "말하자면 자발적 체류죠. 대개 포기를 고려하는 남자들인데, 행동으로 옮기기 전에 생각을 명확히 하고 싶어서 옵니다."

골란스키는 포기가 무엇을 의미하는지 이해했지만 그녀에게 직접 확인받고 싶었다.

"포기라뇨?" 그가 물었다.

"달리 말하면 절단이죠."

"그렇군요."

"이론적으로 우리 수감자들이 혁명의 중요성을 마침내 이해했음을 보여줄 수 있는 건, 자신을 포기하고 남성이 바칠 수 있는 가장 멋진 선물을 유디트에게 선사하는 것입니다."

"모두가 그렇게 합니까?"

"안타깝지만 그렇진 않습니다. 하지만 점점 늘어나는 추세입니다."

골란스키는 이 낙천적 관점에 대해 골똘히 숙고했고, 랑글루아가 본능적으로 바지 앞쪽에 손을 가져가는 걸 보았다. 판 도르프가 이어 말했다.

"마지막으로, 검열 문제로 오는 사람들이 있습니다."

"그건 뭡니까?"

"벨기에 남자는 모두 오 년에 한 번씩 이곳과 같은 수용소에서 두 달을 보냅니다. 의무 사항이죠."

"왜죠?"

"이 나라에 혁명이 일어났으며, 더는 남자들이 지배자가 아니라는 사실을 상기시키기 위해서죠. 일종의 추가 접종 같은 겁니다.

그렇게 해야 그들의 악한 본성이 되살아나는 걸 막을 수 있죠."

크리스틴이 끼어들었다. "서너 세대가 지나서 규율이 그들의 습성에 각인되면 이 제도를 없애도 될 겁니다. 하지만 그때까지는……"

"만약 제가 이 나라에서 태어났다면 저도 이곳에서 재교육을 받아야겠네요?"

"여기든 다른 수용소에서든 그렇게 해야죠. 선생께서 자신을 포기하지 않는다면요."

"아, 그래요?"

"네. 포기한 자들은 면제받습니다."

골란스키는 할말을 잃고 그 양자택일에 대해 곰곰이 생각했다. 대령이 말을 이었다.

"이곳에서 남자들은 자신에게 필요한 규율을 지키며 생활합니다. 그들에겐 잘된 일이죠. 남자들은 일찍 일어나서 저녁까지 일하고 기도를 합니다. 매우 건전한 생활 방식이에요."

"그런 것 같군요." 굴드가 말했다.

"그리고 정기적으로 그들에게 모욕을 줍니다."

"무슨 말이죠?"

판 도르프가 말을 멈추더니 당황스럽다는 얼굴로 굴드를 쳐다보았다.

"모욕 주는 걸 안 보여드렸습니까?"

그녀가 크리스틴에게 당황스럽다는 눈길을 던졌다. 용서할 수 없는 태만이라도 되는 듯이. 크리스틴이 어깨를 으쓱했다. 굴드가 나서서 상냥하게 말했다.

"아마 그걸 보려고 우리가 이곳에 온 모양입니다."

판 도르프는 웃음을 터뜨리더니 손가락을 튕겼다. 그러자 보안대원들이 용수철 튀어오르듯 재깍 차려 자세를 취했다. 대령이 네덜란드어로 명령을 내렸다.

골란스키가 크리스틴에게 무슨 일이냐고 물었지만 그녀는 조용히 하라는 손짓을 했다.

한 보안대원—연약해 보이고 키가 160센티미터도 안 되어 보이는 자그마한 여자였다—이 멀지 않은 곳을 지나가는, 파란 작업복 차림에 끈 빠진 군화를 신은 남자 하나를 발견하고 그에게 달려가더니, 그를 그들 앞으로 끌고 왔다. 가련한 사내는 마흔쯤 되어 보였다. 턱수염이 너저분하고 등이 굽어 있었다. 그는 불안한 얼굴로 자신이 무슨 잘못을 저질렀는지, 어떤 처벌을 받게 될지 걱정하는 듯했다. 골란스키는 그에게 연민이 느껴졌지만 무언가 행동을 하면 경범죄가 될지도 모른다는 생각에 참았다.

보안대원이 갑자기 남자의 발목에 발길질을 하는 바람에 남자가 무릎을 꿇으며 쓰러졌다. 충격적인 광경이었다. 거의 인형처럼 호리호리한 여자가 사내아이를 다루듯 남자를 제압했다. (그녀가 기관총을 가졌다는 건 말해둬야겠다.) 그러고는 시범을 보여도 되는지 대령에게 허락을 구한 뒤 남자에게 모욕을 가하기 시작했다. 그녀는 군화 끝으로 남자를 서서히 밀어 풀밭에 쓰러뜨린 뒤, 그의 얼굴을 땅에 뭉개고 속죄자처럼 팔을 십자로 뻗게 만들었다. 남자가 엎어지자 여자는 남자의 목덜미에 신발창을 대고 고통을 줄 의도 없이 천천히 닦았다. 그러고 나서 발을 남자의 어깨 밑으로 넣어 그를 돌아눕게 하더니, 발을 이마에 얹고 코와 입술과 턱을 스치듯 문지르며 그의 얼굴에 모욕을 가했다. 마침내 그녀가 뒤로 물러나자, 남자는 진흙투성이가 된 얼굴을 소맷부리로 닦으며 일어섰다. 이상하게도 그는 겁에 질린 표정이 아니었다. 그는 평온하게 협조했고, 아무 일도 없었던 것처럼 맡은 일을 하러 돌아갈 태세였다. 눈물도, 원한 서린 눈길도 전혀 없었다. 판 도르프가 그에게 물러가라고 명령했다. 그러자 그는 무릎을 구부리며 인사를 하고 작업장을 향해 달려갔다(작업복이 더러워져 그가 작업장에서 처벌을 받을지도 모르겠다고 골란스키는 생각했다).

"이것이 모욕입니다." 대령이 말을 맺었다.

그리고 덧붙여 말했다.

"모욕이 제대로 이루어지려면 남자가 여자에게 감사를 해야 하죠."

골란스키는 방금 본 광경에 넋이 나간 상태였다. 특히 모욕받은 남자의 무심함에 충격을 받았다. 남자는 마치 침대에 눕듯이 군인 앞에 누웠다. 그 광경이 벌어지는 동안, 그들 곁을 지나가던 수감자들은 밟히고 있는 동료에게 눈길조차 주지 않았다.

잠시 후 판 도르프는 그들을 목공소로 데려갔다. 그곳에서는 오십 명의 남자가 전나무 판자를 연마하고 있었다. 보르도는 그들이 자르고 있는 얇은 판자를 보고 시가 상자를 만드는 데 쓸 수 있겠다고 넌지시 말했다. "보르도 씨, 당신은 정말이지 낙천가시군요!" 크리스틴이 웃으며 외쳤다.

다음으로 그들은 예배당에 들어갔다. 마침 미사가 거행되고 있었다. 의식에 방해가 되지 않도록 그들은 입구에 서 있었다. 제식을 집행하는 성직자는 남자였다. 골란스키는 이상하다고 생각했다. 그러나 크리스틴이 환관들에게는 제식을 거행할 권리가 있다고 설명했다. 그녀는 설교의 일부를 통역해주었다. 남자들에게 스스로를 증오하고, 자기들을 바른길로 이끌어줄 목자에게 구원을 요청하도록 선동하는 내용이었다. 설교 내용만 빼면 의식은 가톨릭 미사와 비슷했다. 골란스키는 잉리트가 새롭게 제식을 정하면서 신자들과 부딪치지 않으려고 가톨릭 미사의 형식을 차용한 것이라고 추론했다.

그들은 외딴 막사 한 곳도 방문했다. 대령은 게임이라도 하듯 그들에게 그 건물이 어떤 곳인지 알아맞혀보라고 제안했다. 프랑스인들은 눈에 띄는 것들—작업복을 걸기 위한 갈고리, 벽에 줄지어 놓인 등받이 없는 의자들, 매트 두 개, 진열창 속 시험관들—을 가지고 이런저런 추론을 했다. 실험실인가요? 양호실? 아니라고 했다. 그래서 이내 터무니없는 의견들을 제시했고, 모두가 폭소를 터뜨렸다. 그들은 결국 포기했다. 판 도르프와 크리스틴이 답을 말해주었는데, 그들이 상상도 못할 만한 것이었다. 그곳은 정액 상점이었다. 수감자들은 정액 재고를 유지하고 여자들을 임신시키기 위해 일주일에 한 번씩 그곳에 들러야 했다. 충격을 받은 프랑스인들은 아무 말도 하지 못했다. 크리스틴이 내일 이 주제에 대해 더 많은 걸 알게 될 거라고 알렸다. 왜냐하면 내일 델프트에 가서 정자를 보존하고 관리하는 센터를 방문할 것이기 때문이다.

끝으로 그들은 스무 개의 공동 침실 막사 중 한 곳을 둘러보았다. 작은 응접실과 방 두 개가 있는 작은 집이었는데, 침대들이 층층이 놓여 있고 남자 여덟 명이 묵고 있었다. 소박하지만 스파르타식으로 딱딱한 분위기는 아니었다. 온갖 쾌적한 생활용품에 관심 많은 골란스키의 눈에는 창문의 커튼과 매트의 두께가 눈에 띄었고, 희한하게도 레이스 식탁보가 식탁 위에 깔려 있는 것도 눈에 들어왔다. 모든 수감자들에게 개인 옷장과, 침대 밑판 목재를 파서 만든 공간이 있었는데, 그 공간은 매일 저녁 적어도 한 페이지는 읽어야 하는 잉리트의 '책'을 넣어두는 용도로 쓰였다.

"이것도 그들을 다루는 방식의 일부죠." 대령이 설명했다. "석 달 안에 다 읽어야 합니다."

"끝까지 다 읽으면요?" 골란스키가 묻자 그녀가 대답했다.

"처음부터 다시 시작합니다."

크리스틴이 약속했듯이 그들은 곧 간수 식당에서 커피를 마셨다. 오후가 한참 지났으므로(시각을 아는 건 불가능했다. 수용소에는 시계라곤 없었다) 보르도는 아페리티프 한 잔을 권하면 거절하지 않겠다고 선언했다. 포도주를 내온 걸 한 번 보았기에 이제 술을 원하는 만큼 마실 수 있으리라 생각한 것이다. 대령은 불행히도 이곳엔 술이 없다고 설명했다. 그러나 그를 위로하기 위해 보안대원 한 사람을 보내 아껴둔 시가 몇 대를 가져오게 했다.

"시가를 피우십니까?" 보르도가 놀라서 물었다.

"이건 벨기에 군대의 부사관들 사이에 널리 퍼진 악덕입니다."

"정말요?"

"네."

보안대원이 '피구라도' 시가 다섯 대와 시가 커터를 가지고 돌아왔다. 대령은 자신의 시가를 보르도에게 건네면서 유디트도 똑같은 시가를 이따금 피운다고 덧붙여 말했다.

"그렇다면 나도 한 대 피웁시다." 굴드가 말했다.

그는 랑글루아에게도 피워보라고 권했다.

"골란스키 씨, 당신은요?" 크리스틴이 물었다.

"고맙습니다만 저는 사양하겠습니다. 대신 커피를 좀더 마시겠습니다."

친구들이 시가 커터로 시가 끄트머리를 자르는 동안, 골란스키는 이제 막 알게 된 사실들을 떠올렸다. 벨기에 사람들이 프랑스인들을 배려하지 않고 있는 그대로를 보여준 건 처음이었다. 예고 없이 아무것도 감추지 않고 냉혹한 현실 속으로 그들을 집어넣었다. 엄청난 변화였다! 마치 제국의 진실을 접하지 못하도록 그들을 보호하다가, 그들이 진실을 받아들일 만큼 마음의 준비가 되었다고 판단하고는 더이상 신경쓰지 않고 그들이 진실과 대면하도록 한 것 같았다. 내일은 더 혹독한 현실을 보게 될까?

식당 벽에 제국의 지도가 걸려 있었다. 골란스키는 가까이 다가가 그것이 최근의 지도가 아니라는 걸 확인했다. 중립지대가 표시되어 있지 않은 걸 보니 1983년 이전의 것이었다. 여백에 날짜가 있는지 찾아보았지만 발견하지 못한 그는 그들이 도착한 뒤로 다닌 여정을 그려보았다. 그의 눈길이 베네룩스 위에 머물렀다. 남쪽에 룩셈부르크, 리에주, 마스트리히트, 아른험, 아펠도른, 그리고 위쪽에는 흐로닝언이 있었다. 혁명 이후 도시의 이름이 많이 바뀌었다. 그는 옛 이름들을 기억해내려고 애썼다.

지도 위쪽에 이렇게 적혀 있었다. '벨기에 제국'. 그 글씨 옆에 연필로 쓴 단어가 거의 지워지다시피 쓰여 있었다. 간신히 읽을 수 있었는데, 비라골랑드Viragoland라고 적혀 있었다.

비라골랑드? 글자 그대로라면 여장부들viragos의 나라라는 뜻이다. 누가 써놓았을까? 어느 군인의 장난일까? 이 신조어가 그를 사로잡았다. 비라골랑드! 이 다섯 음절의 단어에서 그는 벨기에 전체를, 지금까지 그가 벨기에에 대해 알고 있던 모든 것을 발견한 것 같았다. 이따금 기발한 별명이 한 인물을 완벽하게 말해주어서 달리 부르는 걸 상상할 수 없는 것처럼 말이다. 여장부들의 나라! 그렇다, 바로 이것이다. 그를 매료시킨 이 단어가 그의 머릿속에서 끊임없이 맴돌았다. "내가 있는 곳은 벨기에가 아니야." 그는 혼잣말을 했다. 벨기에. 이 오래된 나라의 이름은 옛 체제를, 브루게 대성당의 뾰족탑을, 북해 앞에 펼쳐진 잡초 무성한 모래언덕을, 아르덴 숲의 전나무를 생각나게 했다. 아니다. 나는 여장부들의 나라 비라골랑드에 와 있다. 혹시 한 명의 여장부를 의미하는 걸까? 어쩌면 목자 한 사람을 뜻하는 게 아닐까? 그건 중요하지 않다. 비라골랑드라는 이름은 그야말로 적격이었다. 그는 시가를 음미하고 있는 다른 사람들을 향해 돌아서면서, 크리스틴을, 판 도르프 대령을, 보안대원들을 보면서 조용히 뇌까렸다. 여장부, 여장부, 여장부……

6월 6일. 유디트는 경주용 자동차에 질렸다. 며칠 전부터 그녀에겐 다른 장난감이 필요했다. 운전하는 것으로는 이제 충분하지 않았다. 그녀는 보닛 아래의 기계장치를 보고 그것이 어떻게 작동하는지 알고 싶어했다. 엔진을 살피고 기름칠을 한다는 핑계로 부품들을 조심스럽게 분해했다. 곧 대담해져서 자동차를 전부 해체할 것이다.

그래도 유디트는 아직 속도를 즐긴다. 오늘 오후만 해도 긴 직선도로가 있는 브뤼세험으로 나를 데려가서 '시속 200킬로미터로 달렸다'. 드리프트 연습을 하는 것이다. 우리는 풍경 속으로 날아갈 뻔했다.

6월 7일. 딸들과 보낸 하루. 아이들은 건강해 보였다. 아이들이 그립다. 아이들은 기숙학교에서 지내는 걸 좋아하지만, 나와 떨어져 사는 건 아이들에게 버거운 일이다. 아이들은 궁에 와서 살고 싶다고 한다. 아마 불가능할 것이다. 게다가 나도 원치 않는다. 아이들은 유디트와 나의 관계에 방해가 될 것이다.

"그렇지만 궁전에 다른 아이들도 있잖아요?" 비르지니가 고집했다.

"아니야. 가장 어린 사람이 열다섯 살이야."

반은 거짓이었다. 유디트는 어린아이들을 그다지 좋아하지 않아서 시끄럽게 굴지 않는다는 조건하에 그저 참아줄 뿐이다. 반면 이미 말했듯이 소녀들은 좋아한다. 그래서 그들을 가능한 한 많이 자신의 곁에 두려고 한다. 몇 년이 지나면 비르지니도 그녀의 취향에 맞을지 모른다. 내가 저 아이를 그녀에게 내주게 될까?

6월 8일. 시언은 지칠 줄 모르고 여전히 기를 쓰고 나를 따라다닌다. 내가 그녀를 위해 아무것도 하지 않으리라는 걸 깨닫지 못한 걸까?

재미있는 일이 있었다. 조금 전에 나는 스히멜나우와 시언, 그리고 시언의 친구 두 사람과 함께 응접실에 있었다. 시언이 〈페미니테〉를 펼쳤고, 눈에 띄는 제목 하나를 읽었다. "로테르담에서 베아트릭스의 테러 발생, 사망자 두 명." 그녀가 스히멜나우를 쳐다보며 물었다.

"진짜예요, 가짜예요?"

"진짜 같은 가짜." 스히멜나우가 대답했다.

시언은 다른 기사를 읽더니, 또다시 같은 질문을 연이어 세 번 던졌다. 처음에 나는 장난인 줄만 알았다. 그러나 시언에게 설명을 청할 엄두가 나지 않았다. (나는 유디트와 함께 있을 때만 바보처럼 보이는 것을 염려하지 않는다. 그것이 오히려 내 매력에, 그녀가 그토록 좋아하는 순진한 면모에 득이 되기 때문이다. 반면에 시언과 그녀의 친구들 앞에서는 어리석어 보이면 어쩌나 하는 강박관념을 갖고 있다.) 이어지는 토론에서 나는 어느 정도 의심하고 있던 것을 확실히 알게 되었다. 보안대가 정기적으로 테러를 저지른 뒤 베아트릭스의 소행으로 몰아, 여론을 베아트릭스에게 적대적으로 만들어간다는 사실을. 선전 활동을 맡고 있는 스히멜나우는 무엇이 진짜이고 무엇이 가짜인지 알고 있었다. 그래서 새로운 테러가 발생할 때마다 스히멜나우에게 질문을 던지는 것이다. "진짜예요, 가짜예요?"

6월 10일. 소문을 믿어야 할까? 유디트가 내게 귀족 작위를 내릴 생각을 하고 있다는 그 소문을!

나를 귀족으로?

그 소문을 제일 먼저 말해준 사람은 시언이었다. 시언은 언제나 모든 걸 알고 있다. 난 그녀가 내게 아첨하려고 지어낸 얘기라고 생각했다. 그녀가 자주 하는 짓이다. 그런데 디안이 소문을 확인해주었다. 아니, 정확히 말하자면 모든 걸 다 말하지 않고 아무것도 확신할 수 없게 만들어 이따금 짜증이 나게 하는 그녀만의 말재주로 내게 암시를 했다. 나는 생각했다. '디안은 빈정거린 거야. 내가 그런 소문을 믿지 않게 조심하도록 작위 이야기를 한 거야.' 그런데 오늘 문간에서 아펄이 내게 윙크를 하더니, "일이 진척되고 있어!"라고 귓속말을 했다. 헛된 희망을 틀어막고 있던 내 정신의 제방이 무너져버렸다…… 만약 사실이라면? 그때부터 나는 단서를 찾아 동정을 살피고 있다. 알지 못한다는 건 끔찍한 고문이다!

왜 유디트에게 그냥 묻지 못할까? 그러면 사실을 알게 될 텐데. 하지만 용기가 나지 않는다. 어쨌든 요즘 유디트를 거의 보지 못하고 있다. 그녀가 줄곧 여행중이기 때문이다. 만날 때도 단둘이 있지 못한다(네 명의 대귀족이 그녀를 놓아주지 않는다). 그래서 사적인 이야기는 전혀 할 수가 없다.

아무것도 믿지 말고 신중하게 처신해야 한다는 걸 알고 있지만 이건 내 의지를 넘어서는 일이다. 나도 모르게 머릿속으로 꿈을 꾸고 작위 수여식을 상상한다. 유디트가 나에게 어떤 작위를 줄까(공작이면 좋을 것 같다). 그런 터무니없는 일을 가능한 일처럼 상상하다니. 하지만 어찌 불가능한 일이라고만 할 수 있겠는가. 더 나쁜 건 내가 지나갈 때마다 궁인들의 속삭임이, 찬사가 들린다는 것이다. 환청인 모양이다.

이 일이 한낱 뜬소문으로 밝혀진다면 크게 실망할 것이다!

6월 11일. 디안이 말했다. "제국의 국경 안에 이제 적은 없어. 베아트릭스와 그 졸개들이 있지만, 베아트릭스가 아직 살아 있는지 확실치 않고 그 졸개들의 수도 확실치 않아. 너도 나처럼 그들의 테러에 대한 진상을 알지. 사분의 삼은 그 일당들이 저지른 일이 아니야. 전부가 그런지도 몰라. 그러니 적은 없어. 그런데도 제국은 무장을 해제하지 않아. 계속 적을 찾고 있지. 적을 발견하지 못하면 만들어내기까지 해. 더 많은 사람을 의심할 수 있도록 기준을 높이고 있어. 어제까지만 해도 적은 반페미니스트였어. 그런데 이제 페미니스트밖에 남지 않자, 충분히 페미니스트가 아닌 사람들을 적으로 삼고 있지. 제국은 현재 페미니스트인 사람들도 내일이면 더 투철한 페미니스트가 될 수 있을 거라고 생각할 테지. 그런 식으로 계속 추출을 해도 유디트는 불만스러워할 거야. 절대적으로 순수한 자기만 빼고 모든 여자들을 제거해야 그 과정이 끝날 거야. 그러면 제국은 완벽해지겠지. 자신의 이미지와 완벽하게 들어맞을 테니까."

6월 12일. 유디트 그리고 프란시스카 몬데르만과 함께 하루를 보냈다. 몬데르만은 이상한 여자다. 나는 그녀가 마음에 들지 않는다. 아니, 그녀를 경계한다.

그녀는 대귀족 중에서 가장 나이가 많다. 예순여덟 살이다. 혁명을 겪은 인물로, 대행진 사진에서 잉리트와 함께 서 있는 모습을 볼 수 있다. (베아트릭스의 모습이 보이지 않도록 조작된 사진들인데, 암시장에서는 조작되지 않은 원본 사진을 구할 수 있다고 한다. 수집가들이 좋아해서 아주 비싸게 거래된다. 나도 베터 집에서 한 장 본 적이 있다. 베아트릭스가 배신하기 전에 출간된 오래된 책에서. 내가 베터라면 그 책을 없애버렸을 것이다.)

몬데르만은 겉으로 보기엔 매우 조용하고 온화한 여자다. 목소리도 가녀리다. 중얼거리는 수준을 넘어서는 법이 없다. 그래서 그녀가 말할 때면 모두들 귀를 쫑긋 세우고 침묵을 지킨다. 그녀는 가능한 한 소리를 내지 않는다. 체격이 호리호리하고 가냘프며 동작도 매우 느리다. 둔하고 느릿느릿하고 힘없이 행동한다. 누구나 그녀를 선善 자체라고 판단할 것이다. 그런데 결코 그렇지 않다! 네 사람 가운데 가장 악독하고 가장 술책에 능하며 가장 가차없다. 그녀는 자기 목표가 명확해서, 그것에 도달할 때까지 음모를 꾸민다. 포기하는 법이 없다. 직접적인 방법이 실패하면 자신만의 방법으로 음흉하게 우회한다. 그녀의 술책은 적의 경계를 잠재운다. 그녀는 적을 등뒤에서, 머리 꼭대기에서 속인다. 작은 키와 겁 많은 기질 때문에 권위는 타고나지 못했지만, 자신이 가진 온갖 수단을 기막히게 활용한다. 비겁한 반칙, 경쟁자 제거, 매수, 사보타주, 조직 활동. 얼마나 많은 사람들이 그녀를 제거했다고 믿었다가 그녀가 생각지도 못한 지름길을 통해 눈앞에 다시 나타나는 걸 보았던가? 싸움에서 이겼다고 믿었다가 그녀가 모든 걸 뒤엎고 유디트의 신임을 얻었음을 깨닫게 된 사람이 얼마나 많은가?

1970년대에 잉리트는 제국의 군사전략을 몬데르만에게 맡겼다. 그녀에게 이상적인 직책이었으며 그녀는 재능을 한껏 펼쳐 보였다. 그후 유디트는 그녀에게 국고를 맡겼다. 전혀 모르던 분야였지만 그녀는 금세 적응했다. 우회적이고 마키아벨리 같은 그녀의 사고방식과 잘 맞았기 때문이다. 현재 그녀는 공무에서 물러나 있다. 하지만 그녀에게 신세를 진 동료들이 관직에 남아 있어서 그녀는 여전히 모든 일을 알고 있다.

그녀는 한 번도 나에게 적의를 보인 적이 없다. 호감을 보인 적도 없다. 대개는 나를 무시했다. 드물게 나에게 말을 걸 때는 예의 발랐지만 그뿐이다. 내게 무관심한 거라고 여길 수도 있겠지만, 드러나는 적대감보다 그런 무관심이 나를 더 불안하게 만든다. 그녀는 내가 긴장을 풀고 잠들도록 나를 못 본 척하고 있다가 내가 잠든 새 등뒤에서 칼을 꽂을 것이다. 그렇다, 난 그녀를 믿지 않는다!

클라라 아펄은 전혀 다르다. 그녀는 약간 광적이다.

아펄은 넷 중에서 가장 예쁘다. 호감 가는 얼굴, 활달한 성격, 짧게 자른 검은 머리와 부분 염색한 머리 타래가 그녀를 더욱 젊어 보이게 한다. 웃으면 잇몸이 보이기 때문에 그녀는 늘 미소를 감춘다. 하지만 그 또한 그녀의 매력이다. 그녀에겐 카리스마가 있다. 한 번 보면 그녀를 더 알고 싶어진다.

그렇지만 그녀의 성격은 어떤가. 그 성미는 또 어떻고! 여자에게 히스테릭하다는 말을 써서는 안 된다는 걸 알지만, 만약 이 단어가 아직 사전에 실려 있다면 아펄을 그 예로 들 수 있을 것이다. 그녀의 행동은 도무지 예측할 수가 없다. 목욕 사건을 보라. 디안은 절대로 아펄을 가까이하지 않는다고 나에게 털어놓았다. 그녀가 아무 이유 없이 갑자기 물어뜯을까봐 겁이 난다는 것이다. 아펄은 갈등을 좋아한다. 그것이 그녀가 사람들과 교류하는 방식이다. 그녀는 긴장과 고성과 불화 속에서만 활짝 피어난다. 싸움이 있어야 편안해한다. 뒤로는 비겁한 짓을 하면서 앞에서는 평화에 대한 순수한 사랑을 표방하는 몬데르만과는 정반대다.

저녁 모임에서, 파티에서, 리셉션에서 아펄이 초대 손님에게 화를 내고 협박을 하다가 급기야 얼굴에 잔을 던지는 건 예삿일이다. 아무 일도 일어나지 않으면 사람들은 그 저녁 모임이 성공적이지 않았다고, 무언가가 빠졌다고 생각한다. 나는 그런 소동을 여러 차례 목격했다. 대단한 볼거리였다. 일은 이런 식으로 벌어진다. 처음에 아펄은 이리저리 돌아다니며 모인 사람들을 뚫어져라 살피고 되는대로 대화에 끼어든다. 희생양을 찾는 것이다. 설명할 수 없는 기준에 따라 희생양을 발견하면 그 사람에게 시비를 걸며 터무니없는 인신공격을 하고, 대화 내용이나 두 사람의 관계와 전혀 상관없는 당혹스러운 질문을 던진다. 그녀의 머릿속에서 도무지 있을 법하지 않은 논리에 따라 어떤 맥락이 만들어진다는 걸 느낄 수 있다. 그녀의 비정상적인 행동에 대해 알고 있어도, 아무것도 이해할 수 없다는 걸 알고 있어도 소용없다. 그녀의 표적이 되어 벼락이 내리면 화들짝 놀랄 수밖에 없다. 그럴 땐 우스꽝스러운 꼴이 되고, 이유는 알 수 없지만 죄인이 된 것 같고, 발톱을 세운 여자에게 잘못 걸려서 구경거리가 되는 수모를 당하게 된다. 최악은 그녀에게 어떻게 응수해야 할지 알 수 없다는 점이다. 그녀의 공격이 터무니없기 때문이다. 사람들은 그녀를 진정시키려고, 오해라며 그녀를 무마하려 애쓰지만 소용없다. 잘못하다간 위험해지기까지 한다. 말 한마디 잘못했다간 그녀의 광기를 더욱 북돋우기 때문이다. 해결책은 하나뿐이다. 모욕당하며 그녀의 충동이 가라앉길 기다리는 것이다.

아펄이 자주 만나는 여자들이 모두 그런 수모를 겪었다. 심지어 유디트까지도! 언젠가 나도 당하게 될까봐 두렵다. 나는 감수성이 예민해서 아펄에겐 쉬운 상대가 될 것이다. 내가 그녀의 기대에 부응할 테니 그녀의 기쁨은 열 배로 커질 것이다. 나는 부들부들 떨면서 그 자리에서 무너질 것이다. 내가 나약하다는 걸 알고 그녀는 가차없이 계속 몰아칠 것이고, 나를 만만한 표적으로 삼을 것이다.

바라건대 아펄이 자기처럼 히스테릭한 여자에게 걸려서, 그 여자가 참지 않고 고함을 맞받아치며 아펄의 게임을 받아들이고 더 크게 고함을 쳤으면 좋겠다. 아펄의 술책이 통하는 건 그녀가 고함을 칠 때 다른 사람들이 소란이 일어나는 걸 겁내기 때문이다. 아! 그녀가 자기보다 더 광기 어린 여자 때문에 겁에 질려 벌거벗은 꼴이 되는 걸 봤으면……

이것만 빼면 그녀의 장점과 재능은 인정해야 한다. 아펄은 그림을 그린다. 그녀의 그림은 궁전 곳곳에 걸려 있다. 그녀는 젊은 시절에 솔런 쥐퐁르네와 함께 공부했는데, 솔런이 그녀와 싸운 뒤—어찌 안 그랬겠는가?—자기만의 학파를 세웠다. (페미니즘 예술의 단일성을 주장하는 이론에 모순되는 결별이었지만, 그들은 아무 문제가 없는 것처럼 행동했다.) 오늘날 그들은 화해했고, 두 사람의 화풍을 혼합한 공통의 제자들을 두고 있다.

아펄은 시도 쓰지만 유디트와 경쟁 관계에 서지 않으려고 발표는 하지 않고 있다.

말하기 좋아하는 사람들은 유디트가 글을 쓰는 것이 적어도 이런 면에서는 천만다행이라고들 한다.

6월 13일. 인물 묘사를 시작했으니 끝을 봐야겠다.

욜란다 스히멜나우를 보자. 그녀는 쉰네 살이고, 험담을 좋아한다. 그녀가 없었다면 궁정이 이만큼 활기 넘치지 못했을 것이다. 나쁜 여자는 아니다. 다만 음모를 일삼고 술책을 심히 좋아할 따름이다. 그녀가 좋아하는 일은 소문을 만들어내는 것이다. 그녀는 모든 싸움에 기름을 붓고, 상대를 중상하고, 험담을 퍼뜨리며, 다른 사람들의 생각을 당사자에게 전하는 걸 즐긴다. 그녀가 공명상자처럼 비밀을 간직할 줄 모른다는 건 누구나 아는 사실이다. 그래서 모두들 페스트라도 피하듯 그녀를 경계하고, 함부로 그녀에게 얘기하지 않으려고 조심한다. 그런데도 그녀는 모든 일을 그 누구보다 먼저 안다. 그녀가 첩자들을 풀어 복도에서 사람들을 염탐하게 하는 것이 아닌지 의심된다. 그래서 잘 알지 못하는 누군가와 말을 할 때면 그 사람이 밀고자일지도 모른다는 생각을 하게 된다.

모든 걸 알려는 이 광적인 욕구는 사실 그다지 위험하지 않다. 왜냐하면 그녀가 관심을 갖는 건 하찮은 사실들, 사교계 소식, 궁정의 일상생활 정도이기 때문이다. 그녀는 정치, 정부, 페미니즘 이론 따위엔 관심이 없고, 그런 것에 관한 토론이 시작되면 바로 하품을 하기 시작한다. 다른 대귀족들과는 정반대여서, 장관직을 맡지 않은 사람은 그녀뿐이다. 하물며 그 점을 아쉬워하지도 않는다. 그녀는 기껏해야 선전 활동에 참여할 뿐이다. 그 일에 재능을 보이기 때문이다. 그러나 그것이 전부다. 그녀의 세계는 궁정이다. 그곳을 넘어서는 것에는 관심이 없다. 때때로 나는 그녀가 자기 둘레에 한 나라가 있고, 그곳에 국민들이 존재하며, 유디트의 궁정이 세상의 전부가 아니라는 사실을 알고는 있는지 궁금하다.

따지고 보면 욜란다 스히멜나우는 다 큰 응석받이 같다. 아이 같아서 천진하고 열심이며 순종하는 면이 있다. 유디트를 따라 아무 말 없이 공적인 이동을 할 때 그녀의 태도를 보아야 한다. 마치 착한 꼬마 아이 같아서 머리를 쓰다듬고 싶어진다. 유디트가 가방이나 우산 따위를 들 때 스히멜나우는 언제나 그걸 대신 들고 싶어한다. 그것은 그녀가 보안대원들이나 부관들과 서로 다투어 누리고자 하는 특혜다. 그녀는 유디트의 소매를 잡고 애원하는 목소리로 묻는다. "내가 들어도 될까요?" 유디트에게 도움이 되기 위해서가 아니라, 그럼으로써 스스로 자부심을 느끼기 위함이다. 나머지 세 사람은—특히 아펄과 베르톨루치는—독자적인 권력을 갈망하는데, 스히멜나우의 사정거리 안에는 오직 유디트밖에 없다. 그녀는 목자를 숭배할 뿐 개인적 야심은 없다. 그래서 항상 유디트를 추종한다. 다른 사람들은 유디트와 논쟁을 하고 때로는 말다툼도 하는데 스히멜나우는 절대 그러는 법이 없다. 그녀는 철저히 궁인이다. 죽도록 충정을 바치고, 절대적으로 복종하며, 그럼으로써 행복해한다. 주인을 위해서라면 세상 끝까지 따라갈 암캐다.

그녀가 부리는 변덕을 생각해도 그녀는 꼬마 아이와 다를 게 없다. 변덕이 죽 끓듯 해서 도무지 따를 수가 없다. 지루할 틈이 없는 상설 공연이다. 게다가 멋을 하도 부려서 궁전 전체에 유행을 퍼뜨린다. 한번은 그녀가 더이상 빨간색을 입지 않기로 마음먹고 가지고 있던 옷의 절반을 찢어버리게 하자 궁 사람들이 즉각 따라하기도 했다. 그러고 나서 일주일 뒤에 생각을 바꿔 자신이 찢어버리라고 했던 빨간색 옷을 궁정 재단사에게 다시 주문했다. 그러자 궁정에 빨간색이 되돌아왔다…… 또 어느 날엔 '고풍스러워' 보이려고 손가락마다 반지를 꼈다. 그 때문에 손가락이 너무 무거워서 손을 접을 수도, 손을 쓸 수도 없는 지경이 되었다. 식사를 할 때는 시종이 고기를 잘라서 포크로 그녀의 입에 넣어주었다. 우스꽝스러운 꼴이었지만 그러는 것이 금세 유행이 되었다. 보름 동안 궁인들은 손가락마다 반지를 낀 채 돌아다녔고, 누가 더 많이 꼈는지 견주었다.

지금 스히멜나우는 맨발로 다니는 일에 빠져 있다. 그녀는 인도 사람들은 그렇게 하기 때문에 절대 병에 걸리지 않는다고 말한다. 그래서 그녀가 가는 곳마다 뼈마디 굵은 발가락을 내놓고 다니는 모습을 볼 수 있다. 식탁에서도 가부좌를 틀고 앉아, 먹는 내내 발을 끌어다 마사지를 한다. 역겹지만 나는 아무 말도 할 수 없다. 그저 유디트가 꾸지람하기만 기다려야 한다. 그녀를 말릴 수 있는 사람은 오직 유디트뿐이다. 불친절한 말 한마디, 짜증스러운 표현 한 번이면 스히멜나우는 엉뚱한 욕망을 즉각 버린다.

마지막으로 로르안 베르톨루치. 네 명 중에서 내가 가장 잘 모르면서도 가장 좋아하는 사람이다. 외모를 보면 뚱뚱해서 게을러 보인다. 늘 흰색이나 검은색의 헐렁한 튜닉으로 비만한 몸을 가리기 때문에 마치 사제처럼 보인다. 그녀는 다른 여자들보다 말수가 적다. 그렇다고 말을 거의 하지 않는다는 의미는 아니다. 늘 무뚝뚝하고 별로 웃지도 않는다. 엄격하다. 늘 심각한 문제에 사로잡혀 있어서 농담할 여유가 없기 때문이다. 그녀는 끊임없이 "내가 얼마나 막중한 짐을 짊어지고 있는지 당신들이 어찌 알겠어"라고 말한다. 그녀는 다른 사람들보다 더 많이 일하고, 제국의 통치가 자신의 어깨에 달려 있다는 인상을 풍기는 걸 좋아한다.

또한 철학을 좋아해서 이따금 난해한 책들을 출간하는데, 대개 잉리트의 책에 대한 주해서지만 훨씬 더 난해하다. 하지만 그녀는 몬데르만의 섬세함도, 정신적 민첩함도 갖추고 있지 못하다. 네 명 가운데 진짜 관념론자이면서 가장 페미니즘 이론에 능통하고 그 방면에서 잉리트의 업적을 이어가고 있는 사람은 몬데르만이다. (유디트가 학설에 관해 자문을 구하는 사람도 몬데르만이지 결코 베르톨루치가 아니다. 유디트는 몬데르만에게서 자신의 어머니가 사용하던 동일한 논증법을, 동일한 용어를 발견한다. 그런 유사성이 그녀를 안심시키고, 본질적으로 몬데르만에게 충정이 있다고 결론짓게 만드는 것이다.) 베르톨루치는 몬데르만보다 근면하지만 느리다. 몬데르만은 베르톨루치가 쩔쩔매는 개념들을 가지고 재주를 부린다.

반면 베르톨루치는 정치인으로서는 썩 잘 헤쳐나간다. 통솔자로서 권위도 있고 리더십도 있다. 게다가 유디트가 그녀의 말을 귀기울여 듣기에 자주 유디트를 설득하고 종종 유디트의 권한을 위임받기도 한다. 예전에 국무회의에서 그녀를 본 적이 있는데, 그때도 그녀가 모든 걸 진두지휘했다.

유디트와 베르톨루치는 열정 없는 묘한 관계를 맺고 있다. 두 사람 사이에는 다른 세 사람 사이에 존재하지 않는 거리가 있다. 두 사람이 이야기를 나눌 때 보면 마치 사업가들 같다. 두 사람의 대화는 정치와 제국 통치에 관한 것이다. 그들은 수다를 떨지 않고 재잘거리는 걸 피한다. 베르톨루치는 친교에 능한 사람이 아니다. 이를테면 나는 예전에 아펄이 그랬던 것처럼 그녀가 나와 유디트와 함께 목욕하는 걸 상상할 수가 없다. (너무 뚱뚱해서 욕조 안으로 쉽게 들어가지도 못할 것이다.) 두 사람이 서로를 속속들이 알까 하는 의문이 종종 든다. 예쁘지는 않지만 그녀에겐 엄숙하고 육중한 외양에서 느껴지는 관능미가 있고, 그걸 유디트도 싫어하지 않는다.

나로서는 오직 베르톨루치만이 다가갈 수 있는 듯 보인다. 다른 사람들과 달리 그녀는 다른 행성에 살고 있지 않다. 그녀에겐 현실감각이 있다. 어쨌든 그렇게 믿고 싶다. 나는 그녀와 가까워지고 싶고, 그러려고 노력도 한다. 나는 그녀의 호감을 얻음으로써 네 사람의 세력을 깨뜨리고, 히드라의 머리 하나를 잘라 힘을 약화시킬 셈이다. 그렇게 저들의 동맹에 훼방을 놓음으로써 궁에서나, 유디트의 곁에서나 내가 이방인으로 느껴지지 않도록 할 작정이다.

바로 얼마 전에 계산이 싫고 계략이 싫다고 말했던 내가 이런 생각을 하고 있다니……

6월 17일. 시언이 다급하게 내 방으로 들어오더니, 내 발을 잡고 애원했다.

"날 데려가줘요. 날 데려가줘!"

그녀는 나를 꼭 끌어안고 어루만졌다. 나는 몸을 빼면서 살짝 웃으며 말했다.

"대체 어디로?"

내 질문에 그녀는 놀란 듯 보였다. 내가 자기를 놀린다고 생각한 모양이었다.

"물론…… 휴가죠! 목자님과 함께 떠나잖아요!"

그렇게 해서 나는 나와 관련된, 유디트의 계획을 알게 되었다. 어떻게 시언이 나보다 먼저 알았을까?

"말해봐요, 날 데려가줄 거죠?" 그녀가 거듭 말했다.

"난 그럴 만한 능력이 없어……"

"할 수 있어요! 할 수 있다니까요!"

그녀는 한탄하며 내 발아래 쓰러졌다.

"유디트에게 물어봐요! 제발요. 당신이 말하면 그러라고 하실 거예요. 동의하실 거예요!"

그녀는 내가 큰 영향력을 지녔다고 생각한다……

시언을 떼어놓고 나는 유디트를 만나러 갔다. 그녀는 내실에 없었다. 실망해서 돌아가려는 찰나, 몬데르만을 만났다.

"유디트가 휴가를 떠날 계획이라는 게 사실이에요?"

그녀가 웃었다.

"그래, 맞아. 우리 여섯이 모두 떠나. 좀 쉬러."

나는 전율했다. 여섯이 모두? 그렇다면 나도? 믿어지지 않았다. 내가 아연실색한 모습을 보고 그녀가 내 어깨를 어루만지며 말했다.

"그래, 너도 우리와 함께 가는 거야, 아스트리트."

나는 그녀를 끌어안을 뻔했다.

저녁에 유디트가 돌아왔다. 나는 그녀를 집무실에서 만났고, 그녀의 품에 안겨 휴가 계획을 알려주지 않은 그녀를 원망했다. 유디트는 나한테 말한 줄 알았다고 했다.

"이제 알았으면 된 거지."

그녀가 나를 끌어안으며 덧붙였다.

"휴가 동안 얌전하게 굴면 돌아와서 너에게 작위를 내리겠어."

크리스틴 없이 알베르와 여행하는 것이 카뮈신 로트에겐 그다지 즐겁지 않았다. 함께 여행하려면 서로 대화도 하고 잘 맞아야 할 것이다. 그런데 알베르가 프랑스로 돌아가지 않겠다는 계획을 밝힌 뒤로 로트는 그녀가 원망스러웠다. 정확히 그녀의 어떤 점을 비난하고 싶은 걸까? 로트는 알베르의 말하는 방식과 무례한 단어 사용, 공功을 자기 것으로 만들어버리는 태도 때문이라고 믿고 싶었다. 그러나 진짜 이유는 훨씬 단순했다. 로트는 미칠 듯이 질투가 났던 것이다. 알베르는 벨기에에 남음으로써, 벨기에 사람이 됨으로써 로트보다 더 진정한 페미니스트처럼 비칠 것이다. 그녀는 페미니스트 세계에서 로트를 가리고 스타가 될 것이다. 만약 알베르가 귀화하는 데 성공한다면(실패할 이유라곤 보이지 않았다) 얼마나 큰 사건이 될 것인가? 그들의 귀국도 로트가 예상한 대로 사건이 되지 못할 것이다. 카퓌신 로트가 들려줄 이야기가 엄청나게 많다는 사실 또한 말할 나위 없다. 그렇다, 알베르의 부재야말로 큰 사건이 될 것이다. 그들이 전하는 온갖 이야기보다 알베르의 결심이 벨기에에 대한 진실을 더 잘 말해줄 것이다. 그녀가 벨기에에 남았다는 건, 다시 말해 그곳이 낙원임을 천명하는 셈이니까! 불 보듯 뻔하다. 죽도록 화가 치밀었다.

이제 어떻게 해야 알베르보다 더 혁명적일 수 있을까? 유일한 방법은 그녀를 모방하는 것이다. 로트는 즉각 크리스틴에게 의중을 전해볼까 생각했다. 그러나 고심 끝에 생각을 바꾸었다. 지금 벨기에 사람이 되겠다고 청하면 신념에 의해서라기보다는 알베르를 따라 하는 거라고 모두들 생각할 것이다. 벨기에 사람들이 이유를 물으면 뭐라고 대답할 것인가? 목자를 너무 사랑해서 제국에서 멀리 떨어져 살 수가 없다고? 페미니스트 국가가 아닌 프랑스에서 살아가는 삶을 더는 견디지 못하겠다고? 자신의 이념이 실현된 곳에 정착하고 싶다고? 그러면 거짓말이 될 것이다! 그녀의 삶은 프랑스에 있었다. 제국에 사는 건 한 번도 고려해본 적이 없다. 지금 그녀가 그런 생각을 하는 건 알베르 때문이다. 로트는 제국을 향한 사랑을 다른 사람이 자기보다 더 많이 보여줄 수 있다는 사실을 참을 수가 없었다. 하지만 너무 늦어버렸다. 알베르가 간발의 차로 그녀를 앞질러버린 것이다.

로트는 침통한 얼굴로 앞으로 벌어질 일들을 하나하나 짚어가며 자신의 멋진 계획이 결국에는 무산될 거라는 생각에 비통해했다. 그녀는 이 여행으로 인해 자신이 당에서 비견할 데 없는 권력자가 될 거라고, 사람들이 혁명에 관한 한 자신에게 끊임없이 전문적인 의견을 구하게 될 거라고 예상했었다. 그런데 이 지경이 되고 말았다! 앞으로 사람들은 알베르의 선택에 대해서만, 그녀가 그런 선택을 하게 된 상황에 대해서만 자세히 설명해달라고 로트에게 청할 것이다. 무엇을 묻든 레오노르 알베르가 언급될 것이다. 그렇게 로트는 알베르의 그늘 속에 묻히게 될 것이고 더는 중요하게 생각되지 않을 것이다. 사람들은 이렇게 질문할 것이다. "왜 당신은 알베르처럼 하지 않았죠?" 그러고는 결국 벨기에에 남은 알베르가 그녀보다 훨씬 더 투철한 페미니스트라고 결론 내릴 것이다……

당에서 로트가 차지한 지위에 미칠 영향에 대해서는 말할 것도 없다! 이 여행은 그녀에게 최고위직을 내주어야 마땅했는데, 이제 어떤가? 그녀가 벨기에에 다녀왔다고 하면, 사람들은 알베르는 아직 그곳에 남아 있지 않느냐고 응수할 것이다. 그녀가 자기 경험에 대해 이야기하면 사람들은 말할 것이다. "그랬군요. 하지만 알베르의 결단보다는 덜 흥미롭네요." 다행히 알베르는 당에 속한 사람이 아니다. 그렇지만 널리 알려진 페미니스트였다. 알베르의 결정은 당내 로트의 경쟁자들에게 로트를 깎아내릴 논거를 제공해준 셈이다.

이러니 어찌 알베르가 원망스럽지 않겠는가? 로트는 적대감(가련한 알베르가 일부러 이 불행한 결과를 조장한 것이 아님을 내심 알고 있지만)을 그녀에게 감추지 않기로 결심했다. 지금까지는 다른 사람들 때문에 알베르에게 대놓고 불쾌하게 굴지 못했다. 굴드 앞에서, 보르도 앞에서 쩨쩨해 보일까봐 겁이 났던 것이다. 그래서 몇 번 날카로운 말을 내뱉는 것에 그쳤다. 그런데 이제 두 사람 사이에 아무도 없으니 더는 참지 않을 것이다. 둘이서 일정을 소화하는 동안 로트는 있는 대로 추악하게 굴기로 마음먹었다.

헬리콥터가 이륙하자마자 로트는 알베르의 외모와 부석부석한 머리카락에 대해 "허수아비 같다"고 지적하며 적대감을 드러냈다. 그녀는 갖은 수단과 방법을 모두 동원하리라 마음먹었다. 그런데 안타깝게도 알베르는 응수하지 않았다. 알베르는 줄곧 딴생각을 하며 바깥 풍경을 내다보고 있었다. 갈등을 피하려고 일부러 그러는 걸까? 속이 상한 로트는 적개심을 드러내며 뾰루퉁하게 입을 내밀고 팔짱을 꼈다. 십 분 뒤, 알베르는 로트가 화났다는 사실을 눈치채지 못하는 것처럼 그녀에게 상냥하게 물었다.

"우리가 어디로 가는 것 같아?"

"그걸 내가 어떻게 알아요? 점쟁이도 아닌데."

로트는 더욱 모질게 굴고 싶었지만 적절한 공격적인 어조를 찾지 못했다. 그래서 덧붙일 불쾌한 말을 찾았지만 아무 생각도 나지 않았다. 결국 성난 얼굴로 그냥 의자 깊숙이 기대앉았다.

여정은 생각한 것보다 짧았다. 브레다를 떠난 지 사십 분 후, 헬리콥터는 들판 한가운데에 착륙했다. 도시에 착륙할 거라 상상했던 로트는 깜짝 놀랐다. 이곳은 또 어디지?

헬리콥터 아래에서 한 무리의 여자들이 기다리고 있었다. 그들은 색색의 튜닉을 걸치고 부츠나 나막신을 신었고, 추위를 이기기 위해 두터운 털 조끼를 입고 있었다. 그 투박한 털옷 때문에 그들은 마치 에스키모처럼 보였다.

두 사람이 발을 땅에 디디자마자 아이들이 소리를 지르며 달려와 그들의 다리에 매달렸다. 여자들도 웃으며 다가왔다. 여자들은 두 사람의 손을 잡고 손가락 끝으로 그들을 만졌고(흡사 접촉으로 서로를 인식하는 맹인들 같았다) 그들의 뺨에 입을 맞추었다. 무척이나 다정했다. 로트는 긴 여행을 마치고 집에 돌아온 듯한 기분이었다.

어떤 여자들은 프랑스어로 말했다. 그중 엘레나가 그들의 안내인이 되어주었다. 그녀는 서른일곱 살이고, 1982년에 어머니와 함께 독일에서 왔다. 그녀에겐 열 살과 열두 살짜리 딸이 있었고, '백 명의 자매'가 있었다.

엘레나는 그녀 자신에 대해 더 할 얘기가 없었다. 그래서 입을 다물었다. 그 겸손함이 로트를 사로잡았다. 로트는 생각했다. '정말이지 소박해.'

로트와 알베르는 사방으로 뛰어다니는 아이들에 둘러싸인 채 자갈투성이인 길을 걸어 마을로 내려갔다. 지붕들을 보자마자 매료된 로트는 혼잣말을 했다. "그림엽서처럼, 아니, 동화책 속 삽화처럼 근사해." 마을은 숲을 등지고 옹기종기 들어앉은 집들과 농장들로 이루어져 있었다. 연기가 피어오르는 굴뚝들이 산과 뜨거운 차와 크리스마스이브 파티에 대한 추억을 떠올리게 했다. 마치 화가를 위한 마법이자 환상 같았다. 그야말로 어린 시절에 선물로 받았던 『벨기에의 가장 아름다운 마을』이나 『제국의 가장 아름다운 시골』 같은 책들처럼 아름다운 책에 실릴 만한 풍경이었다.

엘레나는 마을까지 걸어가면서 이곳이 제국 곳곳에 존재하는 여성 공동체들 중 하나라고 설명했다(그런데 이상하게도 마을 이름은 말해주지 않았다). 1972년에 세워졌기에 가장 오래된 마을 중 하나이기도 했다. 처녀지에 세워진 다른 마을들과 달리, 이 마을은 이미 존재하던 촌락에서 그곳에 살던 남자들과, 남편과 떨어지길 원치 않는 여자들을 내쫓고 만든 곳이었다. 기술적인 문제에 관심이 많은 여성 행동가로서 로트는 벌써부터 미래의 프랑스 혁명을 떠올리며 여러 가지 질문을 하고 싶었다. 주민들을 어떻게 내쫓았는지, 그들을 어떻게 진압했는지, 무기를 사용했는지 등등. 그러나 엘레나는 그녀에게 말할 기회를 주지 않고 계속 설명했다. 제국 전역에 흩어져 있는 레즈비언 공동체들은 자급자족으로 살고 있다. 공동체들은 정치적 차원에서 거의 독립적이다. 제국은 경찰과 사법기관을 없앴다. 필요가 없었기 때문이다. 여자들끼리는 원만하게 지내서 분쟁을 스스로 해결했고, 혹시라도 소송이 일어날 만한 경우에는 최연장자에게 의견을 구했다. 여성 연대의 극치였다. 모든 여성이 다른 여성들을 자기 자신처럼 사랑하기에 그곳에는 평화가 지배적이었고, 모든 것이 절로 조화를 찾았다. 공동생활과 관련된 결정이 때로 논쟁을 낳을 때도 있지만 언제나 만장일치로 해결되었다. 요컨대 그들의 공동체는 앞으로 올 세상의 실험실이었다.

그들은 마을에 이르렀다. 집들—'집들이 아담하다'고 로트는 생각했다. 마치 인형의 소품 같았다—이 잉리트의 이름이 붙은 광장을 둘러싸고 있었는데, 광장의 분수 한가운데에 입으로 물을 토해내는, 청동으로 만든 작은 천사 조각상이 있었다. 천사는 잉리트의 얼굴을 하고 있었다. "대목자님이시네요!" 로트가 외쳤다. 엘레나는 목자의 얼굴을 금세 알아본 그녀를 칭찬했다. 그러고는 천사의 입에서 나오는 물은 잉리트의 입술에서 평생 흘러나온 현명한 말들을 상징한다고 설명했다. 그러더니 프랑스 여성들에게 가까이 가서 분수의 돌에 붙어 있는 표지판을 보라고 권했다. 로트가 다가가 표지판에 쓰인 날짜를 읽었다. '1973년 9월 14일'. 그녀는 화들짝 놀랐다. 이게 가능한 일일까? 엘레나가 공동체가 생겼을 당시에 대목자님이 이곳에 머물렀으며, 분수는 그녀의 체류를 기념해 만들어진 것이라고 했다. 로트는 속으로 생각했다. 잉리트가 이곳에 왔기 때문에, 이곳에 그녀의 흔적이 남아 있기 때문에 이렇게 기분이 좋은 걸까?

마을은 활기찼다. 사방에서 아이들을 거느린 온갖 연령대의 여자들을 만날 수 있었다. 그들은 소리를 지르다시피 큰 소리로 말했다. 로트는 그 열정에, 넘쳐나는 생기에 홀렸다. 남자 없이 여자들끼리만 지내는 행복이 이들에게 얼마나 큰 에너지를 주는지! 게다가 그녀 역시도 숨이 확 트였다. 알베르 역시 환한 얼굴이었다. 이제 알베르에게도 화가 나지 않았고, 이곳의 조화로움에 감동받았다…… 심지어 어느 순간 이유도 없이 알베르를 끌어안고 그녀에게 용서한다고 말하고 싶기도 했다. 이게 무슨 마법일까?

로트와 알베르는 마을 사람들의 집으로 안내를 받았다. 주민들은 다들 자기 집을 보여주고 싶어했다. 어느 작은 농가 앞에서 두 아이가 로트의 손을 잡아끌며 자기들 방으로 데려가려 했다. 둘 다 금발인데다가 똑같은 튜닉을 입고 있어서 쌍둥이처럼 보였다. 로트는 엘레나에게 애원하는 눈길을 던지며 이 사슬에서 빠져나가는 건 불가능하겠다고 농담처럼 말했다. 그러자 엘레나는 함정이 만만치 않으니 간수들을 잘 따라가야 한다고 대답했다. 아이들은 봄날 햇볕이 미약하게 땅을 덥히고 있어 창문을 열어둔 그들의 집으로 로트를 데려갔다. 낮은 천장, 모양이 괴상한 방들 사이로 난 수많은 계단들. 집은 마치 오두막 같았다. 하지만 매혹적이었다. 아이들은 장난감이 가득한 자기들 방으로 로트를 데려갔다. 두 자매가 큰 침대 하나를 같이 사용하는 걸 보고 로트는 측은한 마음이 들었다.

아이들과 몇 분 동안 놀고 나서(아이들은 다트 놀이를 하고 싶어했는데 과녁을 아주 잘 맞혔다) 로트는 1층 응접실로 돌아왔다. 그곳엔 불이 타오르고 있었고, 초콜릿 향이 감돌았다. 긴 의자 두 개가 딸린 나무 탁자도 갖춰져 있었다. 로트는 생각했다. '이곳 사람들이 손님 접대를 좋아한다는 증거야.' 여자들은 수다를 떨고 웃기도 하면서 분주히 식사 준비를 했다. 꼭 가족 같았다. 실제로 한 가족이었다. 로트는 정확히 누가 이곳에 사는지 물었다. 그러자 그들은 마을 모든 집이 자기 집이라고 대답했다.

오렌지주스 병이 손에서 손으로 건네졌다. 프랑스 여자들은 이곳에서 저녁식사를 할 것이다. 그리고 식사 준비에도 참여할 것이다. 알베르는 케이크를 만들기 위해 호두 한 바구니와 호두 까는 망치를 받았다. 로트는 채소 손질을 맡았다. 감자 깎는 칼을 쓰는데 익숙지 못한 그녀는 칼을 제대로 잡지 못했다. 아이 하나가 그녀의 무릎에 앉더니 칼을 어떻게 쓰는지 설명해주었다. 아이의 말에 매료된 그녀는 얼떨떨한 얼굴로 작업을 시작했다.

수다가 길게 이어졌다. 프랑스 여자들은 이 목가적인 공동체 속에서 어떻게 살아가는지 마을 사람들에게 묻고 싶었지만 한마디도 할 수가 없었다. 집주인들이 프랑스에 대해, 프랑스 여자들에 대해, 남녀 관계에 대해 온갖 질문을 끊임없이 쏟아냈기 때문이다. 프랑스에서는 남자 없이 사는 것이 불가능하다고 알려주자 그들은 공포의 비명을 내질렀다. 로트는 그들의 천진함 앞에서 당혹스러웠다. 세상에 대한 그들의 무지에 화를 내야 할지, 아니면 에덴동산처럼 외부와 단절된 채 고치같이 닫힌 마을에서 철통같은 보호를 받으며 사는 것에 감탄해야 할지 판단이 서지 않아 머뭇거렸다.

마침내 그들이 벨기에인들에게 질문했다.

"일은 하세요?" 알베르가 물었다.

"물론이죠. 우리는 농사를 짓고 가축을 길러요."

로트는 그들의 손이 농부의 손이 아닌 걸 보았지만 아무 말도 하지 않았다.

"농사만 지어도 충분한가요?"

"충분하고말고요. 이곳의 땅은 비옥하고 농사짓는 방식도 효율적이에요. 모든 것을 교란하고 무질서를 가져오는 남자들 없이 여자들끼리 지내니까요. 일을 많이 하지 않아도 수확량이 훨씬 많아요."

"생산물의 재분배는 어떻게 하세요?"

"무슨 뜻이죠?"

이 질문을 받고 엘레나는 놀란 것 같았다.

"그러니까 임금 말이에요……" 알베르가 설명했다.

"오, 그런 문제는 제기되지 않습니다. 각자가 자기 리듬대로 일을 하고 필요한 만큼 보답을 받으니까요. 우리는 불평하지 않습니다. 한 번도 갈등이 없었죠."

"그렇지만 공평성의 관점에서 보면……"

알베르는 거듭 물었다. 로트는 그녀가 믿지 못하는 것이 아니라, 더 확실하게 믿고 싶어한다는 걸 깨달았다.

"우리는 그런 문제로 삶을 복잡하게 만들지 않아요. 어떻게 말해야 할까요?…… 이곳에서는 자연스럽게 조절이 되어서 각자가 할 일을 알고 대가를 주장합니다. 질투 같은 건 없습니다. 모든 것이 자연스레 정리가 되죠."

엘레나가 재미있다는 듯 옆 사람을 향해 눈길을 던지며 말했다.

"아드리더를 예로 들어보죠. 아드리더가 농장 일을 좋아한다고 말할 수는 없어요……"

모두가 웃고 당사자도 웃었다. 엘레나가 말을 이었다.

"그렇지만 아드리더는 성격이 원만해요. 그래서 밭에 가서 채소에 물 주는 일을 합니다. 모든 게 마찬가지예요. 저마다 자기 방식대로 쓸모가 있어서 공동의 행복에 기여합니다."

"남자는 절대로 마을에 오지 않습니까?" 성 분리주의에 감탄하면서도 믿기 힘들어하던 로트가 용기를 내어 물었다.

그러자 모두가 또다시 비명을 내지르며 아연실색했다.

"목자님 덕분에 그런 일은 절대로 없어요!"

잠시 후 길에서 놀이판이 벌어졌다. 돌차기, 구슬치기, 숨바꼭

질. 무릎에 담요를 덮고 긴 의자에 줄지어 앉은 노인들—최연장자가 아흔두 살이었다—이 젊은 사람들을 쳐다보며 이러쿵저러쿵 훈수를 들었다. 어른들과 아이들이 어울려 똑같이 진지하게 놀이를 했다. 술래잡기를 하며 사람들을 뒤쫓던 로트는 열 살 때로 되돌아간 듯한 기분이었다.

한 시간 뒤 날이 어두워져서 놀이를 할 수 없게 되자, 엘레나가 알베르와 로트를 공용 공간으로 데려갔다. 그곳은 창고를 개조해 만든 마을 회관이었다. 마을 사람들은 그곳에 모여서 토론을 하거나 볼링, 카드놀이, 당구를 했다. (로트는 안쪽에 놓인 세 개의 당구대를 보고, 당구를 무척이나 좋아해 밀어치기 실력을 자주 자랑하던 굴드를 떠올렸다.) 벽난로에서는 타닥거리는 소리를 내며 불이 타오르고 있었다. 벽난로 가까이 다가간 로트는 난로 뒤쪽 벽의 주철에 부조된 유디트의 얼굴을 알아보았다.

스무 명의 여자가 그곳에서 차를 마시며 파이프 담배를 피우고 있었다. 로트는 그 모습이 망측하다기보다는 아주 우아하게 여겨졌다. 마을 여자들이 그녀에게 브라이어목木 파이프 하나를 건넸다. 그녀는 기침을 많이 했지만, 다시 시도해보리라 마음먹었다.

아이들이 창고를 들락날락거렸다. 아이들은 이 매혹적인 공간의 고요를 흩뜨리지 않으려고 마룻바닥 위를 살금살금 걸어다니고 낮은 소리로 소곤거렸다. 벽에는 유디트의 커다란 초상화가 걸려 있었다. 로트는 목자가 여기 있었다면 신도들이 이렇게 조화롭게 지내는 걸 보고 뿌듯해했으리라 생각했다.

대화는 이 주제에서 저 주제로 넘나들었으며, 프랑스어와 네덜란드어로 진행되었다. 로트는 일광욕을 하는 도중 수영장 물속에 뛰어들듯이 간간이 대화에 끼어들었다. 나머지 시간엔 눈을 반쯤 감고 불가에서 등에 불을 쬐었다.

갑자기 여자 두 명이 일어서더니 손을 맞잡고 요란한 소리를 내며 계단을 뛰어올라갔다.

"대체 어딜 가는 거죠?" 로트가 물었다.

엘레나가 강렬한 눈빛으로 로트를 쳐다보며 대답했다.

"물론 사랑을 나누러 가는 거죠."

그러더니 덧붙여 말했다.

"자매로서."

로트는 아무 대답도 하지 않았다. 그러자 엘레나가 일어나더니 로트에게 다가와 물었다.

"가보실래요?"

로트는 망설였다. 알베르의 눈길을 찾았지만 알베르는 그녀를 보고 있지 않았다. 엘레나가 그녀의 손을 잡더니 계단으로 이끌었다. 마지막 계단에서 엘레나가 풋, 하고 웃음을 터뜨리더니 검지를 자신의 입술에 대며 로트에게 조용히 하라고 신호를 보냈다.

그들은 발끝으로 걸어 어두운 복도로 나아갔다. 한줄기 빛과 신음 소리가 두 연인이 숨어든 방을 짐작하게 했다. 엘레나는 로트에게 귓속말로 불시에 들이닥쳐 저들을 놀래줄 거라고 귀띔했다. 로트는 심장이 세차게 뛰어 아무 대답도 못한 채 고개만 끄덕였다. 엘레나의 어린아이 같은 행동 때문이 아니라, 곧 이어질 상황 때문이었다. 로트는 더이상 알베르 생각도 하지 않았고, 굴드나 당에 대한 생각은 더더욱 하지 않았다. 엘레나가 로트의 정신을 온통 사로잡고 있었다. 로트는 중얼거렸다.

"내가 당신의 자매인가요?"

"그럼요. 우리는 모두 자매죠." 엘레나가 대답했다.

이 말에 로트는 날아오르는 기분이었다. 그쯤에서 멈출 수도 있었을 것이다. 그녀가 느끼는 쾌락은 이미 극에 달했으니까. 그러나 엘레나는 방문을 열었고, 그곳엔 두 여자의 실루엣이 뒤엉켜 있었다. 로트는 아무 말 없이 엘레나를 따라갔는데 꿈인지 생시인지 구분이 되지 않았고, 이 모든 걸 다른 사람들에게 말할 수 있을지 확신이 서지 않았다.

6월 18일. 우리는 궁정 기차 안에 있다. 텔레비전에서 종종 보던 기차다. 내가 언젠가 이걸 타게 되리라고 상상이나 했겠는가? 기차는 끝도 없이 길었다. 객차가 스무 칸이나 되었다. 유디트는 전용 객차에 홀로 있다. 그녀는 아무도 보고 싶어하지 않는다. "도착하면 꽤나 자주 볼 테니까." 나는 가죽소파와 화장실까지 갖춰진, 달리는 응접실 같은 객차에 네 명의 대귀족과 함께 탔다. 좀 더 가면 식당칸도 하나 있다. 그리고 유디트를 모시는 시종들과 보안대원들이 열두 대의 객차에 있다. 맨 끝에는 시종들을 태우는 화물칸이 있다. 그러니까 기차에 백여 명의 사람이 탄 것이다. 스히멜나우는 "우리끼리 조용히 떠나는 여행이야!"라고 했는데, 공식 이동일 경우엔 기차가 얼마나 길어질지 상상이 안 간다!

바깥에는 하늘이 구름에 덮여 있다. 이따금 비가 내린다. 나는 목적지를 알지 못한다. 바다라는 것만 알 뿐, 그 이상은 내게 말해 주지 않았다. 아펄과 몬데르만은 모호한 태도를 보이며 공모의 미소를 주고받았다. 처음엔 그들이 특권(나는 모르고 그들은 안다는 특권)을 즐기며 자신들의 우월한 지위를 내게 느끼게 하려는 줄 알았다. 그러나 곧 그들이 나보다 더 아는 것이 없으며, 유디트가 자기들에게도 뭔가 감추고 있다는 걸 내게 들키고 싶어하지 않는 것이라는 생각이 들었다.

우리는 유디트의 '애완견'들을 데려왔다. 강아지처럼 네발로 걷고 짖는 열두 명의 털북숭이 사내들이다. 그녀는 그들을 끈으로 묶어 데리고 다닌다. 믿기 힘들 만큼 우스꽝스러운 그 가장행렬을 그녀는 무척이나 좋아한다. 그녀는 말했다. "저 아이들은 산책하는 걸 미치도록 좋아해. 바다에 가서 녀석들을 봐야 해. 파도를 엄청 좋아하거든." 아펄과 스히멜나우는 서로 끈을 쥐겠다고 다투고, 말 안 듣는 놈들의 옆구리를 걷어찬다. 나는 유디트가 그 코미디에 나를 끌어들여, 녀석들을 쓰다듬게 하거나 녀석들의 머리카락을 헝클어뜨리게 하지 않기를 바랐다. 다른 일엔 그렇게도 위생을 따지면서!

얼마 후. 우리는 철로 한가운데에 멈춰 섰다. 혼자 있는 것이 지겨워진 유디트가 조금 걷고 싶어했기 때문이다.

다른 기차가 뒤에서 들이박지나 않을까 내가 불안해하자, 베르톨루치가 딱하다는 표정으로(내가 얼마나 순진했던지) 이 철로는 우리만 쓰도록 되어 있어서 다른 기차가 다니지 않는다고 설명했다. 그럴 거라 짐작을 했었어야 하는 건데.

베르톨루치는 덧붙였다. "그리고 기차가 많지도 않아. 사실 유디트를 위해 모든 걸 중단시켜도 교통 혼란이 야기되지는 않을 거야."

유디트가 애완견들을 밖으로 내보냈다. 그러고는 공을 던져 입에 물고 오게 했다. 한번은 공이 가시덤불 속으로 굴러갔다. 그러자 그들은 가시덤불 속으로 뛰어들었고, 온몸이 가시투성이가 되어 나왔다. 유디트와 아펄이 그들의 상처를 치료해주었다. 평범한 남자들에게는 결코 그렇게 하지 않을 것이다.

나는 내 자리로 돌아와 다시 기차가 출발하기를 기다렸다. 우리가 어디로 가는지 안다고 주장하는 아펄이 두 시간은 더 달려야 한다고 말했다.

얼마 후. 풍경이 참으로 암울했다. 여름이 다가와서 나뭇잎이 무성했고, 풀도 높이 자랐다. 그런데도 겨울 풍경 속을 달리는 느낌이었다.

집이라곤 거의 보이지 않았다. 이따금 외딴 농가 한 채가 눈에 띄긴 했다. 나는 유모의 오두막을 생각했다. 아! 모든 것이 이젠 너무도 멀게만 느껴졌다…… 불과 얼마 전 일인데도.

저기 사는 여자들도 유모처럼 가난할까? 저들도 돈 몇 푼 벌어보려고 다락에다 사내아이들을 숨기고 있을까? 문득 한 장면이 상상된다. 유디트가 갑자기 변덕을 부려 기차를 세우라고 명령한다. 그러고는 차창을 통해 보이는 작은 농가를 꼭 방문해보고 싶다고 한다. 농업청에서 올해 수확이 풍년이라고 떠들어댔기 때문에 과수원에서 과일과 우유를 좀 얻을 수 있으리라 생각하는 것이다. 그녀가 농가 안으로 들어서자 굶주린 사내아이 무리가 메뚜기떼처럼 불쑥 튀어나온다. 유디트가 비명을 지른다. 아펄은 질겁하고, 스히멜나우는 그 괴물들에게 잡아먹히지 않으려고 달아난다. 몬데르만은 완전히 뻗어버린다. 베르톨루치만 남는다. 그녀는 오직 자신의 용기만 믿고 무리 속으로 뛰어들어가 공격을 하는 사내아이들을 분산시키고 목자를 보호하려 한다…… 아! 이런 한심한 이야기를 지어내다니, 내가 정신이 나간 걸까? 내가 방금 쓴 글을 보안대원이 읽기라도 하면 나는 극형을 받을 것이다. 이 수첩을 잘 숨겨둬야 한다. 궁전에는 나만의 비밀 장소가 있기에 크게 걱정하지 않는다. 그런데 여기에는 숨길 만한 데가 있던가? 더구나 나는 다른 사람들이 지켜보는 가운데 기차 안에서 글을 쓰고 있다…… 이 얼마나 분별없는 행동인가! 몬데르만이 보면 수첩을 빼앗을 것이다. 그녀는 날치기의 달인이다. 아펄은 더하다. 그녀는 이 수첩을 처음부터 끝까지 읽고, 모든 걸 유디트에게 보고할 것이다.

조심스럽게 나는 수첩을 집어넣는다. 내일 다시 써야겠다.

6월 19일. 우리는 어제 오후 늦게 도착했다. 우리가 묵는 곳은 해변가에 있는 오래된 멋진 호텔이다(더구나 '초특급 호텔'이라고 한다). 잉리트와 베아트릭스가 휴양소로 삼기 위해 1970년대에 몰수한 곳이다. 베아트릭스가 배반을 하기 전까지 두 사람은 이곳에서 좋은 시간을 보냈다고 한다. (베르톨루치가 나에게 경고했다. "그렇지만 내가 베아트릭스의 이름을 언급했다는 얘기는 하지 마." 베르톨루치는 나를 그 정도까지 바보로 생각한단 말인가!) 유디트는 매년 이곳에 와서 며칠을 보낸다. 그녀는 블랑켄베르허부터 흐로닝언까지 해변을 따라 그녀가 소유하고 있는—아니, 보다 정확하게 말해 제국이 소유하고 있지만 그녀에게 재량권이 있는—다른 관저들에도 번갈아가며 묵는다.

이곳의 이름은 무엇일까? 아무도 나에게 말해주지 않았다. 나는 이곳이 벨기에 해안인지 네덜란드 해안인지, 플랑드르인지 제일란트인지조차 알지 못한다. 늘 그렇듯이 보안 때문이라고 한다.

어제저녁, 우리는 해변을 거닐었다. 유디트는 개들을 데리고 나와 한 시간 동안 달리게 한 뒤, 군인을 시켜 그들을 호텔로 데려가게 했다. 그들은 호텔에 있는 개집에 묵었다(극단적인 리얼리즘이다). 해가 지자, 우리는 모래사장에 담요를 깔고 누워 바다를 바라보았다. 유디트는 사람을 시켜 샌드위치와 포도주를 가져오게 했다. 우리는 파도 소리를 들으며 피크닉을 즐겼다. 하늘은 별도 없이 캄캄했다. 몬데르만이 중얼거렸다.

"이틀 후면 하지야."

보안대원들이 우리 근처에서 보초를 서고 있었다. 나는 생각했다. '보초가 무슨 소용이람? 이곳엔 아무도 없는데!' 나는 이 사막 같은 곳에 보안대원들이 자리한 것을 보고 냉소하며 말했다. "저들은 호텔로 돌려보내면 안 될까요?" 그러자 아펄이 나더러 미쳤다며 우리는 어디에 있어도 안전하지 않고, 베아트릭스와 테러리스트 일당은 바다를 건너 접근해 올 수도 있다고 했다. 그녀는 바들바들 떨며 유디트의 품에 안겼다. 베르톨루치는 내 말이 틀리지 않다고 반박하며 두려워할 건 전혀 없다고, 이 주변은 1970년대

중반에 깨끗이 청소되었다고 했다. 목자들이 휴가를 보내는 동안 방해받지 않도록 반경 10킬로미터 내에 사는 주민들을 모두 추방한 것이다.

"정말 고요해." 유디트가 중얼거렸다.

피크닉을 끝낸 뒤, 우리는 약간 알딸딸한 상태에서 수영을 했다. 물이 차가웠지만 기분은 좋았다. 보안대원들이 우리를 지켜보고 있었다. 그들에게 따라 들어오라고 권했지만 유디트 때문에 겁에 질린 그들은 총이나 무전기 같은 장비를 일절 내려놓으려 하지 않았다. 그래서 (늘 그렇듯 어린아이 같은) 스히멜나우를 따라, 우리는 그들에게 물 가까이 다가오라고 명령한 뒤 그들의 몸에 물을 잔뜩 끼얹었다. 나는 그 아이 같은 장난에 깔깔거리곤 이내 부끄러웠다. 스히멜나우에게 전염된 걸까?

6월 22일. 이곳에서 벌써 사흘을 보냈다. 일상이 자리잡고 있다. 호텔은 거대했고, 우리는 그곳을 채울 만큼 수가 많지 않았다. (요리사들, 시녀들, 한 무리의 시종들, 유디트에게 필요한 온갖 일꾼들이 있지만 이들은 셈에 넣지 않는다. 눈에 보이지 않기 때문이다.) 이곳은 궁인과 군중과 소음이 항상 넘쳐나는 궁전과는 달랐다. 버려진 성에 와 있는 느낌이다. 낭만적인 전율에 휩싸이고 우수에 젖어들게 된다. 이따금 텅 빈 곳에 와 있는 듯한 느낌이 든다. 너무 큰 방, 너무 긴 복도, 너무 높은 천장. 언제나 외톨이라고들 말하는 내가 개미굴 같은 궁전이 그리워지기 시작했다!

날씨는 좋았다. 얇은 드레스를 입을 수 있을 만큼. 스히멜나우는 그런 드레스를 입고 젖가슴을 가릴 생각도 하지 않고, 아침부터 저녁까지 반벌거숭이 차림으로 돌아다녔다. 유디트는 낮시간 내내 해변에서 지내다시피 했다. 담요를 펼치고 해변에 누워 일광욕을 하면서 이른바 '먹고 노는 즐거움'을 만끽했다. 아펄과 스히멜나우가 그녀는 "그럴 자격이 충분하다"며 그녀의 무위도식을 부추겼다. 몬데르만은 산책을 좋아했다. 그녀는 꼭두새벽부터 일어나 도시락을 망태기에 담고 보안대원 두 명의 호위를 받으며 길을 나섰다. 그녀는 하루종일 모래언덕을 거닐며 야생초를 꺾어 저녁에 차로 우려 마셨고, 꽃을 꺾어 부케도 만들었다. 베르톨루치는 그녀의 기벽을 비웃었다. 베르톨루치는 그런 일은 '늙은이들이나 하는 일'이라고 생각했다.

나는 지루했다. 해변은 나를 진력나게 했다. 얼마간 머물며 해수욕을 조금 하는 건 좋지만 온종일 모래사장에 있지는 못했다. (스히멜나우도 속으로는 나와 같은 생각이었지만, 유디트의 마음에 들기 위해 해변을 좋아하는 척했다.)

어제는 기다리다 지쳐 호텔 안을 찬찬히 돌아보았다. 호텔이 어찌나 넓은지 그만 길을 잃고 말았다! 좁은 복도에 비슷비슷한 객실이 몇십 개, 아니 어쩌면 몇백 개나 이어져 있었다. 어떤 객실에는 침대가 준비되어 있었고, 옷장 속에 옷까지 마련되어 있었다. 휴가를 보내러 왔다가 보안대원들이 호텔을 몰수하는 바람에 쫓겨난 사람들의 것일까? 언제부터 그 객실들에 사람이 들어오지 않았는지 궁금했다. 아! 어쩌면 1973년 이후로 내가 처음은 아닐까? 멈춰버린 과거 속에 들어선 듯 당혹스러웠다.

6월 23일. 하는 일 없이 또 하루가 갔다. 곰곰이 따져보니 이런 생활도 기분좋게 느껴졌다.

정오가 되자 하늘이 구름에 덮였다. 오후 네시경에 폭우가 쏟아지기 시작했다. 그러자 해수욕하던 여자들(아니, 차라리 낮잠 자던 여자들이라고 해야 옳을 것이다. 해수욕을 하지 않았으니까. 그들은 잠을 자거나 수건 위에 누운 채 서로 티격태격했을 뿐이다)이 해변에서 내달려 돌아왔다. 늘 그렇듯이 산책을 하고 있을 몬데르만만 보이지 않았다.

우리는 응접실에 모여 간식을 먹었다. 그런 다음 재미 삼아 부엌에서 일하는 네 명의 어린 하녀를 불러오게 했다. 하녀들은 겁에 질려 있었다. 유디트는 그들에게 자기 무릎 위에 앉으라고 명령하고는 상냥하게 구는가 싶더니, 그들이 무릎에 앉자 감히 복종한다고 화를 냈다. 그러고는 그들에게 옷을 벗으라고 요구했고, 몸이 깡말랐다고 그들을 혼내며 즐거워했다. 잔인했다. 그러나 오래 지속하진 않았다.

몬데르만은 오후 다섯시경, 갑자기 비를 만난 것에 투덜거리며 흠뻑 젖은 몸으로 돌아왔다. 전날 저녁 하늘 색을 보고 날씨를 예측할 수 있다고 주장하던 그녀였다. 그녀는 '자신의 노구를 덥히겠다'며 시종들에게 불을 피우게 했다. 창고에 장작이 없었지만 그런 사정은 알고 싶어하지 않았다. 가련한 사내들은 호텔 안을 샅샅이 뒤져 땔감을 찾아내야 했다. 그리고 마침내 나무판자 열두 개를 구해왔다. 그런데 불을 피우자 오래전부터 쓰지 않은 벽난로에서 연기가 심하게 나서 도무지 응접실에 있을 수가 없었다…… 몬데르만은 마음을 가라앉히려고(그녀는 말없이 화를 속으로 삭이지만 분노로 일그러진 눈썹은 가히 볼만하다) 오늘 딴 야생초로 우리를 위해 차를 준비했다. 그녀는 자신을 약사로 여긴다. 그녀가 뭘 섞어 만들었는지는 모르지만 차맛이 고약했다.

얼마 후. 오늘 저녁에는 작은 사건이 있었다. 해가 나자 유디트는 시간을 꽤 허비했다는 판단을 내리고, 저녁에 다시 해변에 가고 싶어했다. 아펄과 스히멜나우는 박수를 치며 환영했고, 몬데르만도 그랬다. 나는 젖은 모래밭에 앉는 것이 탐탁지 않았을 뿐만 아니라 차가운 물속에서 멱을 감아야 한다는 것이 그다지 마음 내키지 않아 호텔에 남고 싶다고 했다. 그러나 유디트가 거듭 청했다. 그녀는 나에게 다가와 뺨을 어루만지며 속삭였다.

"너도 내심 우리와 함께 가고 싶으면서 수줍어 사양한다는 거 알아."

나는 그녀의 손길을 더 잘 느끼려고 고개를 기울이며 미소를 지었지만 끝내 고집은 굽히지 않았다. 그러자 유디트의 표정이 돌변했다. 그녀는 재빠른 동작으로 내 목을 두 손으로 움켜잡았다. 피가 머리까지 솟구쳤고 숨이 막혔다. 바로 움켜쥔 손의 힘을 뺐지만 내 목을 놓아주지는 않았다. 그러더니 내 귀에 대고 모두가 들을 수 있을 만큼 큰 소리로 이를 악물고 말했다.

"내가 오라고 하면 따라와."

그러고는 몸을 홱 돌려 떠났다. 나는 시체처럼 하얗게 질렸다. 몬데르만, 아펄, 스히멜나우와 베르톨루치가 아연실색한 얼굴로 잠시 동안 나를 바라보더니 유디트를 따라나섰다. 나는 목에 손을 얹은 채 숨을 몰아쉬며 잠깐 동안 꼼짝 않고 서 있다가, 서둘러 그들을 쫓아갔다. 달리 어쩌겠는가?

나는 유디트가 나를 원망할까, 나를 내쫓지는 않을까 끔찍이도 불안해하며 바다를 향해 걸었다. 그런데 아니었다. 그녀는 아무 일도 없었던 것처럼 행동했다. 심지어 나에게 자기 등에 선크림을 발라달라고까지 했다. 평소에는 스히멜나우에게 맡기는 특혜였다. 내가 그녀의 몸에 크림을 다 바르고 나자, 그녀는 내게 피부 보호를 하지 않는다고 엄마처럼 야단치며 내 몸에도 크림을 발라주었다. (절대로 빌려주는 법이 없는 자기 크림을!)

그녀가 우리를 어르고 협박하며 다스리기를 좋아한다는 걸 안다. 하지만 이렇듯 격렬하게 그것을 경험해본 건 정말이지 처음이었다. 효과는 확실했다. 나는 그녀를 위해 목숨이라도 내놓고 싶을 정도로 죄책감을 느꼈다.

그들은 스혼호번에서 델프트로 떠났다. 그곳에서 알베르와 로트를 다시 만나기로 되어 있었다. 크리스틴은 그들이 로테르담을 우회해 하우다에 들렀다 갈 예정이라고 설명했다. 그 지명을 듣고 보르도가 즐거워하며 물었다.* "잠깐 멈춰서 치즈 좀 사면 안 될까요?" 그가 물었다. 그러자 크리스틴은 시간이 없다면서, 그들이 떠나기 전에 치즈를 한 덩어리씩 주겠다고 약속했다.

델프트로 가기 전, 그들은 묘지로 바뀐 이름 없는 벌판에 멈춰섰다. 끝없이 널린 무덤들 사이에 1미터 간격으로 통나무가 세워져 있었다. 도시를 건설하려다 중단한 바람에 말뚝이 숲을 이룬 것 같기도 하고, 선착장의 배 말뚝들이 수면 위로 늘어선 것처럼 보이

* 하우다는 구다 치즈의 네덜란드식 이름이다.

기도 했다. 크리스틴은 그들이 그 광경을 실컷 감상하도록 잠시 기다렸다가 설명했다.

"이곳은 상상의 묘지입니다."

"그게 무슨 말이죠?"

"달리 말하면, 가상 묘지죠."

"말뚝 밑에 죽은 사람들이 없다는 얘깁니까?" 굴드가 물었다.

"그렇습니다."

"이해를 못하겠군요."

"이건 예술 작품입니다. 1979년에 솔런 쥐퐁르네가 구상한 것이죠. 인류가 탄생한 이래 남성들에게 살해당한 여성들을 기리는 기념비죠. 말뚝 하나하나가 백 명의 희생자들이 묻힌 상상의 공동묘혈을 의미합니다."

"말뚝 수에 백을 곱하면 전체 희생자 수가 되는 건가요?" 보르도가 물었다.

"그렇습니다."

"어떻게 해서 그런 계산이 나온 거죠?" 골란스키가 이의를 제기했다.

"물론 어림잡은 수치입니다. 중요한 건 상징이죠." 크리스틴이 한발 빼며 대답했다.

그녀는 눈앞에 펼쳐진 말뚝 숲을 응시하더니 덧붙여 말했다.

"매우 놀라운 건 숲이 조금씩 뻗어나간다는 점입니다. 어떻게 보면 이 숲은 살아 있다고도 할 수 있죠. 우리는 매년 세계에서 일어난 살해 건수만큼 새로운 말뚝을 세우고 있습니다."

"그렇지만 당신들이 막연하게 정한 숫자잖습니까." 골란스키가 반박했다.

"각 나라의 페미니스트당에서 전해준 자료에 따라 정한 수치입니다." 크리스틴이 고쳐 말했다.

그녀는 못마땅해하며 입을 꾹 다물었다가 다시 말을 이었다.

"이 묘지는 매 순간 넓어지고 있습니다. 1979년부터는 서쪽으로 넓히기 위해 숲을 밀어야 했죠. (그녀는 손가락으로 방향을 가리켰다.) 살해를 멈추지 않으면 몇십 년 후에는 주변 마을들까지 밀어야 할 겁니다."

"정말 그렇게 할 겁니까?" 골란스키가 물었다.

"네. 세상이 여성들의 신조에 완벽하게 부합할 때에야 묘지는 확장을 멈출 겁니다. 이 묘지를 여성 권리의 전 지구적 발전 지표로 삼아 하늘에서 관찰할 수 있을 것입니다. 정의가 세계 곳곳에서 승리하게 되면 이 묘지는 이대로 머물러 있게 될 거예요."

굴드는 잿빛 하늘 아래 말뚝으로 뒤덮인, 거대하고 음산한 벌판을 응시했다. 벨기에 혁명의 숭고한 장소인 스호턴은 그에게 아무런 감흥을 주지 못했다. 그런데 이곳은 그저 상징이 아니라 노르망디 군사 묘지(그의 시골집 근처에 있다)같이 실제로 죽은 사람들을 품은 기억의 전장처럼 그를 매료시키고 감동을 주고 명상에 빠져들게 만들었다. 그는 무릎을 꿇고 희생자들에게 경의를 표하고 싶었다. 하지만 동료들이 그를 따라 하지 않아 자신만 우스운 꼴이 될 것 같아 이성적으로 행동했다.

그들은 말없이 그곳에 십 분 정도 머물다가 차로 돌아왔다.

델프트에서 그들은 로트와 알베르를 다시 만났다. 그들은 각자 경험한 것을 서둘러 이야기하고 싶어했다. 팀마다 서로가 본 것에 대해 궁금해했고, 모두가 너 나 할 것 없이 동시에 말을 쏟아냈다. 크리스틴이 뒤이어 다른 프로그램이 예정되어 있고, 나중에 서로 얘기할 시간이 있을 거라고 말했다. 이제, 그녀가 전날 말한 기술 단지를 보러 시외로 떠나야 할 시간이었다. 혁명의 유전학적 미래가 결정되는 곳. 그들은 길을 나섰다.

그곳은 외관이 온통 유리인 지어진 지 얼마 안 된 멋진 건물들과 초록의 드넓은 잔디가 있고, 아스팔트 도로 위로 골프용 소형 자동차들이 지나다니는 매우 현대적인 거대 캠퍼스였다. 곳곳에 초소가 있고, 무장한 군인들이 영국 근위대처럼—털모자만 쓰지 않았을 뿐이다—꼼짝 않고 꼿꼿이 지키고 서 있었다. 몇몇 건물에는 전기 철책이 둘려 있었고, 바로 옆에 군인들이 묵는 막사가 붙어 있었다. 그 모습에 프랑스인들은 심한 충격을 받았다. 마치 전쟁중인 지역에 와 있는 것 같았다. 임박한 위험을 불현듯 의식한 그들은 심각해졌다. 그들을 그런 감정에 묶어두기 위해서인지, 벨기에인들은 그들에게 검열을 받지 않고 오갈 수 있게 해주는 만능열쇠, 즉 (사진이 부착된) 명찰, 팔찌, 가슴에 다는 휘장을 부여했다. 휘장의 각기 다른 색깔은 그들이 방문하는 구역을 가리켰다. 굴드는 여행을 준비하는 우주 비행사가 된 기분이었다.

실험실, 거기서 진행되는 생물학 연구, 시험관과 무균실, 현미경 등 모든 환경이 굴드에게는 낯설기만 한 새로운 세계였다. 과학에 관심이 많은 골란스키와 랑글루아와는 달리, 굴드는 그 분야에 한 번도 관심을 가져본 적이 없었다. 하얀 가운 차림에 마스크와 모자를 쓴 실험실 조교들이 그에게는 괴이한 종種처럼 보였다. 그는 설명을 하나도 이해하지 못했다. 그러거나 말거나 그는 신경쓰지 않고 설명도 거의 듣지 않았다. 그 분야에서 능력이 없대도 아무렇지 않았다. 그는 과학을 가치 등급의 꼭대기에 두지 않았으며, 과학에 대한 무지가 자신의 평판을 떨어뜨릴 거라 생각하지도 않았다. 역사적인 주제나 철학 개념에 관한 문제에서 허를 찔렸다면 수치심에 사로잡혔을 테지만 말이다. 그는 양극이 무엇이며 음극이 무엇인지 알지 못하고, DNA가 무엇인지 몰라도 개의치 않았다. 그 분야의 모든 것에 대한, 철학적이거나 역사적이거나 문학적이지 않은 모든 것에 대한 오만한 무시에서 일종의 자부심마저 느꼈다.

그러나 무관심을 드러내면서도 그는 거대한 시설과 기계의 규모에는 남몰래 충격을 받았다. 목자들의 조각상과 상상의 묘지 앞에서처럼 겸허해지는 느낌이었다. 이렇게 작은 제국에서 무척이나 거창한 것들이 만들어지고 있다는 생각이 들었다. 물론 이 분야에 대해 아무것도 모르는 그를 기절초풍하게 만들기란 쉬운 일이었다. 오래된 보일러를 가리키며 입자가속기라고 해도 그는 믿었을 것이다. 하지만 그는 자기만큼 속이기가 쉽지 않은 랑글루아와 골란스키의 반응을 믿었다. 특히 랑글루아의 얼굴에서 사람들이 그를 속이려고 할 때 그가 드러내는 빈정거리는 기색을 보지 못했다. 따라서 굴드는 이 모든 것이 뻥이 아니라고, 어수룩하게 보일 걱정 없이 모든 것에 감탄해도 되겠다고 결론 내렸다. 게다가 그는 그들이 사용하는 과학 용어들과, 그가 이름도 용도도 알지 못하는 괴상한 형태의 기계들에서 시詩를 발견했다. 마치 쥘 베른의 소설 속에 들어선 것 같았다. 그는 몽상에 잠겨 자신의 주변에서 돌아가는 기구들의 당치 않은 기능을 상상했고, 작업대에 고개를 숙이고 있는 학자들에게서는 있을 법하지 않은 연구 목표들을 그려보았다.

이따금 굴드는 설명에 주의를 기울이기도 했는데, 일순간 설명이 명료해졌기 때문이다. 정치적 문제와 관련되었던 것이다. 불현듯, 설명이 그에게 의미 있게 다가왔다. 그는 열심히 듣지 않은 것을 자책하며 이야기에 집중하기 시작했다.

그는 여성들이 사내아이를 낳을 위험이 없게 하기 위해 생식세포를 선별하는 기술에 오류가 생기지 않도록, 이곳에서 어떻게 작업하는지를 알게 되었다. 이제 이곳에서 이루어낸 기술 발전 덕에 출산을 준비하는 여성들은 국가가 제공하는 정액 표본을 가지고 집에서 정자를 선별할 수 있게 될 것이다. 간편하고 신뢰할 수 있으면서 돈이 들지 않는 방법으로.

이 센터에서는 정자 보존을 위한 연구도 하고 있었다.

크리스틴이 설명했다. "최종 목표는 한 세대의 남자들에게서 스무 세기에 걸쳐 여성들을 임신시킬 만큼 충분한 정자를 추출해내는 것입니다."

"그래도 결국엔 재고가 바닥나고 말 것 아닙니까. 적어도 한 가계의 남자들 정도라도 남겨둬야 할 텐데요." 랑글루아가 반박했다.

"맞아요, 현재로서는 그렇습니다. 하지만 곧 우리 학자들이 남성 생식세포의 도움을 받지 않는 생식 기술을 완성해내어 이 문제를 해결할 겁니다. 우리가 이 과업을 이루어내면 정액 제공자들이 소멸되도록 내버려둘 수 있을 겁니다."

"아니면 당신들 손으로 소멸시키겠지요." 랑글루아가 덧붙였다.

"그렇습니다." 크리스틴이 수긍했다.

그들은 삼발이 위에 놓인 커다란 금속 달걀을 닮은 인공 자궁들을 보았다.

"우리는 임신이라는 과중한 짐을 여성들에게서 덜어주고 싶습니다. 왜 그 짐을 계속해서 짊어져야 합니까? 남자들은 면제받았는데요!"

실제로 델프트에서 진행되고 있는 또다른 계획은 남성 모르모트들에게 임신에 필요한 장비를 갖추게 해서 이 불평등을 바로잡는 것이었다.

"몇 년 뒤면 남자들이 우리의 딸들을 잉태하게 될 겁니다."

"바로 저런 경우를 두고 아이를 떠넘긴다고 표현하지." 보르도가 굴드의 귀에 대고 말했다.

그들은 불룩한 배를 하고 오리걸음으로 걷는, 경이로운 남자들의 표본을 보고 싶어했다.

"지금은 보여드릴 수가 없습니다. 육 개월 후나 일 년 후에 다시 오세요. 그러면 그들의 출산을 보게 될 겁니다!"

"그러니까 당신들은 자연의 질서를 뒤집고 있군요." 굴드가 토를 달았다.

"그렇습니다. 바로 그것이 혁명이죠, 그렇지 않습니까?" 크리스틴이 대답했다.

굴드는 크리스틴의 얼굴과 캠퍼스 학자들의 얼굴이 격앙되어 있는 것을 보았다. 그들은 흥분한 듯했다. 저들의 연구가 저들에게는, 그가 자기만의 '압생트 술'이라고 부르는 철학적 사변과 동일한 도취를 안겨준단 말인가? 매혹적인 일이라는 건 인정해야 했다. 그들은 사회뿐만 아니라 인종人種을 혁신했다. 사고와 관습만이 아니라 신체까지도. 경이로운 일이었다. 굴드는 모든 것을 포괄하는 이 거대한 작업장에 무척 감탄했다. 한편에서는 대규모 공사, 도시계획, 선전, 대중 집회, 목자들의 조각상들, 새로운 환경 조성이 이루어지고 있었고, 다른 한편에서는 무한소無限小에 대한 연구, 세포와 유전자에 대한 연구가 진행되고 있었다. 불도저에서 현미경까지 모든 수단이 동일한 투쟁을 위해 동원되었다. 모든 것이 동일한 방향을 향해 나아가고 있었다. 벨기에인들은 자신들의 유토피아에서 무엇 하나 소홀히 내버려두지 않았다. 여성에게 적합한 왕국을 세우기 위해 수천 년 된 문명을 파괴해야 했을까? 그야 물론! 그들은 파괴했다. 자연의 내밀한 법칙까지 바꾸고 생물의 터전을 송두리째 뒤집어야 했을까? 두말하면 잔소리! 그들은 단 일 초도 망설이지 않았다. 너무 큰 희생이 따른다고 생각되는 것도 없었고, 불가능해 보이는 것도 없었다. 델프트와 이 연구실들, 수컷의 근절을 꿈꾸며 분주히 움직이는 이 수천 명의 생물학자들. 세상의 모든 것을 바꾸고, 목자의 생각에 모두 맞추려는 이 프로메테우스적 의지. 얼마나 놀라운 광기인가!

마지막 볼거리는 제국이 모든 희망을 거는 복제 기술 복합단지 방문이었다.

"자기 복제야말로 우리의 꿈입니다!" 크리스틴이 환희에 찬 얼굴로 외쳤다.

크리스틴은 손가락을 튕겨 소리를 냈다. 그러자 보안대원 한 명이 채색된 목재 조각상을 가져와 그녀에게 내밀었다. 크리스틴이 손으로 돌려 조각상을 위아래로 분리하자 그 속에서 똑같은 조각상이 나왔다. 러시아 인형 같았다.

"이것이 바로 미래입니다."

그녀는 그렇게 보여주는 것으로 설명을 대신하려는 듯 아무 말도 덧붙이지 않았다.

굴드는 벽에 걸린 유디트의 초상화를 쳐다보면서 복제된 유디트로 득실거리는 벨기에를 상상했다. 비스킷에 달려드는 개미 군단처럼 길에서 박자 맞춰 걷는 그들의 모습을. 그는 단일화된 미래상에 잠시 사로잡혀 있다가 혼잣말을 했다. "복제를 할 거라면 유디트보다 더 예쁜 모델을 고르는 편이 나을 텐데."

6월 27일. 오늘 유디트가 우리에게 기이한 원정을 강요했다.

우리는 리무진 두 대를 타고 떠났다. 유디트, 아펄, 스히멜나우가 앞차에 타고, 나와 베르톨루치와 몬데르만이 뒤차에 탔다. 우리는 바다를 끼고 이어지는 작은 도로 위를 두 시간 동안 달렸다.

차가 달리는 동안 베르톨루치는 내 어깨에 고개를 얹고 잠이 들기도 했다. 그렇게 한참을 달린 뒤 군용 댐 앞에 멈춰 섰다. 보안대원들이 유디트의 차 앞에 고개를 조아리더니 우리에게 가방을 나눠주었다. 그 안에는 상하가 붙은 위생복과 방독면이 들어 있었다. 우리는 놀란 나머지 설명을 요구했지만 소용없었고, 하릴없이 장비를 갖추고 둔하게 다시 차에 올라타야 했다. 방독면 때문에 목소리가 우스꽝스러워졌다. 우리의 꼴이 우스웠다. (몬데르만은 그야말로 쥐 같았다.) 이십 분 뒤에 우리는 어떤 황량한 도시에 도착했다. 주민들이 모두 달아났는지 살아 있는 것이라곤 찾아볼 수 없었다. 무슨 일이 일어났던 걸까? 내려도 되는 게 맞는지 확신할 수 없어서 우리는 마음을 졸이며 차에서 내렸다. 정적이 엄습해왔다. 아무 소리도, 새의 지저귐조차도 들리지 않았다. 들리는 것이라곤 나뭇잎을 스치는 바람 소리뿐이었다. 초자연적인 광경이었다. 마치 우주 공간에 와 있는 것 같았다.

유디트는 군인 무리를 이끌고 도시를 활보했다. 그들의 모습은 마치 거대한 흰 벌레들 같았다. 나와 베르톨루치와 몬데르만은 그들을 따라가야 하는 건지 몰라 서로 의논을 했다. 우리는 조금 떨어져서 그들의 뒤를 따르기로 했다. 그래서 그들의 대화는 전혀 듣지 못했다.

참으로 기이하고 유령 같은 도시였다! 모든 것이 살아서 움직일 것 같은데 사람만 없었다. 어떤 천상의 손이 주민들을 모두 철수시키고, 십중팔구 우리에게 해로운 가스나, 정체 모를 무언가를 퍼뜨린 것 같았다.

이 글을 쓰고 있는 지금도 나는 여전히 그곳에서 무슨 일이 일어났던 건지 알지 못한다. 돌아와서 유디트에게 물어보았지만 아무것도 말해주지 않았다.

"국가 기밀이야. 나도 비밀을 가질 권리가 있지, 안 그래?" (그녀의 머릿속에서 국가 기밀과 개인적 비밀은 같은 것이었다.)

네 명의 대귀족은 어쩌면 뭔가 알고 있는지 모르지만 그들 역시 나에게 아무것도 말해주지 않았다.

돌아오는 길에 특기할 만한 사건이 하나 일어났다. 앞장서던 지프차가 갑자기 브레이크를 밟는 바람에 뒤따르던 차가 앞차를 박을 뻔했던 것이다. 지프에서 내린 보안대원 두 명은 겁에 질린 모습으로 무차별적으로 사격을 가하기 시작했다. 한순간 우리는 테러가 일어났다고 생각했다. 그러나 곧 사격은 멈추었다.

"뭔가 움직이는 걸 보고 베아트릭스 일당이라고 생각한 모양이야. 그래서 목자를 보호하려고 총을 쏜 거야. 잘 대처한 거지."

베르톨루치가 해명을 했다.

"그냥 농민이었으면 어쩌려고요?"

나의 물음에 그녀는 어깨를 으쓱해 보였다.

6월 29일. 초자연적인 것에 푹 빠진 몬데르만이(그녀는 종종 누군가의 카드 점을 봐주지 않고는 잠을 이루지 못했다. 다른 사람들에게 거부당한 그녀가 내 미래를 읽어주겠다고 몇 번이나 애걸했던가?) 유디트의 별자리 운세를 볼 준비를 했다. 그런 걸 믿지 않는 베르톨루치는 그녀를 쳐다보며 빈정거렸다. 그러나 별의 언어에 관심이 많은 유디트는 베르톨루치에게 조용히 하라고 명령했다.

당연히 몬데르만은 책임질 일이 없고 실현되지 않아도 그 이유가 수긍이 가는 모호한 예언만 했다. 그런 악의 없고 일반적인 이야기에도 유디트는 흔들렸다. 시간이 조금 지나고 나자, 유디트는 몬데르만의 예언을 전부 사실로 믿고 문장 하나하나, 단어 하나하나를 머릿속으로 곱씹으며 걱정을 했다(몬데르만은 별들에게 의견을 구하느라 피곤하다는 핑계를 대고 쉬러 가버렸다). 유디트는 자신의 생각을 나에게 말하고, 점성술과 관련 있다고 생각되는 온갖 종류의 문제에 관해 내 의견을 물었다. 그녀가 얼마 전에 임명한 관료가 유능하다고 생각하는지, 이러저러한 부처에 대해 어떻게 생각하는지 등등.

"저는 아무것도 몰라요!"

"그래도 네 의견을 말해봐."

그래서 나는 의견이랍시고 되는대로 말했다. 관료에 대해서는 무능하다고, 부처에 대해서는 너무 과밀하니 둘로 나눠야 할 거라고. 틀림없이 그녀는 내 의견을 좇아 해당 관료를 해임할 것이고 그 부처를 뒤엎을 것이다…… 또한 유디트는 어떤 부대를 7개 대대가 아니라 9개 대대로 구성해야 하는 게 아닐지 내 의견을 물었다. (대대였는지 사단이었는지 잘 모르겠다.) 내가 이유를 묻자 그녀는 9가 자신이 숭배하는 숫자이기 때문이라고 대답했다. 나는 그런 얼토당토않은 이야기를 그만하고 싶은 마음에 대답을 회피했다. 그러자 내 태도에 살짝 화가 났는지 그녀는 국사를 돌봐야겠다며 나를 돌려보냈다.

내일 그녀는 부대를 9개 대대로 재편성할 것이다. 행정기관도 수천 가지 엉뚱한 생각대로 뒤집어엎을 것이고, 그 결정은 별들이 의견을 바꾸는 순간 번복될 것이다.

6월 30일. 해변. 바다 앞에서 스히멜나우를 발견했다. 혼자였다. 그녀답지 않았다. 가까이 다가가서 보니 뺨에 화장이 흘러내려 있었다. 운 것이다. 감히 왜 울었느냐고 그녀에게 물을 용기가 나지 않았다. 아니, 묻고 싶지 않았다. 그녀가 슬퍼하는 것이 말다툼 때문이라면(이를테면 아펄과 다툰 거라면) 내가 자기 편을 들기 전까지는 이야기가 끝나지 않을 것이다. 그러고 나서 내 등뒤에서 아펄과 화해한 뒤 내가 자기들 싸움의 원인이었다고 여길 것이다. 나는 대귀족들 사이에 절대로 끼지 않으려고 애쓴다. 내가 어떻게 행동해도 그들은 내게 등을 돌릴 것이기 때문이다.

나는 그녀와 평범한 이야기를 주고받고 나서 산책을 마저 하려고 서둘렀다. 그런데 그녀가 나를 붙잡았다.

"유디트를 사랑하지 않는다면 미친 거겠지, 안 그래?"

깜짝 놀란 나는 아무 대답도 못했다. 그녀가 거듭 물었다.

"유디트를 사랑하지 않는다면 미친 거지?"

침묵이 흘렀다. 그녀가 다시 물었다.

"진짜 어디가 아픈 거겠지! 그렇게 생각하지 않아?"

그녀는 질문을 거듭하더니, 내 팔을 붙들고 울었다. 나는 경계했다. 그녀가 나를 시험하려고 연극을 하는 건 아닐까? 그녀는 자신이 유디트에 대해 나쁜 생각을 한다고 믿게 해서 내가 그녀에게 동조하며 자기를 위로해주기를 기다리는 것이다. 그러고는 모든 걸 유디트에게 일러바칠 것이다. 그런데 시간이 지나자 그녀가 진지하다는 게 느껴졌다. 나는 몇 마디를 중얼거렸다. 유디트가 가장 좋아하는 사람은 그녀라고.

"유디트는 당신을 정말 좋아해요."

"그렇지만 나는? 마땅히 그래야 하니까 그녀를 사랑해야겠지?"

"물론이죠."

그러자 그녀가 똑같은 말을 되풀이했다.

"그녀를 사랑하지 않는다면 미친 거지, 그렇지?"

"그래요, 당신 말이 맞아요."

나는 마음이 편치 않아 그녀를 해변에 혼자 놓아두고 도망치듯 떠나왔다.

귀국 하루 전날이었다. 랑글루아는 서둘러 돌아가고 싶으면서도 아쉬움에 젖었다. 그는 벨기에에 도착하던 때를, 호텔에서 보낸 첫날밤을, 학교에서 있었던 환영식을 떠올리며 중얼거렸다. "그 일들도 벌써 과거야." 이제 그의 정신은 엄밀히 말해 여행이 아니라 임박한 귀국에, 굴드가 언론을 끌어들일 방식에, 획기적인 사건이 될 그들의 이야기에 쏠려 있었다.

굴드는 그 주제에 대해 구체적인 방법을 아직 정해두지 않았다. 누가 쓸 것인가? 그리고 무엇을 쓸 것인가? 지금까지는 이 문제가 급하지 않았다. 그러나 이제는 생각해야 한다. 탐방기사를 한 번에 쓸 것인가, 아니면 연재기사로 쓸 것인가? 굴드가 직접 쓸 것인가, 아니면 서로 다른 주제를 각자 나누어 맡을 것인가? 랑글루아는 생각했다. 모두가 자신의 이름을 싣고 싶어하고 자신의 관점을 드러내고 싶어할 것이다. 아마 로트는 그다지 큰 것을 요구하지 않을 것이다. 그녀의 관심사는 다른 곳에 있었다. 그녀는 이 여행을 언론이 아니라 당에서 활용할 것이다. 아무것도 쓰지 않아도 된다고 하면 오히려 안도할지도 모른다. 글쓰는 일은 그녀의 강점이 아니기 때문이다. (그녀의 책 여러 권을 쓴 대필 작가에게서 그런 말을 들었다.) 반면 다른 사람들의 경우는 훨씬 복잡하다. 예를 들어 골란스키는 자기의 일기를 내놓는 것으로 만족하지 않을 것이다. 그는 기사에 참여하겠다고 할 것이다. 어쩌면 굴드와 이미 말을 맞췄는지도 모른다. 랑글루아는 모든 것에 이름을 얹을 생각은 없지만 기여하는 바가 당연하다고 여겼다. 어쨌든 그는 역사를 비롯해 경제, 군사 등 여러 분야에서 전문가였다. 이번 탐방기사를 제국에 관한 참고문헌으로 만들고 싶다면 그의 전문성 없이 어떻게 가능하겠는가? 게다가 그의 침착성과 타고난 절제력이 굴드의 혈기와 균형을 이룰 것이고, 어쩌면 탐방기사가 굴드의 서정적 어조에 지나치게 기대지 않도록 막아줄 수도 있을 것이다.

오전 시간은 기념품을 사는 데 할애되었다. 크리스틴은 그들이 좋아할 거라고 믿고 그들을 로테르담의 한 물류 창고로 데려갔다. 그곳에는 벨기에를 상징하는 물건들이 까마득히 진열되어 있었다. 성상聖像들, 목자가 그려진 포스터, 혁명의 영광을 말해주는 장식품들.

크리스틴이 앞질러 말했다.

"고르세요!"

랑글루아는 난감해하며 유디트나 잉리트, 또는 두 사람의 얼굴이 같이 새겨진 조각상과 커피잔, 화병, 라이터, 접시, 화폐, 우산 더미 사이를 둘러보았다. 그가 얼마 전에 고개 조아리기를 거부했던 목자 조각상이 다양한 크기로 팔리고 있었다. 유디트의 이름이 수놓인 옷, 목걸이, 보석, 그리고 벨기에 사람들이 가슴에 다는 배지도 있었다. 향기 나는 양초, 가방, 트렁크, 목자들의 연설 녹음테이프, 벨기에 국가, 군대 열병식과 추모 공연 기록영화. 유디트의 옆얼굴이 수놓이고 'J. V.'(유디트 페르마르스)라는 약자가 새겨진 손수건도 보였다. 목자의 얼굴에 코를 풀게 되는 꼴이었다.

굴드가 무언가에 정신이 팔린 얼굴로 랑글루아 앞에 불쑥 나타났다. 그러고는 그의 소매를 붙잡고 그를 책 코너로 데려갔다. 그곳에서는 목자들의 모든 글을 판매하고 있었다. 물론 '책'도 있고, 시, 아이들을 위한 이야기, 교리문답서도 있었다. 굴드는 책 두 권을 나란히 놓고 그에게 보여주었다. 두 권 모두 '잉리트의 삶'이라는 제목을 달고 있었다. 첫째 것은 포켓북이었고, 둘째 것은 삽화까지 갖춘 화려한 책으로 무게가 족히 5킬로그램은 되었다.

"똑같은 글이야. 여행용 판본과 고급스러운 판본 중에서 망설이고 있어. 당신 같으면 어떤 걸 고르겠어?"

랑글루아는 망연자실했다. 굴드가 저 선전 책자를 정말 사고 싶어한단 말인가? 그는 진지해 보였다. 랑글루아는 그가 여행 가방 속에 쇳덩이를 넣어 끌고 다닐 모습을 상상하고는 빈정거리며 무거운 걸 고르라고 조언했다.

"그래, 당신 말이 맞아. 이걸 사야겠어." 굴드가 탄성을 내질렀다.

굴드가 흡족해하는 걸 보고 랑글루아는 자신이 한 조언을 후회했다. 굴드가 자기 집 서재 앞에서 그 호사스러운 책을 손님들에게 보여주는 모습을 상상했다. 짐작도 못하시겠죠. 네, 제국에서 샀어요, 로테르담의 백화점에서요. 그 광경에 랑글루아는 소름이 돋았다.

"아니에요, 작은 걸 사세요. 들고 다니기가 훨씬 간편할 겁니다."

"당신 말이 맞아." 굴드가 말했다.

그러나 그의 실망한 얼굴은, 사실은 그가 저 기상천외한 책을 사고 싶어 죽을 지경이며, 자기 충동에 넘어가도록 누군가 부추겨주기만을 바란다는 걸 드러내주었다. 그래도 그는 분별력 있게 작은 판본을 선택했다. 얼마 후 랑글루아는 그가 결국 다시 돌아가 그 책을 큰 판본으로 바꾸었다는 사실을 알게 되었다.

보르도가 그들이 있는 곳으로 왔다. 농담을 하려고 할 때마다 짓는 웃을 듯 말 듯한 미소를 머금고 있었다. 그는 그들에게 따라오라고 손짓하고는, 자신이 발견한 것이 있는 곳으로 그들을 데려갔다. 온갖 크기의 섹스용품들이 나열된 진열대였다. 그들은 벙어리가 된 채 서 있었다. 보르도가 더는 참지 못하고 용수철처럼 격렬하게 어깨를 들썩이며 웃음을 터뜨렸다.

"역시 후각이 뛰어나시군요." 크리스틴이 그들의 등뒤에서 이죽거렸다.

그들은 소스라치게 놀랐다.

"이게 우리가 생각하는 것이 맞나요?" 굴드가 중얼거렸다.

"그게 아니면 뭐겠어요?" 그녀가 응수했다.

"그렇지만 금지된 줄 알았는데!" 랑글루아가 외쳤다.

크리스틴의 얼굴이 어두워졌다.

"저기…… 잠깐만요. 저게 어디에 쓰인다고 생각하는 거죠?"

그녀의 질문에 랑글루아는 아연해졌다.

"그러니까……"

그는 머뭇거렸다.

"우리를 즐겁게 하는 데 쓰인다고 생각하시는 건가요?" 크리스틴이 눈썹을 치켜세우며 물었다.

"네."

"그럴 리가요!" 그녀가 버럭 화를 내며 말했다.

정말 화가 난 것 같았다.

"어떻게 그런 생각을 할 수 있죠? 세상에!"

그녀는 세 남자를 뚫어져라 쳐다보더니 설명했다.

"여성이 쾌락을 얻는 데 이런 것이 필요하지 않다는 건 잘 아시잖습니까, 그렇죠? 알고 계시죠?"

"네, 물론입니다." 굴드가 우물쭈물 말했다.

"삽입은 범죄예요. 그리고 삽입이 쾌락을 제공한다는 건 지어낸 이야기입니다. 그런 이야기를 꾸며낸 이유에 대해서는 제가 굳이 말씀드릴 필요가 없겠지요."

"물론입니다." 굴드가 자기변호를 하고 나섰다. "그렇지만 이건?"

그는 손에 든 물건을 흔들어 보였다.

"그건 태우기 위한 겁니다."

"네?"

"말하자면 환희의 불이죠. 흔히들 많이 합니다. 축제 때나 친구들끼리 모였을 때 혁명을 기념하기 위해 남근을 태웁니다. 그래서 모두 나무로 만들어져 있죠."

굴드와 보르도는 물건을 살폈다.

"진짜 나무로 되어 있네……"

그들은 크리스틴에게 '아내에게 주기 위해서'라고 말하며 하나씩 샀다.

한 시간 뒤 프랑스인들은 계산대 앞에서 서로의 구매품을 비교하고 있었다. 로트는 알록달록한 튜닉들을 샀다. 튜닉을 입은 벨기에 여자들이 아주 예뻐 보였던 것이다(그녀는 프랑스에서 그 옷을 유행시키고 싶었다). 그리고 자질구레한 물건도 몇 가지 샀다. 알베르는 미래의 자기 집을 장식하려고 유디트의 그림 복사본을 골랐다. 굴드는 책을 몇 권 샀고, 보르도는 인화성 남근 몇 개와 시가용 'J. V.' 라이터, 그들에게 제공되었던 무알코올 칵테일 몇 병을 '성분 분석을 해보려고' 샀다.

골란스키는 아무것도 사지 않았다.

그가 이유를 댔다. "나는 기념품을 좋아하지 않아. 그림엽서라면 하나 샀을 텐데, 예쁜 게 없었어."

랑글루아는 골란스키가 아무것도 사지 않은 걸 높이 평가했다. 그 거부를 인물 숭배에 대한 항의로 해석했던 것이다. 그래서 자신이 조롱 삼아 가위를 산 것을 후회했다. 가위에는 크리스틴이 웃으며 해석해준 경구가 새겨져 있었고, 벨기에에 아직 유머가 조금은 남아 있다는 걸 증명해주었다. '잘라야 하는 것을 자르기 위해.'

점심에 그들은 여인숙을 겸하는 식당에서 식사를 했다. 그곳에서는 모두에게 똑같은 음식을 내놓았다. 분위기는 유쾌했다. 모두가 농담을 했고, 크리스틴도 가세했다. 랑글루아는 생각했다. '일주일 정도 더 있으면 좋을 텐데 아쉬워. 저 여자가 이제 좀 마음에 들기 시작했는데.'

식사 내내 크리스틴은 그들이 프랑스에서 써낼 탐방기사의 내용을 알려고 접근했다. 그녀는 그들이 여행에서 어떤 인상을 받았는지 궁금해했다. 그래서 쉽게 의도를 짐작할 수 있는 질문들을 던지고 투박한 암시를 하며 대답을 캐내려 들었다. 랑글루아는 그녀가 일부러 그런다고 의심했다. 평상시 그녀는 탁월한 배후 조종자여서 그런 허술한 시도는 그녀답지 않았다. 다행히 굴드는 함정에 빠지지 않고 농담조로 대답했다.

"불쾌한 내용은 전혀 쓰지 않을 겁니다."

"정말 그러길 바랄게요."

"이를테면 이렇게."

그가 볼펜과 수첩을 꺼내들더니 말했다.

"당신이 말한 대로만 받아 적을 겁니다! 자, 부르세요. 받아쓸 테니."

크리스틴이 웃음을 터뜨렸다.

"제가 그럴 필요가 뭐 있겠어요. 처음부터 제가 한 일이 뭐였다고 생각하세요? 제가 여러분께 말한 모든 것, 여러분께 보여드린 모든 것을 기억하시잖습니까! 받아쓰기는 이미 하신 겁니다!"

식탁을 둘러싸고 폭소가 터져나왔다. 보르도가 끼어들었다.

"우리가 곧 헤어질 테니 당신한테 한 가지 부탁을 하고 싶어요."

"말씀하세요."

그는 픽 웃더니 말을 이었다.

"우리에게 재미있는 이야기를 하나 들려주었으면 합니다."

"네?"

"페미니스트 농담 말입니다."

그녀는 어안이 벙벙한 얼굴로 가만히 있었다.

"그러니까……"

"해주세요. 당신은 그런 농담을 틀림없이 알고 있을 거라고 생각합니다."

크리스틴은 난감해했다. 농담이라니! 랑글루아는 그것이 그녀의 능력을 넘어서는 일이라는 걸 깨달았다. 그런데도 보르도는 고집을 부렸다.

"설마 당신들이 절대 농담을 하지 않는다는 얘기는 아니겠죠?"

그가 크리스틴의 팔에 손을 얹자 크리스틴이 소스라치게 놀랐다.

"자, 당신이 원한다면 이렇게 하죠. 내가 우리네 농담을 하나 하고, 당신이 당신네 농담을 하나 하는 겁니다."

"자네의 농담이 크리스틴을 웃게 할지 확실치 않아." 굴드가 반대했다. 그러자 보르도가 반박했다.

"해봅시다! 어떤 종류의 농담을 듣고 싶어요?"

"음…… 모르겠어요." 크리스틴이 어물거렸다.

"내가 여성들의 신경에 거슬릴 농담을 하나 알아요."

랑글루아는 이 도발이 잘못 이해될까봐 겁나서 몸이 떨렸다. 그러나 다행히 크리스틴은 아무 말도 하지 않았다.

보르도는 보안대원들이 말없이 식사를 하고 있는 식탁을 향해 몸을 돌리며 다시 입을 열었다.

"보안대원 여러분, 난 여러분도 내무반에서 기막힌 농담을 주고받을 거라고 확신합니다. 크리스틴, 이 사람들에게 물어봐요!"

보안대원들은 그가 자기들을 가리켜 말하고 있다는 걸 알아차렸다. 크리스틴이 보르도의 요청을 그들에게 설명했다. 놀란 그들은 서로 상의를 했다. 결국 그들 중 한 사람—랑글루아가 눈여겨보고 있던 아름다운 여인인데 보르도의 넉살 덕에 목소리를 듣게 되었다—이 일어나더니 네덜란드어로 웃긴 이야기를 했다. 그들은 물론 하나도 이해하지 못했지만 예의바르게 들었다. 특히 보르도는 목소리의 억양에 따라 이야기의 결말을 알아맞히려고 애썼다. 그리고 제대로 알아맞혔다. 보안대원의 이야기가 끝나자마자 그는 머리부터 발끝까지 몸을 흔들며 폭소를 터뜨렸다. 크리스틴이 아연한 얼굴로 그를 쳐다보며 그가 조롱을 하는 것은 아닌지 의아해했다. 보르도의 넉살에 잘 넘어가는 굴드도 따라 웃었고, 그 웃음은 로트와, 식탁에 앉은 사람들 모두에게 점차 전염되었다.

보르도가 눈물을 닦으며 말했다. "아! 분위기도 좋은데 포도주를 좀 내주지 않겠습니까?"

그렇게 그는 포도주를 얻어냈다.

식사는 화기애애한 분위기 속에서 계속되었다. 보르도와 굴드는 농담으로 승부를 겨루었다. 이곳에 도착한 뒤로 줄곧 관중으로 지내야 했던 그들이 갑자기 자기 장기를 보여주고 싶은 욕구에 사로잡힌 걸까? 그들의 대화가 프랑스식 말재간으로 이루어졌는데도 크리스틴은 대화를 잘 따라왔다. 심지어 인용된 많은 작가들을 안다는 사실을 드러내며 되받아치기까지 했다. 그녀가 그 작가들의 책을 읽었을까? 그녀가 속한 엘리트층에는 어쩌면 금기가 존재하지 않는지도 몰랐다. 쉽게 영향받는 여자들은 스스로 판단할 능력이 없기 때문에 보호하지만, 지위가 높은 여성들에게는 금기가 없는지도 모른다. 교양도 포도주처럼 귀족에게만 허용된 것이었다.

오후에 크리스틴은 바다 앞에 조성된 인공 언덕을 그들에게 보여주었다. 그곳은 1970년대부터 세워진 네덜란드 남부의 모든 작업장에서 수거한 건설 잔해를 활용해 만들어졌다. 그들은 순례자 행렬처럼 언덕 꼭대기까지 올라가 파노라마처럼 펼쳐지는 경치를 보며 점잖게 감탄했다. 크리스틴은 날씨에 대해 불평하더니, 날씨만 좋으면 20킬로미터 이상 전방도 내다보인다고 장담하면서 그들에게 뷰 포인트가 그려진 안내판을 참고하라고 권했다. 프랑스인들은 흥미로운 척했다. 실제로 그들은 언덕 위에서 기분이 좋았다. 볼만한 것이라곤 전혀 없었지만 썩 나쁘지는 않았다.

랑글루아는 생각에 잠긴 표정으로 바다를 응시했다. 굴드가 그의 어깨에 손을 얹는 바람에 그는 깜짝 놀랐다.

"무슨 생각 하는 거야?"

"놀랐잖아요." 랑글루아가 대답했다.

"미안해. 이 언덕에는 뭔가 있는 것 같지 않아?"

"아니요. 왜죠?"

"몰라. 아무튼 뭔가가 있는 것 같아. 뭐라고 해야 할까."

랑글루아는 굴드가 힘들게 말을 꺼내는 걸 보고, 그가 평소에 싫어한다고 말해왔지만 인용하지 않을 수 없는 소설가 바레스를 언급하려 한다는 걸 짐작했다. 그 순간 그들 뒤에서 날카로운 비명소리가 들려왔다. 로트였다. 그녀는 땅에 박힌 뼈에 걸려 넘어져서 하얗게 질려 있었다. 그들이 다가갔다.

"이게 뭐지?" 굴드가 물었다.

보르도는 그것이 말의 뼈라고 추측했고, 골란스키는 소의 뼈라고 했다. 그러자 크리스틴이 그건 틀림없이 네덜란드 작업장에서 죽은 노동자의 뼈일 거라고 싸늘하게 말했다. 이 산더미처럼 쌓인 건물 잔해 속에 누군가 시체를 집어던졌다는 것이다.

이날 저녁, 그들은 헤이그의 어느 인공 연못 앞에 세워진 호텔에서 저녁식사를 했다. 디저트 시간에 한 보안대원이 크리스틴에게 뭐라고 귓속말을 하자 크리스틴이 즐거워했다. 그녀는 그들을 공원을 향해 나 있는 베란다로 안내했다. 그들은 벨기에 사람들이 또 무엇을 준비해두었는지 궁금해하며 그녀를 따라갔다.

연못은 거대하고 시커먼 웅덩이 같았다.

"뭐죠?" 보르도가 물었다.

"들어봐요." 크리스틴이 웃으며 대답했다.

그 순간 폭발음이 들려왔고, 하늘에서 꽃모양 폭죽이 터졌다. 폭죽 터지는 소리가 몇 번 더 이어졌고, 알록달록한 커다란 그림처럼 밤이 환하게 밝혀졌다. 제국이 작별 인사로 불꽃을 쏘아올리고 있었다.

7월 1일. 유디트가 발작을 일으켰다. 그녀의 기분은 최악이었다. 흡사 정신 나간 여자 같았다.

오늘 아침에는 모두를 내쫓았다. 요리사, 군인, 참모 들까지. 그녀는 이 방 저 방 돌아다니며 온 세상을 저주했고, 더이상 아무도 보고 싶지 않다고 되뇌었다. 의사들이 진정시키려 했지만 그녀는 청진기와 주사기를 밀치고 그들을 내쫓았다. 채 한 시간도 되지 않아 네 명의 대귀족과 나만 남고 모두가 종적을 감추었다.

나는 유디트를 그녀 자신으로부터 보호하는 것을 포함해서 그녀를 지키는 임무를 띤 보안대원들이 멀지 않은 곳에 있으리라 상상했다. 틀림없이 그들은 근처에 남아 거리를 두고, 호텔에서 벌어지는 일을 주시하며 그녀가 다시 침착해지길 기다리고 있을 것이다. 우리를 이런 사막 같은 곳에 덩그러니 내버려두지는 않을 것이다.

나는 사람들이 떠나고 대귀족들과 유디트와 남은 뒤로 불안했다. 정확히 무엇이 두려운지는 알지 못했다. 어쩌면 유디트가 두려운 걸까?

그녀는 자기 방에 틀어박혀서 여전히 아무도 들이려고 하지 않았다. 내가 문을 두드리며 괜찮으냐고 물어도 그녀는 내게 가버리라고 매섭게 소리칠 뿐이었다.

냉랭한 분위기.

7월 2일. 유디트는 여전히 방에 틀어박혀서, 아펄과 내가 어제 저녁과 오늘 아침에 놓아둔 식사에 손도 대지 않았다. 오래갈까?

7월 3일. 발작은 계속되고 있다. 그런데 양상이 달라졌다. 끔찍한 저녁 모임이었다. 모임의 여파가 두렵다.

처음에는 다 나은 것 같았다. 늦은 오후 무렵 유디트가 진정된 모습으로 나타났던 것이다. 다정해 보이기까지 했다. 발작이 모두 끝났다고 생각되어 마음이 놓였다. 하지만 내가 얼마나 잘못 생각했던가!

그녀는 우리에게 요깃거리를 준비하라고 했다. 우리는 즉각 음식을 준비했다. 그녀가 초콜릿을 마시면서 저녁에 여섯이서 작은 파티를 열자고 제안했다. 아펄이 펄쩍 뛰며 좋아했다.

"즐기는 거예요?"

아펄은 '즐긴다'는 단어를 힘주어 말했다. 나는 그 말이 그들 사이에서 통하는 일종의 암호라는 걸 알아차렸다.

"그래, 즐기는 거야." 유디트가 대답했다.

그러자 아펄이 행복해하며 그녀의 목에 매달렸다. 몬데르만과 베르톨루치와 스히멜나우도 기뻐했다.

저들에게 즐긴다는 건 뭘까? 게걸스럽게 먹고 깨부수고 마시고 뒤엎고 온갖 방탕한 행동을 하면서 난장판으로 만들고 어린아이로 되돌아가는 것이다. 우리는 그렇게 했다. 나도 유디트를 불쾌하게 만들지 않으려고 그 방탕한 놀이에 가담했다. 그녀의 화를 돋우는 한이 있더라도 거부했어야 하는데. 이야기를 순서대로 되돌려 보자.

유디트가 난장판을 이끌었다. 일단 그녀는 우리를 부엌으로 데려갔다. 그곳에서 우리는 그녀의 명령에 따라 음식을 있는 대로 전부 끌어모았다. 스히멜나우, 아펄, 베르톨루치, 그리고 심지어 평소에 그렇게도 침착한 몬데르만까지 찬장에서 음식을 모조리 꺼내서는 탁자 위로 집어던졌다. 신선한 채소와 냉동 채소, 고깃덩어리, 계란, 빵, 양념, 비스킷 등. 두 번에 한 번꼴로 탁자를 제대로 겨냥하지 못해서 음식이 바닥으로 떨어졌다. 내가 떨어진 음식을 주우려 하자 유디트가 내 손을 밟으며 거칠게 외쳤다. "시키는 거나 해!"

우리는 그 산더미같이 쌓인 음식물을 냄비와 오븐 속에 마구 집어넣었다. 그러고는 스위치를 마구 눌러 온갖 살림 도구들을 돌렸다. 그야말로 광란의 도가니였다. 십 분이 지나자 사방에서 음식이 넘쳐흐르고 탔다. 부엌은 한증막이자 철거 작업장이 되었다. 마침내 유디트가 모든 게 다 준비되었다고 판단하고 십부터 영까지 숫자를 거꾸로 셌다. 영 소리에 맞춰 우리는 뒤죽박죽 섞인 음식을 접시에 담아 그녀의 명령에 따라 '최대한 지저분하게' 먹었다. 나는 거부할 용기가 나지 않았다. 그래서 그들처럼 재미있는 척하며 손가락으로 게걸스럽게 먹었다. 맛이 고약했다. 그래도 죄다 삼켰다. 목깃으로 기름이 줄줄 흘렀고 뺨에 얼룩이 졌으며 손가락은 기름 범벅이었다. 죽고 싶을 정도로 수치스러웠다.

포식하고 나서도 우리가 충분히 퇴행하지 않았다고 생각했는지, 아펄이 음식 싸움을 하자고 제안했다. 그러더니 즉각 행동으로 옮겨 나를 겨냥해 음식을 집어던졌다. 기쁨의 발작이, 바보 같은 웃음이 이어졌다. 얼마 지나지 않아 부엌은 사격장으로 변했다. 역겨운 꼴이 된 우리는 결국 더러워진 옷을 벗어던졌다. 굶주린 벨기에 백성들이 이 모습을 보면 뭐라고 할까? 단 한푼이라도 아끼려고 애쓰는 그들이 뒤죽박죽 엉망이 된 음식물 속에서 더럽고 야만스러운 꼴을 한 우리의 모습을 보면?

그 이후도 나을 게 없었다. 유디트는 반은 권위적이고 반은 우스개 같은 말로 우리를 호텔 곳곳으로 데리고 다니며, 내 딸들조차 한심하게 여길 유치한 놀이를 강요했다. 그녀가 디딘 대로 따라 걷기, 눈 감고 걷기, 그녀의 신호에 맞춰 꼼짝 않기…… 그녀는 아주 진지하게 그런 놀이를 했고, 우리가 규칙을 따르지 않으면 화를 냈다. 화병, 그림 등 걷다가 마주치는 온갖 것은 모조리 깨부숴야 했다. 적어도 내용물을 바닥에 쏟아야 했다. 유디트는 방마다 들어가 베개를 뜯고 벽걸이 천을 찢으며 시범을 보였다. 그녀는 벽걸이 천이 떨어질 때까지 매달렸다가, 바닥에 떨어지자 폭소를 터뜨렸다.

그녀의 광기에 감염된 대귀족들도 기꺼이 달려들었다. 그러니 내가 달리 어떻게 할 수 있었겠는가? 그들에게 이성을 되찾아주는 건 불가능했고, 따로 떨어져 가만히 있는 것도 위험했다. 그래서 비탄에 잠긴 채 나 역시 모든 걸 망가뜨렸다. 그것이 목자의 즐거움이었으니까!

기운이 빠진 우리는 응접실에 모였다. 그곳에 몬데르만이 불을 피웠다. (불장난을 시도하다가 모든 걸 태우게 될까봐 겁이 났지만 다행히 그러지는 않았다.) 다시 평온이 찾아왔다. 완전히 기진맥진한 나는 소파에 누워 이 모든 것이 멈추길 기도했다. 그러나 유디트는 그것으로 끝내지 않았다.

"가서 필요한 걸 가져와." 그녀가 스히멜나우에게 명령했다.

또 뭐지? 몬데르만, 아펄, 베르톨루치가 조잘대기 시작했다. 오 분 뒤에 스히멜나우가 가죽가방 하나를 들고 돌아와 유디트에게 건넸다. 유디트가 가방을 열었다. 거기엔 비닐로 포장된 주사기와 바늘이 가득했다. 나는 곧 그 용도를 알아차렸다. 베르톨루치가 그걸 보자마자 욕망에 찬 신음을 내질렀다. 나는 경악했다. 목자와 대귀족들이 약물중독이란 말인가!

당연히 유디트가 제일 먼저 주사를 맞았다. 그러는 동안 대귀족들은 사랑스러운 눈길로 그 모습을 지켜보며 그녀를 어루만졌다. 그들이 초조해하며 그녀가 서둘러 주사기를 넘기기를 바란다는 걸 느낄 수 있었다. 잠시 후 유디트는 팔을 문지르며 불 앞에 앉았다. 주삿바늘을 바꾼 뒤 스히멜나우가 그녀처럼 했다. 이윽고 베르톨루치와 아펄과 몬데르만이 순서대로 했다. 깡마른 몸에서 주사기 꽂을 곳을 찾느라 몬데르만이 가장 오래 걸렸다. 그녀는 결국 허벅지 안쪽을 선택했고, 다른 여자들처럼 행복한 미소를 짓기 시작했다.

피할 길 없이 내 차례가 왔다. 의사들과 간호사들이 약장에서 손쉽게 약물을 꺼낼 수 있는 병원에서는 흔히 일어나는 일이었지만 나는 한 번도 마약을 해본 적이 없었다. 내 기질과 맞지 않았다. 게다가 늘 겁이 났다. (우리가 쓰는 약품은 모두 벨기에산인데 난 우리의 공장을 믿지 못했다. 어느 부처에선가 여성은 남성처럼 치료하면 안 된다는 원칙에 따라, 여성용으로 제조되지 않은 외국의 약품을 수입하는 걸 금지하는 법령을 공표한 뒤로, 제국의 연구실들이 특허를 낸, 효과도 없고 때로는 치명적이기까지 한 약만 사용했기 때문이다.) 하지만 오늘 저녁 나에게 선택권이 있었던가?

처음에 나는 그들이 황홀경에 빠져 나를 망각하기를 바랐다. 그런데 아니었다. 유디트는 나에게 미소를 지으며 몬데르만에게서 주사기를 받아 내 손에 건넸다.

"널 위해 내가 주삿바늘을 갈아줄게." 그녀가 중얼거렸다.

그러더니 불현듯 떠오른 듯 외쳤다.

"아니지! 넌 할 줄 알지. 간호사니까!"

그러면서 유디트는 나에게 가방을 내밀었다. 나는 꼼짝없이 함정에 걸려들었다. 가장 현명한 행동은 받아들이는 것이었다. 사실 마약을 좀 한다고 뭐가 어떻겠는가? 일시적으로 통제력을 잃겠지만 그다지 심각한 일은 아니다. 어쩌면 똑바로 서 있지 못하고 헛소리를 할지도 모른다. 그렇지만 뭐 그리 대수겠는가. 증인이라곤 내일이면 몽땅 잊어버릴, 광란에 빠진 여자들뿐 아닌가?

그런데도 나는 거부했다. 나를 뚫어져라 쳐다보는 유디트에게 오늘 저녁에는 그럴 마음이 없다고 대답했다. 마약이 내게 생소한 것이 아니며 예전에도 해본 것처럼 믿게 하려고 초연한 표정을 지었다. 나는 유디트가 고집하지 않기를 바라며 두려움을 감추고 싶었다. 그러나 그녀는 아직 정신이 멀쩡했고, 폭군으로서의 욕망도 그대로였다. 그녀가 다시 내게 주사기를 내밀었다.

"자."

"아뇨." 내가 우물쭈물 말했다.

"받아."

"아니에요."

내가 왜 고집을 피웠을까? 대귀족들이 말없이 우리를 지켜보고 있었다. 긴장감이 감돌았다. 유디트에게 내가 맞서다니! 전대미문의 일이었다.

그러자 순식간에 유디트는 분노로 숨이 막힐 지경이 되었다. 나는 어리둥절하여 온몸이 굳어졌다. 평소 그녀의 분노를 알아차리고 다정한 몸짓으로 화를 가라앉히곤 하던 나였다. 그런데 오늘 저녁에는 마약이 야기한 무질서 때문인지 사태를 전혀 감지하지 못했다. 그녀는 주사기를 세차게 집어던진 뒤 나에게 주먹질을 했고, 내 얼굴에 대고 추잡한 말을 쏟아내면서 제국의 모든 불행이 나 때문이라고 힐난했다. 유디트의 말에 따르면 나는 그녀가 곧 없애야 할 짐이고 성가신 존재인데다 침울한 인간이어서 즐길 줄도, 그녀를 즐겁게 할 줄도 모르는 여자였다. 정사도 잘하지 못한다고 했다. 그런데 왜 나를 데리고 있는 건지 모르겠다고 했다. 그녀가 마약 때문에 흥분했으며, 마음에 없는 말을 한다는 것쯤은 나도 알고 있었다. 그래도 그 말은 나를 아프게 했다. 응수하고 싶었지만 그래봤자 무슨 소용이 있겠는가. 그녀는 듣지도 않았을 것이다. 그녀는 신경질적인 태도로 내가 음모를 꾸미고 베아트릭스와 손을 잡았다고 비난했다. 그러고는 숨을 몰아쉬며 대귀족들 쪽으로 돌아섰다. 그들은 기뻐하며 나의 추락을 지켜보고 있었다. 오래전부터 그렇게 되기만을 기다리고 있었다는 듯이.

"다들 그렇게 생각하지?" 그녀가 소리질렀다.

그것을 신호로 그들은 먹잇감에 달려들었다. 그들은 한 치의 망설임도 없이 그녀의 말에 동의했다. 유디트의 말이 끔찍하지만 사실이라고 맞장구친 뒤 다른 것들도 지어냈다. 그들이 얼마나 멀리까지 가던지—나는 베아트릭스의 첩자이자 반페미니스트로 판명이 났다—어느 순간 나는 눈물을 흘려야 할지 광적인 웃음을 터뜨려야 할지 혼란스러웠다. 쏟아지는 그들의 말을 기록할 녹음기도 없었다. 맑은 정신을 되찾은 뒤 같이 녹음을 들으면 그들도 깜짝 놀랄 것이다. 얼마 후 나는 견디지 못하고 눈물을 쏟고 말았다. 나는 내 방으로 달려가 문을 잠갔다. 문을 잠근 건 잘한 일이었다. 그들이 따라왔기 때문이다. 십 분 동안 그들은 내 방문을 두들기며, 문을 열고 남은 얘기도 마저 들으라고 명령했다. 그러다 자리를 떠났다.

이것이 대략 세 시간 전에 일어난 일이다. 지금 나는 여전히 겁에 질린 채 떨리는 손으로 이 글을 쓰고 있다. 내일 저들이 정신을 차리면 무슨 일이 벌어질까? 낙관적으로 생각해 저들이 오늘 저녁의 광기를 잊으리라 믿고 싶다. 이번만큼은 아니지만 이미 유디트가 나에게 화를 낸 적이 있지 않은가? 어쩌면 나에게 선물을 주며 용서를 구하려고 할지도 모른다.

그렇지만 그녀가 내게 원한을 품을 수도 있다. 자신이 내뱉은 협박을 실행에 옮길지도 모른다.

나를 내쫓을까?

얼른 날이 밝았으면 좋겠다. 오늘 저녁도 끔찍했지만 내일이 더 끔찍할까 두렵다.

7월 4일. 불길한 예감이 들어맞았다. 오전 열한시경 방에서 나와 보니, 그들은 응접실의 꺼진 불 옆에서 지저분한 맨몸으로 독사처럼 엉겨붙은 채 그때껏 자고 있었다. 그리고 이른 오후에 잠에서 깨어났다. 아펄이 제일 먼저 일어났고, 뒤이어 베르톨루치가, 그리고 유디트가 일어났다. 나는 엉망이 된 부엌에서 쓸 만한 재료를 찾아내어 그들을 위해 아침식사를 준비했다. 양이 얼마 안 되는 커피, 눅눅한 빵과 잼을 몇 개 안 남은 온전한 접시에 담아 내왔다. 그들은 한마디 말도 없이 꿍얼거리며 음식을 먹은 뒤 방으로 갔다. 몬데르만과 스히멜나우도 별로 다정하지 않았다.

저들은 나에게 원한을 품고 있는 걸까? 뭐라고 말하기가 힘들다. 오후 내내 다시 모습을 나타내지 않았기 때문이다. 아마 그들은 다시 잠들었거나 아직 마약에 취해 있을 것이다. 나는 혼자서 밤까지 호텔 안을 배회하면서 우리의 소규모 파티가 초래한 피해를 확인했다. 여섯 명의 미친 여자가 저지른 일이라고 믿기 힘들 정도였다.

나는 배가 갈라진 응접실 쿠션들 틈에서 주사기를 발견했다.

7월 5일. 그들은 다시 일상으로 돌아왔다. 몬데르만은 아침 일찍부터 몸을 단련하기 위해 모래언덕으로 떠났다. 그녀는 늘 그러듯 저녁에 야생초 뿌리를 가지고 돌아와 우리에게 달여줄 것이다. 베르톨루치는 '공부를 하려고' 응접실에 틀어박혔다. 그녀는 하루 종일 잉리트의 책 한 페이지를 파고들어 그에 대한 난해한 해설을 쓴 뒤 유디트에게 읽어줄 것이다. 나머지 두 사람은 무얼 하는지 알 수 없다. 유디트는 베란다에 있다. 잠에서 깨어난 뒤로 지치지도 않고 점을 치고 있다. 나에게 말도 걸지 않는다.

그녀의 마음을 되찾기 위해 나는 아양을 떨면서 모범적인 어린 소녀처럼 행동한다. 잘못을 저지른 개가 고개를 숙이고 주인의 곁을 배회하며 주인의 사소한 몸짓에서 용서의 기미를 살피는 꼴이다. 내가 이 지경에 이르다니.

7월 6일. 유디트가 사람들을 다시 불러들였다. 호텔이 다시 사람들로 북적였다. 하녀들은 아무 말 없이 난장판을 수습했고, 모든 것이 질서를 되찾았다. 그들은 놀란 것 같지도 않았다. 늘 있던 일일까?

유디트는 여전히 나에게 냉랭하다. 내가 존재하지 않는 것처럼 행동한다.

7월 7일. 우리는 브뤼셀로 돌아간다. 휴가는 끝났다.

유디트는 혼자 자동차를 탔고, 우리는 기차를 탔다. 생각할 것이 있다고 그녀는 말했다. 생각이라니! 내게 어떤 저주를 내릴지 생각하는 걸까?

7월 9일. 이틀 전 궁전에 돌아왔다. 몇 가지 징후가 보였는데 나의 실총을 뜻하는 건 아닌지 겁이 난다. 이를테면 오늘 보안대원들이 내게 신분증을 요구했다. 식당에서는 사람들이 차가운 눈길로 쳐다보는 것이 느껴졌고, 등뒤에서 속닥대며 웃는 소리가 들렸다. 이젠 내 식탁에 서로 앉으려고 밀치는 일도 없다. 모인 사람들 쪽으로 내가 다가가면 나를 피하듯 무리가 흩어진다.

사면초가에 빠진 이런 상황에서 여전히 나의 친구가 되어줄 유일한 사람인 디안을 온종일 찾았다. 그러나 그녀는 보이지 않았다.

조금 전, 시언이 나를 쳐다보지도 않고 아무 말 없이 내 앞을 지나쳐 갔다…… 가슴이 아프다.

7월 10일. 똑같은 상황이 계속되고 있다. 탈주를 준비해야 하는 건 아닌가 싶다. 강박증일까? 내가 유디트와의 불화에 지나치게 중요성을 부여하는 건지도 모르겠다. 이젠 무슨 생각을 해야 할지 모르겠다. 나는 이런저런 가정을 세우고 그것들을 머릿속에서 곱씹었다. 어쩌면 그냥 쫓겨날지도 모르겠다. 그렇게 되면 나와 같이 유디트의 선물을 날랐던 다른 여자들처럼 원점으로, 집으로 돌아갈 것이다. 하지만 만약 유디트가 내게 벌을 내리길 원하면, 나는 집을 빼앗기고 젊은 시절처럼 다시 자매 숙소로 가게 될지도 모른다. 아니면 더 나쁜 경우, 그녀는 나를 수용소에 보내는 게 좋겠다고 생각할지도 모른다. 내 생각을 바로잡기 위해 두세 달의 재교육이 필요하다고! 머리가 핑핑 도는 걸 보니 내가 미쳐가는 모양이다. 디안은 여전히 보이지 않는다! 대체 어디에 있는 걸까? 내가 잘못 생각하고 있는 건 아닌지, 두려워하는 게 맞는지 디안이라면 알 텐데!

7월 11일. 마주치는 여자들마다 나를 뚫어져라 쳐다본다. 페스트 환자라도 된 느낌이다. 문밖을 나설 용기가 나지 않는다.

7월 12일. 오늘 아침 한 보안대원이 나를 데리러 왔다. 때가 되었다는 생각이 들었다. 나는 이미 호송차를 상상하고 있었다. 눈물이 왈칵 쏟아졌다. 그런데 리무진을 타고 외출을 하려는 모양이었다. 어안이 벙벙했다. 나를 어디로 데려가려는 걸까? 평소처럼 보안대원은 아무 말도 하지 않았다. 한순간 나를 딸들에게 데려가는 것이고, 화해를 하기 위한 유디트의 배려라는 생각이 들었다. 그러자 미칠 듯이 기분이 좋아졌다. 그런데 리무진이 출발하자마자 내 생각이 틀렸다는 걸 깨달았다. 자동차는 리에주 방향이 아니라 브뤼셀로 들어섰다.

몇 주 전에 유디트가 개통하고 내 이름을 붙인 아스트리트베흐 대로에 접어들어서야 나는 여행의 목적을 깨달았다. 리무진은 거의 걷는 속도로 느리게 달렸다. 사다리에 올라 건물 벽에 붙은 표지판을 떼고 있는 군인들을 내가 잘 볼 수 있도록.

랑글루아의 수첩

우리의 귀국은 대단한 파문을 일으켰다. 북역에서 우리를 기다리던 지인들과 우리를 환영하기 위해 나온 군중이 한데 섞여서, 벨기에에 대한 첫인상을 말해달라고 우리에게 청했다. 벨기에는 수도꼭지가 금으로 되어 있다는 게 사실입니까? 목자가 하늘까지 지휘하기 때문에 날씨가 항상 화창합니까? 벨기에 사람들은 백 세 이상 삽니까? 남자들이 회개하려고 네발로 걷는다는 게 사실입니까? 일부 반페미니스트들까지 나와서 우리가 신화를 깨고 벨기에에 대한 종말론적 그림을 그려주기를 은근히 바라고 있었다. 엄청나게 혼잡했다! 마치 인기 많은 음악 밴드의 일원이라도 된 느낌이었다. (굴드도 나름대로 스타가 아니던가?) 기차에서 내려 택시까지 가는 데 반시간이나 걸렸다. 그만큼 군중이 밀집해 있었던 것이다. 사방에서 질문이 쏟아지고, 애원하는 소리까지 들렸다. 여자들은 우리가 성유물聖遺物이라도 나눠주리라 생각했는지 손을 내밀었다. 광기였다. 유디트를 보았습니까? 그녀는 소문대로 키가 큽니까? 레오노르 알베르는 어디로 갔습니까?

굴드는 다음날로 예정된 기자회견 때까지 침묵을 지키라고 우리에게 요구했다. 그리고 설령 그 혼자 말하게 될지라도 모두들 기자회견에 참석하라고 했다. (나는 도발하듯, 메모를 당장 정리해야 한다고, 아직 생생할 때 기억을 끌어모아야 한다고 핑계를 대면서 기자회견에서 빼달라고 청했다. 그러자 그는 내가 그 자리에 꼭 참석해 단일화된 이미지를 보여줘야 한다고 오래도록 설득했다. 나중에야 나는 우리 다섯이 그 자리에 모두 참석하면 알베르의 부재가 더욱 두드러져 군중에게 얘깃거리를 제공하게 되리라는 걸 깨달았다.)

언론과 처음 만나는 자리에서 굴드는 평소의 능력 이상을 발휘했다. 정말이지 볼만한 구경거리였다. 일부러 좁은 곳을 기자회견 장소로 잡아 빽빽이 끼여앉은 사백 명의 기자들 앞에서 그는 어떤 질문에도 정확히 대답하지 않고 매번 "우리 이야기는 곧 출간될 겁니다"라고만 말했다. 그가 이야기하고 싶어한 유일한 주제는 알베르의 부재였다. 그는 벨기에에 남기로 한 이유를 설명하는 그녀의 메시지를 목소리에 떨림을 실어 읽었다. 그런 다음 삼십 분 동안 대답을 회피하고 거짓으로 일관한 뒤, 일어서서 연단을 내려가 아내와 함께 사진 촬영 포즈를 취하고(그의 아내는 우리가 돌아온 뒤로 그에게 찰싹 붙어서 그가 새로운 모험을 찾아 떠나는 걸 막으려는 듯 계속 그의 팔에 매달려 다녔다) 기자회견장을 떠났다.

파리, 프랑스, 심지어 유럽 구석구석에서 우리 이야기를 했고, 환자가 검사 결과를 기다리듯 우리의 기사를 기다렸다. 도처에서 우리에게 편지를 보내왔다. 전문가들은 자신들이 속한 분야의 통계 수치와 흥미로운 정보를 요청했다. 정부 예산, 곰Gaume과 플랑드르 지방 농가의 생산성, 군수 장비, 페미니스트들의 성생활 등등 지구상의 다른 지역과 소통을 끊은 이 폐쇄된 나라에 관해 그들이 알지 못하는 온갖 것들을 물었다. 철학자들은 페미니즘의 성찰이 어느 지점에 이르렀는지, 국내에 출간되지 않은 책들을 우리가 가져왔는지 알고 싶어했다. 변호사들은 우리가 재판에 참석해봤는지, 감옥은 방문해봤는지를 물었고, 페미니스트 여성 변호사의 경우에는 아직 감옥이 있는지, 감옥을 폐쇄할 정도로 그곳에 범죄가 감소했는지를 알고 싶어했다. 마치 우리가 모든 것을 보고 전지전능해져서 돌아오기라도 한 것처럼 굴었다.

정치판에서는 친벨기에파와 반벨기에파가 우리의 탐방기사가 자기들의 관점을 확인해줄 거라고 서로 장담했다. 페미니스트들은 확신을 갖고 놀라운 예측을 했다. 이를테면 우리가 써낼 기사가 벨기에의 생활수준이 세계에서 가장 높으며, 모든 벨기에인들이 건강미 넘친다는 사실을 입증해줄 거라고 말이다. 반면 반페미니스트들은 암울한 인상과 경멸과 끔찍한 세부 묘사를 기대했다. 벨기에 신화에 타격을 입힐 그 무엇이든. 하지만 대체로 이들은 자신들의 생각이 승리하기를 희망하기보다는(암울한 그림을 바라고 시체를 보았느냐고 우리에게 묻는 사람도 더러 있었지만) 상대의 소멸을 바랐다.

우리는 어느 쪽을 실망시키게 될까? 나는 전혀 알지 못했다. 우리는 아직 여행의 결산을 하지 않았다. 나는 굴드의 의향을 어서 듣고 싶었다. 그의 격정을 잘 알기에 나는 내 관점을 내세우기 전에 그의 시각을 제어하려고 애썼다. 그가 진실을 가공할 수 있는 사람이라고 느꼈기 때문이다. 그러면서 한편으로는 굴드가 이미 거짓말을 하고 있는 것처럼 선입견을 가지고 반응한 나 자신을 자책하기도 했다. 솔직히 말하면 여행 기간 동안 그가 한 말이나 행동을 통해 내가 생각했던 것보다 그가 절제된 사람이라는 것을 알 수 있었다. 그럼에도 우리가 대립하게 될 거라는 생각을 머릿속에서 지울 수가 없었다. 다른 사람들의 지지를 얻어야 내 주장에 무게가 실린다는 걸 알기에 나는 골란스키, 보르도, 로트와 교섭하려 했다. 어려운 일이었다. 내가 수를 쓰고 있다는 걸 그들이 알아서는 안 되기 때문이다. 굴드와 나 사이의 갈등이 간파되면 그들은 주저 없이 굴드의 편을 들 것이다.

보르도에게서는 아무것도 얻어내지 못할 거라는 사실을 금세 깨달았다. 처음에 그는 언론을 상대로 우리가 얻어낸 성공에 도취해서(게다가 그는 개인적 성공에 도취하기도 했다. 왜냐하면 굴드가 그에게만 발언을 허용했기 때문이다. 보르도는 마이크 앞에 서면 익살 부릴 생각만 하기에 중요한 사실은 전혀 말하지 않으리라는 걸 굴드도 알았던 것이다) 줄곧 농담을 해댔고 무엇 하나 진지하게 여기지 않았다. 그와 함께 논의를 하는 건 지금으로선 불가능했다. 그는 확실히 굴드의 영향력 아래에 있었다. 지능이 달려서가 아니라(그는 굴드보다 똑똑했다. 다만 그의 우스갯소리가 재능을 망칠 뿐이다) 게으름 때문에 자기 신념을 내세우는 노력을 하지 않는 것이다. 혹시라도 단순히 충성심에서 그런 것이 아니라면 말이다. 어쩌면 그는 벨기에 여행을 기획한 굴드의 뜻을 거역하는 것이 예의에 어긋나는 일이라고 판단한 건지도 모른다. 나 역시 그런 생각이 들었다. 그래서 굴드를 공격하는 것이 거북스러웠다.

내가 보기에는 골란스키가 내 의견을 훨씬 잘 받아들일 것 같았다. 그는 여행 내내, 그리고 특히나 마지막에 저항하는 태도를 보였다. 그래서 나는 우리가 서로 잘 통한다고 미루어 짐작했고, 실제로 토론할 때도 많은 점에서 의견이 일치했다. 다만 나는 끝까지 밀어붙이는 반면 그는 중도에 멈췄다. 나처럼 골란스키도 벨기에 사람들이 우리에게 모든 걸 보여주지 않았다고 생각했다. 그러나 그는 "성급한 결론"—그의 표현이다—은 내리고 싶어하지 않았다. 그가 머뭇거리는 모습을 보고 나는 만약 그가 혼자 탐방기사를 써야 했다면 첫 줄을 넘기지 못했으리라는 걸 깨달았다. 중립을 지키려는 염려 때문에 그는 옴짝달싹 못하고 있었다. 그는 지나치게 제국을 옹호하는 내용도 쓰고 싶어하지 않았지만, 그를 반페미니스트로 간주하게 만들, 제국에 불리한 내용 또한 쓰려고 하지 않았다. 다시 말해 그는 객관성에 대한 우려 뒤에 몸을 숨기고 있었다. 그가 굴드에 맞서는 일을 일절 하지 않으려고 하는 건 존중할 만한 태도라고 여겼다. 그렇지만 내 쪽으로 한 발짝만 내딛게 하면 그를 완전히 내 편으로 끌어들일 수 있다는 것도 알았다. 내가 그를 잘 설득할 수 있을까?

카퀴신 로트의 생각을 바꾸는 건 대번에 포기했다. 무엇보다 그녀에게 다가가기가 힘들었다. 서로 안 지도 얼마 되지 않았고, 여행으로 맺은 친밀한 관계가 동료애를 돈독하게 만들어주긴 했지만 정치에 대해서도, 페미니즘에 대해서도, 그 어떤 진지한 주제에 대해서도 그녀와 얘기해본 적이 없었다. 그럼에도 나는 우리가 근본적인 의견 불일치에 부닥치게 되리라는 걸 알 수 있었다. 페미니즘에 대한 신념이 그녀의 정신을 제한하고 있기 때문이다. 그녀는 멍청하지 않았고, 이성적으로 논거를 제시했다. 그러나 그녀의 신념과 충돌하지 않는, 그다지 많지 않은 문제들에 대해서만 그랬다. 내가 그녀의 갑옷을 뚫으려고 그녀가 한 말에 예기치 않은 뉘앙스를 덧붙이려고 들면 그녀는 고개를 끄덕이며 상냥하게 대답했다. "맞아요, 어쩌면 당신 말이 맞는지도 몰라요." 그러나 그녀는 귀담아듣지 않았다. 그녀의 종교는 이미 정해져 있었고, 그녀의 당도 확고부동했다. 그래도 나는 시도해보았다. 그녀의 생각을 바꾸지 못하리라는 걸 알면서도 그녀가 자신의 기억을 지나치게 소설로 만들지 않도록, 진실을 왜곡하지 않도록, 열광한 나머지 굴드의 입장에 힘을 실어주지 않도록 막고 싶었던 것이다.

돌아온 지 사흘이 지나자 굴드는 탐방기사를 쓸 때가 되었다고 판단했다. 그래서 우리에게 여행 소감을 정서하고 인상 깊었던 세부 사실들을 정리하면서 각자 느꼈던 기분과 모험이 불러일으킨 감정—아니, 감정들이라고 해야겠다. 그도 그렇고 우리도 여러 모순된 감정을 느꼈을 테니까—에 대해 쓰라고 요구했다. "아무 거리낌 없이 솔직하게 써. 우리가 생각하는 바를 충실히 반영할 때 훌륭한 텍스트가 되는 거야. 서툰 글이 될까봐 겁낼 것 없어. 모든 걸 합쳐서 수정을 할 테니까."

그러고는 일을 손쉽게 해주려고 자신이 준비한 기획안을 우리에게 나눠주었다. 모든 것이 정해져 있었다. 서문, 단락, 구성. 아마도 그는 잘하고 싶었던 모양인데, 내가 보기엔 너무 지나쳤다. 우리에게 자신의 틀을 강요함으로써 이미 글의 내용에 영향력을 행사하고 있었다. 그럼에도 나는 반박하지 않고 꾹 참았다. 확실히 굴드와 나의 대립은 아직 끝나지 않았다. 너무 성급히 적의를 드러내지 말고 나중을 위해 힘을 비축해두는 편이 나았다.

나는 정직하게 작업을 시작했다. 그런데 기록해둔 걸 정서하다 보니 내가 생각했던 것만큼 모든 것이 명백하지 않다는 사실을 알게 되었다. 예를 들어, 내가 처음에 쓴 글은 벨기에에 호의적인 내용이었다. 물론 벨기에인들은 우리를 무시했다. 우리에게 아무것도 보여주지 않았으니까. 뒤에 가서 나는 이 점을 강조할 생각이었다. 그래도 나는 그들의 혁명에, 새로운 사회를 건설하려는 그들의 야심에 여전히 매료되어 있었다. 나는 논쟁적인 느낌을 줄 수 있는 충격적인 문장과 신랄한 표현들은 일단 옆으로 제쳐두고 절제된 입장을 취했다.

가장 힘들었던 건 알베르의 결정에 관한 내용이었다. 내가 보기에는 그 기회가 그녀에게는 무엇보다 싫증난 삶을 떠나 새로운 출발을 할 기회였던 것 같다. 우리가 아프리카나 중국으로 떠났더라도 그녀는 똑같은 선택을 했을 것이다. 물론 정치가 고려되긴 했지만 그것이 본질적인 문제는 아니었다. 그녀의 선택의 이유는 무엇보다 개인적이었다. 그녀의 결정이 알려지자 그것을 여성 사회의

우월성에 대한 '살아 있는 증거'로 여기고 기쁨의 탄성을 내지른 페미니스트들에게 이런 이야기를 하면…… 한 주간지는 그녀를 표지에 싣고 이런 제목을 달았다. '그녀는 벨기에를 선택했다'.

결국 나는 알베르에 대해 말하는 건 내 몫이 아니라 그녀의 오랜 친구인 굴드의 몫이라고 결론지었다. 따라서 나는 이 이야기를 그의 재량에 맡기고 내 글에서는 백지로 남겨두었다.

에필로그

첫번째 공격은 3월에 일어났지만, 너무나도 허술해서 심각하게 받아들여지지 않았다. 무기도 제대로 갖추지 않은 열두 명의 테러범들은 겨우 총 세 방을 쏘고 잡혀서 처형당했다.

유디트는 요즘 심리적 발작을 겪고 있다. 사흘째 내실에 틀어박힌 채 아무도 만나려 하지 않는다. 대귀족들조차도. 그녀는 아침저녁으로 벨을 눌러 문 앞에 진귀한 음식을 가져다놓게 하고서 정작 음식에 손도 대지 않았고, 가져온 자료는 갈기갈기 찢었으며, 영화는 보지도 않았다(그녀는 똑같은 영화를 여러 번 상영하게 했다). 때로는 남자들을 불러오게 해서 학대를 했다. 그들은 온몸이 상처투성이가 되었지만 살아서 나왔다. 그녀에게 사람을 죽일 만한 힘이 남아 있지 않았기 때문이다.

시간이 흐르면서 이런 발작은 점점 더 잦아지고 길어졌다. 유디트의 의사들은 평소 그녀의 변덕이 악화된 건지 아니면 새로운 질병의 증세인지를 두고 토론했다. 보안대원들은 그 증세를 그녀의 겨울나기라고 불렀다. 유디트가 이삼 주 동안, 때로는 한 달 동안 자기 굴속에 틀어박혀 있기 때문이다. 그러면 대귀족들이 그녀를 대행했다. 그러고 나서 유디트가 다시 나타나 고삐를 쥐고 통치의 열정을 되찾곤 했다. 그녀는 잃어버린 시간을 만회하기 위해 모순된 결정을 마구 쏟아냈고, 누군가 그 결정들을 적용할 수 없다고 하면 상상을 초월할 정도로 격분했다.

그녀의 겨울나기는 궁전에 휴가 분위기를 가져다주었고, 삶은 더디 흘러갔다. 평상시 유디트는 모든 것에 활기를 불어넣었다. 가만히 있는 법이 없었고, 언제나 값비싼 대가를 치르는 새로운 아이디어를 짜내어 시중드는 사람과 공직에 있는 사람들을 밤낮으로 일하게 만들었다. 그런데 그녀가 발작을 일으키는 시기에는 모든 것이 확 가라앉았다. 그녀를 대행하는 네 사람이 최선을 다해 분주히 움직여도 보통때 유디트의 활동에 미치지 못했다.

보안 책임자들은 자기들이 진압한 테러범들의 침입 시도를 유디트에게 감추기로 마음먹었다. 더구나 그 침입에서 교훈을 얻을 것도 없었다. 열두 명의 극렬 여성은 고립된 소집단에 불과했다. 그들 때문에 경계를 강화하고 순찰을 늘리고 보충 부대를 불러야 하겠는가? 물론 아니다. 게다가 궁전까지 채 이르지도 못했으니 공격이라고 할 것도 없었다(그녀들은 궁전 성벽에서 100미터 떨어진 지점에서 체포되었다). 그저 돌풍이나 정전 같은 작은 사건이었을 뿐이다. 그런 하찮은 일로 이미 편치 않은 유디트를 놀라게 할 필요가 있겠는가?

궁이, 제국이 취약하다고 생각하는 사람은 아무도 없었다. 반대 세력 없이 완전히 통제되고 있는 이 나라에서 우리는 안전하지 않았는가? 군인들과 고위 공무원들의 오만함이란! 유디트는 몇 달째 장관들과 군인들을 숙청하지 않았고, 결과는 눈에 확연히 드러났다. 그들은 걱정할 게 전혀 없다며 그 증거로 다음의 사실들을 내세웠다. 열두 명의 자살 특공대가 비장한 무훈을 세우기 전까지 오 년 동안 어떤 테러도 일어나지 않았다. 더구나 마지막 테러는 목자를 저승으로 보내면 규방, 즉 낙원의 도래를 앞당길 수 있다고 믿은 실성한 여자가 벌인 짓이었다. (공개재판에서 그녀는 단도를 들고 유디트에게 달려들었지만 목표물 앞 3미터 지점에서 넘어져 다리가 부러졌다. 나중에 유디트는 전혀 무섭지 않았으며 심지어 웃기기까지 했다고 말했다.) 조직적이라 할 수 있는 암살 테러를 찾으려면 십 년도 더 전으로 거슬러올라가야 한다. 베아트릭스의 반도들이 궁정열차를 함정에 빠뜨리려고 했을 때였다. 그러나 기차가 출발하기도 전에 그들은 서로를 고발했다.

그러니 그 교전을 이례적이라고 결론짓고 염려하기는커녕 모두들 대수롭지 않게 여겼다. 스스로 무적이라고 여기고 안이한 태도로 위험에 대처하는 허술해진 체제가 내린 추론이었다. 따라서 아무것도 달라지지 않았다. 안전조치가 보완되지도 않았다. 채 절반도 안 되는 보안대원들만 보초를 섰고, 재빨리 순찰을 끝내고 서둘러 참호로 돌아갔다.

따라서 보름 뒤 다시 공격이 발생했을 때 모두들 깜짝 놀랐다.

앞선 공격은 예고일 뿐이었다. 충격과 폭발이 있었고, 섬광이 밤하늘을 갈랐다. 사이렌 소리가 궁전 전체를 깨웠고 거주민들을 혼란에 빠뜨렸다. 오래전부터 긴급 상황에 대한 대비책을 소홀히 해왔기 때문에 무질서가 발생했다. 아무것도 준비되어 있지 않았고, 무엇을 해야 할지 아무도 몰랐다. 보안대원들이 감시탑으로 돌아가 탐조등을 작동했다. 둘에 하나는 작동하지 않았다. 잊어버리고 미처 수리하지 않은 탓이었다.

지휘관들은 부대를 지휘하느라 쩔쩔맸다. 그들은 노쇠해서 반사신경이 굳어 있었다. 대원들은 따라야 할 절차를 기억하지 못하고 무력감을 느꼈다. 그러는 사이 그들은 흩어져서 계통 없이 반격했다. 혼란을 야기하는 것이 테러범들인지 보안대원들인지 알 수 없을 지경이었다.

십 분 후, 무리가 다시 대열을 갖추었다. 드디어 명령이 하달되었다. 고위 관료들이 정신을 차리면서 군인들도 자극을 받고 제어능력을 되찾았다. 그들은 군인답게 싸우기 시작했다. 몇 명의 테러범들이 그들을 포위하고 있는 걸까? 아무도 알지 못했다. 오십? 백? 천? 사령관 마르셀로스는 혼미한 상태에서 빠져나와 대원들에게 정확한 정보를 전달하라고, 적에 대해 보고하라고 외쳤다. 그러나 대답은 계속 달라졌다. 사격이 저렇게 맹렬한 걸 보니 소규모 군대라고 하는 대답이 있는가 하면, 그저 특공대이니 겁낼 것 없다는 대답도 있었다. 이 모순된 정보들이 그녀를 격분하게 만들었다. 그녀는 부하들에게 욕설을 퍼부었다. 어쨌든 적은 예전처럼 아마추어가 아니었다. 그들은 중화기를 사용하고 있었다. 기관총, 박격

포, 심지어 바주카포로 궁전 담장을 폭파해 엄청난 굉음이 일었다. 공포가 커졌다.

궁전 안에서는 사람들이 모두 이리 뛰고 저리 뛰었다. 목자를 보호해서 방탄 장치가 설치된 벙커로 데려가야 했다(제국은 곳곳에 벙커를 파두었다). 군인 다섯 명이 와서 긴급한 상황에 어울리지 않게 우스꽝스러울 정도로 소심한 태도로 목자의 방문을 두드렸다. 마치 저녁식사라도 가져온 사람들 같았다. 대답이 없었다. 그들은 불안한 얼굴로 서로를 쳐다보았고 다시 문을 두드렸다. 그녀에게 불행이라도 닥친 걸까? 세번째로 문을 두드리자 마침내 유디트가 처량한 소리를 냈다.

"목자님, 문을 여십시오!" 계급이 가장 높은 군인이 외쳤다.

그녀는 여주인에게 한 번도 이렇게 말해본 적이 없었다. 그런데도 대답이 없자 목자를 두렵게 했을까봐 겁이 났다. 그래서 덜 군인 같은 어조로 말했다.

"목자님, 부탁드려요! 문을 좀 여세요!"

그러자 느릿느릿한 목소리가 들려왔다.

"난 나가지 않을 거야. 날 그냥 내버려둬."

군인은 자신의 요청에 무게를 싣기 위해, 목자가 놀랄까봐 말하지 않으려고 했던 사실을 털어놓을 수밖에 없었다. 궁전이 공격받아서 피신하셔야 합니다. 그러면서도 상황이 얼마나 심각한지는 분명하게 말하지 않았다. 문 너머로 다시 그녀의 목소리가 들려왔다.

"난 관심 없으니 가버려!"

그러고는 이해할 수 없는 말과 신음 소리가 새어나왔다.

군인들은 어떤 행동을 취해야 할지 상의했다. 아펄이나 스히멜나우, 몬데르만이나 베르톨루치를 불러와야 할까? 그들은 이런 투정에 익숙하니 목자를 설득할 줄 알 것이다. 그렇지만 그들을 부르러 갈 시간이 없었다. 그들이 궁전에 있는지도 알지 못했다. 한 군인이 오후에 베르톨루치를 본 것 같다고 했고, 다른 군인은 그녀가 어제 브뤼셀로 떠났다고 단언했다. 보통때는 대귀족들이 없으면 유디트에게 접근할 수가 없었다. 그런데 정작 그들이 필요한 이 순간에 그들은 보이지 않았다.

폭발음이 가까워졌다. 궁전이 점령된 것일까? 결정을 내려야만 했다. 마지막으로 군인들은 목자에게 애원해본 뒤, 그녀에게 물러나라고 외치고 자물쇠를 폭파했다.

방안은 캄캄했다. 스위치를 켜자 비참한 광경이 군인들의 눈에 들어왔다. 내실은 엉망이었다. 맨몸에 실내복만 걸친 유디트가 산발을 한 모습으로 손에 가위를 든 채 솔런 쥐퐁르네의 그림 앞에 서 있었다. 그림은 액자 밖에 찢어져 있었다. 그녀는 뒤로 물러나다가 도살당한 짐승처럼 무릎을 꿇고 쓰러졌다. 다시 일어나려고 했지만 털썩 주저앉고 말았다. 군인 둘이 달려들어 그녀를 부축했다. 그들은 아찔하면서도 동시에 황홀했다. 그들처럼 살과 피로 된 존재인지 확실치 않았던 목자와 접촉하고 있었기 때문이다! 그들은 그녀의 가벼운 무게에 놀라며 그녀를 손쉽게 들어올렸다. 유디트는 아이처럼 가만히 있었다. 그녀가 눈을 반쯤 뜨고 모호한 미소를 짓더니 알 수 없는 말을 내뱉었다.

"그 사람이 왔지, 그렇지?"

군인들은 서로를 바라보며 말했다.

"누구 말씀입니까, 목자님?"

그러나 그녀는 아무 말도 하지 않았다.

그녀가 걷는 것을 원치 않았으므로—또는 걸을 수 없었으므로—그녀를 안고 가야만 했다. 두 군인이 총을 들고 길을 열면서, 목자를 안고 가는 두 군인을 보호했다. 마지막 한 명은 후방 공격에 대비해 끊임없이 뒤를 경계하며 5미터쯤 떨어져서 그들을 따라갔다. 그 대원은 다른 군인들에게 빨리 가라고 재촉했다. 그들은 유디트를 안고 가느라 그럴 수가 없는데도.

복도에는 사람들이 우글거렸다. 군인들, 어쩔 줄 몰라 쩔쩔매는 궁인들, 주인들이 내린 모순된 명령 사이에서 우왕좌왕하는 시종들. (주인들은 구조 요청을 하라고 시종들을 보냈지만, 그들은 북새통에 시종을 잃어버린 다른 궁인을 만나면 그들이 시키는 일을 해야 했다. 우월한 성별을 가진 사람의 명령을 거역할 권리가 없는 그들은 누구에게 복종해야 할지 몰라 이리 뛰고 저리 뛰었다.) 어떤 여자들은 불안한 신경을 가라앉히기 위해 시종을 능욕했다. 또 어떤 여자들은 문 앞에 서서 길 잃은 어린아이처럼 하염없이 울었다. 목자가 지나가는 모습을 보고 그들은 아연실색했다. 더러운 실내복과 얼빠진 표정 때문에 그들은 그녀가 목자라는 것을 믿으려 들지 않았다.

권력을 가진 어떤 여자도 이런 소요 속에서 질서를 바로잡기 위해 나서지 않는 것 같았다. 충격을 받은 한 군인은 만일 남자였다면, 하고 생각하다가 흠칫 놀랐다. 그녀는 수치스럽고 죄가 되는 그런 생각을 얼른 물리쳤다. 자신이 자제력을 잃고 있으며 한 세계가 무너지고 있다는 것을 깨달았다. 그녀는 혁명 학교에서 교육을 받은 보안대원이었다. 다른 보안대원들의 탈선을 추적하는 것이 그녀의 임무였다. 그런데 그런 불경한 생각이 그녀의 뇌리를 스치다니. 남자가 쓸모없는 존재가 아닐지도 모른다는 생각을 하다니! 사태가 참으로 심각했고, 이 공격은 종말의 시작을 알리고 있었다.

탈고하고 난 뒤 글을 다시 읽고 나서 굴드에게 전화를 걸었다. 그의 하인은 그가 기사를 쓰기 위해 노르망디에 가 있으며 이틀 후에나 파리로 돌아올 거라고 말했다. 그사이에는 연락이 되지 않는다고 했다. 나는 불안한 마음으로 수화기를 내려놓았다. "기사를 쓴다고?" 굴드가 혼자서 탐방기사를 쓰고 있는 걸까?

아니다! 굴드는 혼자가 아니라 보르도와 함께 떠났었다. 그들은 함께 글을 썼고, 뻔뻔하게도 '초안'이라며 내놓은 것은 사실상 결정판이었다. 그것은 자세하고 완벽한 탐방기사였고, 훌륭한 작업이었다! 나는 곧바로 항의했다. 그들은 초안이고 구상일 뿐이니 그에 대해 의논할 수 있다고 대답했다. 그들은 주춧돌만 놓았을 뿐이라고 주장했지만 이미 지붕까지 모두 얹혀 있었다. 그러고는 이제 와서 우리에게 커튼 색깔을 고르라고 내민 것이다…… 나는 격분했다. 그러고 보면 그들은 저 나라의 크리스틴처럼 행동했다. 우리를 미끄럼틀에 밀어넣어 아이들처럼 미끄러져 내려갈 수밖에 없게 만들었다. 그런데도 우리는 좋아하기까지 해야 했으니.

더 나쁜 건 꿍꿍이가 있다는 점이었다. 아! 그들이 쓴 글을 읽고 얼마나 경악했던가! (굴드는 섣불리 판단하지 말고 끝까지 읽으라고 요구했다. 마치 끝부분에서 처음의 엄청난 과오를 만회할 수 있기라도 한 것처럼.)

우선 그들은 일률적으로 '우리'라는 주어를 사용했다. 우리의 의견 불일치나 논쟁에 대해서는 아무 언급이 없었다. 그리고 부정확한 사실도 많았다. 예를 들어 그들은 "따뜻한" 환대에 대해 말했다. 빗속에서 몸수색을 하고 경계심을 보였던 군인들이 따뜻해? 나는 농담인 줄 알았다(보르도가 쓴 것이라면 그럴 수도 있었다). 그런데 아니었다. 그들은 진지하게 우리가 누린 "자유"에 대해, 우리가 던진 질문들에 벨기에인들이 들려준 "진솔한 답변들"에 대해, "우회 수단을 쓰지 않고, 곤혹스러워하지도 않았으며, 국가적 이유가 아니면 우리에게 정보를 거절하는 법이 없었던 벨기에인들의 방식"에 대해 말했다! 또한 진지하게 벨기에의 학교교육을 "독창적"이라고 판단했고(우리가 학교를 여러 개 보기라도 한 것처럼 학교를 복수형으로 썼다), 사령관 마르셀로스의 말이 "심오했"고, 수도의 거리가 "활기찼"으며, 스호턴 등반이 "흥미진진했다"고 평가했다! 목자들의 조각상 앞에서 행한 우스꽝스러운 의식은 "여성해방자들에게 마땅히 보여야 할 경의를 표하게 해준 우정 어린 초대"로 돌변했다. 모든 것이 이런 어조로 쓰여 있었다. 페미니즘 예술은 "묵직하고 대개 아름다웠으며 인상 깊다"고 쓰여 있었다. 굴드는 그 예술이 허식적이라고 내게 말하지 않았는가. 솔런 쥐퐁르네는 "그들의 카미유 클로델이고, 심지어 그들의 빅토르 위고"였으며, 제자들로 하여금 "여성의 행복을 위해" 그 가르침을 전파하도록 하는 천재라고 썼다. 마치 그 행복을 누리는 여성이 많기라도 한 것처럼. 브뤼셀의 도서관은? "그 규모와 색인이 인상적이었다"고 쓰여 있었다. 모든 것이 하나같이 말끔하게 다듬어지고, 왜곡되고, 누락되어 있었다. 글 곳곳에 비슷한 서정시가, 굴드표의 과장이 드러났다(글을 잘 쓰는 보르도가 간섭을 포기한 게 분명했다).

이따금 완전한 창작도 보였다. 이를테면 그들은 우리가 많이 웃었다고 단언했다. 마치 그 나라 사람들이 예전의 벨기에인들처럼 쾌활하고 명랑한 것처럼 말이다. 그들이 그곳 여성들을 이토록 다감한 색채로 그리고 있는데, 나는 무슨 생각을 했던가? 엄격하고 말없고 규율 잡힌 여자들밖에 기억나지 않는다. 아니다, 그 나라는 음울하고 엄격했으며, 보안대원들은 무표정하고 영혼이 없었다. 보안대 소장 크리스틴은 위압적이고 뻣뻣하고 냉랭했다. 그리고 그 나라 국민은 전나무 숲만큼이나 어두웠다. 굴드와 보르도는 어떻게 "그곳 지성들에겐 모든 것을 비판할 자유가 있다"고 단언할 수 있었을까? 모든 철학이 잉리트와 유디트의 모호한 이론으로 집약되는 나라에 무슨 지성이 있단 말인가?

그들의 텍스트는 때때로 순수시가, 거의 코믹한 시가 되었다. 어느 대목에서는 벨기에인들이 "옷을 잘 입는다"는 걸 보여주는 데 한 문단을 할애했다. 다른 대목에서는 벨기에 풀밭의 풀이 "우리

네 것보다 더 기름졌다"고 썼다. (분명 혁명이 그 이유였다!) 그들은 심지어 우리가 탔던 미니버스가 "넓고 편안했으며 소음이 없었다"고 칭찬하기까지 했다. (그것이 독일에서 수입해 온 모델이었다는 사실은 밝히지 않았다.) 또한 메달과 군복의 계급장을 "작은 금은세공 작품"이라고 말해 벨기에인들의 재능을 왜곡하기도 했다. 평소에 군대를 혐오한다고 그렇게나 공언하던 굴드가! (조금 더 뒤에서는 그들의 기관총과 "반들반들하게 윤이 나는 대포"에 감탄하기까지 했다.) 제국로에 대해서는 크리스틴의 터무니없는 말을 그대로 옮겨 적었다. 만리장성과 마찬가지로 달에서 볼 수 있는 유일한 건축물이라고. 자동차 한 대 제대로 보지 못했다는 사실은 밝히지 않았다. 또 어떤 대목에서는 교통 왕래가 없다는 이야기를 했지만 벨기에인들의 친환경적인 행동에 경의를 표하기 위해서였다.

나는 화가 나서 원고를 집어던졌다. 굴드와 보르도는 이해할 수 없다는 듯 놀란 얼굴이었다.

"왜 그래? 왜 그러는 거야?" 보르도가 거듭 물었다.

굴드가 말했다.

"뭐가 문제인지 말해봐!"

나는 종이를 주워서 되는대로 훑으며 받아들일 수 없다고 판단되는 부분을 손가락으로 짚었다.

"여기! 그리고 여기도!"

그들도 결국 화를 터뜨리고 말았다.

"헛소리를 하는 건 너야!" 굴드가 말했다.

우리는 말다툼을 했다. 만약 카뮈신 로트가 이 글을 썼다면 나는 받아들였을 것이다. 굴드와 보르도는 왜 진실을 말하지 않을까? 나는 진실을 어렴풋이나마 보았는데. 그런데 굴드와 보르도는 거짓말을 하는 것이 아니었다. 그들은 나만큼이나 진지했다. 다만 우리가 똑같은 것을 보지 않았을 뿐이다. 우리는 화합이 불가능했다.

어쨌든 굴드는 우리가 의견 일치를 봐야 한다고 고집했고, 나는 꾐에 넘어갔다.

우리는 모두 함께 노르망디로 떠났고, 새로운 버전의 글을 작성했다. 굴드와 보르도는 끊임없이 내 의견을 물으며 배려했다. 이 문구는 괜찮아? 이런 표현은 잘 골랐지? 백지를 채우기 위해 그들은 골란스키보다 먼저, 로트보다 먼저 나에게 의견을 구했다. 그러고 나서 한 구절을 다시 읽을 때면 굴드는 언제나 염려스러운 눈길로 나를 바라보며 물었다. "마음에 들어?"

작업의 결과는 군데군데 드러났다. 그러나 전체적으로 그 탐방기사는 내가 상상한 것과는 비슷한 구석이 거의 없었다. 내가 생각한 글은 나중에 쓰기로 마음먹었다.

탐방기사는 〈랭스탕〉의 한 호 전체를 채웠다. 모두의 기대를 뒤엎고 굴드는 단순한 제목을 선택했다. '여성 제국으로 떠난 여행'.

발간은 엄청난 반향을 일으켰다. 믿기 힘들 만큼 폭발적인 반응이었다. 〈랭스탕〉은 보통때의 인쇄 부수보다 세 배 많은 20만 부를 발행했다. 그런데도 이틀 만에 전부 팔렸고, 다음날 20만 부를 더 찍었다. 골란스키는 자신이 얻을 수익을 계산하고 전적으로 굴드에게 동조했고, 심지어 그의 열렬한 지지자가 되었다. 성공은 그에게서 양심의 가책을 모두 덜어주었다.

지면, 라디오, 텔레비전 할 것 없이 온통 우리와 벨기에 이야기뿐이었다. 내 전화도 쉬지 않고 울렸다. 친구들은 나에게 축하 인사를 건넸다. 애석해하거나 어리둥절해하는 친구들도 있었다. 가장 애통해하는 사람들은 나와 절교하기까지 했다.

페미니스트들은 기사를 좋아했다. 그들에게는 새로운 참고 자료가 될 것이다. 우리는 모든 것을, 제국에 관해 알아야 할 모든 것을 기사에 담았다. 그들은 내가 취한 유보적인 태도를 객관성의 증거로 삼기까지 했다. 나는 내가 판 함정에 빠진 것이다. 굴드는 기뻐서 어쩔 줄 몰라했다.

반대편 사람들은 조소했다. 우리가 속았고, 우리에게 제공된 광경이 결코 진실일 리 없다는 것이다. 그들은 우리가 본 것마저 윤색했다고 비난했다. 내가 톤을 반쯤 낮춰 수정한 것까지 포함해 모든 내용을 싸잡아 배척했다. 내 노력이 결국 아무짝에도 소용없게 된 걸 보니 화가 치밀었고, 이럴 거면 차라리 잠자코 있을 걸 그랬다는 생각이 들었다.

〈랭스탕〉 편집진에게 우편물이 쇄도했다. 나는 매일 우편물을 확인하러 갈 때마다, 굴드가 골란스키의 사무실에 사령부를 차리고 자리잡은 것을 보았다. 보르도 역시 그곳에 자리를 차지하고 전화통에 매달려 있었다. 로트만 보이지 않았다. 당의 업무에 푹 빠져 있는 그녀는 당에서 수훈의 결과를 거두며 찬란한 앞날을 내다보고 있었다. (그녀를 지도부로 추대하는 사안이 검토되고 있었다. 이미 그녀를 다음 선거의 후보로 거론하는 사람들도 있었다.)

한 논평이 특별히 내 주의를 끌었다. 뤼시앵 보르도의 형인 마티외 보르도가 쓴 것이었다.

마티외 보르도는 동생과는 전혀 다른 묘한 사람이었다. 두 형제는 사이가 틀어져 서로 소통이 없었다. 그래도 뤼시앵은 불가사의한 형에 대해 두려움 섞인 존경심만큼은 간직하고 있었고, 그가 하는 모든 일에 관심을 기울였다. 마티외 보르도는 주변인이었다. 범죄자인 적도 있었다. 1975년에 법정은 그를 폭력과 절도 행위로 유죄판결을 내렸다. 그는 조건부 석방을 거부하고 오 년 징역형을 끝까지 채웠다. 감방에서 짧은 소설을 한 권 썼고, 가명으로 출간된 그 책은 문단의 찬사를 받았다. 그후 소설을 절필하고 도덕군자 행세를 하더니 산속에 은둔했다(오쥐라 지역의 한 농가에서 홀로 살았다). 그는 냉철한 문체로 짧은 에세이나 인물을 조명하는 글, 역사를 성찰하는 글을 썼다. 그의 아포리즘 가운데 몇몇은 아주 유명했다. 이를테면 '좌파는 적을 증오하고, 우파는 아군을 경멸한다'는 아포리즘이 그랬다. 그에 대한 여론은 반반이었다. 대부분의 사람들은 긴 머리에 해진 옷을 입은 그의 행색 때문에 그를 반쯤 미친 은자로 여겼고, 심지어 과거의 전과와 무기 수집 이력 때문에 위험한 인간혐오자로 여기기까지 했다. 그러나 그를 천재로 추앙하며 만나고 싶어하는 팬클럽도 있었다. 그들은 기를 쓰고 그를 만나려고 했지만 헛수고였다. 우편으로만 그와 연락을 할 수 있었는데, 그는 편지에 답장을 하는 법이 없었기 때문이다.

마티외 보르도는 혁명적 페미니즘을 혐오했고, 여성 혐오를 드러내는 도발적인 말을 서슴지 않아 당의 증오를 샀다(그럴수록 그는 오히려 기뻐했다). 그는 자신의 대포를 제국을 향해, 그 숭배자들을 향해, 당연히 자신의 동생을 향해(동생에게는 아직 극단적인 빈정거림은 아껴두고 있었다), 그리고 그가 비웃으며 '관광객들'이라고 부르는 우리 모두를 향해 겨눌 때가 되었다고 판단했다. 그리하여 어느 일간지에 논설을 실었고 대성공을 거두었다.

그는 이렇게 썼다.

"그들은 아무것도 보지 못했다. 줄곧 그 고백을 하고 있다. 기이한 것은 그러고도 그들이 아무렇지 않다는 점이다. 오히려 눈이 먼 것에 기뻐하고 있는 것처럼 보인다." 조금 뒤에 가서 그는 다음과 같이 썼다. "그들은 제국과 당이 내놓는 선전물만 갖고도 기사 전체를 쓸 수 있었을 것이다. 그들이 한 여행은 '여성 제국으로 떠난 여행'이 아니라 '내 방 주변 여행'이다." 그는 우리가 말하지 않은 것과 완곡하게 다듬은 표현들을 냉혹하게 지적하며 우리의 탐방기사를 낱낱이 까발렸다. 내가 타협안을 받아들인 대목에서는 어조의 차이를 짚어냈다. 그리고 수정이 제대로 되지 않아 굴드의 견해와 내 견해가 뒤섞여 있는 구절들도 찾아냈다. "모순투성이다. 적어도 이렇게 심각한 주제에 대해서는 서로 의견 일치를 봤어야 한다." 그의 말은 구구절절 옳았다!

"이건 자발적 굴종이 아니라 합의된 맹목이다. 그들은 벨기에를 보았다고 믿었지만, 벨기에가 그들을 관찰한 것이다. 그들이 방문한 장소에서 벨기에인들이 창문 뒤에, 위장물 뒤에, 지붕 위에 숨은 채 미끼를 문 그들을 보며 웃음을 참고 있지는 않은지 생각이나 해보았을까? 어쩌면 벨기에인들은 지금까지 웃고 있는지도 모른다. 그 나라에서 오랫동안 웃을 수 있다면 말이다. 과연 그럴 수 있을지 의심스럽지만. 이건 공식 여행이 아니라 꼭두각시극이었다." 다음의 사실 역시 그는 정확히 짚었다. "그러고도 그들은 속은 것을 짐작도 못한 채 프랑스로 돌아와 마치 달에 착륙해 걸어보기라도 한 것처럼 떠들어댄다. 이보다 더 멍청할 수는 없을 것이다. 그들은 메리메가 자기 반지에 새겼던 스탕달의 말을 어찌해서 기억하지 못했을까? '경계를 잊지 마라'."

나는 땅속으로라도 숨고 싶었다. 마티외 보르도는 우리를 비방하는 사람들 중에 가장 격렬한 사람은 아니었다(격렬하긴 해도 어디까지나 적절한 단어와 센스 있는 문장을 사용했다). 그런데 그의 글에서 가장 익살스럽고 가장 탁월한 대목은 뤼시앵과 관련된 대목이었다. 그래서 그가 오직 동생을 쓰러뜨리는 즐거움 때문에 이 글을 쓴 게 아닐까 하는 생각이 들었다. 그럼에도 모든 비난 글 중에서 내게 가장 큰 타격을 준 것은 단연 그의 글이었다.

군인들이 벙커에 도달하는 데는 이십 분이 걸렸다. 몰린 군중 때문에 속도를 낼 수가 없었고 길도 잘못 들었기 때문이다. 오 분이면 될 거리를 이십 분이나 걸리다니! 이십 분 동안 목자는 다가오는 위험에 노출되어 있었다!

보안대원들은 벙커 안으로 들어갔다. 방탄 문을 갖춘 감압실을 통과하자 다섯 개의 방이 나란히 이어져 있었다. 일단 문을 닫고 나니 비명소리도 총소리도 전혀 들리지 않았다. 그들은 목자를 야전침대에 눕혔다. 그녀는 알아들을 수 없는 말을 횡설수설 늘어놓았고, 열이 올라 몸을 떨었다. 보안대원들 가운데 의학 지식이 있는 사람은 아무도 없었다. 어쨌든 목자의 담당 의사들만 그녀를 만질 권리가 있었다.

벙커를 재빨리 둘러보니 그곳에도 문제가 있다는 것이 파악되었다. 그들은 몇 주 동안 먹을 식량을 구해왔어야 했다. 벙커에는 겨우 사흘을 버틸 정도의 식량밖에 없었다. 배터리, 손전등, 발전장치, 석유통 등 모든 것이 부족했다. 탄약도 일부는 채워져 있지 않았다. 몇 달 동안, 어쩌면 몇 년 동안 아무도 이 은신처를 관리하지 않았던 것이다. 이곳은 삼십 년 전 목자를 원자폭탄으로부터 보호하기 위한 대책으로 건의되었었다. 제국의 궁전 아래에 수킬로미터에 달하는 궁륭형 통로를 판다는 계획이었다! 이 벙커를 만드는 데 수백만 크로네의 비용이 들어갔다. 그런데 지금 그들이 발견한 것은 거의 쓸모없이 버려진 벙커였다.

그래도 통신 시설은 갖춰져 있으니 다른 궁이나 각 부처, 사령부뿐 아니라, 라디오방송국에 연락을 해서 목자가 은둔 상태에서도 전국의 집들에 설치된 스피커로 메시지를 보낼 수는 있을 것이다. 장치는 모두 아직 작동하는 것 같았다. 만약 공격이 계속되면(이제 군인들은 최악의 상황을 내다보고 있었다) 유디트가 백성에게 전하는 호소문을 방송하는 데 이 장치를 사용할 수 있을 것이다.

그렇다면 당장은? 보안대원들은 무엇을 해야 할지 몰랐다. 유디트가 직무 수행을 할 수 없을 경우 권력을 위임받을 네 명의 대귀족은 어디에 있는가? 그들이 없으면 국가의 수뇌부가 더이상 없는 셈이었다. 이런 위기 상황을 위한 상세한 절차가, 긴급 조치가, 규정이 분명히 존재할 것이다. 그런데 그것들이 기밀 사항이라는 점이 문제였다. 지나치게 비밀에 부쳐져 있어서 그들 같은 고위급 군인들조차도 알지 못했다. 그들은 세상과 단절된 상태였다.

시간이 흘렀다. 궁이 점령되었을까? 아니다, 그럴 리가 없다. 보안대원 수가 많으니 반도를 물리쳤을 테고 그들을 무기로 다스렸을 것이다. 아침이 되면 벙커 문을 두드리며 외치는 소리가 들릴 것이다. "끝났습니다. 모든 것이 질서를 되찾았습니다!" 간호사들이 목자를 돌보러 올 것이고, 베르톨루치가 임시로 국가의 지휘를 맡을 것이다. 그녀가 기강을 바로잡을 것이다. 군대에는 숙청이 있을 테고, 안전장치를 일제히 점검할 것이다. 그리고 본보기 삼아 수천 명의 혐의자들을 총살할 것이다. 보안대원들은 다시 꼿꼿이 대열을 정비하고, 질서를 되찾기 위해 군중을 공포로 몰아넣을 것이다. 잠시 흐트러졌던 나라는 대번에 다시 일어설 것이다. 군인들은 결국 이 공격이 좋은 결과를 가져올 거라고 믿으며 서로를 안심시켰다. 그런 믿음으로 희망을 가졌다.

그러나 그들의 생각은 틀렸다. 그들이 벙커에 도착한 지 두 시간 뒤 이론적으로 파괴되지 않아야 할 문이 플라스틱 폭탄에 의해 폭발한 것이었다. (그들은 문이 벨기에에서 제조된 것임을 확인하고 씁쓸해했고, 그 결과를 똑똑히 보았다.) 머리에 복면을 쓴 열다섯 명의 폭도가 벙커에 들어섰다. 군인들은 저항하지 않았다. 그럴 능력도 없었고, 사격이 오가면 유디트의 목숨을 위험에 빠뜨릴 수 있었기 때문이다. 그들은 무기를 내려놓고 손을 들었다. 적군은 그들을 무릎 꿇린 뒤 손목에 수갑을 채웠다. 그들은 적군들이 함부로 목자를 깨우고 손을 묶는 모습을 보고 충격을 받았다. 목자를 범죄자 취급해? 제국은 무너져도 목자가 모독을 당해서는 안 될 일이었다! 국가의 몰락과 유디트의 죽음 사이에서 그들의 선택은 분명했다.

폭도가 그들을 벙커 밖으로 데리고 나가리라 생각했는데 아니었다. 폭도는 몇 시간 동안 아무 말 없이 총을 겨누고 있었다. 전투 소리, 비명소리, 총소리가 울렸다. 공격이 아직 끝나지 않았단 말인가? 군인들은 감히 아무것도 묻지 못했다. 폭도는 서 있지 못하는 유디트를(마약에 취해 있는 게 틀림없었다) 방으로 다시 데려가 침대에 묶어두었다. 그녀는 멍청한 미소를 띤 채 사지가 자유자재로 움직이는 마네킹처럼 조종하는 대로 가만히 있었다. 그녀가 상황을 인식하고 있을까?

포로들은 밖에서 일어나는 일을 상상했다. 궁전이 점령당하고, 집무실들이 수색당하고, 궁인들이 체포되는 상상. 어쩌면 베네룩스의 새 남성 지도자가 권좌를 이미 차지했는지도. 그가 유디트의 집무실을 차지하고 내일이면 그녀가 사용하던 식기로 식사를 할지도…… 행여 새 지도자가 여자라면? 이 생각이 그들의 머릿속을 떠나지 않았다. 혁명을 모독하는 생각이었기 때문이다. 제국의 적이 제국을 무너뜨리려 하는 건 자연의 섭리였다. 그러나 반란을 일으킨 주체가 여성이라면 목자들의 실패를 입증하는 일이 될 터였다. 백성들에게 무엇이 득이 되는지, 자유가 무엇인지 이해시키지 못한 목자들의 실패 말이다.

그렇게 무릎을 꿇고 얼마나 더 있었을까? 무릎 꿇은 군인들은 금세 다리에 경련이 일었다. 그렇지만 움직이려는 기미만 보여도 개머리판으로 얻어맞았다.

유디트의 방에서 신음 소리가 들려왔다. 그녀가 깨어나고 있었다. 적들이 침대에서 그녀를 끌어내 총구로 밀어 군인들과 같이 바닥에 앉혔다. 그녀는 저항하며 작은 소리로 울먹였다. 군인들은 아연실색한 표정으로 저들이 목자를 자기들처럼 강제로 무릎 꿇리지 않기를 소리 없이 기도했다. 그들은 외치고 싶었다. '평범한 여자일 뿐인 우리를 모욕하시오. 목자는 안 됩니다!' 그러나 그들을 감시하는 간수들은 그런 것 따위는 아랑곳하지 않았기에 생각할 수 없는 일이 벌어졌다. 유디트가 제 신민들과 똑같이 무릎을 꿇은 것이다. 심지어 더러운 실내복 차림에 맨발인 그녀는 군복 차림의 의연한 그들보다 훨씬 더 비참했다. 그 기막힌 광경 앞에서 그들은 이제 정말 끝났다는 걸 깨달았다. 목자의 폐위는 곧 제국의 몰락이었다. 유디트가 아무 타격을 입지 않았을 때는 근본이 무사했기 때문에 그들은 여전히 혁명을 믿을 수 있었다. 그런데 이제는 모든 것이 끝났다. 그들이 느끼는 당혹감은 실로 엄청났다. 자기 뜻대로 행동하는 권리를 박탈당한 채 꼼짝 없이 앉아 있어야 하는 비천한 목자와 눈길이 마주칠까 두려워, 그들은 차마 고개를 들지 못했다.

갑자기 세 여자가 벙커 안으로 들어왔다. 그들은 복면을 쓰고 있지 않았다. 그들을 보자 그들의 하수인들도 복면을 벗었다. 여자들이었다! 그들은 군인들처럼 짧은 머리를 하고 있었다. 군의 반란? 세 명의 하사관이 유디트를 물끄러미 바라보더니 그녀의 행색에 대해 빈정거리는 말을 했고, 포로들에게 상황을 설명했다. 궁전이 자신들의 수중에 들어왔으며, 나라 전역의 다른 궁전들도 동시에 공격을 받아 마찬가지 상태라는 것이었다. 보안대, 경찰, 민병대, 어느 누구도 대응하지 못했다. 군대는 지리멸렬하게 흩어져 폭동에 가담한 탈주병들, 목자를 위해 기꺼이 목숨을 바칠 생각이었지만 지휘관을 잃은 병사들, 바람의 방향이 어느 쪽으로 바뀌는지 보려고 기다리는 다수로 나뉘었다. 스히멜나우와 아펄은 브뤼셀의 감옥에 갇혔다. 베르톨루치와 몬데르만은 추적중이었다. 내일이면 질서가 회복될 것이다. 페르마르스 가문의 통치는 끝이 났다.

군인들은 그 말을 믿지 못했다. 거짓일 것이다. 어떻게 하룻밤에, 그것도 이렇게 쉽게 전복이 일어날 수 있단 말인가? 눈에 보이지 않는 손이 체스판에서 퀸을 쓰러뜨리고 게임을 중단시키기라도 했단 말인가? 그들은 제정신이 아니었다. 이제껏 유디트가 사회를 견고하게 통합해왔다. 그녀가 없으면 모든 것이 해체될 것이고, 벨기에 국민은 어찌할 바를 모르고 자연 속으로 흩어질 것이다. 야만으로 돌아갈 것이다. 절망이 큰 나머지 자살의 물결이 이어질 거라 예측해볼 수도 있었다. 모든 것을 폭파하지 않고는 반혁명이란 불가능하다고 반도를 설득하고 싶었다. 그러나 개머리판으로 얻어맞을까 두려워 입을 다물었다. 낙심한 그들은 어서 빨리 죽여주기만을 바랐다. 한편 유디트는 극도로 흥분해서 울음 섞인 소리로 간수들을 협박했다. 울음 섞인 비장한 목소리가 패배자들의 고통을 가중시켰다.

그들이 즉각 베네룩스를 돌아보았다면 반역자들의 말이 거짓이 아님을 확인할 수 있었을 것이다. 실제로 궁정의 권력은 위트레흐트, 리에주, 주테르메이르, 룩셈부르크, 로테르담, 코르트레이크 등 곳곳에서 추락했다. 궁전들은 동시에 공격당했다. 목자가 어디에 있는지 알 수 없었기 때문이다. 이례적으로 유디트 곁에 있지 않았던 스히멜나우는 테르뷔런에서 붙잡혔고, 아펄은 온천욕을 하다가 쇼퐁텐에서 붙잡혔다. 몬데르만과 베르톨루치는 도피중이지만 곧 체포될 것이다. 벨기에 국민들이 숨죽인 목소리로 그들을 '네 명의 패거리'—그 인기 있는 별명을 너무 경솔하게 큰 소리로 말한 수백 명의 여자들이 수용소로 보내졌다—라고 부르던 일도 이젠 끝났다.

날이 밝자 쿠데타 소식이 제국 구석구석까지 퍼졌다. 정보를 얻기가 너무 어려워 아무것도 모르는 것에 길들어 있던 나라인데 몹시 놀라운 일이었다. 그동안 공식 보도 뒤로 숨어서 활동해온 지하 경로, 비밀 조직망 등이 총동원되어 공공연하게 작동했다. 경계하는 반사적 행동을 잊게 만드는 일종의 도취감이, 되찾은 자유가 나라의 심층부에서 솟아올랐다.

지방마다, 도시마다 제각각의 반응을 보였다. 브뤼셀은 활활 타올랐다. 사방에서 여자들이 길거리로 나와 혁명가를 패러디해 부르며 거리를 행진했다. 소요와 약탈이 벌어졌다. 보안대원들도 꼼짝 않고 광란의 도가니를 지켜보았다. (목이 매달릴까 겁이 난 많은 보안대원들이 제복을 불태우고 군중에 뒤섞였다.) 소요는 기름에 불이 붙듯 점차 번져갔다. 제국은 분단되었다. 어떤 마을은 제국의 몰락을 기뻐했다. 그 마을에서 2킬로미터 떨어진 마을은 유디트에게 충성을 맹세하고 바리케이드를 쳤다. 네덜란드는 목자가 탄생한 곳이었기에 목자에게 가장 충성을 바치는 나라였다.

새 권력이 아직 분명하게 모습을 드러내지 않았다는 사실이 당분간 무질서를 가중시켰다. 벨기에 국민 대부분이 누가 쿠데타의 장본인인지 알지 못했다. 국가 제일의 적인 베아트릭스 일당일 거라는 추측만 떠돌았다. 그러나 별의별 집단들이 숲에서 나왔고, 전투 부대들도 뒤늦게 끼어들어 쿠데타를 자신들이 일으켰다고 주장했다.

국경 지대에서는 제국의 몰락으로 길이 열렸다고 믿은 여자들이 중립지대를 넘었다. 그러나 꺾일 줄 모르는 군인들이 즉각 순찰대를 만들었고, 탈주자들을 반역자로 간주하고 총격을 가했다.

나는 기록해둔 내용을 다시 참조해가며 새 글을 작성했고, '여행을 반박하며'라고 제목을 붙였다가 아예 '여행을 파기하며'로 바꾸었다. 나는 굴드가 거북해서 빠뜨린 장면들을 자세히 묘사했다. 그리고 나의 증언과 그의 증언이 갈리는 부분을 계속해서 부각했다. "'여성 제국으로 떠난 여행'에서 읽은 것과는 반대로……" 혹은 "'여성 제국으로 떠난 여행'에서는 이렇게 주장하지만 반대로 나는……" 같은 표현들을 계속 적어내려갔다.

처음에는 그저 나를 위해 쓴 글이었다. 작성을 끝낸 뒤 나는 몇몇 친구들에게 글을 보여주었다.

"출간할 거야?"

"아니."

그러자 그들은 내 결정에 동의했다. '여성 제국으로 떠난 여행'

에 서명을 함으로써 나는 이미 웃음거리가 되었으니까. 그런 상황에서 옷을 뒤집어입고 다시 한번 웃음거리가 될 필요는 없었다.

그런데! 삽시간에 나는 논쟁적인 이 글을 출간하고 싶은 욕망에 사로잡혔다. 그러다보니 사람들 앞에서 언젠가 글을 두세 군데 수정할 것이며, 뭔가를 준비하고 있다는 얘기가 나도 모르게 흘러나와버렸다. 내가 퍼뜨린 이 소문은 당연히 굴드의 귀에 들어갔고, 그는 황급히 나를 보고 싶어했다. 우리는 만날 약속을 잡았다.

나는 언쟁을 예상했다. 그런데 오히려 그는 상냥하게 굴었다. 그는 '우리가 논쟁을 벌이는 것'에 찬성했고, 자신의 선의를 입증해 보이려고 보르도에게 내 텍스트를 그의 잡지 『뤼니베르셀』에 실으라고 청했다.

나는 손익을 재보며 망설였다. 내 글을 보르도의 잡지에 발표한다는 건 논쟁을 잠재우는 좋은 방식이었다. 안 될 게 뭐 있겠는가? 그러면서도 막연하게 함정 같다는 생각이 들었다. 실상을 들여다보자. 대개 발행인에 대한 찬사로 가득해 아무도 읽지 않는 호사스러운 쓰레기인 『뤼니베르셀』(마티외 보르도는 이 잡지를 '자기도취당黨의 공식 기관지'라고 불렀다)에 논설을 실어주면 그만한 선물이 어디 있겠는가! 하지만 잘못된 원고가 실린 곳은 〈랭스탕〉이었다. 왜 굴드는 그걸 바로잡기 위해 〈랭스탕〉의 지면을 제안하지 않았을까?

굴드는 모순을 견디지 못하기로 유명했다. 그런 그가 모순되는 글을 발표하라고 제안하다니, 뭔가 수상한 점이 있었다. 내 직감은 '여행을 파기하며'를 내 능력껏 출간하라고 지시를 내리고 있었다.

나는 그렇게 했고, 그것이 나의 불행의 시작이었다.

나는 살짝 흥분한 나머지—오래가진 않았다—처음부터 제국에 맞서 싸운 신문인 〈라 리베르테〉와 접촉했다. 신문의 발행인 방드루는 신의와 용기가 있는 사람으로 명성이 자자했다. 우리는 계약을 했다. 그는 최대한 빨리 출간하겠다고 했다. 나는 불안해서 여기저기 단어를 바꾸며 며칠을 보냈다. 방드루는 끊임없이 내게 전화를 걸어 더는 기다릴 수 없다고 말했다. 그래서 결국 우리는 유디트 페르마르스의 초상화를 표지에 싣고 그가 고른 제목으로 출간을 했다. '내가 벨기에에서 정말로 본 것'.

아마 떠들썩한 소동이 상상될 것이다. 예상대로 나는 욕설, 비방, 비난 등에서 어느 것 하나도 면제받지 못했다. 그야말로 음모이고 몰이사냥이었다.

카퓌신 로트가 가장 격분했다. 그녀는 처음부터 나를 경계했노라고 사방에 떠들어댔다(그건 거짓이었다. 그녀는 나를 좋아했고, 그렇다고 나에게 말하기까지 했다). 그녀가 보기에 나에게는 정신과적 문제가 있다는 것이다. 벨기에에서 그녀가 보지 못한 것을 내가 보았다고 믿으니 내가 미쳤다는 것이다. (적어도 그녀가 스혼호번에서 판 도르프 대령이 말한 것처럼 남성성이 일종의 정신 질환이라고까지 말하지는 않았으면 한다. 이 말을 책에 쓰느라 나는 잉크를 많이도 쏟아부었다.) 그녀는 평소의 능력 이상을 발휘해 자신이 속한 조직이 기대하는 가장 위대한 지도자가 로트 자신임을 보여주었다.

그런데 페미니스트들만 나를 공격한 게 아니었다. 내 글은 그들의 적들에게도 적개심을 불러일으켰다. 내가 〈랭스탕〉에서는 희다고 말하더니, 〈라 리베르테〉에서는 검다고 말한다는 것이다! 그들은 말했다. "굴드를 믿지 않았다면 왜 그는 협력했는가? 어제 그가 공동으로 서명한 '여성 제국으로 떠난 여행'을 읽어보니, 제국이 모범이 되는 나라라고 했다. 그런데 이제는 그곳을 지옥이라고 비난하고 있다. 내일은 다시 잘못 말했다고 할 것인가?"

굴드가 나에게 전화를 걸었다. 그는 근엄한 목소리로 내가 잘못을 저질렀다며 '내가 원한 일이니' 앞으로 우리 사이에는 전쟁이 일어날 거라고 선언했다. 그는 마치 품위 있는 귀족처럼 '함께한 모험을 생각해서' 자신이 먼저 내게 공격을 하지는 않을 거라고 밝혔다. 다른 사람들이 그를 대신해서 공격할 것이며, 그는 부추기기만 할 거라는 암시였다. 놀랍게도 그는 얼추 그 말을 지켰다. 나에 대해 질문을 받으면 그는 내 글에 대해 대꾸할 가치가 없다고만 대답했다. (심지어 이렇게 덧붙였다. "그 청년이 약간 안쓰럽기까지 하다.") 반면 그의 친구들은 그야말로 가차없었다.

그건 정말이지 몰이사냥 같았다. 꼭 들어맞는 표현이다. 요 몇 주 동안 나는 광기라는 것이 어디까지 치달을 수 있는지 확실하게 목도하고 있다.

그러나 그때까지는 아무것도 아니었다! 두 달 후, 사건이 진정되고 있다고 생각했는데 페미니스트들이 다시 사건을 재점화했다. 내가 몇 사람이 정보를 조작했다고 선언한 탓에(요약하자면 그렇다) 당과 연계된 주간지이자 예전에 카퓌신 로트가 이끌었던(사실은 방드롬이라는 이름의 꼭두각시 발행인을 내세워 그녀가 여전히 이끌고 있었다) 〈콩바 드 팜〉이 '명예훼손 및 모독'이라는 죄명으로 나를 법정에 소환했다. 나는 휘청거렸다. 농담인 줄 알았는데 이건 해도 너무했다. 도무지 끝이 보이지 않았다. 지친 나머지 나는 신경질적인 웃음마저 터뜨렸다. 소송이라니! 온갖 것을 예상했지만 이것까지는 생각하지 못했다. 차라리 나를 집에서 내쫓으려고 머리 위로 계약서를 들이밀었다면 모를까! 아니었다. 그들은 법으로 나를 공격해왔다. 마치 땅을 도둑맞은 지주라도 되는 것처럼! 그 터무니없는 시도는 그들의 정신 상태를 말해주었다. 그들은 자신들의 권리를 확신하고 있었고, 양심에 거리낌이 없었으며, 스스로 희생자라고 믿고 있었던 것이다. 나의 '속임수', '앙심을 품은 수컷의 광기'가 그들에게는 그저 파렴치한 정도가 아니라 부당해 보였고, 심지어 법에 저촉되는 행위로 보였던 것이다. 거기에 대응하기 위해 공권력의 개입이 필요했고, 국가가 국민의 이름으로 잘못을 바로잡아야만 한다고 생각한 것이다.

나는 변호사들을 선임하고 변론을 준비하기 시작했다. 나를 위해 증언해줄 사람들을 찾았다. 증거물과 자료와 통계자료를 갖고 있는—갖고 있다고 주장하는—많은 반페미니스트들이 나를 돕겠다고 나섰다. 그중 몇 명을 만나보았는데 매번 실망했을 뿐이다. 그들은 나를 설득하지 못했다. 그러니 그들이 어떻게 법정을, 그리고 여론을 설득하겠는가? 내 변호사들은 반페미니즘으로 완전히 기운다는 인상을 주지 않기 위해 그들의 지지를 거절하라고 내게 조언했다. 상황은 좋지 않아 보였다. 〈콩바 드 팜〉의 발행인 방드롬은 자신과 자신의 잡지가 나를 납작하게 눌렀다고 사방에 떠들어댔다. 그들의 승리는 '모든 여성을 위한 승리'가 될 거라고 그녀는 말했다. 로트가 잘 쓰는 표현인 것으로 미루어보아 아마도 로트가 그녀에게 입김을 불어넣은 모양이었다. 그들은 나에 대해 쓴 기사에서 나에게 별명을 붙였고, 모든 언론이 그 별명을 가져다 썼다. '여자를 좋아하지 않는 남자'.

어느 가을 아침 나는 그 딱지를 달고, 삼백여 명의 기자와 유디트의 초상화를 흔들어대는 수천 명의 성난 여자들에 떠밀리면서 법원 계단을 올라갔다.

법정에서 나는 조소하는 표정의 굴드와 골란스키와 보르도를 다시 보았다. 우리는 한마디도 주고받지 않았다. 내 경력은 끝장났고, 그들도 그걸 알고 있었다. 그들의 경력은 정점에 이르렀다. 여성 제국이 몰락할 때까지 그들은 그 꼭대기에 머물렀다. 제국의 몰락은 그들의 생각을 바꾸었고, P.F.F.가 카뮈신 로트에게 사임을 촉구하게 했으며, 국경이 열린 덕에 레오노르 알베르는 프랑스로 돌아오게 되었다.

권력의 동요는 며칠 동안 계속되었다. 새 지도부는 질서를 회복하는 데 애를 먹었다. 처음에 저항이 훨씬 거셀 거라고 예상했던 쿠데타가 그들 스스로도 깜짝 놀랄 정도로 쉽게 성공했기 때문이다. 며칠 후, 그들은 경기장에 집결했다. 그곳에서 붕괴한 정부를 대체하고 정부를 재건해야 했다. 그런데 그 단계는 쿠데타보다 준비가 부족했다. 불시에 일을 치르게 되었기 때문이다. 이제 그들은 나라 전체를 아우르는 화합을 확신할 수가 없었다. 그들 스스로 결정을 내려야만 했다……

궁전에서 유디트를 지키는 자들은 어찌할 바를 몰라 그녀를 가둬둔 채 상부의 결정이 내려오기를 기다리기로 했다. 그런데 일주일이 지나도록 브뤼셀에서 대답이 없자 그들은 자주적으로 행동을 취하기로 결정했다. 아무 명령도 받지 못했으므로 그들은 유디트를 법정에 세워 그녀의 운명을 결정하기로 했다. 그들에게 그럴 권리가 있지 않을까? 그들이 그녀를 체포하지 않았는가! 생각만으로도 흥분되는 일이었다. 유디트가 수중에 있다는 사실이 그들에게 일종의 희열을, 통제하기 힘든 심판관의 열의를 안겨주었다. 그들은 민중의 징벌자처럼 행동했고, 그것을 반드시 입증하고 싶었다. 끝까지 가야만 했다. 더는 기다릴 수가 없었다. 거역할 수 없는 일이었다.

궁전은 열기에 휩싸였다. 그들은 구내식당에 법정을 마련했다. 사건을 영원히 후세에 남기기 위해 벙커 스튜디오에서 찾아낸 카메라 한 대를 그곳에 설치했다. 공격 후 칠 일 밤을 보내고 그다음 날 아침, 목자 그리고 함께 체포된 군인들이 재판을 받았다. 특공대 대장이 즉석에서 재판장으로 임명되었다. 그녀는 부대원 중에서 두 명의 배석판사를 골랐고, 유디트를 증오하는 두 여자에게 기소와 변론을 맡겼다.

군인들은 명예롭지 않은 모습을 남기지 않고, 이 희극에 협조한다는 인상을 주지 않으려고 즉각 자기변호를 거부했다. 검사는 그 기회를 이용해 그들에게 잔혹한 범죄에 대한 책임을 전가했고, 그들이 제국의 통치에서 큰 역할을 했다고 단언했다. 그것은 거짓이었다. 그들은 한낱 하수인에 불과했다. 그러나 몬데르만, 스히멜나우, 베르톨루치와 아펄이 그 자리에 없었기 때문에, 그들은 그 군인들을 처벌함으로써 벨기에의 대청소를 시작했다.

재판은 이틀에 걸쳐 열다섯 시간 동안 계속되었다. 재판의 절반만 촬영되었다. 촬영이 중단되었는지, 카메라가 잘 작동하지 않았는지 모르지만 비디오테이프에는 재판 과정의 일부가 통째로 빠지고 없었다. 영상은 가냘프고 초라하고 지친 모습으로 나무의자에 앉아 있는 유디트의 모습을 보여주었다. 그녀는 기소 내용이 낭독될 때마다 자리에서 벌떡 일어났고, 그때마다 한 군인(옛 보안대원으로 십 년 동안 보안대에 속해 있다가 최근에 다른 진영에 가담했고, 목자를 섬길 때 입었던 제복을 그대로 입은 채 목자를 배반했다)이 어깨를 눌러 강제로 그녀를 다시 앉혔다. 이 영상이 민중에게 어떤 인상을 줄까? 공식 초상화와 조각상에서, 혹은 모든 국민(그리고 세계의 모든 페미니스트들)이 가슴에 달아야 했던 휘장에서 언제나 강건한 목자의 모습만 보아왔는데! 목자를 거의 신으로 생각해왔는데…… 유디트가 저런 모습이야? 전지전능한 분이 저런 모습이었단 말이야? 헝클어진 머리를 한 보잘것없는 여자, 귀에 거슬리게 소리를 질러대면서 군인에게 꼼짝 못하고, 재판관에게 가로막혀 말을 채 끝내지도 못하는 저런 여자였어?

합법성을 무시하고 진행된 재판은 기괴했다. 절차가 비정상적이었거나 변호의 권리가 인정되지 않아서만이 아니라, 법정이 진실에 관심을 갖는 것 같지 않고 가능한 한 빨리 유디트를 단죄할 생각밖에 하지 않았기 때문이다. 그녀에게 쏟아진 매우 심각하고 진지한 수천 가지 기소 내용으로는 충분하지 않았다. 재판관들은 하나같이 근거 없는 새로운 기소 내용들을 지어냈다. 이를테면 그들은 유디트에게 주술과 악마 숭배에 대한 기호를 물었다. 그녀는 그런 것에 결코 빠진 적이 없었는데도. 그녀와 함께 재판을 받은 군인들에게도 터무니없는 범죄들이 전가되었다. 우스꽝스러웠다. 모든 것이 너무도 모호하고 엉성해서 아무도 이해하지 못했다. 심지어 자신이 시작한 술책이 자신의 통제력을 넘어서자 재판장조차도 이해하지 못했다. 목자는 줄곧 날카로운 비명을 내질렀고, 법정에서 쫓아낸다는 협박을 듣고도 발버둥쳤다. 그녀는 다음의 두 문장을 아마도 백 번쯤은 반복했을 것이다. "난 너희들을 엄마처럼 사랑했어. 나 없이 너희들은 존재하지 않아."

격론이 끝나고 법정은 판결을 심의하기 위해 자리에서 물러나는 수고조차 하지 않았다. 일을 끝내려는 생각에 광적으로 사로잡힌 재판장은 검사의 구형에 만족했다. 사형이었다. 녹화 자료에서는 판결이 내려지는 순간 박수갈채가 들렸다.

그 이후는 누구의 손인지 모르지만 떨리는 손으로 촬영된 흐릿한 몇몇 영상만이 기록으로 남아 있었다. 유죄 선고를 받은 죄수들이 줄지어 정원으로 인도되었다. 매서운 추위에 내몰린 그들은 벌벌 떨었고 그들의 입에서 입김이 새어나왔다. 남루한 옷 때문에 십 년은 더 늙어 보이는 유디트가 코트를 달라고 청했다. 그러자 누군가 그녀의 어깨에, 단추는 잠그지 않은 채 군인 점퍼를 얹어주었다.

군인들은 아무 벽이나 골라 죄수들에게 등을 대고 서라고 명령했다. 그런 다음 10미터 떨어진 곳에 줄맞춰 섰다. 재판장이었다가 다시 군사령관이 된 여성의 명령에 따라 군인들은 죄수들에게 총을 겨누었다. 어느 누구도 유디트에게 말할 기회를 줄 생각을 하지 않았다. 북소리도 없었고, 전혀 엄숙하지도 않았다. 모든 것이 사슬처럼 이어져 더는 멈출 수가 없었다. 갑자기 팔 하나가 올라갔다 내려가자 총소리가 울렸다. 여섯 개의 몸이 쓰러졌다. 목자는 죽었다.

긴 침묵이 이어졌다. 모두가 이렇게 끝난 것에 놀라 얼이 빠진 얼굴이었다. 그들은 너무 신속하게 일이 진행된 건 아닐까 생각했다. 일주일 전부터 그들을 사로잡은 도취, 유디트에게 지배당하는 것이 아니라 그녀를 지배한다는 도취감이 문득 사라졌다. 그들은 유디트를 죽였다. 당혹감이 그들을 엄습해왔다. 이 공허감은 도대체 뭐지?

잠시 후 그들은 냉정을 되찾았다. 시신은 수레에 담아 트럭 짐칸에 실었고, 불에 태우기 위해 숲으로 옮겼다. 카메라는 멈췄다.

이어진 몇 주 동안 새 정권이 무질서를 바로잡고 권력을 쥐었다. 잉리트 시대에 만들어진 서른 개의 치외법권 지대 중 아직 멀쩡한 여섯 곳이 개방되었다. 지원자들은 그곳에서 정부도 경찰도 없이 자치적으로 생활하도록 되어 있었다. 남성 없이 여성들만 지내면 자연스럽게 평화적인 행동을 선택한다는 사실을 실험을 통해 입증하기 위해서였다. 실제로는 대부분이 서로를 죽였다.

남자들은 수용소에서 해방되었다. 제국의 남성 수는 사십만 명으로 줄었고, 그중 삼분의 일은 생식능력을 잃은 상태였다.

부처 공무원들은 문서와 제복을 불태우고 자신을 드러내지 않으려고 애쓰며 민중에 뒤섞였다.

사람들은 1970년대 이후로 제국의 목소리가 울려퍼지도록 집집마다 가정집 벽에 설치한 오래된 스피커를 떼어냈다. 잉리트와 유디트의 초상화를 태우거나 창문으로 내던졌다. 거리를 뒤덮은 초상화들은 행인들의 발에 짓밟혔다. 사람들이 초상화를 밟는 것을 보고 기겁해서 울며 그것을 주워드는 사람들도 있었다.

몇 년 뒤 제일란트의 초목 아래에서 여섯 구의 유골이 발견되었다. 유전자 분석을 통해 그 가운데 하나가 유디트 페르마르스, 벨기에인들의 두번째이자 마지막 목자의 유골임이 드러났다. 온 나라에 논쟁이 벌어졌다. 이 유골을 어떻게 할 것인가? 그녀가 범한 갖가지 범죄와는 무관하게 프랑스와 유럽, 그리고 전 세계 수십만 명의 숭배자들이 예전에 솔런 쥐퐁르네가 설계한 목자의 능을 짓기 위해 성금을 보내왔다. 노르웨이산 화강암과 이탈리아산 대리석으로 짓고, 돔 꼭대기에는 구름을 뚫을 정도로 하늘 높이 뻗은 황금 첨탑을 세우도록 설계한 능이었다. 삐딱한 사람들은 능 내부에 수천 명의 희생자 이름을 일부라도 새길 수 있을 거라고 제안했다. 레나, 디안, 아스트리트와 두 딸의 이름도 거기에 포함될 것이다.

옮긴이의 말

악몽 같고 농담 같은 이야기

여기 하나의 악몽 같은 가상 세계가 있다. 1970년에 페미니즘 혁명이 일어나 남성 중심 지배 체제를 뒤엎고 여성이 권력을 잡으면서 모권제 사회로 바뀐 세계다. 남성은 모욕당하고 사냥당하고 개처럼 목줄에 묶여 끌려다니고, 모든 권리를 박탈당한 채 재교육 수용소에 격리되어 거세당하고, 종의 신분밖에 갖지 못하고, 숫제 임신 단계에서 선별 제거되는 사회다. 언젠가 남성 생식세포의 도움을 받지 않는 생식 기술을 완성해내게 되면 남성을 모두 소멸시키겠다는 목표를 세운 사회. 이성애는 당연히 금지되고, 긍정적인 단어들은 여성명사로, 부정적인 단어들은 남성명사로 바뀌고, 남성 작가들의 책이 도서관에서 사라진 사회. 남자 이름을 말하기만 해도 벌금을 물어야 하는 지역까지 있을 정도로 남성을 배척하고 증오하는 사회. 여성끼리만 어울려 산다면 분란과 무질서가 일어날 일이 없다고 믿는 사회다. 게다가 이곳은 목자라고 불리는 여성 통치자가 절대 권력을 쥐고 세습 통치를 하는 전체주의 제국이다. 집집마다 볼륨이 최고조로 맞춰진 스피커가 설치되어 있어 아무때나 국가가 사생활에 끼어들고, 하나뿐인 텔레비전 채널에서는 똑같은 체제 선전용 방송만 반복된다. 목자의 초상화와 동상이 곳곳에 설치되어 있고, 예술은 오직 우상숭배에 바쳐졌고, 음료마저 하나로 통일되어 있다. 자기비판이 강요되고, 허락 없는 자유로운 이동이 금지된 감시 사회다.

『이갈리아의 딸들』과 『1984』

이런 전체주의 여성 제국을 그린 베르나르 키리니의 『목마른 여자들』은 브란튼베르그의 『이갈리아의 딸들』과 조지 오웰의 『1984』를 떠올리게 한다. 페미니즘의 궤적 위에서 여성이 남성을 지배하는 가상 세계를 설정했다는 점에서는 『이갈리아의 딸들』을, 개인의 자유가 철저히 말살된 전체주의 디스토피아를 그렸다는 점에서는 『1984』를 생각나게 한다. 브란튼베르그가 남녀의 역할을 완전히 뒤집어 '거울 효과'를 통해 가부장제 속에서 여성이 겪는 불평등과 억압을 남성에게 전가하는 데 그쳤다면, 베르나르 키리니는 조금 더 멀리 나아가 남성이 존재마저 위협받는 세계를 그렸다. 여성이 차별받아온 시절에 대한 혹독한 보복을 하는 것처럼 느껴질 정도다. 그런데 여성해방 혁명이 일어났지만 국민들이 자유롭지 못한 이 세계는 여성 낙원이라기보다는 오웰의 디스토피아에 훨씬 더 근접해 보인다. 『1984』의 빅 브라더처럼 이 제국의 통치자 유디트도 거대한 초상화나 동상의 형태로 제국 곳곳에서 마치 '초자아'처럼 개개인을 통제한다. 역사 날조가 횡행하고 과거의 언어를 파괴하고 신어를 만들어낸다는 점도 유사하다. 오웰 작품의 주인공이 근무하는 진리성과 키리니가 설정한 제국의 혁명탑이 동일하게 300미터 높이라는 사실도 흥미롭다. 『1984』의 텔레스크린과 『목마른 여자들』의 스피커가 끊임없이 개개인의 일상을 간섭한다는 점, 묘하게도 비슷한 나이의 두 주인공 윈스턴(39세)과 아스트리트(40세)가 위험을 무릅쓰고 일기를 쓴다는 점, 두 인물 모두 우연히 입수하게 된 책을(윈스턴은 『과두정치적 집단주의의 이론과 실제』를, 아스트리트는 몽테스키외의 『법의 정신』을) 읽고 전체주의에 대해 성찰한다는 점도 일치한다. 이렇게 많은 유사성들로 짐작건대, 작가 베르나르 키리니는 조지 오웰을 의도적으로 패러디하려 했거나 혹은 이 위대한 선배 작가에게 오마주를 표하려 했던 것 같다. 그러나 두 작품의 분위기는 사뭇 다르다. 오웰의 작품이 시종일관 암담하고 심각하다면, 키리니의 작품은 심각성에 풍자 섞인 익살이 더해진 블랙 유머 같다.

여성 제국, 그리고 두 개의 시선

1990년 이후로 이십 년째 외부와 차단된 이 나라를 여섯 명의 프랑스 지식인들이 방문하면서 이야기는 시작된다. 남자 넷, 여자 둘로 구성된 이 방문단은 기자이거나 페미니스트당의 극렬 활동가, 작가 또는 언론인이다. 떠들썩하고 주목받기 좋아하는 연예인 같은 인물도 있고, 객관적으로 사실을 보려 애쓰는 성실한 젊은 기자도 있고, 성실하나 갈등을 싫어해 누구의 생각에도 반박하지 않는 언론인, 파리 생제르맹 대로에서 개 줄에 목이 묶인 채 극렬 페미니스트 아내의 손에 끌려 네발로 걷는 퍼포먼스를 벌인 적 있는 작가, 페미니스트들 사이에서 저명인사로 통하는 세속적이고 노련한 여기자, 숨은 여성 비하 사상을 들춰내는 데 선수인 전투적 페미니스트도 있다. 파리의 지성들을 캐리커처로 그린 이 여섯 인물들이, 페미니스트들에게는 지상낙원 같은 곳으로 간주되고 언론인들과 작가들에게는 대단히 흥미로운 취재 대상인 여성 제국을 돌아보는 한 주간의 '역사적 여행' 동안 번갈아가며 화자가 되어 이야기를 엮어나간다. 개인적 특성에 따라 조금씩 다른 시각을 드러내긴 해도 제국을 관찰하는 이들의 시선은 본질적으로 외부인의 것이어서 제국이 보여주는 것 이상을 보지 못한다. 이들의 눈길이 닿지 못하는 지점을 조명하는 또하나의 시선이 있다. 제국의 신민인 간호사 아스트리트가 쓰는 일기다. 평범한 신민으로 운좋게 지배자의 눈에 띄어 권력의 심층부까지 이르게 되는 그녀는 일기를 통해 제국의 내부를 증언한다. 이렇게 두 개의 시선이 외부와 내부에서, 나란히 혹은 교차하며 여성 제국의 실상을 그려낸다.

익살스럽고 섬뜩한, 한 편의 농담 같은 이야기

베르나르 키리니는 벨기에 출신으로 프랑스 부르고뉴 대학에서 법학을 가르치는 교수이자, 문학과 재즈 평론을 쓰는 평론가이고, 『첫 문장 못 쓰는 남자』(2005), 『육식 이야기』(2008)라는 단편집을 펴내면서 대중의 사랑과 문단의 호평을 모두 거머쥔 유망한 젊은 작가다. 벨기에의 공쿠르상이라 불리는 빅토르 로셀 상을 비롯해 여러 상을 수상한 바 있는 그는 독특한 분위기의 환상적 단편으로 보르헤스나 에드거 앨런 포의 뒤를 잇는다는 평가를 받는다. 2012년에 출간한 『아주 특별한 컬렉션』이라는 제목의 단편집으로도 상상력이 돋보이는 작품에 주어지는 '그랑프리 드 리마지네르' 상을 수상했다. 2010년에 출간된 『목마른 여자들』은 그의 첫 장편소설로 르노도상, 메디치상, 플로르상의 후보작 목록에 오를 만큼 많은 주목을 받은 작품이다. 그는 이 작품에서 특유의 발칙한 상상력을 발휘해, 약자인 여성이 권력을 잡는 데 대한 남성들의 불안한 환상을 토대로 극단적 페미니즘과 전체주의 이데올로기를 풍자한다. 그러나 한 인터뷰에서 그가 말했듯이 "페미니즘은 하나의 무대장치"일 뿐, 그의 펜 끝이 겨냥하는 건 결코 특정 이데올로기가 아니다. 모든 맹신과 극단주의와 분리주의, 그리고 그런 것들에 휩쓸리는 사람들의 맹목이 그 표적이다. 그가 이 작품을 쓸 무렵, 상대적으로 부유한 플랑드르 지역이 분리 독립을 강력히 주장해 그의 조국 벨기에가 해체될 위기에 놓여 있었다는 사실도 주목할 만하다. 악몽 같은 전체주의나 광신도 풍자 대상이지만, 구경꾼으로 그걸 바라보는 인물들의 맹목이야말로 조롱의 대상이다. 이 작품 속 인물들은 자신의 신념에, 사회적 성공에, 자기 이미지 관리에 눈이 멀어 진실을 보지 못하거나, 외면하거나 보고도 말하지 못한다. 똑똑하다고 자처하는 지성들이 직접 목격한 사실을 누락하고 왜곡하고 심지어 창작해내기까지 한다. 그리고 성공은 그들에게서 양심의 가책을 덜어준다.

작가는 익살과 공포가 버무려진 한 편의 농담 같고 우화 같은 이야기 속에 한마디 경고의 말을 슬쩍 끼워둔다. 메리메가 반지에 새기고 다녔다는 스탕달의 말이다. "경계를 잊지 마라." 경제 위기가 길어지면서 세계 곳곳에서 가난한 지역을 떨어내려는 분리주의 주장들이 거세지고, 국수주의적 극우 세력이 득세하고, 공포를 조장하는 '힘의 통치'가 힘을 얻고, 혐오주의가 난무하는 현실에서 맹목에 휩쓸리지 않도록 경계하라는 말처럼 들린다.

2016년 여름

백선희

옮긴이 **백선희**

덕성여자대학교 불어불문학과를 졸업하고 프랑스 그르노블 제3대학에서 문학 석사와 박사 과정을 마쳤다. 현재 전문 번역가로 활동하고 있다. 옮긴 책으로 로맹 가리의 『하늘의 뿌리』『흰 개』『레이디 L』『밤은 고요하리라』『내 삶의 의미』, 밀란 쿤데라의 『웃음과 망각의 책』『자크와 그의 주인』, 피에르 바야르의 『셜록 홈즈가 틀렸다』『햄릿을 수사한다』, 아멜리 노통브의 『앙테크리스타』, 르 클레지오의 『프리다 칼로 & 디에고 리베라』, 리디 살베르의 『울지 않기』 외에 『단순한 기쁨』『북극 허풍담』 등이 있다.

문학동네 세계문학
목마른 여자들

초판 인쇄 2016년 7월 12일 | 초판 발행 2016년 7월 19일

지은이 베르나르 키리니 | 옮긴이 백선희 | 펴낸이 염현숙

책임편집 김두리 | 편집 김영수 오동규
디자인 강혜림 최미영 | 저작권 한문숙 박혜연 김지영
마케팅 정민호 이미진 정진아 | 홍보 김희숙 김상만 이천희
제작 강신은 김동욱 임현식 | 제작처 한영문화사

펴낸곳 (주)문학동네
출판등록 1993년 10월 22일 제406-2003-000045호
주소 10881 경기도 파주시 회동길 210
전자우편 editor@munhak.com | 대표전화 031) 955-8888 | 팩스 031) 955-8855
문의전화 031) 955-1927(마케팅) 031) 955-2691(편집)
문학동네카페 http://cafe.naver.com/mhdn | 트위터 @munhakdongne

ISBN 978-89-546-4115-9 03860

www.munhak.com